基金项目

中国博士后第 55 批面上基金一等资助（2014M550519）
中国博士后第八批特别资助（2015T81072）
教育部 2010 年度青年基金项目（10YJCZH255）

穿过历史的尘烟

新疆军垦第一代口述史（一）

邹赞 著

暨南大學出版社
JINAN UNIVERSITY PRESS
中国·广州

图书在版编目（CIP）数据

穿过历史的尘烟：新疆军垦第一代口述史（一）/邹赞著.—广州：暨南大学出版社，2016.1

ISBN 978-7-5668-1730-3

Ⅰ.①穿… Ⅱ.①邹… Ⅲ.①纪实文学—中国—当代 Ⅳ.①I25

中国版本图书馆CIP数据核字(2015)第320323号

………………………………………………………………………………………………

穿过历史的尘烟：新疆军垦第一代口述史（一）

著　　者： 邹　赞

出 版 人： 徐义雄

责任编辑： 曹　军

责任校对： 周海燕　姚荐姝

地　址： 中国广州暨南大学

电　话： 总编室（8620）85221601

营销部（8620）85225284　85228291　85228292（邮购）

传　真：（8620）85221583（办公室）　85223774（营销部）

邮　编： 510630

网　址： http：//www.jnupress.com

排　版： 广州市天河星辰文化发展部照排中心

印　刷： 佛山市浩文彩色印刷有限公司

开　本： 787mm×1092mm　1/16

印　张： 21.25

字　数： 405千

版　次： 2016年1月第1版

印　次： 2016年1月第1次

定　价： 46.00元

（暨大版图书如有印装质量问题，请与出版社总编室联系调换）

金茂芳与拖拉机培训班同学合影

生产劳动（杨新三供图）

劳动场景（新疆兵团军垦博物馆供图）

军垦战士（新疆兵团军垦博物馆供图）

抬抬把子

修建厂房

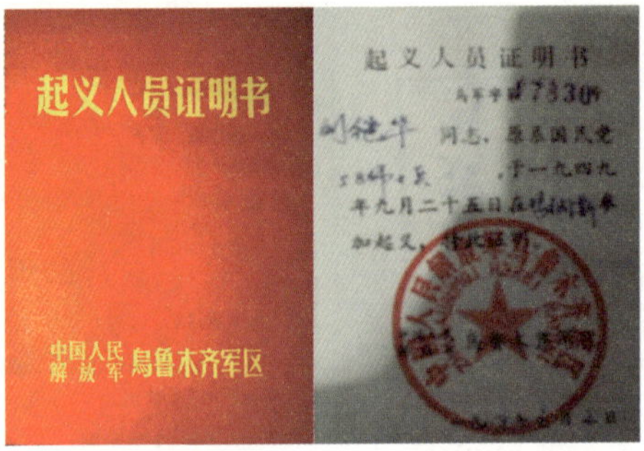

刘继华的“九·二五”起义证书

“八千湘女”合影（郑佩兰供图）

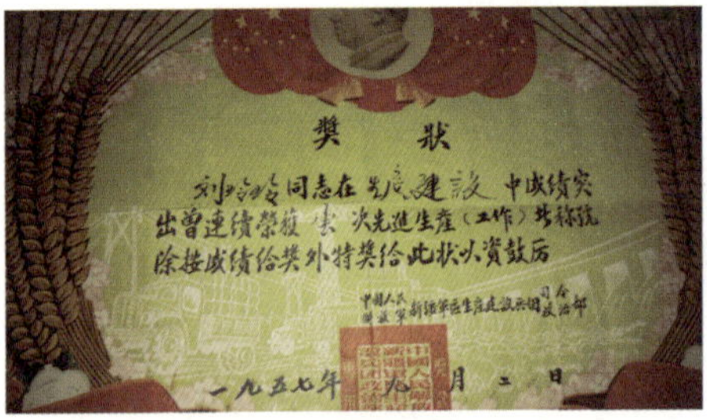

刘玲玲荣誉证书

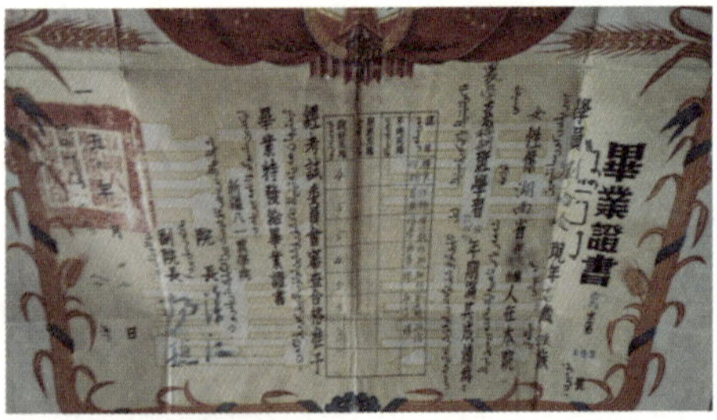

刘玲玲八一农学院毕业证书

军垦女战士参加运动

沙漠剿匪（新疆兵团军垦博物馆供图）

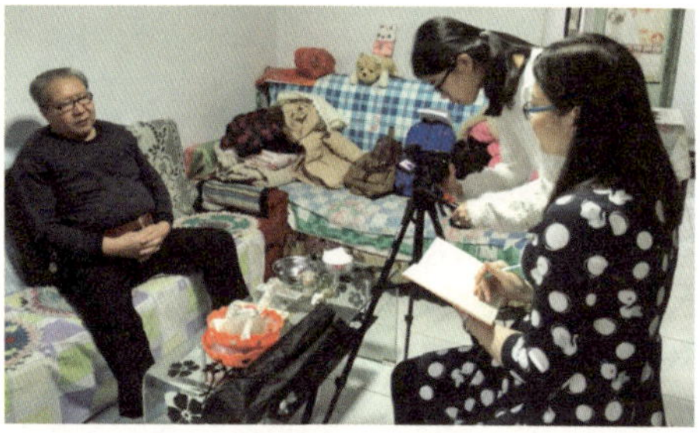

胡友才纪录片拍摄现场

黄明德口述

王兴富口述

刘文卿口述

金茂芳近照

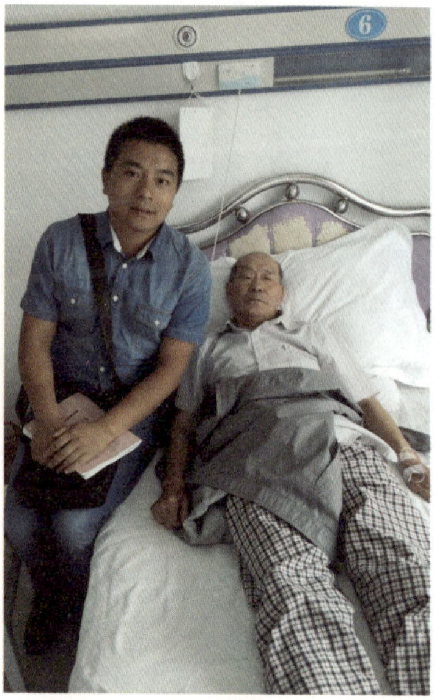

武来银口述

边塞新乐章

军垦第一犁

地窝子遗址

地窝子遗址

军垦第一连

小拐兵团办公旧址（陶先运供图）

序　言

汪晖｜清华大学教授、博士研究生导师，卢卡·帕西奥利奖获得者

新疆生产建设兵团是新中国历史上独特的屯垦戍边组织，它集党、政、军、企为一体，从主要以农场及牧业为中心的政治、军事、生产组织，发展为囊括城市、科技文教、工业、贸易、农业、牧业等多种形态的政治、军事、经济组织；它镶嵌于天山南北，是新疆社会的有机组成部分，同时又构成了一种区别于新疆其他城乡社会的独特社会形态。新疆生产建设兵团承续了中国历史上屯垦戍边的历史传统，但并非这一传统的简单延伸，而是在中国革命和建设中诞生的新型社会组织。

自秦汉以来，历朝统治者为了有效应对西北边患，都曾以各种形式在西域开展屯垦戍边，但是直到清代的左宗棠，这些屯戍实践基本上都是“一代而终”，中国古代的西域屯垦并未形成一种可持续的、高度成熟的社会组织形态。新中国成立后，新疆的屯垦戍边事业顺应解放初期的特定社会政治形势，开启了中国屯垦历史的现代化进程，“屯垦戍边”由“一代而终”变为“世代屯垦”，新疆生产建设兵团成为当今世界上独一无二的国家内部特殊建制。

新疆生产建设兵团是伴随新中国的诞生而诞生的，其使命也伴随时代发展而有所变化。在国家推进“向西开放”和“一带一路”的战略和动议的过程中，新疆进一步成为中亚地区政治经济交流和跨文化对话的核心场域，其战略地位正在发生重要变化。新疆是一个族群众多、文化多样的跨体系社会，又有着广阔而复杂的外部环境，它的丰富性和多样性同时面临着来自境内外的文化霸权主义、恐怖主义和宗教极端主义的严峻威胁。从这一意义上说，新疆生产建设兵团履行着越来越重要的“固边稳疆”政治使命，它能否成为确保西北边疆政治安定的稳定器、促进经济发展的发动机和保障民族团结的社会纽带，关乎新疆的全局和中国

的未来。新疆兵团屯垦文化是新疆地域文化的重要组成部分，也是中国社会主义文化综合体中的独特因子，因此，如何有效接合新疆当代屯垦戍边事业的历史变迁与新中国政治经济结构的转型，充分考量新疆当代屯垦事业所面临的现实问题，进而探讨新形势下兵团人的身份认同与文化认同问题，就显得尤为重要。

正是基于这样的问题意识，新疆大学邹赞副教授综合发挥他在“文化研究”与“公众史学”领域的知识积累，历时数年辗转天山南北，完成了这部厚重的口述史著作。作为“口述兵团”系列的第一部，《穿过历史的尘烟：新疆军垦第一代口述史（一）》通过大量访谈，再现了新疆生产建设兵团艰辛而壮阔的发展历程，为我们理解新中国的这一独特篇章提供了大量第一手的资料。这本著作视野开阔，严格遵循口述史的操作规范，理论与实践相结合，不仅对研究新疆生产建设兵团的历史发展与文化转型具有重要的意义，而且也从一个特殊角度为重新书写共和国的历史提供了契机。我们真诚期待这部“口述新疆”系列的后续篇章顺利问世！

写在前面

邹　赞

一般认为，冷战年代的全球地缘政治格局主要呈现为美苏两大阵营之间剑拔弩张的军事对决，以及壁垒森严的意识形态区隔。随着苏联解体、东欧剧变和柏林墙倒塌，作为全球政治生态的冷战结构退出历史舞台，世界进入后冷战时期。尽管在此后很长一段时期内，冷战思维犹如一个巨大的幽灵，徘徊游荡在西方社会的各个角落；但是相比而言，后"冷战"时期的全球秩序更显风云变幻：一方面，作为社会结构性因素的文化摆脱了"机械决定论"模式，不再是政治、经济的被动反映，其自主性和能动性得到了充分彰显，文化的位置被凸显，以文化和意识形态为核心要素的软实力竞争成为各种国际政治势力激烈角逐的焦点；另一方面，国家之间的交锋也常常由直接的军事对决转向意识形态渗透，谁掌握了话语权和阐释权，谁就在国际话语的跨文化场域中抢得了先机。在这样的背景下，境外敌对势力加强了对中国内地的思想文化渗透和意识形态颠覆，妄图以西方自由主义的意识形态幻象疏离大众的政治信仰和价值准则，西方社会大肆鼓吹的多元文化主义也对我国"多元一体"格局下的中华文化认同和国家认同造成了消极影响，文化安全问题日益突出，成为制约我国边疆多民族地区社会稳定和经济发展的主导因素。基于这样的社会历史情境，西北边疆（本文所涉及的西北边疆特指"新疆"）突破了"中心/边缘"的传统文化地理格局，成为非传统安全视域下地缘政治版图的核心场域。

我国新疆毗邻中亚、蒙古、俄罗斯、印度诸邦，自古以来就是多元文明的交汇之地。近年来国家大力推进"向西开放"和"新丝绸之路经济带"战略构想，新疆进一步成为热点受惠地区，也日益遭到国内外各种势力的觊觎。文化霸权主义、宗教极端主义和恐怖主义不断影响该地区社会与经济的稳步发展，边疆政治安定和文化安全成为我国新形势下维护国家总体安全的前沿阵地。面对新机遇和新情况，新疆生产建设兵团（以下简称“兵团”）在履行“固边稳疆”的政治使命中，作用不减反增。兵团在延续中国历代屯垦戍边历史实践的基础上，形成了一种以“包容性、开放性、政治性”为显著特征的国家内部移民文化形态。一方面，兵团文化呈现为多民族、多宗教、跨地域异质文化之间的交流互动，如果要消解文化冲突，建构起一种互为主体、平等对话的兵团文化认同，就不能盲目照搬西方的多元文化主义，而应该在倡导“一体多元”文化格局的前提下，确立起以屯垦戍边精神为内核的主体文化，妥善处理好民族文化多样性与主体文化之间的关系。另一方面，兵团屯垦戍边文化认同是构建多民族地区中华文化认同的重要力量，关系到边疆文化安全和国家的总体安全战略。

一

新疆生产建设兵团是中国现存唯一集党政军企职能为一体的屯垦戍边社会组织，也是世界上独一无二的特殊建制。新疆兵团屯垦文化渊源于汉唐以来的西域屯田文化，有着绵延久远的历史印记。据史料记载，中原王朝在西域的屯田最早始于汉文帝年间，为巩固北部边防、抵御匈奴侵扰，政治家晁错上书汉文帝，“陛下幸忧边境，遣将吏，发卒以治塞，甚大惠也。然令远方之卒守塞，一岁而更，不知敌人之能。不如选常居者，家室田作，且以备之”①。晁错认识到“将士轮换”守边制度的不足，主张“募民实边”，以特赦和优惠政策从内地招募罪人、刑满免罪者、家奴、官奴以及自愿支边的农民，“居则习民于射法，出则教民于应敌，故卒伍成于内，则军正定于外。服习以成，勿令迁徙，幼则同游，长则共事”②。这种重视对屯民进行军事训练、鼓励他们扎根边疆的理念显现出“寓兵于民、屯田戍边”的农战思想。到了汉宣帝年间，军事家赵充国三次呈献屯田良策，“步兵九校，吏士万人，留屯以为武备，因田致谷，威德并行……”③ 赵充国所上奏疏的高明之处在于阐明了解决边疆地区民族矛盾的新思路，即要恩威并举，军事镇压和屯田戍边双管齐下。值得注意的是，赵充国历陈在边疆多民族地

---

① 新疆生产建设兵团毛泽东屯垦思想研究会编：《中国历代屯垦资料选注》，乌鲁木齐：新疆人民出版社2003年版，第1页。

② 新疆生产建设兵团毛泽东屯垦思想研究会编：《中国历代屯垦资料选注》，乌鲁木齐：新疆人民出版社2003年版，第2页。

③ 新疆生产建设兵团毛泽东屯垦思想研究会编：《中国历代屯垦资料选注》，乌鲁木齐：新疆人民出版社2003年版，第20页。

区兴办军屯的巨大益处，诸如“屯田得谷”、打击叛乱敌人并争取一般的少数民族群众、保护农桑、开源节流、弘扬国威等。① 如果说两汉屯田以军屯为主要形式，以巩固西北边防为政治目标；那么，曹魏的屯田之举则以民屯为主，垦荒屯田不是为了加强塞防，而是服务于“奖掖农耕、鼓励桑织”的内地发展战略。唐王朝是我国历史发展的一个高峰时期，曾创造了灿烂的物质文明和瑰丽的精神财富，为了有效应对西北边疆突厥、吐蕃侵袭，唐王朝在西域设置了安西都护府和北庭都护府，“在天山南北大兴屯垦，促进了西域屯垦的大发展和历史进步”②。唐王朝吸取了“屯田兴，边境宁；屯田废，边境乱”的历史教训，凭借中央政府强大的政治经济实力，采取军屯和民屯相结合的形式，除了边防戍卒，还从内地大量招募破产农民以及流放西域的犯人。③ 北宋时期多边患，辽和西夏虎视眈眈，时常劫掠边民，虽然有陈恕、钱若水、范仲淹等有识之士秉笔谏言、呈献屯田戍边之策，但终因朝廷腐败，无暇顾及边防屯戍而导致朝政覆灭。明代屯田兴盛，且形式多样，有民屯、谪屯、商屯、军屯诸种④。为了确保长久戍边，明代统治者还挖空心思安抚士兵，强化士兵与封建国家之间的人身依附关系，“总是让军士在营，带家小随往，使之有‘系累’或‘系绊’”⑤。清代是我国历代屯垦事业发展相当成熟的时期，中央王朝审时度势，认识到要抵御沙俄入侵、平定准噶尔叛乱，就必须在西北边疆大兴屯垦。除了沿袭汉唐以来的军屯模式外，清朝还特别重视发展民屯，“清代民屯的蓬勃发展，是清代新疆较之前代的重要战略转变，改变了汉唐以来新疆屯垦专为养兵的局面，从而有了真正意义上的开发”⑥。1875年，以李鸿章和左宗棠为首的两派政治势力围绕“海防”与“塞防”孰重孰轻展开了激烈论争，这一方面反映出晚清政府陷入遭受列强觊觎的险恶政治局势，另一方面也再度印证了屯田戍边对于固边稳疆、定国安邦的重要意义。民国年间，我国西北边陲政权更替频繁，局势动荡，这一时期的新疆屯垦“两起两落，有过兴盛，也经历了衰退。屯垦事业艰难、曲折地发展着”⑦。

---

① 详论可参见李福生主编：《新疆兵团屯垦戍边史》（上卷），乌鲁木齐：新疆科技卫生出版社1997年版，第65页。

② 张安福、郭宁等著：《唐代的西域屯垦开发与社会生活研究》，北京：中国农业出版社2011年版，第15页。

③ 张安福、郭宁等著：《唐代的西域屯垦开发与社会生活研究》，北京：中国农业出版社2011年版，第42~52页。

④ 王毓铨：《明代的军屯》，北京：中华书局2009年版，第1页。

⑤ 王毓铨：《明代的军屯》，北京：中华书局2009年版，第255页。

⑥ 张安福：《历代新疆屯垦管理制度发展研究》，北京：中国农业出版社2010年版，第183页。

⑦ 赵予征：《丝绸之路屯垦研究》，乌鲁木齐：新疆人民出版社1996年版，第313页。

新中国成立后，在中国共产党的坦诚争取和积极斡旋下，陶峙岳通电起义，新疆和平解放。伴随着新疆融入祖国社会主义建设的时代潮流，新疆屯垦事业也迎来新的机遇。应当说，当代新疆屯垦戍边的历史实践凝聚了以毛泽东主席为首的党中央第一代领导集体的屯垦思想智慧，科学吸收了历代屯垦经验和农战思想，是维护边疆多民族地区社会稳定的重要举措。王震率领的进疆部队会同国民党“九·二五”起义官兵，积极响应党中央《关于1950年军队参加生产建设工作的指示》，开展大生产运动和部队整编工作，“不仅为国家创造了大量的社会财富，发展了社会主义经济，减轻了新疆各族人民的负担，改善了部队和人民的生活，稳定了新疆的局势，而且把那些复员转业回乡的内地军人，暂缓复员，留在新疆作为开发边疆、建设边疆的重要骨干力量，为新疆兵团的成立，奠定了坚实的基础”①。1954年，新疆生产建设兵团宣告成立，十余万官兵就地转业，劳武结合、屯垦戍边，建成了一支“不吃军粮，不穿军装，不要军饷，永不转业”的生产队、战斗队和工作队。

20世纪五六十年代，新疆兵团各项事业的发展取得了辉煌业绩，迎来了当代屯垦戍边事业的黄金时代。兵团犹如一个大熔炉，融汇了解放军进疆部队、国民党部队起义官兵、西上天山的内地女兵、知识分子、支边青年、流民遣犯以及自流来疆人员，也凝集了新疆世居民族和内地来疆的各族群众，成为多元文化交流对话的典型场域。尽管新疆兵团在20世纪70年代遭遇重大挫折，甚至曾经一度被撤销，但自从80年代初恢复建制以来，新疆兵团一直都是巩固西北边防、维护民族团结的前沿阵地，其所承担的政治使命在新的历史情境下愈显重要。

新疆兵团屯垦戍边继承了汉唐以来的西域屯田历史实践，虽然二者在屯垦目的、屯垦主体、组织形式乃至屯垦绩效等方面存在明显差异，但从文化交流的意义上说，历代屯垦实践对于当代屯垦戍边事业具有重要的启示意义。首先，屯垦戍边有利于开发边疆、建设边疆，确保丝绸之路畅通，加强中原文化与西域文化、边疆少数民族文化与内地汉文化之间的交流互动，促进草原游牧文明与农耕文明、中西亚文明与东亚文明之间的互通有无，是中西文化交流的桥头堡。其次，屯垦戍边所带来的大规模、有组织的人口流动有利于增进民族融合，更新生产方式，进而强化国家认同与中华文化认同意识。费孝通先生详细爬梳中华文化的历史生成与源流谱系，提出了“中华民族多元一体格局”的说法，“在这多元格局中，同时也在接触中出现了竞争机制，相互吸收比自己优秀的文化而不失其

① 李福生主编：《新疆兵团屯垦戍边史》（上卷），乌鲁木齐：新疆科技卫生出版社1997年版，第3页。

原有的个性”①。所谓“多元一体格局”，既指中华民族各族群之间在历史进程中的渗透融合，也意味着区域文化之间的接触交流，比如楚文化、齐鲁文化、巴蜀文化与西域文化间的对话。可以说，能否正确认识到中华文化长期以来形成的“多元一体格局”，关系到当下边疆多民族地区的国家认同，是构建和谐民族关系、抵御境外敌对势力意识形态渗透的基础。再次，屯垦戍边不仅加强了人口迁移、经济交流，也极大地促进了内地与边疆的文化发展。这种文化交流是一个双向互动的过程，中原文化与西域文化交互影响，广泛涉及宗教、文学创作、音乐歌舞、日常审美等。盛唐时的“文人出塞”热潮催生了以王之涣、王昌龄为代表的边塞诗派，唐玄奘不畏艰难远赴西天取经，留下了广有影响的《大唐西域记》。佛经在中原的传播，影响了变文、俗讲等文学样式。西域歌舞、宗教绘画也对中原文化产生了深远影响。这种跨异质文化的交流与互动触及民族文化心理的深层结构，“由于民族融合给文人心理带来的巨大变化，从唐代开始，边塞诗人的心弦开始鸣奏出一种强音，即不再把边塞视为异域，把它和故乡对立起来，而是心甘情愿地生活在边塞，甚至以那里为自己的归宿”②。

综而论之，新疆兵团屯垦文化渊源于汉唐以来的西域屯田文化，这种文化在长久的传承和演化过程中，形成了一种独特的文化形态：它以内地文化特别是汉文化为母体，以开发边疆、建设边疆、保卫边疆为根本宗旨，以前仆后继的屯垦军民为主要载体，吸收了新疆多民族文化以及内地移民文化，兼具爱国主义精神、开拓进取意识和多元共生态势。③

二

自20世纪50年代以来，新疆生产建设兵团的组织形态随着中国社会结构的转型而发生变化。在50—70年代，兵团基本上是一个“劳武结合”的准军事化组织。“文革”之前，新疆生产建设兵团经历了发展的黄金时期。“文革”十年，兵团的经济、政治和文化遭遇重大损失，并于1975年被撤销。1981年，党中央批准新疆生产建设兵团恢复建制。20世纪80年代，新疆兵团屯垦事业穿越历史

① 费孝通等：《中华民族多元一体格局》，北京：中央民族学院出版社1989年版，第5页。

② 张安福、郭宁等著：《唐代的西域屯垦开发与社会生活研究》，北京：中国农业出版社2011年版，第267页。

③ 有关新疆兵团文化的特征，可参见高静文、张春霞：《兵团文化的特征及其当代价值》，载《新疆社科论坛》2010年第4期；王小平、安晓平：《论新疆屯垦文化的特征及其在新疆文化发展史中的地位》，载《塔里木大学学报》2005年第3期。

的雾障，重新与兵团初创时期相串接，以军垦第一代为核心力量、以内地新移民为新鲜血液的屯垦文化获得了长足进展。在文学创作方面，以杨牧、周涛、章得益为代表的“新边塞诗”登上中国文坛，其中杨牧的诗歌《我是青年》和自传体小说《天狼星下》影响较大。西部第一家诗刊《绿风》也在“戈壁明珠”石河子安营扎寨，推出了著名诗人石河、杨眉、杨树、高炯浩等。总的来说，20世纪80年代的新疆生产建设兵团屯垦文化延续了“爱国主义”“社会主义”思想内核，突显了理想主义和多元文化色彩。

20世纪90年代以降，市场化改革对兵团的高度计划经济模式提出了严峻挑战，与此同时，随着兵团人口主体构成的巨大变化和消费主义意识形态的蔓延，兵团基层组织日趋松散，年青一代和新移民的价值观念发生了迷惘与动摇，屯垦戍边文化认同遭遇“代际断层”。

首先，兵团政企不分的计划管理模式极大地束缚了经济的发展，兵团经济不仅落后于内地许多省市，某些团场的经济发展状况甚至不及新疆一些地方州县，高度行政化的管理模式在一定程度上延缓了经济体制改革，发展观念相对滞后，兵团逐渐丧失了五六十年代的吸引力。

其次，兵团人口结构发生了显著变化。20世纪五六十年代，国家有组织的大规模内部移民使得兵团人口快速增长，70年代中后期，兵团被撤销建制，原本隶属兵团管辖的人员大量转移到地方。80年代初兵团恢复建制，人口格局相对稳定。90年代以来，兵团迎来了第二波移民潮，一方面是由于国家实施西部大开发战略，在产业结构调整、市场投资、农业现代化等领域提供大量优惠政策，兵团的区域优势崭露头角；另一方面，随着军垦第一代①退休（有的选择回内地或者南北疆各城镇居住）、部分军垦第二代选择定居城市或者改行经商，军垦第三代远赴内地求学谋职等，兵团劳动力供给严重匮乏。有数据显示，“兵团职工人数由1991年的101万人持续减少到2005年的66.54万人，十几年内兵团职工总人数减少了近一半。而从1990年到2005年兵团农场总播种面积从780.8千公顷增加到985.8千公顷。其中需要大量拾花劳动力的棉花播种面积从170千公顷增加

① 本书对于军垦代际的划分，采取学界通行的模糊划分法，即以20世纪五六十年代进疆的这一批为“军垦第一代”，以这一时段出生并且在兵团长大、留在兵团服务的为“军垦第二代”，80年代后出生的军垦后代基本上划归为“军垦第三代”。但“军垦第三代”的命名本身很有问题，“军垦新生代”的提法可能更加合理。此外，笔者近两年来辗转天山南北寻访军垦第一代，通过对数十位老军垦的访谈，发现“军垦第三代”对屯垦戍边的历史产生了很深的隔膜，他们甚至不愿意了解或者不相信爷爷奶奶这一辈的艰苦创业事迹。此外需要特别说明的是，本书为了与学界通行的说法保持一致，绝大部分使用“屯垦”一词，其实新疆兵团的当代屯垦事业更适合使用“军垦”的说法。

到471.74千公顷，种植面积在不断增大而劳动力却持续地在减少”①。因此，为了补充劳动力的巨大缺口、确保屯垦戍边事业持续发展，兵团再度从内地引进大量新移民。但是与五六十年代相比，“进入90年代以来新引进的劳工大多来自贫穷、边远、人多地少的地区，文盲和半文盲人数占较大的比例，综合素质偏低”②。与此同时，兵团还大量从内地招募拾棉花的短期季节工，每年九月，一列列满载拾棉工的列车西出阳关，成为一道独特的景观。③ 应当说，90年代以来的内地新移民为兵团经济建设注入了新鲜活力，但他们主要以盈利为目标，流动性很大，对屯垦戍边的历史疏于了解，很难形成自觉的屯垦戍边文化认同。

最后，随着兵团农场小城镇建设和互联网的普及，加之大众文化和消费文化兴起的时代大背景，新疆兵团文化要想重塑影响力、适应新媒介的传播方式，就必须进行文化形态的更替。一方面，“军垦第三代”身处大众文化、大众传媒占据支配地位的时代语境下，耳濡目染消费主义的意识形态，以身体快感、时尚狂欢、娱乐至死为特征的当下流行文化消解深度模式，离析瓦解传统价值观念，质疑宏大叙事的社会文化意义。这样一来，“军垦第一代”铸剑为犁、“献了青春献子女”的伟大奉献精神在“军垦第三代”看来只是一种“神话”，一种远离现实情境的道德说教。与此同时，单纯依靠精英文化（比如屯垦文学）传播屯垦戍边精神的模式不再适应时代的需求，以影视为主导形式的大众文化成为弘扬兵团精神、建构新形势下屯垦戍边文化认同的理想载体。近年来，《热血兵团》《戈壁母亲》《走天山的女人》《烈日炎炎》等屯垦题材影视剧形成集群效应，备受瞩目。屯垦题材成为影视剧挖掘的富矿，而新疆生产建设兵团也充分把握时机，以大众文化的叙事模式、借助电影电视的传播媒介，将屯垦文化资源与文化产业很好地结合起来。这其中，如何有效接合（articulate）消费主义的历史情境、兵团的红色文化内核以及受众的期待视野，成功地实现屯垦文化的现代转型，既是一个挑战，也是一种机遇。

三

20世纪90年代以来的市场化改革与兵团高度计划管理体制形成了急剧的张

① 刘月兰、汪学华：《1954—2005年新疆兵团人口发展特点及制约因素分析》，载《西北人口》2008年第1期，第100页。

② 刘月兰、汪学华：《1954—2005年新疆兵团人口发展特点及制约因素分析》，载《西北人口》2008年第1期，第101页。

③ 近年来，新疆兵团农场积极推广机械采棉，对内地季节性摘棉工的需求大幅减少。

力，兵团人口结构的变迁导致兵团人的主体构成发生了重大变化，兵团屯垦戍边认同的代际差异也致使新疆当代屯垦文化的主体性遭遇困境。为了建构一种契合于时代变迁的文化认同，新疆兵团屯垦戍边的历史记忆在当代文化生产（文学、以影视为代表的大众文化、口述史、博物馆等）中被持续性重构与书写。因此，要详细考察兵团文化认同的建构策略，就必须重返这些再现的文本，借助于文本细读与话语分析，发掘出那些蕴藏在文本深层的再现政治及其文化意义。

首先，应当以小说和报告文学这两种在20世纪90年代兵团文学中最具影响力的文类为对象，考察两种文类各自的演进脉络及其创作概貌，集中关注兵团小说与报告文学在表述对象、主题呈现等方面与50至70年代的现实主义文学及80年代知青小说、改革文学的承继关系，凸显其对于“兵团代际形象”和20世纪五六十年代屯垦生活的勾描，并从90年代的社会历史语境出发，结合作者的文化身份、文本叙述技巧以及此时期的文学热点事件，分析本阶段兵团小说、报告文学对于屯垦戍边历史记忆的重构。

其次，以《热血兵团》《戈壁母亲》等近年来颇具影响的屯垦题材影视剧为研究对象，将这些影视文本放置在文化怀旧、消费主义、重写红色经典的历史情境下，追溯屯垦题材影视剧在新疆军旅题材影视作品序列中的文学脉络，凸显文化生产机制的维度，比较分析兵团自我书写与外部投拍影视剧之间的关联互动，阐释这种互动对于兵团的自我身份认同的影响。

再次，以《当代新疆屯垦口述史》《西部女人事情》等（准）口述史为研究对象，探析在口述史这种具有跨文类意义的历史叙述与历史文本中，个人经验与集体记忆之间的关联。面对历史的大叙事，个人经验与个体记忆如何选择？叙述主体如何讲述？口述历史如何启动记忆/失忆机制，重构一种当下的历史叙述话语实践？通过对屯垦口述史的细读，探究这些文本生产的社会机制与文化认同的建构，在复活各种边缘的历史记忆的同时，直面与屯垦戍边历史相交织的性别政治与民族国家话语。

最后，以军垦博物馆、艾青诗歌馆、军垦第一连等屯垦历史的记忆符号为研究对象，详细考察博物馆作为一种被展览的物质文化和精神文化，如何承载起“触媒”功能，唤起人们对于兵团初创期的历史记忆与文化想象，通过重组历史记忆的片段，有效借助日常生活的仪式叙事，将个体记忆上升为特定时期的集体记忆，进而服务于文化认同的建构。

四

应当说，自20世纪八九十年代以来，学界开始关注新疆兵团屯垦文学与屯垦题材影视剧，从文本叙事、期刊研究乃至文化分析的维度，探析此类文化文本的文学史价值、地域文化意味以及视觉再现的文化政治，取得了一系列比较有分量的成果。相比之下，新疆屯垦口述史的理论与实践显得相当滞后，甚至可以说已经错过了最佳时机①，留下了难以弥补的缺憾。截至目前，有几部影响力较大的报告文学将视角聚焦在新疆屯垦戍边的历史与当下，比如丰收的《蓝月亮》《绿太阳》《最后的荒原》《铸剑为犁》《西上天山的女人们》《王震和我们》，卢一萍的《八千湘女上天山》。虽然这些作品大多以真实的历史人物、历史事件为原型，有的甚至辗转天山南北，做过大量实地走访，但它们也只能算作“报告文学”或者“纪实文学”，具有文学审美价值却无法作为史料参考。此外，张吕、朱秋德编著的《西部女人事情》冠以“赴新疆女兵人生命运故事口述实录”的副标题，但由于该书访谈者众多，对提问标准的把握参差不齐，甚至出现了一些本该避免的讹误，② 因此算不上严谨的“口述实录”。事实上，兵团各相关机构长期以来都在进行零星的口述整理，相关内容收录在团场史志、报刊专题或者博物馆内部资料，但由于太过分散，未能产生应有的影响。姚勇等学者在研究兵团历史的学术专著中附录了若干口述访谈，比如《湘鲁女兵在新疆》。从整体上看，王小平主编的《当代新疆屯垦口述史》比较规范并且受到学界重视，该书作为“新疆通史”的阶段性成果，采访对象集中在离（退）休前担任过兵团所属各师团主要领导的军垦老人，以亲历者和见证人的视角追述兵团往事。这部“口述史”在行文框架上与新疆兵团的历史变迁紧密对应，为史书记载的一些历史事件增添了鲜活生动的材料，是对新疆屯垦史的有益补充。但毋庸置疑的是，这部“口述史”或许受限于课题的总体要求，预设性太强，文字整理加工的痕迹比较明显，尤其是缺乏普通人的声音，未能观照到草根大众的日常生活。此外值得一提的是，《兵团日报》在“星期刊”辟有专栏“实录兵团”，结集出版了《老兵故事》（王运华主编）等颇有分量的史料丛书。

---

① 如今，新疆军垦第一代大多步入耄耋之年，有些老人已经去世，有的虽然尚健在，也因为种种原因无法清晰回忆和讲述往事。从这个意义上说，“新疆军垦第一代口述史”是一项与时间赛跑的抢救性工程。

② 比如，该书将口述者“郑佩兰”误写为“关佩兰”，访谈地点也不准确。

“口述史”不等同于一般性的访谈录、回忆录、口述实录，它有自己相对清晰的发展脉络、操作规范和价值伦理。1942 年，美国人乔·古尔德发明了“口述史”（oral history）这个术语，后来被哥伦比亚大学内文斯教授加以推广利用。内文斯颇具慧眼，率先在哥伦比亚大学建立了全美第一个口述历史研究机构，从此哥伦比亚大学被尊奉为口述史的重要发祥地①。1967 年，美国成立了第一个全国性的口述史协会（OHA），该协会制定了口述史操作规范及道德伦理。20 世纪 70 年代，随着“公众（共）史学”（public history）的兴起，“口述史”愈益频繁地运用于妇女生活史、劳工运动史、城市街区变迁、少数族群日常生活等微观场域，以“自下而上”的观照视角为官方正史提供“另类声音”。“口述史”在中国最先是用作社会调查的一种手段，在书写“家史、厂史、社史、村史”当中发挥作用，如今广泛运用于非物质文化遗产研究、城市研究、大家族研究、影像纪录等领域，代表性的成果有定宜庄的《老北京人的口述历史》《最后的记忆：十六名旗人妇女的口述历史》，刘小萌的《中国知青口述史》，何蜀的“文革口述史”，中国传媒大学崔永元口述历史研究中心的“抗战老兵口述史”，深圳市政协发起的“深圳口述史”等。当前，以“口述史”“口述实录”命名的书籍可谓汗牛充栋，然而其中大多数都只是一般意义上的“访谈录”“回忆录”“纪实写作”，距离严谨规范的“口述史”相去甚远。那么，“口述史”究竟应当具备什么样的特质呢？

笔者不揣浅陋，姑且谈几点认识②：首先，“口述史”有意突破“自上而下”的精英史观，将历史话语权赋予大众，其根本要义就是“共享话语权”。“口述史”以文字记录、影像、声音等方式保留“亲历者”和“见证人”的言说，尤其注重将视角投向妇女、底层劳工、少数族裔、亚文化群体、草根大众的日常生活等微观情境，有效弥补权威档案、历史文献主要关注宏大叙事的不足，张扬一种边缘立场和人文关怀，在城市街区、村落变迁、女性生活、灾难记忆等领域发挥日益重要的作用。其次，“口述史”强调大众参与，渴望聆听大众的声音，人们甚至经常引用卡尔·贝克尔的名言“人人都是他自己的历史学家”，试图表明这是一个大众狂欢、草根写史的年代。诚然，每个人都拥有“书写历史”以及“被历史书写”的权利，个体的经验、个体的生命故事，都有资格进入历史的观照视

① 著名华裔史学家唐德刚先生曾在哥伦比亚大学历史系攻读博士学位，他在口述史领域做出了重要贡献，其代表性作品包括《胡适口述自传》《张学良口述历史》《李宗仁回忆录》等。

② 2015 年 7 月，笔者参加了由重庆大学人文社会科学高等研究院主办的“第二届中国公众（公共）史学高校师资培训班”，聆听了 Philip Scarpino 教授、李娜研究员等学者有关口述史的系列讲座。笔者对口述史的基本认识，很大程度上受惠于这次师资培训班，特此指出并致谢。

野，但这并不意味着“口述史”没有门槛。“人人都来做口述史”，前提是“口述史”从业者必须具备良好的历史专业素养、积极主动的沟通应变能力、合理规范的口述史整理技巧，同时还应当严格恪守口述史的伦理道德，比方说尊重受访者的知情权。再次，“口述史”的选题通常是“地方性”的，很少用来处理普泛性的话题，因为这样有便于在口述文本中创建一个共用空间，让不同的个体经验在此参照比对，形成有关某个历史时期、历史事件或者特定空间的多维视角。最后，应当理性看待“口述史”的真实性，并在此基础上合理评估“口述史”的价值。正如瓦尔特·本雅明所指出的，“历史是胜利者书写的清单”。历史本身就是一种叙事。无论是以权威面貌示人的档案文献，还是个体凭借记忆讲述的口述资料，都不可能完全客观真实，这种“真实”永远只能是一个相对的理解。一方面，随着记忆研究的不断深入，人们认识到“记忆”不仅是一个再现的“文化文本”，它同时还关联着“行为、表演、实践的场地”，“记忆相对于以单个集体为单位的历史来说，是一个复数的概念，它较统一性更趋向差异性。每个记忆由于立场不同，都是个体的、部分的，并由此决定了什么被遗忘、什么被记起”①。记忆能否被成功激活？记忆中储蓄的材料能否尽可能摆脱屏蔽？如何处理受访者的创伤性记忆？如何在受访者欲言又止的时候迅速抛砖引玉？如何应对受访者讲述中的错误信息、无效信息甚至是有意而为的虚假信息？这些情况都是客观存在的，它们要求访谈人做到“知己知彼”，擅于结合具体情景调动氛围，发挥积极的触媒效应，比方说访谈人要详细了解受访人的背景信息，要提前熟悉访谈主题并尽可能查阅相关档案文献以便和受访者的讲述相参照，既要善于倾听受访者的讲述，也要随时紧扣谈话主题，抓住时机提问，做到收放自如。另一方面，口述史料作为档案文献的一种补充，我们在运用的时候应当加以认真甄别筛选，注重两种不同来源史料之间的参照比对。“口述史”的魅力，不在于它能够提供又一套戴着权威面具的话语，而在于它为同一历史事件的阐释提供了多元视角、多种可能，在众声喧哗的复调场域中逼近历史的“真相”。

五

基于本书著者对“口述史”的上述认知，《穿过历史的尘烟：新疆军垦第一代口述史（一）》主要有以下几方面的特点：

---

① ［德］阿斯特莉特·埃尔、冯亚琳主编，余传玲等译：《文化记忆理论读本》，北京：北京大学出版社2012年版，第122页。

首先，这部口述史的访谈对象集中在新疆军垦第一代，即20世纪五六十年代响应国家号召，从不同渠道进疆的兵团职工。“口述史”充分关注到受访者来源的丰富性，尝试全景式展示每位受访者的人生命运故事，重点突出受访者在新疆兵团的生产生活经历，通过引入新疆当代风云变幻的历史坐标，探察个体命运与大历史之间的关联。“口述史”分为上下部，上部侧重北疆兵团，下部转移到南疆兵团，访谈对象以普通职工为主，同时考虑到受访者的性别、籍贯、家庭背景、来疆原因、从事职业等因素，即便是采访陶先运、金茂芳这样颇有名气的老军垦，我们也尽量避免重复既有新闻报道的内容，在口述的广度和深度上下足功夫。针对“伊塔事件”这样的重要史实，我们采取“四人谈”的方式，邀约受访者从不同视角回忆事件的前后经过，形成“交叉互现”的效果。

其次，这部口述史的内容非常丰富，可以简单概括为“四类故事”，即“男人的故事、女人的故事、孩子的故事、动物的故事”。究其详，本书收录的口述史包括杨新三、唐克英、刘继华、武来银、胡友才这样的战斗英雄，他们或参加过红军，或在抗日战争和解放战争的战场上叱咤风云，或在新疆的历次剿匪行动中屡建奇功，真可谓“旌旗猎猎向雄师，黄沙莽莽追穷寇。戎马倥偬守边土，胡杨深处唱大风”。除了战斗英雄，还包括那些辛勤耕耘在农业生产、文化教育领域的军垦战士，比如“戈壁滩上育新苗”的刘方针、“梦里他乡是故乡”的邹立仁、“渡尽沧桑话当年”的王兴富。此外，这部口述史凸显了新疆军垦第一代女性的“戈壁母亲”群像，她们当年从湖南、山东、广西等地西上天山，在这孤寂荒芜的茫茫戈壁上成家立业、生儿育女，使得屯垦事业由“一代而终”变为“世代屯垦”。陶先运、华淑媛、戴庆媛、杜颂先等湘妹子不畏艰难、敢想敢做，她们或是兵团第一代女拖拉机手，或是新疆最早的农艺师，或是兵团会计行业的奠基人，或是共和国第一代维汉女翻译，可谓“岁月如歌无怨悔，持筹握算建功业。踏冰卧雪傲昆仑，巴别塔上放歌声。万里悠悠西北望，莫向潇湘望故乡”。金茂芳、刘文卿、黄明德、伦瑛等山东、广西来疆女性豪爽大气、誓争先进，她们或勇当劳动英模，“巾帼垦荒尚功伟，谁言女子非英物”；或戍守大漠深处，“风雨南疆显豪情”；或坚守在最平凡的岗位，“世间无限丹青手，要留清气满戈壁”。这是一部关于女性命运、屯垦戍边历史与民族国家建构的史诗，那些风云激荡的岁月，那些悲情无助的“组织婚姻”，那些孤绝痛楚的“文革”记忆，那些变幻莫测的边境往事，纵然已消隐在历史深处，却通过当事人或见证者的口述，鲜活再现，历历在目。关于“孩子的故事”，我们可以跟随刘文卿的讲述，走近20世纪50年代初“军垦第二代”的童年成长经历。关于“动物的故事”，既有戈壁滩上遭遇狼和蛇的创伤体验，也有“革命虫”（蚊子）这样的励志情节……

再次，这部口述史采取现场对话体，融入“表演民族志”理念，力求充分呈现访谈的整体背景，尽可能原汁原味地再现受访人的讲述，以括弧补充的方式再现受访人在口述过程中的情绪变化、动作及其对周围环境的自我调适。每篇口述文稿末尾附录一个简短的“后记”，访谈人在“后记”中详细交代访谈背景及访谈人的主体性思考。针对某些重要的历史事件、政策文件等，采取查询既有档案文献资料，以注释的方式与口述史料达成交叉共振。

最后，这部口述史融汇了集体的智慧和力量，新疆大学人文学院中文系“比较文学与世界文学”2014 级硕士研究生及汉文学 12－1 班的部分本科生参与了本课题，有的曾多次跟随我到石河子、奎屯等地采访，有的参与了访谈录音的初稿整理，他们严肃认真的工作态度及其对新疆军垦事业的满腔热忱让我深深感动。在此，我郑重写下他们的名字，真诚感谢他们为这部口述史付出的艰辛努力：郑豆豆、刘雪宁、胡佳佳、程遥、史津铭、潘旭、冯亚亚。

2015 年 10 月 1 日于哈密

CONTENTS/目录

莫向潇湘望故乡

口述｜陶先运

人物档案：陶先运，女，1936年出生，湖南宁乡人，高小毕业。1951年报名参军，在新疆生产建设兵团（以下简称“新疆兵团”或“兵团”）农场工作了二十多年，后调至兵团农科院从事财务工作，1991年退休。现定居石河子市。

访谈时间：2015年1月28日上午。

访谈地点：石河子市五小区。

邹赞（以下简称“邹”）： 陶阿姨的湖南口音很浓，阔别故乡六十多年了，乡音无改，听起来非常亲切。您老家是湖南哪的？

陶先运（以下简称“陶”）： 湖南宁乡高坝窑的。

陶阿姨笑声爽朗，指着客厅墙上的大幅照片介绍说：“这就是我们老家，宁乡狮子山陶家老屋，陶峙岳将军就是从这儿出来的。”自豪之情溢于言表。

邹： 请您回顾一下您小时候的生活情况，比如说父母的职业、家庭教育。

陶： 我记得很清晰，我出生于1936年，在家里排行老四，上面有一个哥哥，还有两个姐姐。在我还是婴儿的时候，我妈妈得病（据说是天花）去世了，因此我就寄居于外婆家，外婆家在宁乡县朱良桥，外公酷爱阅读古书，经常在书房里读书练字，他要求我们这些子孙也要熟读古书，所以我现在还记得外公说的（一些话），什么“笑莫露齿，话莫高声”“轻言细语，坐莫摇身”。外婆家是书香门第，外公教我写大字、读唐诗，我至今记得小时候摇头晃脑背诵“少小离家老大回，乡音无改鬓毛衰。儿童相见不相识，笑问客从何处来”。可以说我小时候接受了良好的教育。你看我现在在家穿布鞋，不习惯穿拖鞋。为什么呢？因为老家不准穿拖鞋，家里也没有拖鞋，穿布鞋不允许踩脚后跟，否则外公会拿棒子打，说这是“痞子”。

我在宁乡县莲花乡振兴国民学校读完了七年小学，（这时候）我的爸爸娶了我的继母①，也有了弟弟妹妹，我姨妈和一些亲戚想收养我做女儿，我爸爸觉得我妈“走”得早，临“走”的时候嘱咐四个孩子不要送人，因此我爸爸回绝了人家的好意，把我接回了高坝窑。我回到这个地方的时候已经十三岁，家里有一群弟弟妹妹了。

邹：您在外婆家生活了十几年，为什么会想着这时候回来？

陶：我十三岁时是 1949 年，正值“土改运动”，我外婆家是个小地主出租家庭，田地被分了，舅舅、舅妈也分家了，没有办法再收养我，我自己就想着还是回来吧。我哥哥这时已经去了台湾，姐姐也自谋职业了，我一下子坐到一群弟弟妹妹中间，生（疏）得不行。爸爸把我带到长沙，他在民营运输社开货车。我到长沙的时候，家乡已经解放了。我爸爸儿女多，实在没能力再送我继续上学，我就去报考益阳专区地方干部学校，没想到还被录取了。学校的生活很充实，起早贪黑学习各门课程，讨论课上大家也踊跃发言，就这样学了三个月，分配工作的时候因为我年龄太小，很多工作干不了，紧接着我被转到中国茶叶公司长沙茶厂，当了一名捡茶工，就这样工作到了 1950 年冬天。

邹：我来采访之前查了一些资料，得知您和陶峙岳、陶晋初都是亲戚关系。您还记得第一次见到陶峙岳将军的情况吗？您后来选择参军入伍，是否受到了他们的影响？

陶：我和陶晋初的关系要远一些。陶峙岳和我爷爷是亲堂兄弟，我叫他叔公。我第一次见到叔公是在 1949 年，我那时刚从益阳专区地方干部学校学习完毕，没有分配工作，就又回到老家。有一天我听继母说：“今天，你的伢②要回来，还要带一个人回来喽。”我们这些小娃娃站到门口看，远远地看见高坝窑的公路上面有一个人，穿着乳白色的风衣，戴着鸭舌帽，走在我爸爸前面，一路往陶家老屋走来。我们赶快跑回家报告。一进陶家老屋，右手边住着陶峙岳的亲弟弟，是个哑巴，我们叫他满叔公。陶峙岳先进了他们家，我们家在左手边，我父

① 此处指母亲病故后，父亲再娶。
② 湖南方言，“父亲”的意思。

亲回到家对继母说："明六叔回来了，赶快泡点茶，他一会要过来。"大约一个多小时后，陶峙岳将军来到我们家，坐在桌子旁，父亲给叔公一一介绍我们这些娃娃。过一会叔公就起身告辞了。这时院子里集合了好多叔叔伯伯们，我听到他们在议论："哎呀，明六叔在外面做大官，还没有小车子，也不带随行人员，跟着侄儿拉煤的车子回来。"我后来才听说，明六叔公是在"九·二五"起义之后到北京去办事，回头来到长沙，顺便搭乘我爸爸拉煤的货车回陶家老屋看看。我当时根本不知道叔公在新疆，只晓得他在外面干大事。这就是我第一次见到叔公的情形。我后来到长沙茶厂工作，接触了外面的世界，才了解到新疆军区招聘团的招兵信息。

邹：1950 年野战军部队到长沙招文艺兵，1951 年新疆军区组团来湖南招兵，宣传阵势猛烈。

陶：1950 年的招聘条件比较严格，要求年满十八周岁，有一定的文艺专长，我的条件达不到。1951 年新疆招聘团的条件要宽松些，虽然年龄要求是十八岁，但是如有区以上人民政府的介绍信和高小文化程度，年龄要求可以稍微放低。介绍信我开得出来，高小文化程度我也具备，因此我辞了茶厂的工作，到指定地点去报名。体检时发现我身高不够、体重不足、营养不良、视力不达标，人家不要我。我和报名点的工作人员辩道理，我说身高不够、体重不够还可以长，视力不达标可以慢慢调嘛，正好熊晃政委站在楼上看到了，工作人员问他该咋办，熊政委看了看说："收下来吧，报到文工队去。"就这样我填了履历表，真正报到，那是 1951 年 4 月 8 日。

邹：您当时决定报名参军，是因为个人的理想，还是为生活所迫？

陶：生活所迫倒谈不上，因为我已经到茶厂当工人了，完全可以自食其力。要说是因为革命理想，为报效祖国、实现共产主义而参军，也没这么想过。但是有一点，自己确确实实想出去做事，当时全社会涌动着一股参军热，长沙街头到处在唱"三大纪律、八项注意"，在这种社会氛围的影响下，我明白了参军是个正经事情，走的是正道。

邹：您报名参军，父亲是什么态度？

陶：一切都是瞒着他的，爸爸开车也是早出晚归。我 4 月 8 日报名，报完名后分成小队，我记得我是第十三批，每一批三百多人，我的编号已经是三千几百几十号了。4 月 15 日，小队里的人对我们讲："你们把花花绿绿的棉袄都放到家里，把军装换上，我们车子带不了那么多东西。今天回去向爸爸妈妈辞个行，明天下午我们要乘火车从长沙出发了。"我换上军装，兴奋不已，当天晚上穿着军装回家。我们那时是在长沙租的房子，一间小小的过道房，爸爸开的单人铺，我也是单人铺。爸爸已经回来了，靠在床头抽烟，我说："爹，我参军了，我要到新疆去了。"他一下子站起来："到新疆去？"我回答说，我的一切手续都办好了，爸爸拍了拍我的军装，说："新疆好冷噢！"我说我不怕，一起去的人很多，我的编号都已经是三千多了。爸爸走出屋，想找一个附近的人借两块钱，附近的那个人说："到新疆去？雪都堆得这么高！要冻死人的，不要叫她去。"我们家孩子多、负担重，我爸爸是个欠账户，附近的人没借钱给他（流泪）。爸爸无奈地叹气："满女子，你去吧。我的六叔、你的叔公在边疆当总帅，你到了新疆去找找他，他会关照你的。"夜已经很深了，我就这样告别了爸爸（流泪）。第二天一大早，我把平民衣服打包装好，离开了家。那时候心情很高兴，蹦蹦跳跳的，丝毫离愁别绪的伤感都没有。我记得我在日记本里写着："哈哈，我参军了！"午饭后开始在火车站排队，黄昏时分火车开出长沙车站，我以前没有坐过火车，感觉很新鲜、很好奇，根本没心思去找送我的舅妈和姐姐在哪里。车灯亮了，火车咕咚咕咚地缓缓开动。

陶阿姨情绪调整得很快，回忆起当年长沙火车站的送行，她童心未泯地模仿起火车开动的情形，用肢体动作表达着当时的激动心情。

我坐在车厢里，突然本能地问了一句："我啥时候才能回来呀？"说完鼻子一酸，情不自禁地哭起来。车厢里的人受到感染，也都哭了。火车咕咚咕咚向前开，大家哭累了，睡着了，第二天早上火车到了西安站。下车后，我们住在西安大旅社，我们到乐乐大饭店吃饭，吃的是馍馍，没有米饭，而且没有韭菜香干和辣椒，所以没吃好，但也不哭不闹。我到现在都感谢老部队的作风，感谢中国共产党教育的好干部，人家一点架子也没有，走到我们中间嘘寒问暖，"饭好不好吃呀？""吃饱了吗？"就像家人一样关心我们。第二天安排我们在西安大旅社附近的长沙饭店吃饭，大家又吃上了米饭、辣椒、韭菜香干。过去部队的优良作风让我们倍感温暖，一点想家的念头都没有。

邹：电视剧《八千湘女上天山》专门演了这一段，进疆的湖南女兵到西安后的第一顿饭吃羊肉泡馍。

陶：那时候哪有羊肉泡馍，只是吃的是北方口味，后来部队关照我们，第二顿到长沙饭店吃湖南口味（大笑）。

邹：咱们部队的思想政治工作一向做得很到位，你们过了西安，即将面临漫长而艰苦的行军，当时政委有没有给大家做思想工作，让大家对未来的困难有一个预先的心理准备？

陶：绝对没有那些理论的灌输，都是实实在在的关怀。我们的日常生活安排得很紧凑，让你根本没有想家的时间。那时候部队的教育不重言语，重实际行动，旅社里锣鼓喧天，气氛特别热烈，工作人员带我们去理发、看电影、逛街，发毛巾、水壶、搪瓷杯。我记得“五一劳动节”那天，我穿上以前当捡茶工时买的蓝布衣服，手里拿着一本书，扮成学生的模样到街上扭秧歌，一点也不知疲倦。大概是临走前两天，工作人员通知我们即将从西安出发了，部队给每人发了一米左右的白布，是那种两层厚的布，用来包干馍馍、大饼、咸疙瘩菜。据说是新疆军区一个团的车来拉我们，具体多少辆我们也不清楚，只知道自己乘坐的车分在哪个小队。过了“五一劳动节”，我们就分几个地点集合，乘坐敞篷车向新疆进发。

邹：每辆车上大概坐多少人？

陶：一辆车上坐两个班，三十几个人。车上并没有座位，而是装的是运往新疆的建筑材料，大家就分成几排坐在建筑材料上。车队出发了，前面红旗招展，歌声此起彼伏，一会是《团结就是力量》，一会是《五星红旗迎风飘扬》，宣传工作搞得特别好。每到一个地方，打前站的同志都会将食宿安排好，大家哪怕是把包袱往沙地上一铺，睡得满头都是沙子，也都毫无怨言。

邹：从长沙往西安的路途中有山有水，大家应该能习惯，过了西安，路途就会越来越艰难。车队有没有遇到什么特别的困难？

陶：令我记忆犹新的是，车队翻越六盘山之前，部队叮嘱大家提前拿出棉袄，说是山上下雪，天气寒冷，同时为了安抚大家的情绪，告诉我们说司机驾驶技术过硬，并且经验丰富，大家不必害怕。车沿着盘旋的山路缓缓行驶，大家睡意蒙胧，突然间发现有雪花飘进来，寒意袭人，大家赶紧穿上棉袄，彼此紧紧靠在一起。翻越六盘山整整花了一天时间，下车时天色已晚，黑咕隆咚的，只能看见车灯所散发出来的光。大家排队跟着小队长来到一个窗口，每人领了一碗热汤，酸酸甜甜的，也不知道是醪糟汤还是甘肃的浆水，拿上干饼就着热汤吃。那天晚上没地方睡觉，大家就在车上宿营，我掀开篷布往外一看，远远地从山顶到山脚有一条白光，驾驶员告诉我们那是还没有下山的后续部队。

邹：六盘山地势险峻，号称“山高太华三千丈，险居秦关二百重”，自古是事故多发之地。你们在行军过程中有没有出现过意外？

陶：一路上没有翻车事故，也没有人生病，一切都很顺利。过了六盘山，第二天清晨醒来，车队浩浩荡荡，前不见头，后不见尾。我在回忆录中这样描写当时的心情：“这个古老的乡村从来没有接待过这么多的远方来客。”（爽朗大笑）车队一路歌声回荡、士气高涨，《团结就是力量》《我是一个兵，来自老百姓》，高亢的歌声回响在山谷和戈壁滩上。

邹：部队从西安长途跋涉到兰州，在兰州要休整几天，还记得当时的情况吗？

陶：我记得“六一”是在兰州过的。到了兰州，小队长负责给大家传递信息，组织大家洗澡、看电影、理发、写家信，车队也在补充给养。

邹：车过兰州，进入河西走廊，满眼所及都是戈壁大漠，自然条件十分艰苦。第一次看到这么荒凉的景象，您是什么感觉？

陶：敞篷车从兰州出发一路西行，四周不是荒山秃岭就是大戈壁滩，条件确实艰苦。大家不是鼻子流血就是嘴唇干裂，一下子不是很适应气候。我当时的感觉是好奇，想象着孙猴子西天取经都经过了哪些地点（哈哈大笑）。尽管条件艰苦卓绝，但在我周围没有出现生病的，也没有后悔的，更没有中途逃跑的，大家都很单纯乐观，负面的东西极少。我记得有一次很偶然听到了驾驶员们的交谈，他们说我们是来到新疆的移民，当时不知道移民是咋回事，也没放在心上。

邹：部队抵达迪化①以后，具体是怎么安排的？

陶：到了迪化，车队就不走了，带我们来新疆的驾驶员都离开了，我们挺留恋的。我们在迪化休整了几天，住在招待所，招待所后面有条河，河上搭了块木板子，我蹲在板子上用毛巾沾水洗脸，毛巾一下子被流水冲走了。分队长告诉我们不要去河里洗澡，水流湍急，相当危险。大概过了两天，一辆车子把我们拉到呼图壁，呼图壁当时叫景化。到了景化，我因为年龄小被重新分到幼年组，一个姓肖的指导员负责带我们，她身穿单军衣和裙子，给我们训话十分严格，不允许大家嘻嘻哈哈。我们当时受不了这种严厉的管束，经常在一起窃窃私语，就这样训练了一个月。后来部队发了毛巾、单军装，还有一个这么厚的上面衬了金粉的笔记本，写有“安下心，扎下根，长期建设新新疆”几个字。当时没有电影看，理论学习主要是负责思想政治工作的同志给我们讲“新疆是个好地方”，鼓励大家在新疆“安下心，扎下根”。还有一件事就是发放军属证，你是谁抚养大的，你对谁感情最深，这个军属优待证就发给谁，你可以自己选择。人们常说血浓于水，这话不假，我在外婆家待了十几年，按情理我会寄去外婆家，可是这军属证我还是毫不犹豫寄给了我的爸爸（笑）。

邹：当时在思想政治工作方面还有哪些举措？

陶：政治上开始要求大家交代以前的问题，此处交代过了的事情从此就一笔勾销，不再算是你的错误。如果不在这里交代，以后就要查你的问题了。我坦白说，我没有十七岁，虚报了两岁，所以我的年龄就是在这时候改过来的，现在人

---

① “迪化”是“乌鲁木齐”的旧称。

们去兵团档案馆查询“八千湘女上天山”的相关资料，常常会问：“这个陶先运咋越活越年轻了呢？”（哈哈大笑）

邹：经过一个多月的军事训练、理论学习和政治审查，您后来被分配到了什么岗位？有没有遵照父亲的嘱咐去找明六叔公？

陶：我现在想来也后悔，也不后悔。当时的学生队、文工队和首长办公楼紧挨着。首长办公楼外面是一道土围墙，前面有个岗楼，有时候小车子来了，就听见有人说“首长到了”。我还偷偷跑到围墙那边去看，“这不是明六叔公吗？”爸爸说叔公在新疆当总帅，我这时候才知道所谓总帅就是二十二兵团的司令员。我没有去找叔公，我也不知道找他能说些啥，我就像一张白纸一样，心灵干干净净。一个月的培训后我被分到二十五师，那地方叫小拐（玛纳斯河的“小拐”），也就是现在的一三六团团部所在地。那时没有公路，我们五个人坐在敞篷车上，时值八月份，雨天路滑，汽车一路咕隆咕隆，颠簸不平，泥浆呼噜呼噜，溅得到处都是。车子把我们拉到三道河子，那里有个接待站，车东拐西拐，进了一个满是瓜皮和苍蝇的院子。车停下来了，驾驶员待人特别热情，把我们五个女兵的行李拿到了一间房子的炕上，然后带我们去吃饭。那时候没有门帘，苍蝇到处乱飞，只能采取暗道防苍蝇的办法，两堵墙中间黑洞洞的，苍蝇飞不进去，我们在伙房打了饭菜就直接蹲在暗道的墙根下吃。

第二天早上，车又把我们往小拐拉，晚上我们到了二十五师师部，又下雨了，驾驶员把我们领到一个地窝子，里面点着油灯，地上铺着干草和苇叶，我们匆忙吃点自带的干粮，就在地窝子里歇息。一觉醒来天已大亮，我们走出地窝子往四周看，一条稀烂的马车道，路边几棵东倒西歪的白杨，还有半截子沙枣树，半截子胡杨，远处是高低不平的沙包，马路旁有几个小商店，卖的是莫合烟、辣椒面和肥皂。就是这般艰苦的条件，我们一点怨言也没有，满心都是好奇。一名年龄稍大些的战士过来招呼我们，把我们领进了一间平房，接见我们的是二十五师政治部主任史骥，他热情地说：“欢迎新战士，今天我们会个餐。”不一会儿几大盆菜端来了，红萝卜炒羊肉、粉条炒羊肉、莲花白炒羊肉，主食是馍馍，这些东西新疆都有，吃得挺好。平房里既没有桌子，也没有凳子、台子，大家就蹲下围成一圈开始吃，这就叫“欢迎新战士会餐”。

邹：您从湖南过来，羊肉能吃习惯吗？

陶：习惯呐。那时候的炊事员都是从内地来的老兵，手艺不错，做的饭很合口味。

邹：会餐过后，分配具体的工作了吗？

陶：吃完饭，史骥主任亲切地问我们想干些啥，一个一个地问。他问我爱不爱唱歌跳舞，愿不愿意去文工队。我说我不爱唱歌跳舞。他接下来问我：“要不你去卫训队，去当护士吧？”我连忙答应。我们五个人有去文工队的，有去当译电员的，还有两个人进了卫训队。史骥当时考察我们，了解了我的基本信息后，问道：“你这个小鬼，姓陶，湖南宁乡的，你是不是我们陶峙岳司令员的亲属啊？”我回答说我爸爸告诉我说有一个叔公在新疆当总帅，我就说了这么一句。

我被分到卫训队，背起背包到卫训队报到，卫训队从每个连队抽调一名战士，培训合格后到各连队当卫生员，这些人大多都参加过“九·二五”起义，年龄比我们要大一些。当时二十五师的贺政委是江西籍的老革命，他回家探亲时从江西带来了几十名男女青年，我们就和这些江西青年一起被编到护训队，那时候卫训队为连队培养卫生员，护训队为各医院培养护士。我们去报到的时候，那边已经开始盖房子了，大家都在挖坑、搬土块，漫山遍野都是劳动的歌声。我们放下背包就加入劳动队伍中，起先是剥苇子，男战士从苇子湖砍来一大捆一大捆的苇子，每根苇子有胳膊这么粗，把皮剥干净，等着给房子上梁。男同志负责挖坑、打土块，我们女同志就抬抬把子，抬把子你知道吧？两边两根苇秆，里面是红柳条编织成的，两个人抬土用的。

陶阿姨担心我没听明白，起身比画抬把子的形状及用途。

邹：劳动强度大吗？

陶：我们开始夜以继日地劳动，天明起床，天黑收工，晚上睡大炕，一身泥土一身汗。我当时系小辫子，头上长了好多虱子，你看看丰收写的《蓝月亮》，里面登了我当时的照片（笑）。手上裂了一道道口子，肩上起了厚厚的老茧，两个脚板上都是泡，洗脸用的是蒸过馍馍的碱水，白衣服被洗成了黄衣服。我们要赶在新疆入冬之前把房子盖好，不然没办法过冬。房子还没有完全盖好，上面又下了任务，小拐要盖大礼堂，陶峙岳司令员要在1952年的春耕动员大会上讲话，因此务必在1951年入冬之前盖起一座十三米高、能够容纳一千多人的大礼堂。盖礼堂的所有材料全靠人工搬运，卫训队、政训队、财训队，上至领导，下到司机和炊事员，全部参加劳动，每个人都发了根绳子，用来背土块，每个土块大约五到八公斤重，我那时才十五岁，体重只有三十几公斤，每次只能搬四五块。我们把旧军装里的棉花掏出来，垫在肩上，背完土块背砖块。有几个少数民族的老乡骑马从这边经过，他们看着我不停地笑，竖起拇指说：“尕尕的，亚克西！”我没有听懂，后来向老兵请教，他们解释说：“新疆话‘尕尕的’是‘小’，‘亚克西’是‘好’，你小小年纪就来新疆搞建设，好样的！”后面大家就开始编着词儿唱："什么亚克西哟，什么亚克西哟，湖南的妹子亚克西！"这么多年来，我一直想回到一三六团去看看当年的大礼堂，"七·五"事件后，湖南电视台的王明过来采访我，我跟他透露了自己的想法，电视台雇了车把我们拉过去，算是圆了我的心愿，但遗憾的是大礼堂已经荡然无存，废墟都找不到了。我现在想啊，等我有时间了，一定要带上我的孩子们从老炮台出发，去看看那些我曾经战斗过的地方。

邹：劳动有没有制定具体的任务？女同志有些情况比较特殊，劳动中会考虑到这些因素吗？

陶：劳动任务相当艰巨，从政委到战士，大家不讲任何特殊情况，尽力而为，没有硬性指标，也不存在出工不出力的现象。史骥政委也和我们一起搬土块，背得比我们还多，都是小跑着往前走。

邹：您在护训队接受培训，主要学习些什么内容？这个过程当中是否需要参加其他的常规劳动？

陶：1951 年冬天，我在护训队学习查体温、写交班记录，背阿司匹林等药物名称。培训期间，我们要到戈壁滩上去背红柳条来取暖，那时候新疆的天气比现在冷，班长带队，走在队伍最前面，我是副班长，走在最后，大家带上馍馍，系上皮带，穿上半截毡筒，向白茫茫的戈壁滩进发。班长负责分配任务，叮嘱大家不要跑远，因为红柳丛中有狼，我们用毡筒一顿猛踩，如果踩下的枝条是红色的，说明这个是活的，不要砍，枯死的枝条统统踩翻，然后码得整整齐齐，一捆一捆绑好，这些活都是在雪地上操作的。班长要时不时招呼大家几声，保证所有的人都在，开始背柴火的时候，人坐在雪地上，班长把红柳捆提起来帮大家放好，每个人都留一根粗一点的红柳，上面带个叉叉，走累了，就把红柳往地上一放，叉起背上的柴捆休息一会。我们这群女兵就像是沙漠里的骆驼群，负重前行，饿了就啃几口冻得硬邦邦的馍馍，渴了就抓几把雪团放进嘴里。我现在很怀念那段时光，虽然天气是那样的冷、劳动是那样的高强度，但我们的心里暖融融的，大家天真无邪，很自觉地互相帮助。有的人背红柳跑得快，有的人力量小，走得慢，那些年龄大一些的战士尤其是参加过起义的老兵，争先恐后来回折返接走得慢的人，直到大家都平安回来。

邹：护训班培训结业后，大家都分到医院工作了吗？您能否回顾一下在医院工作的那段经历？

陶：护训班结业后，和我一起去的刘国华（音）满十八岁了，和一个看守所的指导员结婚走了，江西来的那批女同志也比我年龄大，先后由组织上介绍结婚成家，分赴天山南北。我才十五六岁，没到结婚年龄，就和一些年龄小的男同志一起分到医院里去了。医院的病房很简陋，病床就是大土炕，医院后门是玛纳斯河，再远处就是戈壁滩。我每天晚上都要到戈壁滩上给病人倒屎倒尿，那时经常有狼群出没，我去倒尿时先大声咳嗽几下或者喊几声，因为狼比较害怕响动，倒完后就赶紧往回跑，心里十分害怕。我们的医生特别好，他看我们害怕，就在前面走，让我们跟在后面，他告诉我们："世界上没有鬼，人死亡就是心脏不跳了、血液不循环了。"我后来再也不害怕死人了，如果有危重病人，医院就叫我去值班。我当时住在伙房一间堆放杂物的隔间，没有窗户，黑乎乎的，只有一个孔可以通风，直到1952年8月我离开这间屋子时，都没看清楚周围放的是啥东西。

兵团作家丰收当年采访我，他的书中写了"任佩莲之死"。任佩莲身患疾病，后来知道是肠梗阻，生下娃娃就死了，娃娃的父亲是七十四团王副团长。任佩莲临死之前，她爱人都没赶来看她，等医院发去了死亡通知书，王副团长骑着马急匆匆赶来。他蹦起来大吼："怎么回事？人送过来好好的，怎么会死呢？"我把娃娃抱过去给他看，他说："大人都没了，娃娃我也不要了。"医院体谅王副团长当时的难处，住院医生劝慰他："王团长，你现在家里没人带娃，娃娃暂时放到医院，这样比较方便。"50年代是供给制，国家对婴儿有养育费，医院就把带这个娃娃的任务派给了我，我当时才十六岁。

现在想想，也不能怨王团长，那个年代大家心里装的都是集体，全心扑在工作上，哪能关心到自己的妻儿？我记得王副团长赶到医院的时候风尘仆仆，头发蓬乱、胡子邋遢，50年代的军垦老兵都是这样的啊！

邹：您自己还是个孩子，大孩子带小孩子，的确不容易。您带这个孩子带了多久？他后来的情况怎么样？

陶：带了一年的时间，1953年我被农七师从医院抽调出来，到山东去接女兵。大难过后、必有后福，这个孩子后来长大了，我们见过面，感觉很亲切。

邹：您当时只有十六岁，按理说去山东接女兵是一项极为重要的政治任务，应当抽调经验丰富的老兵去才是。

陶：因为我服务态度好，工作有热情，当时是出了名的小护士（笑）。有一阵子医院里的男护士都去扫盲班学习了，我因为念过高小，有一定的文化程度，就留下来值班。值班护士经常要处理危重病人，一个病人去世了，其他住院的病号就会害怕，我们就赶紧把死人抬到治疗室，我给她整理衣服、梳理头发，当班护士长去找医生了，我就一个人坐在那里照看着，我当时想了很多，我照顾了这个病人一个多月，咋就没有想着问问她家的地址，不然我可以给她家人写封信，告诉他们这个远在新疆的女儿已经不在了，想到这里我泪如泉涌（流泪）。危重病人过世了，我们要负责将她抬到太平间，所谓的太平间就是在沙包旁边用苞谷杆围成的一个简易棚子，里面拉了个台台，台台上放担架，门是用柳条编成的……就这样我被抽调去山东乳山接女兵，这是项艰巨的政治任务，没有半点讲价钱的余地。1954年，我从山东接女兵回来，师部发了道命令，不允许抽调的干部回原单位，我们要负责把新来的女兵带到基层单位，帮助她们尽快适应农场的环境。就这样我到了独立营二连，后来又到了一三五团。

我的人生再次发生了转折，我哥哥当年参加“青年军”去了台湾，从此杳无音讯，“文革”前夕有段时间海外政策略微放宽松些，我哥哥从台湾寄回老家一封信，打探我爸爸是否还活着。爸爸收到信后惊喜交加，就把哥哥的那封信原封不动寄给了我，我那时太单纯，收到信就去保卫部登记了，从此我就有了海外关系，它就像套在我头上的紧箍咒……“文革”期间，因为有海外关系，再加上陶峙岳司令员被污蔑成蒋介石留下的特务，我爸爸也莫名其妙被划成了地主分子，顿时我成了“敌我矛盾”的焦点，他们不由分说地把我吊起来，噼里啪啦打得我眼冒金星，我受尽折磨，一次次晕死过去……后来陶峙岳的问题弄清楚了，我的错案也被平反了，但当年那些吊打我的人都还在一三五团，我于是下决心离开那里。我的编制在农七师，当时要从农七师调到农八师，实在是太艰难了。1976年，史骥政委重新回到工作岗位，到石河子主管统战工作，他最了解我的情况，跟统战部门的人讲：“陶先运的问题你们要想办法解决。”后来政策落实了，我调到农八师农科所从事财会业务，在这个岗位上一直干到1991年退休。

邹：史骥政委大致了解您的个人情况，您在新疆是什么时候见到陶司令员的？

陶：1952年冬天，陶司令员到师部检查工作，他关心地问起史政委我们这批湖南女兵的表现，史政委作了详细介绍并专门提到了我的情况，司令员听后心里顿时明白了八九分，他托人到处找我，有人到医院通知我去趟史政委的办公室，我拿上馍馍，整了整衣服，穿过大片的戈壁滩，来到史政委办公室。那时没有电灯，点着昏黄的油灯，我走进去一看，史政委不在，有个穿黄军裤的老头正在给炉子生火。我问了句：“史政委在吗？听说他找我？”老头说：“你过来坐，今晚豫剧团来了，史政委去看戏了。是我找你。”他放下生火的铁钩子，把马灯移过来，在桌子边坐下，亲切地问我叫什么名字，我爸爸和两个伯伯都叫什么。我这一说，他赶快站起来，摸着我的头说：“满孙女啊，我是你叔公。”叔公仔细打量我，我个子小，鞋子穿得不合脚，穿着军装像套了身长袍。叔公问长问短：“你现在在干啥呀？”我说：“在医院当护士。”他又问：“你在医院当护士具体都干些什么？”我如数家珍地回答：“查体温，发药，给病员提水打饭、接屎接尿、倒痰盂，扫地，生炉子……有时候还要抬病号转院。”叔公叮嘱我新疆天冷地滑，要提防跌跤，还问我没有大米吃习不习惯。讲完后，他又亲切地摸着我的头，问：

"有什么困难没有？跟叔公说。"我忙说没有。就是到现在我也敢说当时这话没有半点虚假，那时的党风民风就是这般单纯。叔公担心我晚上回去路上有狼，就留我在师部的保姆那里住了一夜。第二天大清早，我起床准备赶回去上班，叔公就在门外站着，他从口袋里掏出一张纸条，说："满孙女，这是我在迪化的地址，有机会来找我。"叔公说完转过身去，又叹了口气："哎，也不一定有机会。"说实在的，那时候交通不便，我一个小护士哪能有机会去迪化呀。后来师部有人到兵团开会，叔公委托他带给我一支博士牌钢笔，勉励我好好学习。

邹：太难得了，现在大家考学提干找工作，恨不得把远近亲疏的三姑六婆都拉上关系。您叔公是司令员，您却在兵团最基层摸爬滚打那么多年，令人敬佩！"文革"后陶司令员回到家乡湖南，政策也逐渐落实了，您去探望过他吗？

陶：1979 年我回乡探亲，此时叔公已回到长沙，我爸爸带着我们去看望他。叔公见了我问长问短，还特别问了石河子的情况。我爸爸当时觉得我一个女孩子在新疆工作实在是太远了，就委婉地问叔公有没有机会把我调回来。叔公说："满孙女啊，咱们一家人不说两家话，我回湖南时任何人都没有带，只带了你伯妈。"这个伯妈是叔公儿子的遗孀，叔公的儿子在"文革"中被整死了，孤儿寡母的，带她回湖南，这是人之常情啊。叔公稍微停顿了一阵，然后坚定地说："你们都不要回来，新疆多一个劳动力，屯垦戍边事业就多一分希望！"

邹：前几年湖南省政府、湖南电视台都曾组织力量寻访当年西上天山的湖湘女兵，在一些纪录片和电视剧中都能找到您的影子。

陶：说实话我现在只想安安静静地生活，不太愿意去回想过去的事情……我现在年事已高，我想用四句话总结自己的人生：我对得起家庭，对得起子女，对得起自己的历史，尤其我对得起新疆生产建设兵团。

邹：您现在最大的心愿是什么？

陶：我想继续完成自己的回忆录，我要告诉孩子们他们不曾了解的一些事情，把当年那些苦难的经历、那些感人肺腑的故事记录下来。还有一个愿望就是盼望兵团始终铭记"吃水不忘挖井人"的古训，不要怠慢这些当年为屯垦戍边奉献过青春甚至生命、如今风烛残年的军垦老兵，尤其是要真正关心那些至今生活无依、境遇凄惨的老战士。

邹：谢谢您接受访谈，您的讲述让我对兵团有了更加深入的认识。

陶：感谢你真正地想要了解兵团，也谢谢你关注我们这些老战士。

【后记】

陶先运是陶峙岳将军的侄孙女，因为这种特殊的身份，她成了近年来“寻访湘女”“新疆军垦口述史”甚至“新疆通史”等官方机构、大众媒体、学术课题乃至民间写作者专访的热门对象。陶阿姨在接受笔者访谈之前经历了一场思想斗争，她坦言自己不想一遍又一遍地回顾当年的往事，只想安安静静度过晚年。我后来才恍然大悟：陶阿姨并不是要刻意回避往事，毕竟那段军垦岁月已经在她的生命中定格，浸入骨髓，成为她暮年的精神支柱。为此，她的书桌上堆放着各种反映20世纪五六十年代新疆军垦戍边历程的书籍杂志，客厅墙上挂着当年应征入伍时的照片，而她自己也在坚持撰写回忆录，想把一些孩子们并不知道的故事整理成文字，让它代代相传。

令陶阿姨忧虑痛心的主要有两点：首先是某些机构或个人打着“寻访湘女”“传播军垦精神”的幌子，实际上并没有下足功夫去真正了解兵团，急功近利拼凑了一批有悖历史真实的文学/影视作品，甚至有房地产商借着“八千湘女”的名号大打广告。其次，尽管当年西上天山的湖湘女兵的传奇故事频现媒体，但这些“献了青春献终身，献了终身献子孙”的戈壁母亲并没有受到应有的重视，她们当中至今仍有一些人老无所依，生活困顿。如果不能让这些被遗忘的老战士得到真正关心，无法让她们安享晚年，那么一切絮絮叨叨的访问记录又有什么意义？

我理解陶阿姨的心情，也对她仗义执言的豪爽性格、坚强独立的处世原则充满敬仰。她是陶司令员的侄孙女，却与叔公“君子之交淡如水”，除了亲情上的彼此挂怀，并未在工作方面提过半点要求，默默坚守在基层几十年。她垂暮之年静参世事，心系当年并肩战斗过的姐妹，尤其是关注那些被“遗忘”的进疆女兵，为她们奔走呼吁！

就在访谈初稿整理完毕之际，陶阿姨专门打来电话，告诉笔者她这段时间又回忆了一些事情，这些往事有血有肉，有助于我们更加全面地了解兵团的制度发展与社会状貌……陶阿姨对新疆兵团的爱，犹如一位慈祥而严厉的母亲守护着儿女，这份挚爱，传递的是关切，是质询，更是深情的嘱咐与期盼！

胡杨深处唱大风

口述｜胡友才

人物档案：胡友才，男，1937年出生于山东枣庄，少年时投笔从戎，本想参加“抗美援朝”报效祖国，由于恰逢朝鲜战场战火平息，遂跟随部队远赴大西北垦荒戍边。曾担任连长，在兵团大生产劳动中屡立战功。胡连长退休后仍心系兵团，以演讲、快板、义务导游等形式，为宣传兵团军垦文化摇旗呐喊，多次受到各级领导的嘉奖表彰，具有广泛的社会影响力，被誉为“军垦文化活化石”。

访谈时间：2014年8月27日下午。

访谈地点：石河子市三小区。

邹赞（以下简称“邹”）：胡连长您好，您现在是远近闻名的“军垦文化活化石”，知名度很高，为传播新疆军垦历史和兵团精神作出了重要贡献。您今年高寿？

胡友才（以下简称“胡”）：七十七。

邹：您的籍贯是？

胡：我五岁离开枣庄，后来到山东东海县北河区第一乡，现在划归江苏省，属于江苏省连云港市东海县。

邹：我今天寻访您，主要想谈两方面的内容：一是想请您回顾当年到新疆垦荒的经历，二是了解您近年来对新疆军垦文化的宣传。您出生在20世纪30年代末，那是一个兵荒马乱的年代，您还记得当时的情形吗？

胡：童年生活记忆犹新。我是在战火中长大的，我于1937年农历四月二十六日出生在山东枣庄，后来因为日军侵华，到处扔炸弹，老百姓流离失所，我爷爷也牵着我到处跑，开始我爷爷背着我，后来累了就将我放下来，一路走着不知是被绊倒了还是怎么回事，摔倒了，正好敌人的一发炮弹过来把我震昏过去了。等我醒来，爷爷趴在我身上，我叫也叫不醒，喊也喊不醒，哭也哭不醒，不知过了多长时间，我就睡着了，后来被人发现，把我爷爷从我身上抬下来，这时候才发现我爷爷全身都是血，他是被日本鬼子炸死的。

邹：您是因为躲避日寇轰炸，逃难到东海县的？

胡：是的，我们逃难到东海。我很小的时候就开始割草放猪，后来放牛、放驴，就干这些活。

邹：去学校念过书吗？

胡：我到了上学的年龄，家里穷上不起学，没办法进教室学习，老师就让我趴在窗户上看，老师写个“一”，我就跟着写个“一”，老师写“牛”，我就写个“牛”。直到后来解放了，生活逐渐好转，我才去上学。小时候在学校趴窗户上跟老师学写字，已经学到了一些东西，老师安排我念一年级，我哭着喊着不愿意，我说我要上二年级，我奶奶在一旁干着急。老师问我奶奶：“你家这个小孩挺好玩的，以前上过学吗？”我奶奶说：“没有。”老师听了以后更加纳闷，心想这孩子没上过学，为什么非要念二年级？老师半是认真半开玩笑地说：“你要上二年级，那我考考你可以吗？”我说：“可以。”老师说：“我考你写字。”我说：“好。”老师考了我不少字，有五六十个，我都写给他看了，老师很吃惊，对我奶奶说：“你家的孙子没上过学，怎么识得这些字？”我说我是趴在学校窗户上看，跟村里的私塾学的。老师接着问：“你这么爱学习吗？”我说：“是的。”老师又问：“那你为什么爱学习呢？”我说：“俺不知道，俺就知道家里没人识字，不会写信、不会算账，就是这么想的。”老师于是答应让我念二年级。二年级上完之后，我的学习成绩特别好，直接跳级跳到了四年级，考初中的时候是保送的，后来初一还没念完，我就去当兵了。

邹：除了在学校旁听之外，您父母在家里是怎么教育您的？

胡：家里父母没文化，但是我父亲说了这么一句话：“人活着就要活个名义。”我不理解什么叫名义，我父亲给我讲要做好事，不要做坏事，他给我举了很多例子，比如“人穷志不短”“再穷也不能偷人家东西”“要爱学习爱劳动”。在父母的言传身教之下，我九岁那年就开始放猪，家里种了几亩地，我扛着锄头跟在父母屁股后面帮着锄草。我奶奶在家磨豆腐卖，做个小生意。那时候几毛钱都挺多的了，就这样还舍不得买东西吃。我看着别人家小孩吃点心，我就跟着嘴馋。我记得最清楚的是有一年端午节，我跟在奶奶后面闹，说我要吃粽子，奶奶花了一分钱给我买了两个粽子。现在想想，小时候日子过得太苦了。

邹：您兄弟姊妹几个？

胡：兄弟有四个，我排行老大，后面还有三个妹妹，总共兄妹七个。

邹：您选择当兵，家里是什么态度？

胡：家里大多积极支持，但奶奶不支持，奶奶说不要当兵："好人不当兵，好铁不炼钉。"她觉得我学习那么好，应该好好上学，家里再穷也会供我上大学。当时我们的爱国热情特别高，老师教导我们"没有国家哪有小家"，于是就在学校报名参军了。我那时在班里担任班长和学习委员，参军入伍动员会上，我作为班长首先报名。从学校回来以后，我给父母讲："今天在学校报名当兵了。"父母说："你还小啊。"我说："不小了，已经十七了。"父母说："这样吧，你问问你奶奶同不同意？"我说："奶奶不同意，奶奶说'好人不当兵，好铁不炼钉'。"父亲笑了笑说："这个说得不对，当兵的都是好人，坏人才不当兵。"父亲勉励我到部队去要好好当兵，听领导的话，团结同志，做人就要活个名义。直到我当兵以后，我才慢慢理解这个"名义"，意思就是做人要堂堂正正，做事要光明磊落，不要做违背良心、坑害老百姓的事。所以我当兵以后也特别能干。

邹：还记得当时参加的部队是哪个军区的吗？

胡：当兵是响应抗美援朝的号召，刚到鸭绿江，得知停战了，部队就直接开到新疆来了。我记得当时入伍的部队叫"山东军区骡马炮团"，后来改为"中国人民解放军统帅炮兵第九师"，不属于哪个军区或地区领导，隶属于中央军委直接领导。

邹：那时候铁路还没有修到新疆，部队进疆的具体路线是怎么安排的？

胡：来新疆的时候，没有大路也没有火车，汽车也很稀罕，牛车、马车这些交通工具算是好的了。到处都是戈壁滩，道路很狭窄，人不好走，那时候马车和牛车走的路都叫"大道"。

邹：行军过程中有没有什么特别的故事？

胡：行军的旅途很劳累，但是我觉得组织很有序。路上有说快板的，有唱歌的，休息的时候大家就聚在一起聊天。印象很深的是，有一次赶路，我们排长拉肚子，他走着走着，突然大吼一声："注意防空！"我们听到防空指令，纷纷趴倒，卧在地上一动不动，但是心想怎么没有飞机声啊，没有军令我们也不敢起来。我在想，没有飞机声防什么空啊！过了一会，排长喊"防空解除"，我们起来一看，原来排长刚刚方便去了，正在提裤子。排长笑着说："我如果不喊防空，让你们等我，你们肯定不高兴，所以就出了这么个小主意。"大家哈哈一笑。部队一路上把吃饭、喝水的问题都解决得很好，领导也格外关照战士。有一次我感冒了，我们排长帮我拿背包、扛武器，把我照顾得无微不至。一路上大家的关系特别好。

邹：从河西走廊进入新疆，过星星峡那一带遇到过残匪吗？

胡：没有，关键是部队的各项应急准备工作做得很充分，需要想到的事情基本上都想到了。比方说，当时国民党官兵起义的时候，也有一小撮顽固不化的反动分子，对共产党非常敌视。但是领导提前做了一些工作，争取从其内部处理好这些矛盾，我们来新疆的时候，土匪头子乌斯曼率领的残部已基本上被歼灭，我们的任务主要是开发生产了。

邹：您到新疆的第一站是被分配到什么地方？

胡：石河子。当时是七十七团三营七连，1954 年改叫农场了。

邹：从海滨到漠北，心理反差肯定比较强烈，会觉得很苦吗？

胡：我感觉不到苦，浑身都是劲，恨不得一天干完三天的活。那时候没有其他可以攀比的东西，唯有攀比政审，比如有没有得到领导的表扬。

邹：石河子当时是什么样的景象？

胡：都是荒山戈壁，从石河子到南山就一条路，除了我刚才说的那一条“大道”，就没有其他路了。那时候住户很少，大概是现在一团四连所在的地方，有一个潘家庄，常驻五六户人家，靠近一连这边有个范家庄，也只有五六户人家。

邹：放眼望去，茫茫戈壁，您心里面有没有产生过动摇？

胡：不过说真的，那时这边的自然条件没有家乡好，这是事实。但我没有被困难吓倒过，而是心里感觉热乎乎的。为什么呢？因为当时团场的思想政治教育工作做得好，我们是为人民服务，虽然劳动任务艰苦繁重，但生活有保障，这一点比家里好。此外就是感觉革命大家庭特别温暖，大家关系亲如一家，一有个头疼发热不舒服的，领导来看，同事来看，炊事班给你做病号饭，所谓病号饭，就是特别给你烧的稀饭，还下碗面条。那时吃碗面条很不容易，能吃上一碗面条真的感觉特别幸福。

邹：您住过地窝子吗？

胡：住过。山洞都住过。刚来这里时没有房子，只能住地窝子，而且当时都没有树。我 1957 年结婚的时候还没有房子，就挖山洞，洞有一人高，不碰头就行了，宽两米，长度不限，挖好后把割来的野草一铺，把苇子草当帘子，凑合着隔开……

邹：据说住在地窝子里，晚上还能听到狼叫声。

胡：狼叫是正常现象，地窝子本来就不隔音，在屋里说话外面听得清清楚楚。什么叫地窝子，就是在地里挖一个坑，上面铺些芦苇和杂草，当年我们官兵都住在这样的地方。值得一提的是，地窝子不是部队发明的，那时当地老乡都住地窝子，是老乡的发明，不过老乡住的地窝子大多是在平地挖的，部队的地窝子有些是借着山坡的地形挖的。

邹：能否回顾一下您当时谈恋爱、结婚这方面的经历？

胡：一切都很简单，不像现在这么豪华。

邹：您是怎么认识老伴的？

胡：回老家找的。就是部队发钱，相当于回家相亲。家里经人介绍，一见面就成了，也没挑。我那时想着，会不会唱歌跳舞，长得漂亮不漂亮都不重要，只要知道是个女的，就行了（笑）。

邹：您把老伴从山东带到石河子，她的心理落差明显吗？

胡：刚来的时候是有些落差，不过我给她说部队的文艺活动搞得好。我跟你讲啊，当时哪个姑娘要是嫁给连长，她就倒霉了，连长是天天埋头苦干的，连长的老婆也要起模范带头作用。我当了十七年的连长，我老婆给我带了十七年的头，特别辛苦。

邹：结婚的场景还记忆犹新吧？

胡：结婚很简单，那时候连里开个会，主持人主持婚礼，讲几句话，准备了一些红枣，好像没有糖果，卷烟也没有，抽的是莫合烟，大家用纸自己卷一卷抽。完了就入洞房，就这么简单。第二天早起别人会跟你开玩笑，但是也照样干活，没有婚假。不像现在车队很长，大办酒席。2007 年中央七台采访我的时候，也问这些事情，问我们穿过婚纱没有。他们专门安排给我们补照了婚纱照，还为我拍了一个二十分钟的专题片，叫《老兵胡友才》，被新疆维吾尔自治区党委列为党员教育片。

邹：新疆的生产劳动也经历过“大跃进”运动，当时兵团的情况如何？

胡：兵团主要是生产劳动，不过兵团的劳动和地方上的劳动不一样，兵团劳动集体化、战斗化，那里有枪，又握枪又握坎土曼。后来听人家说，地方上有“大跃进”，不过太教条古板了，比方说那时候挖地三尺，把地翻个遍，后来地不长（庄稼）了，那是盲目地干，没有科学道理的。我们新疆兵团不一样，兵团种地虽然没有“科学化种地”的口号，但是种地还是比较讲求客观实际的，提倡学习先进经验。那时开生地，就往土里拉沙子加肥料。拉细沙往地里倒，还增加腐殖质。新疆的土没有种过庄稼，土很板结，不能长庄稼，所以就得改（造）土。我们有个战士叫杨民清（音），大家正在地里忙碌，突然听到他喊救命，我们环顾四周，没看到人，后来发现他掉沟里去了。因为那个地以前没种过庄稼，干透了，裂得都是口子，我们拿长长的竿子捅下去，都捅不到底，后来为了安全起见，每个人身上都绑一个东西，这样就能保证掉不下去，起到一定的安全保护作用。“大跃进”对我们兵团来讲，主要是多开地、多打粮、多改造土壤。

邹：生产劳动的过程中，有没有发生过让您现在还觉得很感动的故事？

胡：像这种故事很多，我给你讲讲最难忘的一次经历吧。那时候连长、指导员都要开荒，第一年种小米，三十七斤种子，半个月以后绿油油的长得很好，大家都盼望自己开的地能在来年长出庄稼，都盼望好收成，心里乐呵呵的。可是到第二年开春，雪融化以后，地里开始泛碱，把苗都碱死了。我们第一年种小米，播了三十七斤种子，只收了九斤粮食，那几年种地，就要把地里的碱洗掉，要是不洗掉就没办法种庄稼。怎么洗碱呢？办法就是种水稻，因为水稻可以压碱，年复一年地把碱洗净。但说起来容易做起来难，就算天气暖和晴朗，玛纳斯河的雪水也冻得刺骨。女同志生理上和男的不一样，有一个女的叫戴玉莲，干活的时候来例假了，鲜血顺流而下，班里的人让她回去，她死活不肯。我那时候当连长了，把她叫过去，但是说什么她都不回去，低头拼命干活。我给她说：“戴玉莲你回还是不回？”她说：“不回。”我说：“那我命令你回去！”她说：“连长，你的命令俺不执行！”我说：“你为啥不执行？”她说：“你看大家都在干活，俺能回去吗？你抬我我也不会回家的。”就这样干到底了。

邹：戴玉莲真是巾帼不让须眉，这样的事迹还不是特例，挺多的，大家非常自觉，把劳动当做一种责任和使命。

胡：还有一个故事也很感人。我们连有一个大姑娘，姓冷，叫冷秀芬，后来她和一个老兵结婚了，生了个小女孩。小女孩才六个月的时候，冷秀芬病得很严重，医生开的病假条子建议病休三天。我签了字，同意病休三天。但是第二天，小冷跑去干活了，我说：“小冷啊，你病得很重就不要干活了，回家休息、治病，回去把病治好再来干也不迟，你家里还有孩子，还要喂奶，咱不能亏待孩子，六个月大的孩子要吃奶呀！”可是她说：“连长，没事，俺的病会好的。”就这样，她坚持干活，第一天坚持了，第二天又坚持了，到第三天中午十二点钟的时候，她的病情加重了，正干着活，突然一头栽倒在地上。男同志看见了，赶紧抬着她往卫生所跑，可是才走到半路上，她就停止了呼吸。每次想到这些，我的心里就特别难受，常常控制不了自己，我觉得我太对不起她了，这样一名好同志病得那么重，我怎么就没有发现呢？光知道病了，不知道病得这么重。我懊恼得不得了，我心想，要是当时得到及时治疗可能她就不会死去。可是我们当时都太年轻，想着能坚持就坚持呗。直到她死后我们才恍然大悟。

邹：女同志生病了，她爱人有没有时间去照顾呢？

胡：都在干活，那时也管不了，全靠自发的积极性，有一种自觉的精神在那里。所以我就说我自己不是个好连长，不是个好干部，我太大意了。冷秀芬的事情发生以后，这五十五年来，每逢清明节，我都要买上两道火纸去上坟，我一边烧纸，一边在坟头上哭得泣不成声，我觉得对不起她。我说，我们在这开荒造田，不只是流流汗、流流血，甚至献出了宝贵的生命，才把过去的荒山戈壁变成了葱郁绿洲。

故事太多了，我再讲一个比较典型的吧。我们那时人和人之间的关系特别好，一家人有困难，别家都帮，在关键时候，想的是同志；在临危的时候，想的是同志，总把困难留给自己。我们连里还有一个女同志，姓杨，叫杨化珍。当时团里要求翻地，农业有一句话是这样说的："头伏翻地是一碗油，二伏翻地是半碗油，三伏翻地是没有油。"什么意思呢？头伏天气很热，把地翻过来以后，太阳暴晒，把杂质、细菌杀死了，就等于给地里上了一次肥料；到二伏翻地的时候，天不太热了，就等于给地里上了半次肥料；三伏翻地呢，天已经不热了，就等于没有给地里上肥料。这个时间很短暂，所以要争取在头伏把地翻完，这样一来，翻地、清理杂草的任务就很重。我每次只能用木叉挑满一车再运出去，所以很慢，当时我想了个办法，用很粗的井绳，编成两股，四十米长，双股绳子，用木叉把米槽叉进去，两个人站在绳子上面，也不滑，绳子压力重了就能把麦草拖走。这一下三百亩地很快就拖完了。这时麦草地里跑来一只狐狸，马一下子惊了，班长杨化珍喊大家赶紧跳绳子，再不跳就没命了，有的人说班长你快跳，她说不行，你们先跳，我最后跳。大家都跳完了，当杨化珍跳的时候，晚了，绳子压力不够，一下把脚跟勾住了，四匹马拉着她跑了两公里才停下来。杨化珍的肠子都拖出来了，活活被拖死了。杨化珍同志在关键的时候，她把生的希望留给了其他姐妹，把死的危险留给自己，最后光荣献出了她二十五岁的生命。现在大家只要提到她，就会想起那起事故，内心难过极了。你前几天去过的军垦第一连，那里有几棵树叫夫妻树，夫妻树的来历就是杨化珍去世以后，大家怀念她，当时干活的地方，不再允许走车，于是把两棵树栽在一起，成了夫妻树。

邹：这些故事应该让现在的年轻人好好听听，认真学习，让他们认识到当年的生产劳动是何等不易。

胡：是啊，现在我们生活好了，不缺吃不缺穿，什么都不愁。我们现在社会上浪费的现象太多了，我再给你讲讲"半个馒头"的故事。20 世纪 60 年代初，那时候我们连里收麦子，收成少，团长跑来给我说："老胡，你们连里受灾很重，团里决定给你们每人奖励半斤面粉。"我听了特别高兴，就吩咐伙房赶紧去团里把面粉领来，这样我们就可以不吃"金银卷"了。

邹：啥叫"金银卷"？

胡："金银卷"就是苞谷面和白面掺和在一起蒸，白的和黄的混在一起，所以叫作"金银卷"。我说："咱们今天不吃'金银卷'了，咱们光吃白面馍，慰劳慰劳大家。"伙房那天就蒸了白面馍，到了中午，把饭送来了。我吹哨子："同志们，开饭啦！"大家都过来吃饭，在吃饭的时候，我们连有个战士，拿个白面馍，一边吃，一边到桶里舀汤，他吃到一半的时候，没拿住馍，掉到地上了，那时候土很大，他看馍不能吃了就甩在了一旁。我们谁都没看到，而这时候恰好碰上团政委高文才骑车来检查工作，那时团长、政委的交通工具都是自行车，连脚踏都没有，自行车是政委的唯一交通工具。政委来到我们这，看地上丢了半个馍，他捡了起来，没有批评任何人，他说了这么一句话："多好的白面馍啊，你们丢了多可惜！"于是擦了擦，把那半个馍吃掉了，等吃完以后，他问大家："同志们，我可以给你们提个问题吗？"大家你看我我看你，不知道政委要说什么。政委说："你们知道一个白面馍是多重吗？"大家抢着说："两百克重。"政委说："你们说得很对啊，一个白面馍两百克重，很对，可是我还要问你们，一个两百克重的白面馍，要剥出多少粒麦子才能蒸一个白面馍啊？"大家哑口无言。政委又说："千粒重超不过三十八克。我看你们小米长得不错，我就按十三粒一克计算，两百克白面馍，磨成面粉，你们丢掉半个馍，就丢掉了两千五百颗麦粒啊！"说着，我们那个同志站起来说："政委，我错了。"从此以后，连队再也没有发生过丢馍的现象了。我为什么给大家讲这个故事？因为大家都会背"锄禾日当午，汗滴禾下土。谁知盘中餐，粒粒皆辛苦"。可是只有种地的人，才能亲身体会到粮食的来之不易。

邹：确实如此，庄稼人对粮食的感情最深，现在浪费粮食的现象太普遍了，政委与半个馒头的故事，就是鲜活的思想教材。那时候的干群关系，就如同鱼与水，大家相互信赖、相互促进，令人怀念。

胡：那时候当官的团长到连队来，和大家一起干活，把你手里的工具夺过来替你干活，一边干活一边和你谈心，问你有什么困难，人们那个心里是热乎乎的。我给你举个例子：有一次我们那里被洪水冲掉了，一百米长的大口子，六月份地里正需要灌水，那时抗洪就是命令，抢修就是战斗，当时团里调了精兵强将参加抗洪战斗，我记得那次我带着八十个人上去，三天三夜没有合眼，雨一直下，我说："同志们，堵水！"同志们就一个一个跳下水去堵水，我被水淋感冒了，发烧三十九度半，烧得连眼睛看人都模糊不清了。卫生所的医生给我打了针，吃了药，对我说："你回去吧，好好休息。"我说："那不行，我是一连之长，我怎么能走呢？"他看我不走，给我煮了个鸡蛋汤。别看现在鸡蛋汤不算啥，可是在那个时候，谁要是可以喝上鸡蛋汤，那真是了不起啊。特别令人感动的是，团长亲自给我端来了鸡蛋汤。当团长走到我面前，我看到团长的黄军衣上被泥水溅得都是泥点，衣服也打湿了。团长对我说："你赶紧把这汤喝了吧。"我激动不已，手一直打哆嗦，团长转身走了以后，我发现他身上全都是泥巴，我心想，多好的团长啊！我们在一起干活，哪分得清谁是官，谁是兵啊！我说现在当官的都没有这样做的。

邹：我此前读过兵团作家丰收的报告文学《西上天山的女人们》，也看过军垦题材影视剧《戈壁母亲》《走天山的女人》，对那个年代军垦老兵的婚姻问题有一些粗浅的了解。据说新疆兵团为了安定战士们就地转业、扎根边疆的决心，不仅由政府牵头，报销路费，鼓励官兵回老家相亲娶媳妇，还以招工、招女兵的名义从湖南、山东招来一大批女兵，这些女兵后来成了第一代军垦母亲。

胡：如果没有女兵，就没有今天的生产建设兵团。如果不是生产建设兵团，新疆早就被苏联划走了。如果新疆没有女人，就没有今天新疆的繁荣稳定。如果没有新疆兵团的保卫边境，就没有内地的安定生活。

咱们新疆兵团到目前为止，已开垦出土地一千三百万亩，成立机械化农场一百七十二个，就是现在的一百七十二个团场，十四个师，我说这个功劳要归功于王震将军。为什么要归功于王震将军呢？因为王震将军总结历朝历代垦荒失败的原因，就是没能留住人。咱们学过历史都知道，汉武帝当年打了胜仗，苦思冥想该不该解散部队，因为如果解散了，连个兵力都没有，敌军前来进犯怎么办？如果不解散，养活这些人又将增加沉重的负担，怎么办？于是汉武帝想了个办法，让这些士兵屯垦种粮去，自己种的粮食自己吃，一有战争了就去打仗，没有战争了，就开荒生产。可是汉武帝忽略了士兵的个人问题，"男大当婚、女大当嫁"是自然规律，后来垦荒种地的士兵都跑光了，历朝历代都是虎头蛇尾，工作没有做好。王震总结历朝历代开荒失败的原因就是没有留住人，没留住人怎么开荒呢？王震当时想，如果要把十一万官兵稳在这开荒生产，首先就要解决他们的婚姻问题，要帮助他们在这里成家立业、生儿育女，只有这样他们才能扎根军垦戍边事业。王震到连里调查的时候，问连里的官兵："你们这里缺啥呀？"官兵说："啥都不缺，就缺老婆。"王震听后，立即写信给湖南一把手，获得了湖南省政府的大力支持，分批从湖南调了八千、上海调了三千、山东调了两万女兵。组织上关心部队官兵的婚姻问题，亲自参与协调。当时《婚姻法》已经颁布，人人都知道"恋爱自由、婚姻自主"，但是新疆的情况特殊呀，部队的男战士好多都是老革命，参加过抗日战争和解放战争，枪林弹雨里哪顾得上个人的婚姻问题呢？新疆又是个多民族聚居地区，适龄的汉族未婚女青年人数极少，在这样的情况下，部队为了稳定军心，开拓屯垦戍边事业的新局面，充分动用领导智慧，从湖南、山东等地招来几批女兵。但是也不可能一下子解决所有官兵的婚姻问题呀，所以就要设定标准和条件，按照年龄、职务和参加革命的时间排队，我觉得优先考虑老革命的成家问题也是无可厚非的，毕竟他们为革命事业付出和牺牲的太多了。我们把组织上设定的标准简称为“二五八”。“二五八”是什么意思呢？它不是团的番号，它是“组织婚姻”的一个标准，就是你的年龄达到二十五岁以上，军龄达到八年以上，而且是团级干部，这就叫“二五八”。对了，你研究兵团屯垦文化，应当读过卢一萍的《八千湘女上天山》，那本书是解放军文艺出版社出的，影响很大，里面有很多关于“组织婚姻”的记录，比我讲得要详细。1951 年秋天，王震到上海去了，找到陈毅，陈毅那时候还是市长，王震给陈毅说：“老陈，你能不能动员一批女青年到新疆去？”陈毅说：“倒是有，不知道你敢不敢要？”王震回答：“什么人？”陈毅说：“接受改造的女子。”王震急忙问：“多少？”陈毅说：“三千。”王震斩钉截铁地回答：“我敢要。”

邹：这三千接受改造的女子来到新疆，从此改头换面，为垦荒事业贡献了力量。她们有着别样的故事，但往事尘封，我们不愿再揭这些老人的心灵伤疤，也不愿去打破她们平静的生活。您认识的国民党“九·二五”起义官兵还有没有在世的？

胡：这些人大多不在世了，即使活着，可能也行动不便，毕竟年岁大了。我认识一个活了九十一岁，姓任，曾在国民党部队担任连长。他倒卖过三支步枪，卖了十四块钢洋，准备到连里做生意，因为当时有国民党部队造反，没走成，后来到了肃反的时候，他主动招供，说是在学校的时候倒卖过三支步枪，结果被关押了六个月。政府查明他和反革命没有关系，又把他放出来了。任连长很能干，一开始在师部工作，后来调到二十四团当团长，1958 年加入了中国共产党。他检查工作的时候，一不听连长汇报，二不准连里“近处挑田”，自己跑去到处看，看了以后，觉得有问题就回来找连长。连长给他开招待所他不住，请他吃饭他不吃，晚上睡觉的时候，他跑到马号去睡，等到天亮了他又走掉了，所以他有胃病，他一出去就十来天不回家，在外面转。他胃不好，就把黄豆装口袋里，胃难受时就嚼黄豆。

邹：您是 1957 年回去找对象的，前面那批从内地调来的女兵，您有没有相中的？

胡：那时没我的份，当时我是最小的一个。

邹：您这些年来一直在给中小学生和大学生们讲述军垦戍边的往事，随着时光的流逝，现在的年轻人对当年军垦戍边的历史并不十分了解，对那些铸剑为犁的艰辛岁月，隔膜到无法理解。您给他们讲那时候的事，学生们的反应如何？

胡：很好。我现在给学生讲都是互动式的，比如说，我提问：“同学们，是谁最疼你们最爱你们？”大家异口同声地回答：“爸爸妈妈。”我接着问：“你最敬仰什么样的人？”答案五花八门，我说好，那我先给你们说个快板：

噼里啪啦……胳膊一搭啪啪响，开口就把实话讲，别的事情咱们不说，说说爷爷奶奶有胆量。爷爷奶奶有胆子，一起来到石河子，到了地方没房子，扒个土就地窝子，睡觉铺个草帘子……

我再问：“谁是你们最敬仰的人呢？”同学们回答：“爷爷奶奶！”我接着说：“爷爷奶奶拼死拼活那么艰苦干活过日子，为什么？”同学们说：“都是为了我们。”我说：“你们回答得很好。”还记得2005年，我在石河子大学作报告，一名大二的学生问我：“老爷子，什么叫兵团？”我告诉他，兵团就是特定的条件、特殊的环境、特殊的任务，具体地说，新疆当时很落后、很穷，那个时候因为咱们军队是人民子弟兵，再大的困难也不能向老百姓施加压力，不能增加老百姓的负担，我们要节约，还要把新疆建设好，为给老百姓创造好的生活，军队要放下枪杆去搞生产。讲完以后他又跟我说：“老爷子，我今天学了不少东西。”我问：“学了啥？”他说：“我今天更彻底地了解了兵团。虽然我是山西人，是从山西考到新疆来上学的，但我以后要用兵团的精神来促进学习，掌握更多的知识来回报祖国。”

邹：20世纪90年代以来，随着知青返城，军垦第二代、第三代到内地求学或定居，同时一批以承包土地为目的的内地新移民来到兵团农场，兵团人口构成发生了巨大变化，内地新移民主要关注的是种植棉花的经济效益，对军垦戍边的历史疏于了解，军垦文化的传承遭遇危机。您同意我的判断吗？

胡：三年前，《人民日报》的记者问过我同样的问题。你的观测有道理，如果军垦文化按照现在的趋势发展下去，早晚有一天兵团精神要失传。现在农场包地，百分之八十来的都是内地民工，那些人干活只管赚钱，利益第一，哪会顾及什么军垦文化与兵团精神。

邹：如何扭转这种现状呢？

胡：这么多年来，人们的思想变化得太快，一切向钱看，忽视了思想政治教育，人与人之间的关系也改变了。过去人与人之间非常亲密，非常友好，而现在变成狼与肉的关系，为了物质利益而虎视眈眈。想要扭转这种状况，唯一的办法就是发扬党的优良传统，密切联系群众。十八大以来，习近平总书记强调要狠抓思想政治教育，我觉得这很好，双手赞成。我计划将当年的军垦往事回忆整理成生动的小故事，通过这些故事，把过去的劳动场景和精神风貌呈现给年轻人，否则现在的娃儿都不知道这些了。

邹：太有必要了，希望这些故事可以有效防止年轻人对军垦文化的“失忆”。

石河子是一座具有鲜明军垦特色的绿洲新城，这里有军垦博物馆、艾青诗歌馆、军垦第一连等军垦文化遗产，是人们了解军垦历史的一扇重要窗口。我前几天走访军垦第一连，了解到这个爱国主义教育基地好像是依靠民营资金在运作，遇到了很多困难，前景堪忧。玛纳斯附近有个小李庄，就是“军垦第一庄”，现正在修缮当中，国家拨款六百万元。

胡：我亲自见证了军垦第一连的历史，也参与了整个过程，感慨万千，真希望相关部门高度重视，让这个唯一完整保存了当年军垦战士居住过的地窝子的连队好好地维持下去。这是新疆军垦文化的“活化石”，一旦损坏了，再后悔就来不及了。至于小李庄，那是 1950 年到 1952 年的时候，因为新疆很穷，当时新疆军区建立了一个农十师（不是现在的农十师）在开发生产，以解决当时新疆军区的经济问题。到了 1951 年秋天的时候，王震设想在石河子建立一座城市，于是把农十师撤掉了。撤了以后，那地方红火了两年。

邹：我们现在急于求成搞建设，在大兴土木的同时，往往忽视甚至破坏了许多携带珍贵历史记忆的文化遗存。军垦第一连保留了当时军垦战士劳动生活的痕迹，有利于复活军垦文化记忆，重现军垦第一代的日常生活，具有重要的历史文化价值。我们真诚呼吁相关部门重视对军垦文化遗产的保护，让这些鲜活的历史遗迹成为激发当下人们忆苦思甜、奋发向上的精神符号。

胡：谢谢你的理解。让我们共同努力！

邹：谢谢胡连长。一起努力！

【后记】

胡友才是名人，据说讲故事、打快板、唱京戏都很在行。老人家年逾古稀，没有在家颐养天年，却仍然不知疲倦地工作在“第一线”——义务担任军垦文化的宣讲员。胡友才曾担任连长，人称“老连长”，他见证了石河子由亘古荒原变成“戈壁明珠”的艰难历程，他和他的战友们将青春与血汗洒在了这片土地上，用挚爱凝成一座丰碑，伫立在西部凛冽的寒风中，任岁月的痕迹匆匆掠过。

能有机会专访胡连长，心情不免有些激动，我们约好在他家见面，那是一个位于石河子游憩广场东侧的普通小区。或许年岁已久，小区略显老旧，但环境清幽、四处寂静。秋日的阳光懒洋洋地爬进窗户，轻抚窗台上碧绿的藤蔓，洒下斑斑驳驳的影子。胡连长身材高大，面色红润，说话中气十足，尽显当年劳动英模的本色。

对话从胡连长的童年经历开始，思绪随着时空的变化而转移。我们的话题从海滨到大漠，从战火纷飞到盛世繁华，从个人的生命传奇到大历史的宏大史诗……胡连长的叙述语调冷静、逻辑清晰，平实的言说背后，透露出一股浓重的感伤。

最令胡连长担忧的，莫过于军垦文化的传承问题。新疆生产建设兵团创造了举世无双的奇迹，这种辉煌业绩足以彪炳史册，但随着社会政治经济体制的变革，尤其是兵团人口结构的巨大变迁，一系列新的问题凸显出来了："军垦第三代"的提法是否成立？20世纪90年代以来的兵团新移民是否形成了对军垦文化的自觉认同，是否真正领悟军垦精神的内涵？近年来，胡连长就像一架永动机，坚持活跃在天山南北的学校讲堂、政府会堂甚至知名企业的企业文化论坛，饱含深情地回忆军垦第一代的艰苦创业史，向人们讲述那个激情燃烧的年代、那些令人肃然起敬的劳动英雄。胡连长的演讲形式活泼、内容丰富，非常接地气，比如他在跟中学生交流时采取"互动"模式，其间穿插极富生活气息的快板，深受大众欢迎。"时光如水流，岁月催人老"，胡连长珍惜生命的一分一秒，希望自己在有生之年能为军垦文化传承多作贡献。胡连长告诉我，他这些年培养了将近二十名弟子，但如今还留在兵团继续宣讲军垦历史文化的只有两位。随着老人的一声叹息，我更加领悟了他几十年坚持如一日义务担任宣讲员的意义，也读懂了这声叹息背后的无奈。

胡连长是性情中人，对"军垦第一连"的黯淡前景深感惋惜，他对这个完好保存当年军垦战士劳动生活场景的连队怀有深厚的感情。在他看来，这个静卧于玛纳斯河畔、红山脚下的"爱国主义教育基地"就是一部反映新疆军垦戍边历史的鲜活教科书，是不可多得的精神宝藏，政府应当重视起来，保护好这个绝无仅有的军垦历史文化遗存。"现在的影视剧太离谱，过分追求离奇情节和传奇经历，忽略了对当时历史场景的真实再现"，胡连长毫不含蓄地批评了前几年播出的一些军垦题材影视剧。诚然，重返历史现场只能是一次"想象的重构"，追求历史的真实也不过是一种乌托邦的幻象，但是保留一份历史的遗存，以这些历经岁月磨炼的物质印记为触媒，激发当下人对于某段特定历史的认知，显然别具意味。

我为胡连长的责任心和使命感所深深感动，当即和他约定，合作出版一本《兵团往事——新疆军垦故事集》。我真诚希望能为这位可敬的军垦老战士尽一份心意，也为这片我生活了十多年的热土尽一点自己的义务。访谈结束，时近正午，煦暖的阳光洒在石河子的大街小巷，我情不自禁地想起诗人艾青的《年轻的城》：

我到过许多地方，数这个城市最年轻。它是这样漂亮，令人一见倾心。不是瀚海蜃楼，不是蓬莱仙境。它的一草一木，都由血汗凝成……

世间无限丹青手

口述｜黄明德

人物档案：黄明德，女，1936 年出生于山东青岛，1952 年中秋节前夕来新疆，曾在一四六团参加劳动，现居幸福养老院。黄阿姨生性乐观，擅长绘画、无师自通。

访谈时间：2014 年 7 月 17 日下午。

访谈地点：幸福养老院。

邹赞（以下简称“邹”）：黄阿姨，您今年多大年龄？

黄明德（以下简称“黄”）：差一岁就八十了。

邹：看上去刚过六十，很年轻呢，您老家是哪儿的？

黄：祖籍山东青岛。

邹：能先回顾一下您的童年吗？

黄：童年，呵呵。我没文化，也说不好。

邹：您随便讲讲，想到哪就讲到哪。

黄：我小的时候，家里很贫苦的，贫农出身。现在想想那时候的穷日子（啜泣）……我十岁不到就没有了父母亲，只有一个哥哥，我在地主家待过，姨娘家也待过，就这家凑合两天那家凑合两天，过着流浪生活。后来国防部门来招人，把我招上了。部队招女的，主要目的是培养护士，但是我没文化，不可能当护士。他们一听说我没文化，都表现出很不相信的样子，觉得我看着也不像是没文化啊。他们动员我去当护士，我傻眼了，我心里想我连自己的名字都不会写，还当护士呢！后来我就闹情绪要回家。他们说你现在不能回，等到人招来了，接了你的班，你才能回。我记得那是胶东军区新兵二团。我在那儿待了不到一个月，就听马路消息说是新疆招人。这新疆一招人呢，我就恨不得一脚跳出来。

邹：新疆招人是以什么名义去招的呢?

黄：我们也不太清楚，有的说是参军，有的说是到新疆做工。当时确实有一批做工的，好像是到乌鲁木齐七一纺织厂，到西安就看出来了。在西安我们发的黄被子，他们发的却是花被子。管他发的什么被子，我们就一心想到新疆来，啥也不管了。

邹：您到新疆来，是自己做主吗?哥哥是什么态度?

黄：我哥哥都不知道，我走的时候他来火车站送我，哭得……（笑）自己做主来的。

邹：您当时多大年龄?

黄：十七虚岁。哎呀，俺哥哥当时哭得啊。

邹：当时在老家谈对象了吗?

黄：没有。那时好多人都不知道什么叫“对象”。我这个人比较活跃，出来后喜欢唱、喜欢跳。分到单位后，独唱啊什么的，都是我的事，呵呵。

邹：独唱?

黄：嗯，就是独唱。编曲的人是咱们农八师原来的政委，叫啥来着?突然想不起来名字，忘掉了。

邹：您还记得从山东来新疆的那段经历吧，是从青岛上的车吗?

黄：不是青岛，是青岛的城阳。好像从城阳还得下去些，具体什么地方，记不清楚了。反正人都在那里集中，集中够了一列车，三千人，就拉了一车出来了。

邹：三千人当中，男的多还是女的多?

黄：呵呵，除了个别领导，那时就没有男的。

邹：男的就是新疆生产建设兵团派过去接女兵的?

黄：对。

邹：当时说让你们过来，一是参军，二是做工?

黄：说是参军的，也有这么说那么说的。我什么都没想，因为我在部队待过嘛，我自己又没有文化，看着人家穿军装还是很羡慕的。

邹：您那批来新疆的，算是“三千齐鲁女兵上天山”。湖南省前几年做的宣传很到位，以至于“八千湘女上天山”人人皆知，充满传奇色彩。山东省在这方面做的宣传不多，其实当年西上天山的齐鲁女兵数量也很多。

黄：哎呀，当时说什么话的都有。有的说我们是来给那些年纪大的人配家庭的。说啥的都有。我们不听，不愿听那些话。来了一看，那些老同志生活很艰苦，没房子，住地窝子。

邹：你们来的时候就有很多传闻？

黄：也不是太多，人们也不敢公开传谣。毕竟那时候纪律很严，说处分就处分，不客气啊。我们反正就一个心思，干活、干活。学习任务倒没有多么重。我们到新疆后等待分配，分配后就学习了一个月，叫扫盲嘛。扫盲我最积极，后来把文盲帽子摘掉了。直到现在我还有那个习惯，别人说完不成的任务我就非要完成不可，很多文化知识我都没学过，就一门心思想着工作。

邹：当时火车还开不到乌鲁木齐吧？

黄：火车只到兰州。我们到兰州就分开了。新疆这边派汽车拉着大家进疆，有去乌鲁木齐的，有去南疆的，大家各奔前程。

邹：从兰州到新疆路途遥远，途中有没有发生什么事故？

黄：有。那时都是十几岁的小孩嘛，都不懂那个利害关系。车停下的时候，钻到车底下玩。有的车一开就轧死了。

邹：是因为好奇吗？

黄：不是好奇，是他们不知道车的危害，钻到车底下摆“龙门阵”，被车轧死了。就那一次，没经常发生。新疆军区的保卫工作做得好，男的都拿枪，排成一圈挡着外面。外面有时候乱哄哄的，我们都坐在中间，不敢看。有一次看到戈壁滩上有好多骨头。

邹：骨头？那都是打仗留下的吧？

黄：可能是，反正很复杂。我们什么都不想，光想着到目的地就行了。死活就没见棵树嘛。就见了两头牛，还有两匹马，荒凉得很。

邹：您刚来的时候这地方是一片荒原，一棵树都没有？

黄：没有树，倒是记得有个房子，就在……现在我们说话都不行了，记不住了。那个房子就在哪呢，就在如今石河子游憩广场那个位置，盖得还挺漂亮的。我们到了以后，被分到下面去了，直接分到……你知道大泉沟吧？大泉沟还没到，还要分到大泉沟下面那个单位，叫一四六，对，就是一四六团。

邹：您在青岛出生，那地方依山傍海，风景优美，突然被车拉到大西北，荒无人烟，当时心里是什么感觉？

黄：我们一路上一点都不想青岛的事。其实我们家离青岛还有两站路程，那地方确实很好，但我们不想青岛的事，那个海看着也就那么回事。

邹：哦，就是下定决心要出来？

黄：对，一心想出来。到底怎么回事还弄不清。反正来到这，开始过日子，有时候老乡来了，会去买点东西，肉什么的也没有，只有打猎来的野羊。

邹：我查了些史料，据说你们从山东过来的时候，是国家给你们掏的车费，专门有一个负责人，全面掌管大家旅途中的吃住问题，是这样的吗？

黄：对。

邹：您刚开始到一四六团，做什么工作？

黄：分到营部。一营。分到哪就干吧。也有从湖南来的，大家在一起干活。

邹：刚开始干活是不是很苦啊？

黄：哎，就是拾棉花嘛，没别的。我们来的时候，刚好赶上拾棉花（的季节）。棉花地里种了好多西瓜、甜瓜，你就吃吧，有多大本事就可以吃多少。

邹：粮食够吃吗？

黄：吃是没问题。西瓜吃完了，把瓜子晒干，炒一下放那还可以吃……话说回来，反正觉得那时候挺有意思的。不觉得很苦闷啥的，就觉得挺高兴。

邹：住的是地窝子吧？

黄：我们刚来时基本上住在平房，算是组织照顾吧。后来开始劳动，你追我赶，你落后还不行，积极一点才能找到对象（笑）。

邹：我读了一些有关您这批来疆女兵的相关资料，也有文学作品的描写，说是50年代招来的山东、湖南女兵，漂亮的、有文化的就留在城市里面，长得一般的就分到南疆或者连队上去了，是不是这样呢？

黄：我那时候就是没文化。不是看你漂亮不漂亮，重点是看有没有文化。你要有个初中文化程度，立马就不用到远处去了……我高小（程度）都没有，连个信都不会写。

邹：有文化的就培养成护士、会计、老师？

黄：哎，就是当护士。老师嘛，那时老师教谁啊？呵呵，大家都还没成家呢。

邹：我这是违背常识了（笑）。后来上海也招来了一批……

黄：1954年来了一批，1955年来了一批，一共来了好几批。上海来的人就不一样了，还得我们指导她们干活啥的。上海人讲究得很，她们那些习惯我看不来，但你也得领着她们。她们能折腾，反正比我们强，后面都到机关去了。

邹：组织上给您介绍对象了吗？

黄：我们是自己对上眼的（笑）。

邹：您和老伴是怎么认识的呢？

黄：有一次，我俩刚好在一个办公室。我看到桌子上有笔，我拿个笔就乱画。他说，哎哟，这个人挺有画画天赋。其实我没想啥，就是胡画。

邹：这是一见钟情啊，呵呵。

黄：不是第一次见面。我就是有个习惯，拿支笔随手就画。那天我在那画叫他看到了，给他留下了印象。第二个印象呢，他看我这个人愿意干活，在班里面洗洗缝缝，组织经常在黑板上表扬我。他也爱干活的。我那时拾棉花，早早就下地，中午也不休息，到晚上过秤，不在乎拾了多少，就感觉很充实很快乐。时间长了，大家觉得我这个人勤快。我老伴那时候是个参谋，也是山东人。他是管水的，一天到晚裤子别得高高的，骑马到处看。

邹：你们互相有好感了，平常聊天的机会多吗？

黄：哎呀，那时候说都不会说。怎么个不会说呢？没遇到过这样的事，感觉别扭得很，不知道从哪里说起。我对这个男的印象呢，就是特别能干，骑匹马满滩子跑，渠道哪有问题就赶快通知人去修。他成天骑马到处检查，见不到人影。那时伙房有个老年人，他知道我俩好像正在谈着，他也不知道我们谈到什么程度了，就跟我老伴说："快回来吧，这边的水渠需要修理呢。"呵呵，我就觉得他人挺不错的。

邹：最后是谁先表的白？

黄：表白？（笑）这事不是我们能做主的，谁谁和谁谁，领导们早就掺和好了。我找的这个是个参谋嘛，他对我有了意思，领导就给我做工作了。

邹：领导找您是怎么谈的呢？

黄：领导就不敢找我谈。因为我把他骂了一通，他怎么敢找我谈！我在电话里骂的，不是面对面。

邹：把领导骂了一通，您真是女中英豪（笑）。

黄：嗯。（大笑）我想不通，我们到新疆是来干啥的？我们不是来谈恋爱的！我才这么一点点（年纪）……我气得大骂领导。他其实是热心，是个好人。

邹：那领导只能找您爱人谈了。

黄：他们是一个办公室的嘛，就在办公室里研究，谁谁谁和谁谁谁合适。基本研究得差不多了……

邹：然后就征求您的意见，您说可以，就结婚了？

黄：哎，对。

邹：哦，那就并不像有些书上写的那样，说是领导命令你们必须和谁谁在一起？

黄：没有那个事。还要两个人起码谈得通嘛。谈不通，一天到晚鬼哭狼嚎的，那样能行吗？基本上都是自己对上了眼，领导谈话，然后成的家，大部分都过得挺好的。

邹：您的意思是，当时还是以情感自愿、自己对上眼为前提？党的干部就是做个思想工作？

黄：对，没有强迫的。没那事。那都是有的人胡说八道。但那时有一个问题，你要不是当官的，就得靠边站。有一个女孩是和我们一起过来的，她和一个男的关系好得很，但那个男的只是个战士。于是领导就不愿意，说是没有达到条件。

邹：优先考虑干部，是不是因为这批人经历过战火纷飞的年代，年龄大一些，功劳也大一些？

黄：我想主要是考虑到贡献大小吧。

邹：您个性这么强，主要相中对方什么呢？

黄：我最看重的就是他干活勤劳，天天一身泥巴，不像别的人，东逛逛西逛逛，他一天除了管水就是管水，就那一套。他比我大十五岁，不过当时还有（比老婆）大十七八岁的呢。

邹：你俩相差十五岁，您个性又这么强，你们在沟通上有困难吗？

黄：说到沟通嘛，有时看问题确实看不到一起，比如说我年纪小吧，社会阅历也不够……他干他的活，我干我的活，也不多说话。我找的这个人有一点好，就是他让着人，不找事，你要不招惹他，他肯定不会找你的事，挺懂道理的。这一条我服他。他后来当了连长，考到乌鲁木齐八一农学院念大学，两年都没敢回来。为啥呢？因为他文化低，害怕考试考个零蛋，那时是苏联人的考试啊，苏联人直接招收的。

邹：那两年他一直在八一农学院刻苦学习？

黄：嗯。那时有人说，怎么连个家都不回？给我买衣服还找人带回来的。他就那么个人！

邹：您当时有没有怀疑，因为他考上大学了，会变心啥的？

黄：不会。我们那时心眼死得很，根本不会去想这些。不像现在，念了大学会另找对象。

邹：您爱人是管水的，也是个干部，大概是什么级别呢？

黄：他一直就是管水的。他去世的时候是个副团级，工程师。反正工资不高，正要调工资的时候，得了病。

邹：好政策没赶上？

黄：没赶上。不过我五个娃娃挺争气的，两个入了党，我很满意了。因为我没入党，我心口一直就……呵呵。

邹：您虽然没入党，可是境界很高。

黄：呵呵。

邹：您还记得当时婚礼的情形吗？

黄：嗨！可不比现在的年轻人。比如今天晚上团部演电影，好多人都看电影去了。我们那个营部和团部在一起。营部肯定小嘛。不知谁说了一句，说今天晚上出去买点糖啥的。那时也没啥买的，除了糖就是个零嘴。那时候东西紧张得很，买都不好买。买了点糖，把八一农学院实习的学生留下了，大家热闹下，就算结婚了。

邹：结了婚，就算成家了，当时住的条件如何？

黄：那房子你可想而知嘛，连门都没有，就挂了个帘子，晚上外面狼叫，我们都听得清清楚楚。狼都"嗷呜"叫，那时候就那么个情况，狼多得都没法弄……

邹：真是狼嚎遍野，听说当时发生过狼吃人事件。

黄：有这么一件事，至今想想都后怕。我老伴后来当了连长，我也分到连队了。有一天领导说："今天晚上要突击了。"领导叫我们拾棉花，突击去，意思就是要创造最高纪录。连队上也想要个最高纪录，助助威。我们班上有个拾花能手，数她手最快，她干啥都离不了我，非要把我拽上，大晚上的去拾棉花。后来到了地里一看，哪有棉花？我就跟她悄悄说，咱们不拾了，咱们回家。走着走着，听到有啥东西在叫，回家的路还远着呢，我们紧跑慢跑的，跑到跟前一看是只狼。狼"嗷呜"一声、"嗷呜"一声，藏在棉花地里。一群狼不伤人，独狼伤人。它们就藏在棉花地，"嗷呜"一声，"嗷呜"一声地乱跑。我说回了回了，咱俩碰上狼了。回到家俺老头说，你们胆子可真够大的，没听到狼叫吗？

邹：后面可能更加害怕狼了吧。

黄：我们从那次吓得就再也不敢（晚上）出门了。晚上解手，也不敢单独去。害怕！吓破胆了！那时狼是成群成群的，哎呀，就像现在的狗一样，随便乱跑。

邹：都说兵团的宣传工作做得好，您能回顾一下连队的日常生活吗？

黄：可以。我跟你说，我这个人不爱享受，那时战士们天天上班，洗衣服的时间都没有。我中午也不睡午觉，就把班里面那些人的单子，"哗啦、哗啦"都给他们洗了，洗好了晾干给送回去。但跟我们一起来的也有讽刺我的，说人家那是要见毛主席呢，这话我听都懒得听。

邹：那平时都干些什么呢？

黄：就是整地嘛。地里面不是土块多吗？拿榔头把土块打碎，直到它能漏水才算结束，不漏水不算。

邹：有没有人检查？

黄：严格得很。领导一会来一会来的。天不亮就走了，到地里去了。太阳出来了，才送饭来。那时候也没有菜吃，就煮些黄豆和毛豆，就这两样。

邹：平时劳动之余，连队会组织一些集体活动吗？

黄：晚上，大家回来后洗把脸，吃过饭，在大篮球场里集合，跳那个舞，手拉手的。男的在前面一背手，女的就过来，哎，就跳这个舞，叫邀请舞。文教员忙得很，一天就写啊，编啊，有先进（事迹）了就编（作品）。每个礼拜天就会演那个节目。那时候经常叫我独唱。

邹：您都唱些什么歌？

黄：呵呵，那时不像现在了。那时候反正是有这么个文教员，是石河子哪个编辑部的主任。他经常到我们连队来蹲点，我们连队是个模范连队，领导基本都见过毛主席。既然那样，我们也不能落后啊，是吧？有时间我们也编。没有编外面的，都编自己单位的。

邹：编一些模范人物、模范事迹？

黄：有一些也不一定是模范的。比如有一个我大概记了几句，“忽然间……忽然间刮起大风……”忘掉了，年代太久了。

邹：50 年代后期，兵团搞了个大生产运动，要多快好省地建设社会主义。

黄：那是中央一个大的题目，你不干不行，必须干。干得好了嘛，给你评个模范，当时大家都是争先恐后地干。

邹：您爱人后来到了八一农学院上大学，在“文化大革命”中有没有受到影响？

黄：哎，咋没有！那整得一塌糊涂呢。不过他稍微轻点，因为他工作的性质很特殊，水利单位是分散的，不在一块儿。他经常骑车走到半道，就会听到单位来人给他传话，说你别来了别来了。

邹：有人通风报信，说明他人缘不错啊。

黄：嗯，因为他是老师嘛，总有人通气。

邹：家里有没有受到影响？

黄：我那时学习毛主席著作是积极分子。接着就是学雷锋。我学雷锋，（人家）敲锣打鼓，又是送匾又是写感谢信的，热闹得很。要是谁夸我怎样怎样，我老头就说：“别说她了，再说她又不知道天高地厚了。”呵呵，到现在我都记得这话。他就不愿意别人说我的好话。有时候逢年过节，娃娃问：“我妈干啥去了？”他就说：“你妈又到那个地方去了！”哪里呢？黑板报！那就是属于我的地方（大笑）。

邹：您房间里贴了很多画，是您自己画的还是临摹的？

黄：自己画的。不习惯临摹。有人给我送了幅挂历，上面都是国画，牡丹啥的，我越看越糊涂，又给他送回去了。我要自己想，自己想出来的，觉得还有点趣味。我还不一定在房子里想，有时候接着水、洗着衣服就想起来了。

邹：您这属于艺术创作了，灵感瞬间而至，现在您很有名了啊，擅长画画……

黄：哈哈。

邹：您后来生了五个孩子。您爱人在连队当领导，您要参加劳动，孩子怎么办？谁照顾？

黄：我们那时生孩子不像现在这个生法，比如1959年一个，再后面两年一个、两年一个。

邹：您要是下地劳动，孩子怎么办？把他背上？

黄：那时连队里也有托儿所。

邹：带孩子的过程中有没有遇到困难？

黄：邻居都挺不错的，互相帮忙照顾。那时也没多少重活，干几天，没活就不干了，就回家带孩子。不像现在，你上班怎么也得坚持八个小时。那时不是这样，有活就都去干，大家都干不是干得快嘛。

邹：远亲不如近邻，这话有道理。您是怎么教育孩子的？

黄：说到教育孩子，也不大好说。幼儿园有老师，教她们写点东西，她们自己会模仿。会写就写，不会写就互相问，老大老二互相问么。不知不觉，孩子们都长大了。

邹：五个孩子都是男孩？

黄：全是女孩！

邹：您现在是儿孙满堂，以前都帮着照看外孙、曾外孙吧？

黄：孙子都是她们自己带大的。我哪能带孩子啊，光想着帮人家了。记得60年代学雷锋，我带着娃娃去工地拉砖。人家看到我说，哎呀，你娃娃的衣服扣子掉了，怎么你都不知道？

邹：自己的娃娃没有时间照顾，都在外面学雷锋去了？

黄：对。让娃娃也学一下。娃娃看到我学雷锋，她也跟着学。那时公家的房子顶不是铺土的吗？下雨容易漏水，娃娃把她班里同学叫上，都上去房顶撂土。她模仿我。就是到现在，她给我打电话的时候还会问："妈，您在养老院学雷锋，给人家理发了没？"我说这里不需要我理发，专门有人理。她知道，我给一个人理发理了九年。

邹：您动手能力很强，要是考大学，能上个理工科呢。

黄：呵呵，我不行，我语文、数学都不行，不喜欢。

邹：您那时在外面学雷锋、讲奉献，家里这么多娃娃，扣子掉了也没人给缝，老伴儿有没有意见？

黄：老伴哪有时间管啊，天黑都不回来。

邹：他也是为革命工作奉献了一辈子。

黄：他后来不是连长了，当了营长，去世前是水管科的科长。没见过男的那么老实的，一般很少说话。女同志干活的地方，他去都不去。

邹：您现在给孙辈们讲这些经历吗？

黄：不讲。现在的娃娃不愿意听过去的事了。你让他学画画、舞蹈啥的，这个他干。

邹：但是讲到五六十年代您的奋斗史，他们就不愿意听了？

黄：大娃娃有时候还能提一下这些个事。现在我的孩子也担心我。你看我说话，天上一句地下一句。脑子不对劲了，乱哄哄的，是吧？因为我1958年得过一场病，住院住了半年。那个病得的太窝囊了，就是为了句话，把自己弄到医院去了。

邹：怎么回事？

黄：想想我也觉得可笑。那时候口里不是老来人吗？口里老出车、接人，把山东人接来。我那时正患有结核病在家休息呢。我听到那车呼噜呼噜、一车一车（开走）。哎哟，我说，我也想回去接人去。到了劳动科，我就没说实话。人家问我："你要回山东，你老头同意了吗？"我说了个假话，说同意了。（为）这一个假话就写了好多公函。那时候哪有柜子，就是抽屉。老头回来一看抽屉，咦，怎么弄的公函？我说你别说了，你要不同意我回，我就推辞掉！老头说哪有这么简单，这是违反纪律。当时那个害怕呀！

邹：害怕上面处分？

黄：不光是处分。害怕是因为，当时我说了（老头同意了）。我还护着老头面子。他们肯定会追究，既然我说老头同意了，怎么后来又不同意了呢？这下把老头给装进去了。我就不知不觉的（就不对劲了），晚上睡觉时，老看着窗户外面有个人头，恍恍惚惚的。我现在想，人真是不能说假话。

邹：您当时想着回山东老家一趟，顺便接兵？

黄：对对对，结果，人没接成，还弄那么一出！给谁都不能说！后来我住进医院，医生告诉我说，"你那个病不是神经病，是心病，就是有些啥事都在心里面"。哎，把药一吃就好了，不吃药就不行。现在我不管啥大事小事，只要我想做的，我就坚决要做，不叫它按到肚子里。我觉得这个画画把我给救了。画画，把我的心病治好了。

邹：是啊，我们现在提倡老年人上老年大学，学学画画、十字绣、下棋，这些都挺好的。您以前忙于生产劳动，可能也没精力画画，什么时候开始发掘出这一爱好呢？

黄：以前画得少，后来到了这家养老院，院长和我以前是一个单位的，离得很近，她家吃什么饭都把我叫一下的。我来了就想找点事做，我说咱们这个养老院这么大，我想在这里发挥一下画画的爱好。这里不喜欢画的人不多。我们这房子好多地方都有我画的画。

邹：我刚才看到了，主要是画些树啊、草啊、鸟啊之类。您全是凭自己的想象画，没有想过买些书来学一学？

黄：（看书）不行，书记给我买过两本，看不来。

邹：现在有没有什么心愿，比如搞个画展什么的？

黄：没那些想法。有人问我，看你一天画的那些，你图啥？我说我啥也不图。我就图一点，就是别人干不了的，我能干。呵呵。

邹：您应该退休快二十年了吧？

黄：我们不叫退休。我们本来是叫退休的，我是1952年来新疆的，但是我1955年在家待着呢，有胃病、气管炎，说得不好听，脑子还有点问题了。老头看我这个样子，就说算了，你也别上班了，在家待着吧。那时我还没孩子，就在门口几家子一起说说话，也挺不错的。但是我想，这没啥意思啊，眼睛光盯着公路边，听汽车声。我这人没啥远大志向，就是想着能好歹做个事情出来，不能光在家里窝着。

邹：您1955年病了，1958年又住院了，什么时候复出的？

黄：那是1962年，开始大集体了嘛。干了一阵（大集体），叫“五七工”①。现在就算一个“五七工”待遇。

邹：“五七工”当时是个什么概念？

黄：好像是中央下了个文件，说是工人待遇，就是拿的钱少。因为你干得少嘛，那也合理。反正当时各方面搞的都像正式工人一样，生病也有报销啥的。

邹：现在一个月大概能拿到多少？

黄：现在拿到一千四了。

邹：您对自己退休后的生活满意吗？

---

① “五七工”特指20世纪六七十年代计划经济用工不足时，参加生产劳动的城镇职工家属，他们没有通过劳动部门的正式招工手续，也享受不到国家承认的连续工龄，这部分特殊人群未曾纳入养老保险的范畴，曾面临着“老无所依”的困境。张春贤书记主政新疆以来，积极关注民生问题，切实解决了历史遗留的45万新疆“五七工”的养老待遇问题。

黄：满意。挺自在的。

邹：近几年掀起一股军垦怀旧风，比如“湘女”，就是湖南来新疆的女兵，报纸、电视台都专题报道过。你们山东来的这些女兵之间还来往吗？老姐妹还聚吗？

黄：不经常聚。就是那几年，集体吃个饭，照个相，都是政府组织的。有一次还给我们一人发了一块表。

邹：你们现在被称为“军垦第一代母亲”。

黄：呵呵，我们不想那个，啥也不想。我看了《戈壁母亲》那个电视了。

邹：您感觉电视剧真实吗？

黄：我觉着还可以。电视上拍的事情不可能像咱们在一起说话那样一字不漏地（表现出来）。演得挺好。

邹：电视剧里演的那些情感啊，劳动场面啊，跟你们当时的情况差不多吧？

黄：差不多。现在我们这一代在世的已经不多了。

邹：所以我们要抓紧时间联系军垦第一代做访谈，录下来，然后慢慢整理。前面我们还录过国民党起义部队官兵，现在剩下的人特别少了，即使还健在，也因为年龄太大，讲不出来了。

黄：谢谢你记得我们这些人。我这个人，虽说文化不高，也没当过什么官，但是对很多事情很好奇。我每天都画画，最多一天能画六张……

邹：“世间无限丹青手”，您这是自得其乐，真正的民间艺术家啊！

黄：俺就是自娱自乐，自己觉得开心，这就够了。不过说真的，画画治好了我的心病，以前脑子经常疼，现在也基本上好了。

此时，养老院的音乐声响起，老人傍晚锻炼的时间到了，院长过来邀请黄阿姨去跳扇子舞，访谈就此结束。

【后记】

听到黄明德阿姨的传奇事迹，纯属偶然。

那天天公作美，酷热的石河子暂时告别了似火骄阳，阴天，凉风习习，很惬意的感觉。

我从市区乘车去军垦第一连，这个现今保存得最完整的军垦劳动生活遗址静卧于红山脚下、玛纳斯河西岸。公交车只开到一五二团，距离军垦第一连还有三公里左右，一路步行，沿途流水潺潺，两旁田地里栽满了葡萄，翠绿的果实，隐布在葱密的藤叶之间，偶尔露出羞涩的脸庞。刚到军垦第一连门口，天空骤然变脸，细细的雨丝化作一阵急雨，我只得在售票处短暂避雨。售票处的两位大姐，身着50年代的黄军装，笑容亲切，聊起军垦往事更是如数家珍。她们一方面为“军垦第一连”所面临的困境深深叹息，另一方面为年青一代对军垦历史的生疏隔膜忧虑不已。当我说明来访的意图时，两位大姐爽快答应帮忙联系访谈对象，她们隆重推出了“军垦文化活化石”——老连长胡友才，还提到一位天赋极高的会画画的阿姨。遗憾的是，她们没有阿姨的联系方式，只记得老人在数月前随幸福养老院集体来参观过，当时老人抚今追昔、无限怀旧，并且答应要给售票的大姐赠送一幅画。

我对这位从齐鲁海滨西上天山的军垦母亲充满了敬意，也对这位无师自通的丹青圣手心怀好奇。翌日清晨，我迫不及待地赶到幸福养老院，说明来意，两位院长十分热情，一听说是寻访会画画的阿姨，院长会心一笑，说黄阿姨是养老院的名人，刚刚出去打针了，要到中午才能回来。看来是“寻隐者不遇”！下午四点，我再度来访，终于如愿见到了黄阿姨。

黄阿姨干练、快人快语，精神矍铄，完全不像是快八十岁的老人。这位在旁人看来口若悬河的传奇人物，显得谦和内敛。访谈在寒暄中展开，老人坐在洒满阳光的温馨小屋里，敞开心扉、追怀往事……

小屋的墙上整齐地张贴着黄阿姨的画作，色彩斑斓、意象万千，老人以艺术创作的方式，表达着特立独行的人生思考。我追随老人的记忆之流，仿佛置身于半个世纪之前的万古荒原。当思绪重返现实时，我更是由衷佩服老人智慧的处世哲学，“养老院就是天堂，我在这里自由自在”！

远离纷扰，自得其乐。这难道不是一种大智的生活信条吗？

巾帼垦荒尚功伟

口述｜刘文卿

人物档案：刘文卿，女，20世纪40年代初出生于山东文登一个红色革命家庭，60年代初来新疆投奔亲戚，曾在石河子一四三团参加劳动，现居一四三团二十连。刘阿姨少时习武，身体康健，坚信“生命的意义在于劳动”。

访谈时间：2014年8月2日下午。

访谈地点：石河子一四三团二十连。

邹赞（以下简称“邹”）：阿姨，您这院子收拾得干净利索，我还以为到了农家乐，呵呵。您是什么时候来新疆的？

刘文卿（以下简称“刘”）：我表哥把我接过来的，他是支边来的，在乌鲁木齐七纺工作，我那时候在家跟着师傅学些翻跟头啥的。

邹：您还是个练家子啊（笑）？

刘：练着玩的（笑），脑子被摔了一下，后来进工厂工作，机器轰隆隆地响，我脑子就疼得不行。

邹：您家是山东哪里的？

刘：山东文登。

邹：能简单回顾一下童年经历吗？

刘：也没啥说的（笑）。不过我们那些年真算得上轰轰烈烈啦，是吧？老邹。

刘阿姨笑眯眯地看着陪我一同前来访谈的邹立仁，说到往事，两人会心对视，邹立仁在一旁搭话："那时太艰苦了，我认识你的时候就是在背棉花秆子，背得腰都弯了。"

邹：您小时候家里是做什么的？

刘：我外爷（公）是地下党员，叫日本鬼子活埋了。

邹：那是红色家庭了。

刘：嗯，我姑父也是，他是地下通信员，给八路军送信的，过日本鬼子岗哨的时候，怕人家审查，过去的时候把东西（信）藏起来。那时候不是都牵的毛驴吗？东西就藏在毛驴鞍子里头。他去找，但是到处都找不到这个东西了。那时候你把重要的文件丢了，麻烦得很。他没办法，就牵着驴回去了。东西找不到了，走投无路，他就上吊自尽了。

邹立仁也是从山东过来的，他亲历过日本鬼子的暴行，对日寇深恶痛绝，此刻神情愤怒，在一旁接话："哎呀，日本鬼子太坏了。"

刘：赶他死了以后，你不知道，老邹啊，我家的人，我姑姑，我爸爸，都不服气。大家说怎么好好的东西放那能丢呢，最后一掏又掏出来了。

邹：他当时没找到，可能是因为太紧张。

刘：他就是特别紧张，当时没掏出来嘛。那死也死掉了，留下我两个哥哥（姑父的儿子）。

邹：您父母是做什么的？

刘：我爸爸原来也是民兵，具体当了个啥我也不知道。他都走了好多年了。我外爷被日本鬼子抓去活埋了。在文登埋了七个人，其中就有我外爷。我妈妈哭着硬要去看，我爸不让去。我爸说："说啥你都不能去看，你一去咱们全家都要暴露、都要死掉。"我爸爸就看着我妈，不让她去看。我给你讲，我爷爷奶奶都叫日本鬼子抓起来了，都赶到营南那个地方，全部枪毙了，杀死了。小日本照了相，前面架的照相机，后面机枪扫。我那时候小，后面还有个妹妹。我妈妈怕我们都那个（被害）了，就想办法把我们藏起来……我们山东不是多山吗？他们就把山边那个地皮揭了，挖个洞，就像咱们现在说的菜窖一样，里面放些红薯呀乱七八糟的东西，然后把我们吊下去，再盖上地皮。我妈的意思是我们（大人）死了你们也死了，我们（大人）活了，还可以把你们（小孩子）扒出来……那地皮都打得跟蛇洞一样，但周围都封得挺好的，我们也没受伤。我们还小，自己也没办法出来。

邹：藏了多长时间？

刘：可能两三天。前面日本鬼子枪毙人，因为咱们部队追上来了，鬼子就没来得及复查，没来得及看看这些人都打死了没有。所以说，就这样子，鬼子把我们一家人的照片都照下来了……幸亏我们的部队赶到了。

邹：真是“最后一分钟营救”！您那时候多大？

刘：我那时候小。我哥六岁，我就是三岁。

邹：这么小，可能亲眼看到过鬼子，都没有印象了。

刘：嗯，没印象了。我只记得我爸爸那时候一有什么事就扎那个草把子，日本飞机来了，就点燃那个草把子，可以给（住在）下面的老百姓报信。可有意思了，扎的一把一把的，一有什么事，那火一点，就上去了，后面那村子就知道了。因为我们是住在山边上么。我就给我爸爸拿草啊，以前不是高粱秆子吗？一捆捆的，不敢拾多了，拾多了下次没有了你就没办法了，没什么可报信了啊。（日本人）打死了人以后，部队把他们撵走了。那时候谁都害怕死啊，都有孩子啊。他们（日本人）走了，咱们部队来查看人死了没有。有的人就拖死人盖到自己身上，自己身上染得满是血。鬼子用机枪扫射，有的打死了，有的没打死，我爸、我哥、我妈就是这么活下来的。

邹：您的家庭是伟大的红色家庭。

刘：唉，都过去了。

邹：您小时候的武术基础是怎么来的？

刘：那是我们学校一个老师看我动作利索，他一高兴，就说：“咱们办个学习班！”于是把我收了，领着我们一起练，练了几年。后来 1958 年不是大炼钢铁吗，漫山遍野就拾那个矿石。捡了矿石以后，回来就砸啊，或者就掏啊，把那黑黑的掏出来，我就负责收。那时家家都有磨，老师说你把那个磨碎，磨碎了不是好炼一些吗？就那样子。我妈回娘家了，我就把（一些）娃娃领回家，几个人抬着石头磨，玩得高兴得不行，把那矿石磨得细细的，那个磨粮食的磨全都被磨平了。

邹：您现在的身手，对付两个年轻人应该不成问题吧？

刘：呵呵，现在不行了。

邹：您那时候上过小学吗？

刘：要说上过，也是“三天打鱼，两天晒网”。哪有天天上学的！我们上学那阵子，姊妹三个的学费加起来才五分钱，（就这样）都没有钱交学费，交不起。那是 1963 年的事。他们都回去要学费，我不回去要，我怕回去白跑一趟，还会被我爸爸骂一顿。

邹：您兄弟姊妹几个？

刘：原来八个，后来死了一个。三个男的。我排行老二。

邹：七八个孩子，家庭负担挺重，当时基本的生活能维持吗？

刘：我们那时候哪有吃的东西。1960 年，全都是挖草根子吃，在外头挖野草吃的。

邹：您怎么会选择来新疆呢？

刘：那时候我表哥是支边到新疆乌鲁木齐来的，他回家把我们接过来了。先接的我哥哥，接我哥哥的时候，我就动了心思，想跟过来。

邹：新疆这么远，父母放心吗？

刘：家里太穷了，我又有表哥在这里啊，他是我姑父的孩子，他跟我说："走，到新疆去，我给你找个工作！"

邹：表哥当时是怎么宣传新疆的？

刘：就说新疆挺好的，新疆比咱们老家强得多，不管好赖都能吃饱。那时有个糊糊抱着喝，都很好了。

邹：您当时跟着表哥从山东往新疆走，途中有没有发生什么故事呢？

刘：我哥哥和我表哥一起来的，我还不是，我是王连通（音）把我接过来的，他也是我们那个地方的，我也管他叫哥哥。他路上说啥我也听不懂，他说你不要紧张，我到了新疆就把你带给你哥哥。就这么来了。

邹：您来的时候多大？

刘：十几岁，不到二十。

邹：您刚才说的这个王连通，他是以什么名义把您带过来的？

刘：探家。说是新疆的纺织厂招人，我报名就进去了。进去了人家就限时间看着你，看你能不能适应。厂里的梭子"吧嗒、吧嗒"响，你说话根本听不到。要什么东西都是这样打手势，跟那个哑巴打手势一样的。要线头什么的，都打手势。我进去一听，脑袋疼得厉害，不行，咱干不了。

邹：那一批一起来的有多少人，是政府组织的吗？

刘：有十几个吧。我们是跟家里人一起来的，不是国家统一拉来的。也就是说，家里有人支边，就跟着过来啦。

邹：当时火车已经通到乌鲁木齐了吗？来新疆的旅途顺利吗？

刘：也没什么故事。我来的时候都解放十多年了。那时（形势）已经好多了。

邹：您来了后觉得这个工作自己适应不了？

刘：嗯，适应不了。考核咱通不过。因为我哥是干部，我就说我还是到兵团去吧。我们有个老乡在兵团，他介绍我到了十九连，原来是试验场四连。我在那待了几年。噢哟，那时待在那里太苦了。饭倒是还可以，在老家干苦力的人，肚子饿了只能吃糠，在这吃馍馍。见了白面馍馍真是高兴得不行啊。但是干活都是深更半夜的，天不亮就下地，伸手不见五指。

邹立仁插话："那时在兵团有南瓜糊糊喝，干活是苦，有时半夜都在地里，但过得比老家强。"

邹：您都做些什么工作？

刘：我们来就是拾棉花，还有积肥啊，建羊圈啊。冬天拉肥料，那时候哪有拉的，我们刚来都是背的。一个人一个小背筐，就像四川人背的那个。后背背得都是道道，成行成岭的，肩膀皮子都拉掉了，也不敢吭气。

邹：当时有没有后悔呢？

刘：没有，都自觉得很。我老爹问我在新疆干什么，我都没给他讲。要是讲了，我爸爸知道我在新疆受这么大苦，他肯定要叫我回去，我就没给他讲。

邹立仁插话："那时候人都不知道咋了，拾棉花拾到半夜三更，有病也不请假，争先恐后的。"

邹：劳动很辛苦，这过程有没有什么故事？

刘：哎呀，我刚来的时候，正是春天定苗的时间。你不知道，那棉花长得像咱们老家地里长的荞麦。荞麦叶子也是红秆子，我把那个苗当成荞麦了。后来我们队长说："嘿，这是棉花，不是你说的那个荞麦！"认错了么。他说了以后我就弄了棉花苗来定，定了以后我们开始浇水，还演节目搞宣传，讲建设兵团怎么怎么好啊。

邹：那时候大家劳动很积极，据说纪律也十分严格。

刘：对，纪律特别严格，大家也自觉遵守。如果要到哪里去，必须要请假。批准了你才能走，不批你不能走。逢年过节你要回家，必须家里来人接你，签了字，把你领走。违反了纪律，惩罚比较严厉，记得有个人思想开小差，偷偷跑掉了，抓回来后胳膊都被打断了，还有罚关菜窖的，那菜窖深得很，用钩子吊着篮子把饭送下去，然后再将钩子收回来……

邹：是因为偷懒不想劳动所以跑吗？

刘：是啊，就是嫌太艰苦了，实在受不了。

邹：您那时候劳动应该是走在前列吧？

刘：那是。那也没办法啊，我这个腿吧，你看到了，到现在都不太好。我参加了突击队，一共十八个人，我们割黄豆，一个人一天割七八亩地。（纪录）高的都割十几亩地。我的腿就是砍葵花的时候受伤了。大家拼足干劲，谁也不甘心落后啊，一排人刷刷地砍过去。快收工的时候我把腿砍伤了，砍了都不知道，光知道镰刀碰了一下，也没在意。现在都不知道那时候咋过来的，那时候人只知道干活。

邹：受伤了，有没有休息几天？

刘：没有。一天都没休息。等到突击完了，回家都十点多了，慢慢走着，才发现怎么鞋子里脚黏糊糊的。那时候都穿的解放鞋，衣服鞋子都是上面配发的。我想着是不是进了水了，也没管它。回来打了水准备洗脚。脚一伸到盆子里，就听到旁边有人在喊："噢哟，你的脚烂了！"我说没有吧，她说你看你盆子里！那时候点的那个小小的灯哪能看得见，凑近了才看到。一看裤子割烂了，血都流到盆子里。她说不行，你得赶紧到卫生所包一包去。我说包啥，没事，不管它，反正也不疼。那时傻乎乎的，真的不知道疼，光知道干活。后来到麦场扬麦，这样腿不用使多大劲。对了，《人民画报》拍过我们的劳动场面，我们还拍电影了呢，叫啥来着？

邹立仁接话："《天山的红花》，那是收麦子的时候在我们连队拍的。"

邹：对，崔嵬导演的作品，1964 年上映的，在全国都产生过影响。您刚才回顾了劳动的艰辛过程，您表现这么积极，应该经常拿奖吧？

刘：拿奖是经常的，不过那时候也不想这些。

邹：您跟您爱人是怎么认识的？

刘：是我调到这边连队来才认识的。在那之前，我处了一个对象，他成分不太好，但是人品特别好，忠厚老实，在连队开拖拉机。他是河南人，也是别人介绍的。他看上我，我也看上他了。说什么我都要跟他。后来，教导员说不行，他家是地主成分，咱家是贫农。不行，那咋办？教导员说，二营八连有一个才八岁的（地主家的孩子）都知道反党反社会主义。这个人都二十多岁了，能忘记家里以前的情况吗？我这个人很倔强，心想要是跟他说我不愿意，我没办法面对人家了。我就跟教导员说，这个人我跟定了。后来上头把他调走了，调到很远的地方，那时大家都忙于工作，也不能随便请假。

邹：您当时内心很痛苦吧？

刘：肯定痛苦啊。那时风言风语多得很。从河南来支边的那些人都知道我俩处对象，说什么的都有，有说我不愿意了，变心了怎么怎么的。我当时想啊，就算我俩拉倒了，友情还在，也不能说以后就不见面了。他说我们以后就以兄妹相称，行不行？我说可以啊。就这样兄妹相称。他姓乔，叫乔保中（音），会开拖拉机，会打铁。他身边有人给他出主意，叫他害我。他那天就拿的刀子。他领我出来了，口袋里藏着一把刀，但他下不了手。两个人坐在那，他哭，我也哭。没办法处理，只能这样子。后来我起身说："我要回去了。"我看他不太对劲，手有点发抖。我觉得情况不对，转身就往回走。他猛一起来，刀子掉地上了。我说："没想到，人心隔肚皮啊。我俩这么好，就是因为家庭原因（分开），我也没办法。人家把我们分开，又不是我自愿离开的是不是？你想把我杀了？那你就杀了呗，杀了我你就痛快了？你把我杀了你看看你能不能活？"他说："你放心，我不会杀你的。是他们给我出的主意，把刀子塞到我口袋的。"我说："他们塞给你你就装上了？你还是有这个动机么，没这个动机你不会这样子的。"我们就这么彻底断了。

邹：他后来怎么样了？

刘：他早就死掉了。后来他找了个河南的女的结婚了。那女的也不知道心疼他。他病了，得的是肾炎，全身浮肿，那女的也没好好照顾他。我一直躲着他，但是不管开会还是干啥，他都能找着我。

邹：他心里可能还是有您。

刘：嗯。他老是能找着我。因为我以前给他买过一件衣服。他总穿着去找我。后来我去开会都要藏起来，叫他找不到。这事情就过去了。

邹：那时候男男女女一起参加劳动，女同志们也是垦荒戍边的生力军，毛主席他老人家写道，"中华儿女多奇志，不爱红装爱武装"。大家相互接触的机会还是比较多吧？

刘：我们冬天拉爬犁，一个是肩膀背，一个是抬爬犁。爬犁子这么四四方方的，有个门。两个人一起拉，大家自愿结合。我是和杨聪……好像就叫杨聪（音）一起，杨聪瘦小，过桥、上桥老拉不上去，别人都不愿意要他。但是你必须拉到门口，你拉到门口才一人发一个苞谷兜，你有多少个苞谷兜就证明你拉了多少车么。下坡的时候那个爬犁跑得快啊，地上都是雪，就把他拖倒了，我得跑啊，我不跑我也倒了，我说，"你赶快把绳子松掉"，他就松掉了。我就一个人拉。后来我问他："你能拉动不？"他就一个劲儿哭。我说哭也没用，你参加了这个工作就得干，是不是？不干你就拖后腿了，咱俩今天就没有成绩（车子数量）。他哭得更加厉害。最后人家看他小（我那时也小），就叫我们演节目，搞宣传。

邹：现在想想，劳动中结成的友谊真是弥足珍贵。

刘：嗯。那时正规得很（此处老人家把我说的“珍贵”误听成了“正规”）。吃饭发衣服，排队打饭，都正规得很，领衣服都要批。

邹：您和初恋因为家庭出身的原因遗憾分开，您和您爱人后来相识，是组织上牵的线吗？

刘：我是后来调到这个单位的，才认识我们家这口子。他在锅房，我在大田，他是厨师，甘肃人，贫农出身，人也老实勤快。那时候处对象都遮遮掩掩的，我们平时各忙各的，有时候见缝插针抽空到马路上转转，后来被连长发现了，他说：“谈恋爱正大光明的，我给你们腾个办公室你们谈去，不准在马路上那样，出了事谁负责？”（笑）

邹：不在马路上谈恋爱，那就到地里，边干活边谈恋爱，呵呵。

刘：（大笑）地里哪能谈？男的跟男的干活，女的跟女的在一块。

邹：你们认识多长时间就结婚了？

刘：我 1963 年来的，1975 年才正式结婚。那天正在地里干活，有个放牛的赶来通知我，说：“刘文卿，你今天结婚哦！”我说：“啊！今天结啥的婚？胡说八道的。”他说：“就是，你今天结婚，赶快回家收拾收拾！房子给你们都弄好了。”我们就这样接到通知，结了婚，我记得那天是“三八妇女节”。

邹：婚礼是怎么办的？

刘：哪有什么准备的。两张床弄个垛子挡着，用棍子顶住，苇巴子挡上，再给你两床被子。

邹：有没有准备糖果？

刘：糖果好像是连长买的吧。我们那时是五对人，好几家子。年轻的有三对，还有五十多岁结婚的一对，六十多岁结婚的一对。我们都在会议室举行的婚礼，集体婚礼，然后就天天在地里干活了。我们那时哪像现在，你随便把地扒一扒就行了，那全部是有尺子的，这么长一根棍子，刚好一米。（种）棉花是八公分，那棍子上刻的印子就是八公分，要是少了你就要减产。你这一棵和那一棵之间有十多公分，那就要罚你钱，开会点名批评。那尺子就在裤腰带上拴着呢，就这么定上一棵，还得把苗子扶好，棉花苗子都得直直的。一尺子几棵苗，班长一看就看出来了，逃不过他的火眼金睛。

邹：那时候大家的自尊心都很强，谁都不希望被点名批评。

刘：是啊，你争我赶的，生怕落后，我那奖状都是一沓子的。

邹：您来新疆住的是平房吧？

刘：我们刚来住的地窝子，后来才搬到平房。

邹：您结婚生孩子了，谁照看孩子？

刘：自己带啊。

邹：还需要出工吗？

刘：当然还要出工啊，不能耽误工作。我没有申请转家属，一直是职工。那时生孩子批准五十六天的假，假完了就要下地干活。孩子放在家里，锁在家里任他自己跑。摇篮也没有，孩子放在集体宿舍。上班的时候，家里的火都用水浇灭。前面有例子，姊妹两个（小孩）穿的棉衣，在家冷，就掏火，火星子烧了棉衣，两个都烧着了。一个烧死了，一个残废了。

邹：您爱人在伙房工作，您又要出工，您出工的地点离家远吗？

刘：远得很。但是必须要去，不管上哪里都必须要去。

邹：您到那么远的地方下地劳动，担心孩子吗？

刘：担心什么呀，全都顾不上。有时中午到喂奶的时间了，人家都不叫你喂。到了快下班的时间，提前半小时让你回家。

邹：孩子肯定饿得在家哭吧？

刘：哭得特别可怜。满地大小便，屎尿地上是，床上也是。我们回家再收拾。我们连队还有几家人，孩子在家怕掉地上了，全部绑起来，在墙角弄个橛子，带个钩子，把它扎到墙里头，带这么长一个带子，（绑上后）反正这头那头你都掉不到地上。那时候床上也没啥东西，弄个席子、单子铺上。把孩子放到上头，反正掉不下来。屎啊、尿啊全都在床上头。中午我们回来的时候就赶快把这个单子弄下来，换一个放上去。

邹：您爱人在伙房工作，会不会有时间去看看孩子？

刘：不行。有纪律，哪能随便出来。你做饭，那么多人，根本忙不过来。

邹：既当妈妈，又当职工，两头忙碌，太不容易了！

刘：是啊，好多人实在坚持不下去了，自动退职，当了家属。孩子那阵发烧在家都没人知道，水都没得喝。整个一天，中午回来的时候可以给他喂点水，忙碌完我们又该出工了。我们两个都是职工，那时中午回来做饭，太苦了。我给你讲，回来做饭，饭从锅里刚弄出来，就赶快给三个娃娃一人一碗盛出来，放到水桶的边上，孩子的饭凉了，赶快一人发一碗就坐那吃去吧。孩子安顿好了，大人才有机会吃饭，赶紧往肚子里扒拉扒拉几口。

邹：过得这么苦，您没想过转成家属？

刘：我根本没想过，就想着干活，觉得劳动光荣。我生过一场大病，我们连的王连柱（音）副连长好心劝我，说我有病，干脆办个病退算了。我说不行，我还要干。人家都笑我呢，说："噢哟，天老爷，你都这个样子了还要干！"我想我上有老，下有小的，家里老人都过得穷苦，连盏灯都买不起，我那时每月十八块钱工资，包伙十五块，就剩三块，两个月挤到一起换成五块。五块还没法邮寄回家，就弄个牛皮纸，和钱一起搓得软软的，装到信封一起寄回老家去。每个月还得用钱，买牙膏、牙刷之类，你算算还能剩下多少钱。后来（工资）涨到三十块的时候就好一点了，也能给家里多寄一些了。

邹：您一直在参加劳动，有没有继续学习文化课程？

刘：有啊。那时在地里休息，我在地里翻着玩，拳打脚踢的。好多人都来看，有人鼓动旁边的男娃娃，说："你肯定不敢打她，她几下就能把你打趴下。"一个男娃娃不服气，跑来跟我打，我也没使劲，胳膊这么一下，他说："哎哟，你把我心都掏掉了。"嗷嗷直叫唤，我说我都没使劲啊，我要是打你一拳，你还要不要活了。

邹：您练的童子功很扎实啊，您现在身体也很硬朗，气场十足，看来小时候练一练挺有好处。

刘：呵呵，是。

邹：平时劳动之余，也会参加一些学习活动，比如妇女学习班？

刘：嗯，我是班长，要给大家打考勤，报成绩，晚上还要开会。

邹：来新疆后第一次回老家是什么时候？

刘：第一次是生我儿子的时候，1968 年生的。1969 年儿子一岁两个月的时候带回家。刚好碰上"林彪事件"。你们可能不知道，老邹知道，大街小巷都进入了一级战备。我刚好回老家。那时新疆不紧张，老家反而很紧张。刚回到老家，那些大叔、大姐都跑来我们家，说是新疆暴乱了，因为"林彪事件"闹开了，苏联马上要打到乌鲁木齐来，问我这些消息属不属实，我说新疆挺好的，根本没有这回事！

邹：兵团后来闹"文革"，动静很大，您还记得当时的情形吗？

刘：那时我是红卫兵，我老头也是。红卫兵那时都是两派，一派是"八野"的，支持王恩茂①；一派是造反派。我们是"八野"的。两派都打起来了。有一次我回家，我哥哥结婚，我哥那时在这边打伤了人，打了那个造反派头子叫王啥的。我回去的时候，他一直在医院住院。刚好我和我老头从乌鲁木齐回去，他说："哎呀，你幸亏不在家，这次你要在家就完蛋了，他们就打人啊……"

邹：都打什么样的人呢？

刘：知识分子造反派。那些个地主分子，"老牛"啊，"反坏右"啊，斗他

---

① 时任新疆维吾尔自治区书记。

们，我们就保连长。

邹：天天搞武斗，可能做饭都没心思了？

刘：哪有心思做饭！口袋里都装的石头，连长叫打谁就打谁。但是我不行，我是红卫兵，我觉得这样打人是不对的。他有什么事你可以说他，教育他，不要打他。我不支持大家这样子。连长有一回抓人，我跟我老头说："你要是抓人，千万不要动手。"但是你说他去抓人他不动手，那是不可能的。你不打他，他打你啊。但有时候就（打人），我气得不行，我说："你不能那样，那样不好。"我说咱们家都是贫下中农，你打的不是别人，都是贫下中农。不到关键时候，不要打人。

邹：在那个特殊的年代，这么激烈的冲突，后来有没有结下怨仇，互相不来往的？

刘：咋没有？有两口子离婚的，还有分家的。两口子一个参加造反派，一个"八野"的，就不行了。现在想一想，觉得太荒唐了。你说你想打谁就打谁，你知道他到底是不是坏蛋？那时候都撒传单，说这个人怎么的，那个人怎么的。我们也是有文化的人，那光凭传单就能解决问题了？就能认清一个人了？我这人就是要眼见为实。干什么都不能打人，他就是犯了法，有国法处置，轮不到我们老百姓来打他。你说对不对？从小我就反对这种打人啊什么的。

邹：直到什么时候您感觉日子慢慢好过了？

刘：哎呀，我们一直都觉着日子好过着呢。在最艰苦的时候，咱们没有工资了，都弄成工分了，老邹，你还记得不？那时特别紧张，没工资了。再一个就是工作后，百分之十的工资，他们说亏损了就亏损了，我们也不知道。反正拾的棉花全部交给公家了，粮食粮食全拉走，麦子麦子全拉走。他说你亏了，你就是亏了，亏了就百分之十（工资）不给你。今年百分之十，明年百分之十五，后年百分之二十。像我们这些老实人都没计较。

邹：您退休后，国家给的待遇如何？

刘：我刚退下来的时候，全部才一百八十块钱，那是90年代。现在也低，有的单位高些。你看我都三十一年（工龄）了，还没有他们1965年来的工资高。现在两千四百块钱吧。以前当家属的没有退休工资，这几年开始有家属的工资了。

邹：您三个孩子都教育得很成功，您有没有给孙辈们讲讲过去的经历？

刘：我经常给孩子们说，咱们是"出身不由己，道路可选择"，就看你选择什么样的道路。有时候也给孙辈们讲讲。

邹：您现在谈到当年垦荒种地的艰辛，孩子们相信吗？

刘：不相信，那时候的艰苦条件和现在的生活情况反差太大了。我那孙子还趴在我背上的时候，我就叫他干活。他很好奇，问这问那：“奶奶，这个苞米怎么种的？葵花怎么种的？”我就叫他拣种子。反正哄他高兴，知道这个叶子该打了，那个叶子不该打。这个打了产量高，那个不能动。就给他讲这些。

邹：看来孩子对兵团文化还需要加强了解。

刘：现在的孩子都不相信。我那孙女，什么都不知道，我大女儿现在在周总理纪念碑那里住，有几天开放了，我领她们进去看，看的时候给她们讲解这个怎么来的，谁谁谁怎么回事。我孙女说：“你这是开玩笑的吧？”她就不相信。

邹：当年跟您一起来的山东老乡，还经常来往吗？

刘：我们偶尔也在乌鲁木齐聚聚。

邹：湖南省政府曾经集合“湘女”半个世纪之后再聚会，电视台以“八千湘女上天山”为主题，拍摄过系列专题片，据说长沙的湘江岸边还立了纪念碑。山东没有搞这些啊？

刘：这个不是很清楚。

邹：前些年，军垦题材影视剧集中涌现了一批，您看过热播电视剧《戈壁母亲》《热血兵团》《烈日炎炎》吗？您认为演得真实吗？

刘：看了，挺不错的，像拉爬犁、开车之类的场面，非常真实。

【后记】

采访刘文卿，实属机缘巧合。那天邹立仁自告奋勇带领我到连队四处转转，去寻访几位老军垦。有一位参加过国民党“九·二五”起义，人生经历十分坎坷，富有传奇色彩，但因重病住院，实在不宜前去打扰；另外一位是当年西上天山的进疆湘女，据说心灵手巧、能歌善舞，但不巧的是，老人家刚好回老家探亲去了。我们正感叹“寻隐者不遇”之际，突然邹立仁眉头舒展，会心一笑，指着渠边的小院说：“有了，这家的刘文卿是60年代从山东来的，当年的劳动标兵，她这个人热心开朗，故事很多，我们就去找她。”

这是一个很典型的连队农家小院，推开院门，一排平房映入眼帘，房前的两亩自留地里种满玉米和蔬菜，翠色欲滴。菜畦左边是一架浓荫的葡萄，偶有翡翠般晶莹剔透的果实淘气地探出头来。刘阿姨性格爽朗，采摘了一大盆新鲜圣女果，又搬出来一个大甜瓜，“快吃圣女果和甜瓜，都是自家种的，多吃点”。我们品尝着刘阿姨种的瓜果，甜脆可口、清香四溢，话匣子徐徐打开，聊起了兵团往事。刘阿姨思路清晰，能说会道，抚今追昔，神采飞扬，她向我们讲述了她的红色家庭在战火纷飞的年代遭受的劫难，讲她追随表哥西上天山义无反顾的巨大勇气，讲她与恋人之间的坎坷情路。而刘阿姨记忆最深刻、讲述得最多的却是半个世纪以前的兵团劳动场景。那是一个争先恐后，有责任感、有担当的年代，那是一个忘我无私、淳朴快乐的年代。他们住地窝子、吃涝坝水、披星戴月种庄稼摘棉花，或许经历了在今天看来难以承受的艰辛，但内心始终是充实的，一如刘阿姨所说：“我们那个年代，才叫轰轰烈烈。”

刘阿姨习武出身，拥有一身本领，这种修为不仅表现在她淡然豪爽的处世态度上，也为她后来频频荣膺劳动标兵奠定了扎实的基础。这位从齐鲁山地远赴塞北荒原的传奇女性，用她的知性、诚恳、勤劳、大气，写下了一篇属于自己也属于那个特定时代的人生故事。

刘阿姨是军垦第一代女性，也是千千万万“戈壁母亲”的缩影。她们既要和男人们一样承担起垦荒戍边的历史使命，又要默默承受身为女人、身为人妻人母的家庭重任，这其中，有冲突，有悖论，有心酸，更多的却是深深的无奈。刘阿姨不愿意放弃职工身份，因为她坚信人生的意义在于不断劳动，她希望用自己的汗水浇灌出累累硕果。为了响应时代号召，也为了实现自己的理想，她们的孩子在成长道路上遭遇了常人难以理解的“特殊待遇”。那些被绑在床上嗷嗷待哺、望眼欲穿的孩子们后来成了军垦第二代，儿时的别样经历是否会留下一段创伤记忆？伴随着他们的成长，这段创伤记忆是否会影响到他们对于军垦事业的感情？他们是否会从心灵深处理解他们的父母？

访谈结束，时近黄昏。夕阳的余晖洒在小院角落，恬适安详。记忆仿佛滞留在20世纪五六十年代，不曾回返。我此时想起张仲瀚的一首诗：

十万大军进天山，且守边关且屯田。塞外江南一样好，何须争入玉门关。

雁声远过潇湘去

口述｜华淑媛

人物档案：华淑媛，女，1936 年出生于湖南省衡阳市，1952 年响应国家号召应征入伍，进疆后积极参加拖拉机培训班，后来到兵团学习联合收割机技术，为新疆军垦第一代女拖拉机手。1988 年退休，现定居石河子市。

访谈时间：2014 年 11 月 29 日下午。

访谈地点：石河子市东苑花园小区。

邹赞（以下简称“邹”）：华阿姨您好，来采访您之前就得知您也是湖南人，而且我们还是衡阳老乡，感觉十分亲切。您是哪一年来新疆的？

华淑媛（以下简称“华”）：太难得了，欢迎你们过来。我老家是衡阳市的，就在岳屏公园旁边。我是 1952 年来新疆的。

邹：20 世纪 50 年代初，“八千湘女上天山”，描述的就是您这批从湖南赴新疆的女兵。

华：当年新疆军区动员大家保卫边疆、建设边疆，第一批招的女兵就来自湖南。为什么说八千湘女呢？这个数目也不是一个不多、一个不少，从 1950 年到 1952 年，三年总共来的人有八千，实际也可能是七千多，就八千上下，属于这样来的，我们在兵团查过档案。

邹：具体的数据统计起来确实有困难。您今年多大年龄？

华：差四个月满七十九岁，我参军的时候是十六岁。

邹：您从小在衡阳长大，当时的生活情况怎么样？

华：那我就讲讲我小时候的经历，讲讲我的家庭情况呗（眼眶红了）。抗日战争以前，我是我们家里的娇娇女，我母亲生了八个儿女，前面七个都是儿子，就我一个闺女，三个哥哥呢，儿时就已经夭折了，有四个哥哥长大，成家立业。我们没有分家，全家人始终在一起。我记得抗日战争时期，我五哥回来了，我们家最有知识的就是我五哥了，他是高中生。我父母和几个哥哥都做生意，家里人丁兴旺、生活宽裕，用别人的话说，那就是"你真投了个好人家"。我母亲生我的时候已经四十二岁了，我是家里的满女，"满女"你懂吧？

邹：嗯，满女就是家里排行最小的女儿。

华：对，甘肃人说"尕"，四川人说"幺妹"，我们湖南人就叫"满女""满仔"。所以说呢，我来到这个家庭，是非常非常的幸福，鬼子还没有打到衡阳之前，我们家做的是绸缎生意，开"德润祥"绸缎铺，布料啊、皮袄啊、白糖啊什么的，堆满了仓库。我五哥上学，其他三个哥哥都做生意，生意做得比较大，环城南路半条街都知道我们这家人。

邹：您出生在经商世家？

华：我祖父是农民，故居在衡南县三塘镇，三塘有个华家祠堂。我父亲八岁就成了孤儿，一个远房亲戚看他可怜，把他送到衡阳市一户做小买卖的人家。这家的男主人肩上挑几匹布，手里拿着尺子和剪刀，走街串巷，吆喝着"卖布喽"（衡阳乡音），叫"布把子"，你懂吧？我父亲那时八岁，怪可怜的，虽然瘦得很，但个子不低，看起来蛮精神。这户人家很善良，收留了我父亲。刚开始干什么呢？就是帮着抱小娃娃，才出生没几个月，等于是大娃娃抱小娃娃，给他洗尿布啊、扫地啊、跑跑腿啊、打扫卫生啊。等我父亲十多岁了，这家的男主人就领着他出来走街串巷卖布。我父亲从来没上过学，也不可能上学，哪里有钱上学啊，那时候农民那么穷。我父亲跟着这个师傅呢，学习记数字和记账法，珠算练到滚瓜烂熟、左右开弓，为了记下周围的店铺，也开始学习认字。

再后来，主人家生意做得大一点了，就不背布把子了，开始摆摊，我父亲继续帮忙干些杂活。我父亲二十岁左右的时候，该考虑成家立业了，于是离开了主人家，开始自己做生意，什么赚钱就做什么，比如贩烟丝、烟叶，最后还是回到了老本行，卖布。我父亲聪慧勤劳，娶了我母亲，也是三塘附近一户姓左人家的女儿。我是我姨妈带大的，她二十八岁守寡，到我们家就一直带着我。

邹：小孩都是带亲的，您和姨妈之间一定感情很深厚。您这个幸福的满女，真是含着金钥匙出生的（笑）。

华：是啊，我姨妈比我亲妈还亲，她什么时候都保护着我。我在家里地位很特殊，我出生前全是儿子，只有半边天，我出生后，这半边天就变成全边天喽。

邹：作为家里唯一的女儿，父母平时对您要求严格吗？

华：是的，你别看我是我们家的半边天，我是我父母的娇娇女。可以说，我父亲从表面到心里都疼爱我，我母亲对我的疼爱从来没有表现在脸上，她从来不表扬我，也没说过“我满女”这样的话，她经常批评我，指责我，比方说站立的姿势不对。我母亲虽然不识字，但她听过《女儿经》，知道女孩子要笑不露齿、坐不摇身，吃饭不能“吧唧、吧唧”响。我母亲就是这样严格，可以算得上很严厉。

邹：母亲从内心来说肯定是很疼爱您的，希望您尽快成长起来。

华：现在想想，我那时的确有逆反心理，平时都故意躲着姆妈（衡阳方言，妈妈）。我长大以后，自己也当了母亲，才明白母亲是那么不容易。母亲当年指责我，“像你这个样子，嘛得了哦”“你不会做针线活，嘛嫁得出去喽”。她希望我各方面都要学习，人要活得像个人样，女人就要像个女人样，要有大家闺秀的优良品质。

邹：当年日本鬼子打到衡阳，战斗很激烈，您家里受到的冲击严重吗？

华：我家就住在环城南路，岳屏山脚下，山上有个“抗日战争纪念碑”，纪念那些在衡阳保卫战中英勇牺牲的官兵。我刚才讲过，我小时候过得非常幸福，但是好景不长，日本鬼子打到我家乡来了，从那时候开始，我们家可以说是家破人亡。为什么呢？我母亲是小脚嘛，姨妈也裹小脚，我们家祖辈没有做官的，都是老百姓，我父亲只懂赚钱，养家糊口，对政治局势一概不懂。日本鬼子来了，我们全家逃到桂林，家里绸庄的货物，一车一车的，都被人抢走了。大家只顾逃命，哪能顾得上货物。我们逃到广西，鬼子的枪炮在后面响，我们又一路逃到贵州都匀，那时候我已经有七八岁了。日本鬼子打到贵州独山的时候，公开宣布投降了，抗战胜利了，大家欢天喜地。

我们家经历过这次逃亡，彻底衰落了，家产都丢了，这是其一，关键是人的命啊。我的两个哥哥都传染上了肺结核，大哥的病情最厉害，他当年也只有二十多岁，大吐血，吐得不能起身（哭）……我三个哥哥当时已成家，两个嫂子还怀着孕，结果娃娃都是在人家猪圈里生的，没活成，都夭折了（连连叹气）。实在没办法了，我大哥大嫂、我母亲还有我包了一艘船，从贵州沿河而下，回到了家乡衡阳。1945 年抗战胜利，1946 年我们才回到家乡。我二哥、三哥是后回来的，二哥病得也很厉害，几个嫂子也感染上了，但病情慢慢缓和下来了……我几个哥哥染上病以后就大出血，没办法，我大哥在洋人开的医院治病，花了很多钱，还是没有治好，死后办的葬礼很隆重，毕竟我们家到贵州后做生意又赚了些钱。我父亲没文化，也不懂得政局变化，把剩下的钱都拿去买田了，他一次性就买了

（一个地契上）一百亩地，原来我们家还有几十亩地，这样我们家就有了一百多亩地。在那个时候，一个老百姓有一百多亩地，土地改革肯定得划成地主成分，这是毫无疑问的。

可是呢，事情还不是那么简单，我们家遭受的不幸从此开始。我父亲八岁就离开农民家庭，成了孤儿，我们就生活在城里面。我们虽然名下有一百多亩地，但从来没有种过田，也没收过租子，我父亲是农民出身，心地善良，总是千方百计地照顾佃户。但政治的事情很复杂，只要你名下有地，不管种不种、收不收租，你都是地主。我后来才知道，这个政策实际上有一个时间界限，倘若你买的地不超过三年，就不能划为地主。我父亲他们只知道做生意赚钱，对国家政策掌握得不好，由于没有佃户站出来控诉我父亲如何如何剥削，所以后面就定了个"开明地主"的成分。其实我们家买的田地才一年多，还不到两年，根本不应该划成地主，这后来可把我害苦了（流泪）……

邹：家里发生了这么大的变故，您为什么会想着参军入伍呢？

华：我几个哥哥都传染了肺结核病，相继去世（流泪），我们家眼看着就要家破人亡，家产没有了，田地也交出去了嘛，家里都快揭不开锅了，我也不能再去上学了，那时候我刚刚十五岁。我们的房子租给了人家开茶叶店的，我就给他们选茶叶梗梗，一天能赚个两毛钱，反正两毛钱也可以买小菜。我天性就不是死死守在家里的人，成天都在外面参加社会活动，十四岁就参加"民主青联"了。

邹："民主青联"具体开展些什么样的活动？

华：就是给大家读读报纸，虽然文化不高，个别字还认不得，也瞎读，"呼噜噜"就过去了，反正大概意思都能读出来。有时还在街道上做宣传啊，打腰鼓啊，扭秧歌啊，演话剧啊。还记得我们排练过话剧，在街上宣传"抗美援朝"，高声齐唱"打败美国野心狼""雄赳赳、气昂昂，跨过鸭绿江"……

邹：您报名参军的时候是多大年龄？

华：我记得我有好些表哥啊，熟人啊，他们十六七岁，都去当兵，去当志愿军，是义务工作，搞后勤啊，我非常羡慕他们，但当时我年龄小，当不成兵。1952 年 4 月，新疆军区到我们那去招女兵嘛，我当时十六岁了，就坚决要去。

邹：新疆军区的招兵点设在长沙还是衡阳？

华：长沙一个点，衡阳一个点，人招满后都到长沙集中，统一出发。

邹：当时招兵是怎么宣传的？

华：有好多说法，我记得很清楚的是"当解放军，当女解放军啰"，街上贴了很多布告。当解放军谁不愿意啊？谁都愿意，特别是当女解放军，街上的女解放军好多啊，既神气又精神，我好羡慕她们，那时的心情就是要当一个女兵，觉得当女兵光荣，根本没想到会去哪里当兵。

邹：四十六军野战部队 1951 年好像在衡阳也招过一次兵。

华：对，1951 年来招过一次文艺兵，我去考了，考了预考，录取了，那个时候还要去面试，我母亲知道了，把我锁在房子里，不让我出去。我母亲非常封建，我父亲还是比较开明的，我三嫂人也很开明，也愿意帮人说话，她说：“姆妈，满姑要去参军咯。”我母亲就问：“当哪个兵咯？”三嫂说：“就是演剧、唱歌、跳舞咯，满姑她喜欢唱歌跳舞，她要去，你晓得不咯？”母亲说：“不能去，一个女孩子家哪能成天在外面抛头露脸演戏！”以前旧社会对妇女唱戏那是很歧视的，我母亲对我管得很严，坚决不答应。

邹：1952 年您再次报名参军，家里人的思想工作是怎么做通的？

华：我自己跑去报的名，我父亲知道，他心里很难受，始终没有表态。我母亲后来才知道，当时家里的情况很不好，我的四个哥哥死了三个了，我知道母亲很难受，我也不能说瞒着母亲偷偷走了（流泪）……那怎么做他们的工作呢？我父亲比较开明，看到家里变故成这样，害怕我再传染上肺结核，去当兵还能有条活路。我母亲听后光掉眼泪，最后说：“不行，绝不能让她去。”我父亲和三嫂轮流做母亲的工作，说当兵不就三年么，三年就回来了……

邹：您母亲知道您要到新疆去吗？

华：她知道是新疆，但不知道来新疆干什么。当时来招兵的是个指导员，穿的军装，他说新疆好冷，“你们去当女解放军，就是保卫边疆、建设边疆”，“新疆很艰苦，你们去不去咯？”就是这样号召的。指导员做工作，很能抓住青年人的心。他说的也都是实话，不像有些传言说新疆有电灯电话、楼上楼下，骗大家去。

邹：那一批在衡阳总共招了多少人？

华：我是最后的一批了，父亲和三嫂费尽心思做母亲的思想工作，最后还是把母亲说服了。

邹：那就是说，1952 年衡阳招兵分了几批，然后把这些女兵送到长沙集中，再统一出发。

华：嗯。

邹：在长沙停留了多长时间？

华：停留了几天，大概是到长沙的第三天，我三嫂就跑到我们那里招兵的地方去了，她说我走了以后，我母亲从楼上哭到楼下：“我的满女啊！我的满女啊！”我听说后心里很难过，但是不能再回去啊，我是戴了大红花，敲锣打鼓被送到火车上去当女兵的，多光荣啊！我下决心不回去，把家里给我的一床毛毯、一把雨伞让我三嫂带回去。

邹：您母亲的思想工作本来已经做通了，为什么会有这么大的心理波动？

华：你知道她听到什么消息了吗？本来我母亲想通了，为什么又从楼上哭到楼下，楼下又哭到楼上来呢？她听别人说新疆的部队没有女的，都是男兵，我是到新疆去成家的，回不来咯。不光是我的母亲，哪个母亲听了都不会让你走，她赶紧让我三嫂来，说："满姑可能还在长沙没有走，你赶快把她拽回来。"我没有动摇，来了新疆，但留下了深深的遗憾，我许下的三年就回家的愿望没有实现（泣不成声）……

邹：三嫂找到长沙去了，部队当时是否知道您家里的情况？他们是什么态度？

华：那个在长沙招兵的，姓什么，我都忘了，他说："我们还是征求华淑媛的个人意见，你愿意留下，就去新疆当兵啊，你愿意跟你嫂子回去，我们也没有意见，你母亲非常舍不得你，由你自己来选择咯。"

邹：人等齐了，你们才从长沙出发，第一站到西安……

华：是的，等了大概十来天，火车一路开到西安，在西安又等了好一阵，当时火车只通到兰州，要坐汽车从兰州经河西走廊到新疆，卡车车队一路跋涉，部队的思想政治工作做得好，一路照顾到我们的情绪，气氛搞得很热烈，大家都盼望着保卫边疆建设边疆，满腔热忱呢。

邹：50年代初，东疆一带经常发生匪祸，乌斯曼余部四处逃窜作案，据说有几批进疆女兵就遇到了土匪，你们当时的情况怎么样？

华：我们在路上走了一个月，从兰州到新疆坐的全是新的军车，都是从外国买回来的，总共有几十辆。我们坐的那辆车上除了司机，还有一个汽车排的排长，他坐在副驾驶座位上，前面有一辆车，全是机枪手，后面护送的也是机枪手，每辆车前后都有护送的部队。

经过青泥乡（音）的时候啊，车距非常近，屎尿都要下车尿好拉好，然后再过这个青泥乡，还有些姑娘比我年龄还小，可能十三四岁的样子，都冒充十七岁，实际是大部分都不够十七岁，我也是十六岁嘛，报的十七岁，就是为了能当上兵（笑）。我们都是三四十人一辆车，很拥挤，那时候姑娘都时兴留辫子，快到青泥乡的时候，上面要求我们把辫子放到帽子里，有的干脆帽子也不戴了，就把那个毛绒毛巾直接系上，像小伙子那样，不至于露出女人的面貌。有一个姑娘尿憋得不行了，怎么办呢，车肯定不能停，我们就拉着她，屁股对着外面，"活人不能叫尿憋死"啊。我那时候晕车，你想啊，坐那么长时间谁能受得了啊。整个人晕乎乎的，突然有同伴跟我讲，山上有骑马的人，"那就是土匪！"我当时晕车呕吐，想到有土匪，更是紧张，但我们的车前后都有机枪手和部队护送，土匪也没敢打主意。我看到路旁有被土匪抢过的两辆商车，烧的只剩下两个底盘了，那就是土匪抢了货物把车烧掉了，底盘是铁的，烧不着。

邹：您从湖南到新疆，除了想家，路上的饮食肯定很不习惯吧？

华：湖南人要吃米饭啊，要吃辣椒啊，要吃小菜啊，这些都没有。随身带了个盆子，又洗脸，又洗脚，最后打菜、打饭还得用它。湖南人爱干净，但那时候只能这样了，什么样的条件过什么样的生活嘛。

邹：你们到了乌鲁木齐，当时还叫迪化，印象如何？

华：我们先到迪化，那个时候是新疆军区二十二兵团，这是沿用的部队番号，1954 年才集体转业嘛。我们在迪化休整了一阵子，当时的感觉是，哎哟，这迪化是省城怎么那么脏啊，路不像路，街不像街，街上到处是驴粪蛋子、马粪蛋子，也没有汽车。我们这些湘妹子有些文化，都愿意上街看看。我偶然在街头的报刊栏里看到一则新闻，登有一位开拖拉机的女战士的照片，这个叫张迪媛的女拖拉机手也是湖南人。这张照片一下子吸引了我的眼球，也影响了我的一生。我心里想我要是能开拖拉机当女拖拉机手，那该多好啊！

邹：您是哪一年开始成为女拖拉机手的？

华：来新疆后，我就坚决要学拖拉机。我那时候十六岁，比同来的其他女孩子大一些，我个子也高，差不多一米六，这在当时的女孩子里面算比较高了。记得有位高个子首长拍拍我的头说："不行，你还小，等两年再说。"我听了以后很紧张，脱口而出回答说："我不小了，我已经是个兵了。"首长听了哈哈大笑。几天后，我真的当了拖拉机手。新疆是 1952 年才有拖拉机的，这样我也成了第一批女拖拉机手，只比张迪媛她们晚几个月。

邹：您能回顾一下那段学习开拖拉机的经历吗？

华：我一开上拖拉机，不但理论成绩好，实践操作也学得快，好像我命里面就该走这条路。我开的是中型拖拉机，槽杆型的，那个马力大，在那一望无际的戈壁滩上，你干上几天就是几百亩地啊。哦哟，那心情啊，简直让我高兴得不得了。我是比较活跃的女孩子，一边劳动，一边唱着《戈壁滩上盖花园》《我们新疆好地方》《在那遥远的地方》，我现在还能清楚地记得其中一些歌词，"生产运动猛烈的开展，困难把咱们吓不倒呀……没有工具自己造呀，没有土地咱们来开荒呀，没有房屋挖地窝，没有蔬菜打野羊，修水渠呀，打田埂，三天三夜没合眼……劳动的双手能够翻天地呀、戈壁滩上盖花园……"第二年，我就成为拖拉机班的班长，我当班长呢，关键是技术熟练，排除故障的能力强，人们常说"汽车好开，故障难排"嘛，拖拉机也是一样的。我是班长，责任重大，我不能够让我这个机车组落后于别人。收割麦子的季节就像是打仗，十天要完成夏收，真的是“虎口夺粮”。机器千万不能出问题，否则麦子掉到地上，那是多么重大的损失，简直是罪过。现在想想，四十多度的高温天气，那麦子扎的胳膊生疼，汗水哗哗地流，手上一摸油乎乎的，难受得很。大家没日没夜地干活，女人来月经了也不休息，一个个晒得像非洲姑娘一样黑黑的。夏天的戈壁滩上，树还没有长起来，根本没有可以躲荫的地方，那就是干晒，晒得头晕、恶心。那时连续几个晚上不睡觉是常事，大家也累，但都咬紧牙坚持，谁也不想落后，劳动觉悟很高。

邹：新疆兵团是按照部队的方式管理的，劳动之余，组织生活也很严格吧？

华：嗯，组织生活严密得很，一闲下来就要开生活检讨会。你们可能没有听过，生活检讨会对我们每个战士来说，甚至于我现在回想起来，那都是非常害怕的。为什么害怕呢？每当开生活检讨会，你就要找自己的毛病，哪些地方做得不好，就要检讨，如果你自己不说，让别人说出来了，那就感觉非常非常没面子。“有则改之，无则加勉”，就这一句话，大家平时都要做好。曾经有好多记者问我：“那个时候你们什么都不怕吗？”怎么不怕？那么苦，又都那么年轻，在家乡过那么好的日子，来到这边那么艰苦。我说：“其实我们也掉过眼泪，哭过，第一年冬天过春节掉眼泪，想爹妈、想家。以后的掉眼泪呢，就是怕落后。在新疆干了三年，你就什么都不怕了！怕什么呀？狼也见过，什么野兽都见过，都经历过。”我有一次就差点被狼吃掉，待会儿我可以把这个故事给你们讲一讲。

我们那一代军垦战士心里都有一怕，就是怕落后。那时候什么都不讲，不讲待遇，不讲穿戴，不比房子，也不比收入，因为啥都没有，心里根本没有这些概念。只有什么呢？就是工作当中怕落后，怕赶不上别人。比如参加割麦子，我没有割过麦子，看别人割麦子。那些女兵割麦子割到半夜，镰刀放下，往后一躺，累得什么都顾不上了，那真是苦啊（流泪）。

邹：您是班长，也是远近闻名的女拖拉机手，现在回想起来，劳动过程中最刻骨铭心的是什么？

华：大家争先恐后，每个人都怕任务完不成，特别是对于我这个班长来说，我压力肯定是大得很，每天都在田间地头，根本顾不得休息，又热又累，吃不下饭。有一次我来月经，整个人晕乎乎的，我正站在车上调整机器，突然嗡的一声，我就从那个扶梯上滚下来，可能是热的脱水，晕过去了。那时候麦秆子要过打草车，我差一点被后面的打草车轧上，那么宽的轮子，要是轧到我，那我就成肉饼啦。我就是命大，正好滚到一个坑坑里，和打草车就差那么一点，身后有个测量员，他远远地就看到了，大声尖叫：“好像是华淑媛倒下了！”他跑到跟前一看，我已经起来坐到那个坑坑的地方了。你说我命大不命大？

我的手也因公受过伤，一截子没有了，我自己都没感觉到，后来我们那个通信员说："班长，你手上怎么有血啊？快擦擦，碰伤了吗？"我仔细一看，天哪！哪是负伤？我一截指头都没有啦！哎呀，这下就知道疼啦，整个这根筋都出来了，碰都不能碰的，好痛好痛……但那时年轻，还能长一些。我头上还有一个梗，（起身让我们看看）你摸摸，摸到没？我带的是假发、头套，不然它就会有一个疤，很明显的。现在老了，头发少，戴假发也保暖。

邹：夏练三伏、冬练三九，军垦战士肩负着垦荒种地的任务，三伏天也大汗淋漓地战斗在戈壁滩上。那时新疆的冬天比现在冷，动辄零下三四十度，寒冬季节也参加劳动吗？

华：冬天我们要到玛纳斯河边去割（红）柳条，这是生活和工作的需要。我们那时候住地窝子，可以把柳条编成抬把子、地糖、房门、箩筐等。你们可能没有用过那个抬把子，（用手比画）就是拿两根棍子，用柳条在上面盘起来，编起来，两个人抬雪用的。地窝子里没有生活用品，我们就把那个泥巴垒起来，铺上柳条，再用泥巴糊起来，就是我们说的台子，跟我们现在用的桌子呀、小床头、茶几一类的东西相似。平时农忙，顾不上，这些活就要在冬天干。我们离玛纳斯河边有将近二十公里路程，当时哪有路啊！我们走到玛纳斯河边去，茫茫的戈壁滩上都是厚厚的雪，浅的都有三十公分深。戈壁滩上一个窝窝，人掉进去，半截子都没有啦！没有路，只能在雪地里摸索着往前走，我们脚上穿的毡筒靴子，身上穿的都是光皮大衣，就是那种没有布面子的皮大衣，臭得很！我现在想到那个味道都想呕吐。但是闻惯了也没办法，不穿怎么办呢？不穿你要冻死的！没有口罩，大家把皮帽子撸下来，盖住鼻子露出眼睛。姑娘们的长头发露在外面，冻的上面都是雪球球。我们带着馍馍和爬犁子，那个时候拉东西就靠爬犁子。馍馍冻得硬邦邦跟石头一样，到了玛纳斯河边，我们捡干枯的柳树杆子把火点起来烤，人还不敢坐下来歇歇，人家说戈壁滩上烤火一边热一边凉，光烤火不行，要活动，靠身体产生能量。饿了我们就烤馍馍吃，渴了也好办，那遍地都是雪，往嘴巴里放就行了。生活就是这么简单，也就这么随意（微笑）。

邹：刚才您提到狼的故事……

华：我遇到狼的故事是什么呢？我不是拖拉机组长么，那时我们队的女技术员就只有我一个，没多久，我生了孩子，当妈妈不容易，你要顾孩子，还要顾工作，况且又是在戈壁滩上，谈何容易啊！我这个技术员又不像别的技术员，需要凭借两条腿满戈壁滩跑！生完孩子产假刚过完，我就上班了，上班是在第五作业站，叫二十一团第五作业站，在现在炮台那里。有一台拖拉机要做二号保养，二号保养不需要开回来，在田间做就可以了，但是技术员一定要到，我就去了。拖拉机作业都是好几公里远呐！我要翻过两个沙包，才能到那个拖拉机的位置。孩子怎么办呢？我把孩子放到房子里面，没有人照看，因为我跟我丈夫不在一个单位，我丈夫在团部，我在第五作业站，中间隔得很远。我没有办法，就把孩子搁在家里，奶给他喂好。孩子才五十多天，他还爬不动嘛，我想我大概四五个小时就回来了，回来再给他喂奶。我没想到拖拉机会有那么多的问题，我过去一检查，哎哟，这个引擎作业的声音不对啊，因为机器的声音我们听惯了，就像医生听病人的心脏一样，我听出来发动机器的声音不均匀。我说，肯定有问题，你把引擎盖子打开，我看看。驾驶员打开引擎盖子，我一看，问题果然出在这里，这一个缸的气门弹簧都断啦，它不起作用啦。我把这个弹簧卸下来，立即派人到团部去领一个新的弹簧回来换上。团部距离很远，领新弹簧要走好几公里路。等派去的人把弹簧领回来，我再安装上，检查完毕，太阳都快下山了。不是四五个小时，而是八个来小时啊！哎哟，我的奶都涨的啊，那奶水流出来，衣服上都干啦，结成硬壳壳。

就这样，拖拉机正常运转以后，我才离开那个地方。因为担心孩子，我就赶紧往回跑，也顾不得洗手，伸手在地上抓一把沙子，把手上的机油搓一搓。回家的路上要翻两个小沙包，小沙包的窝窝里都是红柳。我那时年轻，飞快地跑过了第一个沙包，快要翻第二个沙包的时候，一个动物嗖地从我身旁跑过，我当时以为是只狗，等它走远了，我看到好大的尾巴。妈呀，这是狼呀！我吓出了一身冷汗，刚才侧身而过，差点成了狼的食物了。我后来想，这可能不是只饿狼，或许它也是只母狼，急着赶回去，狼崽子等着它呀！我当时啥都不顾了，发疯般往前跑，我回到家的时候，全身汗津津的，气喘吁吁，一看我那儿子，屁股底下都是屎尿，孩子哭得没有力气了，满脸都是泪痕，他都八个多小时没有吃奶没有喝水了（流泪）……我把他屁股底下擦干净，洗一洗，赶快抱起来喂奶。我喂着奶，泪流满面，我对孩子说："我的儿啊！你都差点见不到妈妈啦！"我的眼泪哗啦啦掉在孩子脸上，我紧紧抱住孩子，一刻都不愿再分离。我那时才二十一岁。

邹：您刚才详细回顾了当年的生产劳动情况，接下来我们谈谈您的婚恋往事，您和您爱人是怎么认识的？

华：我参加拖拉机培训班的时候，我老头子是我们的教官（幸福地微笑），他教理论课，肚子里有墨水，在当时算是很有文化的了，他刚从兵团学习回来，现学现卖。后来拖拉机培训班解散了，拖拉机手都被分配到各个团，我本来应该分到二十团去，后来师部把我调换到三区队，留在师部这跟前。三区队的区队长就是我老伴，他年轻帅气，又有文化，我们队上好多姑娘都在追求他，有的都想得生病啦，专门托人跟他通气，说想他想得都起不了床啦，叫他去看看她（大笑）。我当时心里想，要是能找到这样一个对象，我就心满意足了，那时候我们把找对象叫“对鼻子”。

邹：您爱人是哪里人？

华：他是河北人，国民党“九·二五”起义部队的，起义那年他刚好十八岁。

华阿姨说起与爱人相恋的往事，脸上挂满幸福的笑容，她拿出一张珍藏多年的老照片，给我们讲述这张照片是如何在“文化大革命”中幸存下来的。照片中的年轻人棱角分明、青春帅气，仿若刚刚学成归来的大学生。

邹：真是郎才女貌、情投意合！照片是在专业的照相馆照的吗？

华：我照片上的发型，现在看来很老气，但在当时很时髦，女人都爱美啊，这是天性。我也希望和我的丈夫留上一张好的照片。说实话，1958 年就没人照这种相的。那时候每年冬天，组织上会派我到石河子学习文化和理论知识，有一次学习结束后，第二天就要返回师部。我当天晚上就跑到石河子这边唯一一个烫头发的地方，偷偷去烫了个头。烫完头发，我就用头巾把头蒙起来，不想让别人看见。回家以后，我老头子看到了，把头巾拿下来，说：“哦！是你呀！”把他吓了一大跳！哈哈！

照片不是在照相馆照的。事情就是这么巧，那个年代修自行车的、补破铜烂铁的，什么人才都缺，照相照得好的更是凤毛麟角！但当时劳改队的刑事犯里面，有的是人才！帮忙照这张相的，就是一个从上海发配到新疆劳改的老头，大概五十一二岁了。他以前是照相馆的大老板，在上海滩都是很有名的，听说是偷税漏税，被判了刑。那时候我们师里面没有会照相的，新学的技术都不好，设备跟不上。他看我精心打扮了一番，就主动过来给我照相。他指挥着给我们照。说实话呢，我也没有照片上那么漂亮，他会修底板，有些地方做了精心修理。

邹：那时候拍张照片相当不容易，能在“文化大革命”中保护下来，那就更难了。

华：这张照片也是命运曲折，实际上我没有想着专门去保护它，我命都保不住啦，我还想着保护照片？没想那么远。那时候大家都把毛主席像高高挂起，贴在家里，到处都是。“文化大革命”开始了，红卫兵翻箱倒柜的，我就把毛主席像放在我这张照片的上头啦！碰巧的是，毛主席像和这张照片一样大，刚好盖在上面挂起来啦！

邹：（笑）说来照片还是毛主席他老人家保护下来的。

华：哈哈，是啊！

邹：我们再回到刚才的话题，您相中了教理论课的教官，最后是谁先表的白？

华：他是队长，手下还有三个区队长。他就让他手下的一个区队长来叫我，说队长叫你呢。那我就去啦，去了以后就谝①，一直谝，但是也没有聊到那上面去。谝了以后，我要打毛线嘛，他就说，“我来帮你绕毛线”。后来慢慢地就接触得多啦。冬天我们去割柳条时，他是领队，大家在劳动之余会开点玩笑，搞点活动，我这个人开朗，大家起哄让我跳维吾尔族舞蹈，他唱歌，他唱歌的声音充满磁性，就这样他唱我跳，连跳了好几曲。我们在一起谈得来，两个人沟通没有障碍。

邹：按照当时的形势，八千湘女响应政府“开发边疆、建设边疆”的号召，背井离乡、西上天山，一方面充实了兵团的劳动大军，另一方面是为了解决军垦战士的婚姻问题，后者可能更加直接也更为迫切。一些报告文学和口述史对这段历史有过不同侧面的展示，但基本上讲的都是由组织出面牵线搭桥。您刚才谈到您和老伴是自由恋爱结的婚，听起来情况比较特殊。

华：确实如此。我来新疆后主动要求学习开拖拉机，作为兵团第一批拖拉机手，我们不允许谈恋爱，要学习理论课，钻研操作技术。当时大家都特别年轻，满脑子想的就是好好学习、开荒造田，那里面的男兵大多是国民党“九·二五”起义部队的战士，都有点文化，表现也很突出。当然啦，组织上有时也会做工作，把女拖拉机手介绍给劳动模范。我也听说过，一些战友来新疆后被分到连队，十七八岁就被介绍给了三十多岁的营长，甚至年龄更大的团长。你也知道，我们这些从湖南、甘肃、山东等地来到新疆的女兵，和男战士一样肩负着屯垦戍边的使命，更主要的是为了稳定官兵的心，将左宗棠的“一代屯垦”变为“世代屯垦、永久建设边疆”，为了建设边疆和保卫祖国的安全，组织上当然要考虑官兵的婚姻大事，先解决年龄大的、级别高的，他们很多都是久经沙场的战斗英雄，功劳卓著……所以说，湘女的情况也不是绝对一样。

邹：我突然想到一个问题，你俩谈得来，心灵相知，走到一起是天经地义的。但是要领结婚证，还得由组织上批准吧？您的家庭成分有没有带来一些影响？

华：我爱人家庭成分是城市贫民，他是陶峙岳将军的部下，学无线电出身的，哎，这个专业背景后来也让他吃尽了苦头，“文化大革命”的时候，红卫兵一口咬定他是特务！你看看电影《永不消逝的电波》，特务不都是搞无线电的吗？其实我老头在部队上是搞通信工作的。

我的运气，也好也不好。这一生当中，万事如意的事情哪里有啊！这一生里

---

① 新疆方言，“闲聊”的意思。

面，喜怒哀乐，什么情况都能遇到，真是不容易。你看我倒霉不倒霉？工商业兼地主的家庭成分，我一个人扛到新疆来了！我的哥哥们都病故了，我1952年来新疆，我母亲1954年去世，我父亲1957年也病故了！所以说，这个家庭成分就是我一个人背到新疆。我又不能说假话，对党、对组织要绝对忠诚，是什么成分就说什么成分，我就填工商业兼地主。可是我真是委屈啦！我之前也提到了，那些搞土地改革的人对政策还是掌握得不够。我们家买地才一年多，不能够评为地主的，再说我们也没进行剥削，也没收过租子。土地改革不是有那个复查吗？你听说过没有？后来复查了，就把我们家成分改了。可是我不知道啊！那时候地方也没给我们组织上来信。几年以后我三嫂才给我讲：“我们不是地主啦！你不知道？”我说：“我不知道啊！谁也没有告诉我。组织上也没有告诉我。”后来再写家庭成分，我就写“商人”。

邹：看来您的家庭成分对您影响不小，要不然您早该是劳动模范了。对了，您结婚的时候办婚礼了吗？

华：办啦！办得还挺热闹。当时没有专门的时间，就是过年，过年不都是冬天了吗？冬天我们就宰猪，都是我们自己养的猪。宰完猪，大家吃得高兴得不行。这是1955年了嘛！1955年我们结的婚，就在他的办公室，那时我已经出了地窝子啦！他的办公室就是干打垒，窑洞房子。干打垒，你们知道吧？但是没有陕北的窑洞房子那么高级啊！一切都很简单的。

邹：您成家后一直保持职工的身份，没有想着放弃，转成家属吗？

华：没有！我绝不可能！我丈夫不会叫我那样，我自己也不会那样做，组织上更不会叫我那样。我会技术，有点文化，后来还当了收割机培训班的老师。

邹：您夫妻双方都是职工，那孩子生下来由谁来带呢？

华：那不就是苦了孩子嘛！为了到兵团参加学习，我的二儿子还不到半岁就断奶啦！那个时候一切都是为了工作。我到兵团学了两个月，回来后奶也没有啦，孩子在托儿所嗓子都哭哑了（流泪）。大儿子两岁多以后呢，就送到兰州他奶奶家那里了。那时候新疆边境发生伊塔事件，经常处于一级战备状态，大家都搞得非常紧张，所以我两个孩子，1957年生的第一个，1958年生的老二，一年一个。作为一个女人，既要生孩子，还要工作，而且生孩子我还是大出血，身体又不好，简直都不得了啦！

邹：您后来入党了吗？

华：我是2003年入的党。那时候心思特别单纯，退休以后，我写了一份入党申请书，最后我们老龄办的主任把这份申请留下来啦。后来送到街道委员会，他们都说：“噢哟，这么好的同志，又参加社会活动的，又组织编舞蹈，党组织热烈欢迎!”

邹：当年一起从湖南来新疆的姐妹们，平常交往多吗?

华：大家劳动都很忙，各有各的任务，但彼此之间很想念很关心……（流泪）我给你讲一件事，我有一个战友也是衡阳人，我们两家就隔两条街，她到连队后找了一个男兵，姓雷，和我丈夫一样，都在文工团待过。这个老乡身患重病，无药可治，后来死在连队的戈壁滩上，留下两个女儿。她丈夫想把两个女儿交给我，希望我能收养，我那时是两个儿子，没有女儿，但由于我生两个儿子的时候大出血，身体不好，我的大儿子被送到兰州，由他奶奶抚养。再加上我刚刚被提为技术员，任务繁重，那是60年代初，苏联狼子野心，频频进犯边境，我们常常处于一级战备状态，真的是没有力量了，幸好这两个孩子还有父亲，如果父母都没有，我肯定会收养她们……（泣不成声）。

邹：后来这两个孩子怎么样了?

华：她父亲后来再娶了，孩子还是长大了。

邹：您和当年进疆的女兵是这亘古荒原上的第一代军垦母亲，历史会铭记你们这一代人的牺牲与贡献。前几年有部电视剧《戈壁母亲》，讲述的就是这一段历史。

华：《戈壁母亲》拍得挺感人，但剧中人物刘月季吃的苦，还没有到我们那种程度。她到新疆寻夫来了，丈夫还是部队上的领导，她本人后来在部队学习文化、接受锻炼，成了受人尊敬的司务长。她内心真正的苦，一是丈夫对包办婚姻反悔了，另外找了别人；二是大儿子在雪地里冻成了残废……我们这一代走戈壁的女人，在戈壁滩上垦荒种地、生儿育女，那些往事，那些苦难，说也说不完。以后有机会我再给你讲讲一些战友的故事，这样你会更加了解我们这些戈壁滩上的母亲（流泪）。

邹：谢谢您接受访谈，我希望把这些往事如实记录下来，为后人留下一段鲜活的历史记忆。真诚祝愿您身体健康，阖家幸福!

华：谢谢!

【后记】

我很早就听说过“八千湘女上天山”的感人事迹，对这些背井离乡、远赴戈壁大漠的湘女们充满了无限的敬意，常常将她们想象成梁红玉、花木兰、陈良玉之类的女英雄。

六十年风雨兼程，这些当年风华正茂、英姿焕发的湘妹子，为了心中的理想和人生信念，挥手作别三湘四水，征服万千艰难险阻，与垦荒男战士携手谱写了人类屯垦史上最为辉煌灿烂的篇章。湘妹子来了，在这里开渠造田、生儿育女，她们成了名副其实的"戈壁母亲"，新疆的屯垦事业从此后继有人，不再"一代而终"。"埋骨何须桑梓地，人生无处不青山"，这些湘妹子就像一颗颗散落的珍珠，分布在天山南北的兵团农场，她们默默驻守在塔河之畔、伊犁河谷、南疆腹地……

华阿姨是我采访的第一位湘女，她曾经是兵团第一代女拖拉机手，心灵手巧、美丽善良，在垦荒劳动中战绩显赫。因为是老乡，乡音亲切，所以这次访谈更像是老乡之间的叙旧，话题略显枝蔓芜杂，但往事历历在目，真实感人。华阿姨思路清晰，娓娓道来，对当年参加劳动的一些细节感受深刻。正如华阿姨在她的演讲稿中所写："往事的回忆有酸楚、有苦涩，然而它给我的子孙留下了一份精神食粮。"回忆总是交织着甜蜜和伤痛，华阿姨在述说童年往事时数次落泪，文字的书写终究无法穷尽访谈对象的人生感怀，也无法完全再现那些沉潜在历史深处的创伤与思考，毕竟在那日寇肆虐的艰难岁月里，她小小年纪就亲历了国难家恨。好在时光流转，新的历史大幕豁然开启，将煦暖的阳光洒遍大地，她跟随历史的寻唤西出阳关，在这戈壁滩上追寻人生理想，找到了属于自己的真爱，也在拖拉机上实现了不平凡的自我价值。如今，华阿姨四代同堂、其乐融融，在这被誉为"戈壁明珠"的军垦新城安享晚年。

华阿姨的人生命运，让我对 20 世纪 50 年代进疆湘女的婚姻问题有了更加全面的认识：为了安稳屯垦战士扎根边疆的决心，当年新疆军区从湖南、山东、甘肃招收了大量女兵，最直接的目的是解决屯垦战士的婚姻问题，这其中，组织上的指示和政治命令扮演着至关重要的角色，也真真切切发生过许多惨痛事件，有些女兵甚至以年轻的生命来抗争。但另一方面，我们也应该充分认识到，这些女兵们的婚恋模式并不是铁板一块的，她们也有自由恋爱，在这远离故乡的塞北荒原上，寻找到自己心灵深处的挚爱。

语词的力量终究有限，很难完整表述出这些军垦第一代的戈壁母亲们的巨大贡献，还是援引华阿姨的一段演讲词：

我是第一代军垦战士、第一代女拖拉机手、第一代戈壁母亲，在党的教

育下，我们军垦战士不畏艰难，战天斗地，用血汗泪水浇灌戈壁荒原，使当年的戈壁变成绿洲，地窝子变成花园城市，同时也圆了我们戈壁滩上盖花园的梦……我在这里生活和工作了六十多年，晚年享受快乐幸福，子孙都已成才，可以说是“献了青春，献子孙，献了子孙，献终身”，看到我们兵团农场今非昔比，回首我走过的足迹，对过去的付出我无怨无悔！

谁言女子非英物

口述｜王淑芳

人物档案：王淑芳，女，84岁，山东鲁山县人，因响应政府的号召，1958年举家迁往新疆，曾在农七师劳动过，后调至八一糖厂。王阿姨争强好胜、深明大义，不但自己在劳动中表现突出，频频受到上级表彰，而且经常对女儿言传身教，强调要兢兢业业对待日常工作，珍惜现在的美好生活。

访谈时间：2014年7月17日下午。

访谈地点：幸福养老院。

邹赞（以下简称"邹"）：王阿姨您好，听院长说您在新疆待了六十多年了，是位名副其实的老军垦。您看上去身体很硬朗。

王淑芳（以下简称"王"）：谢谢你，我身体还行，没什么大毛病，但是年龄大了，手脚不如以前麻利，耳朵也没有过去好使，说话要声音大才能听得到。

邹：您是从山东来的？

王：对，我是山东人，山东鲁山县的。

邹：乡音难改，您说话的山东味依旧很明显，听起来特别亲切，这么多年过去了，您还能回忆起当年老家的生活情况吗？

王：我很小的时候，我爸死了，老娘小脚，不能下地，就在家里。咱们农村不都靠种地吃饭吗？因为家里没有劳动力，我又排行老大，所以我很早就开始下地干活了。咱们山东不是解放得早嘛，走在全国大多数地区的前面。我记得小时候兵荒马乱的，开始是国民党，最后是日本人，日本人说来就来，凶残得很，大家一听说日本鬼子过来了，吓得到处跑。那时还有站岗放哨的，他们看到日本鬼子往村里走，就赶紧给大家通风报信，鬼子实在是太坏了。我们家姊妹多，八个，我妈抱一个，我抱一个，再牵上几个稍微大点的，有时还要扛包袱，就这样东奔西跑的。

邹：日本鬼子在山东干尽了坏事，日寇侵华，山东是重灾区之一，您老家的村子有没有遭遇重大伤亡？

王：咋没有！好多青壮年在战场上被炸死了，鬼子来村里扫荡，来不及跑的也都被活活杀死……日本狗就不是人。

邹：您娘是小脚，您裹脚了吗？

王：我那时候脚大，等我生下来的时候，山东不缠脚了，这样就有劲干活。

邹：山东的妇女解放确实走在全国前列，女人不缠脚，某种意义上说为新中国成立前后提供了大量的女性劳动力。

王：是的，我参加过青妇队，还是青妇队队长，不是抬担架吗？我们这些青妇队员穿梭在前方和后方，伤员太多了，有的腿卡坏了，有的把腿砸伤了，有的被大炮轰得血肉模糊。我们抬担架，朝后方送，我那时体格也好，人家都说我娘："你姑娘那么吃劲，你放心？"我娘回应说："她有那个力量，不要紧。"（笑）

邹：您小时候的身体底子打得不错（笑），您父母平常管教很严格吗？

王：我父母严格得很，孩子们也都自觉听话，不像现在的娃娃歪歪唧唧的，家里有活的时候，自己就去干活了，下地劳动根本不用老娘操心。我爸有病，老娘肩上的担子很重，我要帮着下地干粗活，还要照顾一大家子，你看过电影《南征北战》吧，就和电影里演得差不多，我老娘还经常帮部队补衣服、纳鞋底。过去都穿布鞋，布鞋穿坏了就只能穿草鞋，战士们穿着草鞋上战场，哎呀，可艰苦了。

邹：只有和那个年代相比对，我们才能真切感受到今天的生活是多么美好，多么来之不易！

王：没错，有比较才有鉴别，你们看看现在的年轻人，苦吃得太少了，体会不到我们小时候的艰难（叹气）。

邹：您当初是怎么来新疆的？

王：我是1951年结的婚，1952年不是有一批山东姑娘上新疆么，我当时心里直嘀咕，想着要是晚结婚一年，我就赶上机会来新疆了。1952年指导员回山东招聘，问谁想上新疆，成了家有娃娃的也不要紧，娃娃可以带上，咱们新疆叫娃娃，口里①的都叫丫头。我就寻思着来新疆，啥也不怕，没有文化凭体力嘛，凭体力好好干嘛。我有一个信念，那就是到哪去、干啥活都不要讲价钱，要干好，不管公家派了什么活，脏活、累活、轻活，都要坚持到底，不能虎头蛇尾，更不能临阵脱逃。

邹：您是1958年进疆的，当时新疆兵团派指导员去做宣传工作了吗？

王：指导员是1952年来的，他拿着公函来山东招聘，他是山东的，组织上说你到老家招聘去，山东的男的能干活，女的也能干活，都不偷懒，心眼也好，不拿人家一点点东西，不占人家的便宜。

邹：您来之前对新疆的情况了解得多吗？

王：上新疆我是抱着这么个想法：反正凭两只手到哪都能干，要干啥就干啥，除了插笔杆我不行，我没有文化，但我脚大有劲，组织上分配我干什么样的苦活，我都能干。

邹：那您一家人相当于是自己跑到新疆来的？

王：算是招聘的，指导员拿着公函，还报销旅费，车票不用自己掏钱。前面是坐火车，最后是坐汽车，大家把行李撂到汽车上，过了两个站，再下车，陆陆续续走了半个多月，快二十天了。

邹：我打断您一下，您刚才说指导员1952年回山东招聘过一次，1958年又拿着公函回去招聘过一次，是这样吗？

王：我仔细想想，对，指导员把公函给我老头了，我老头是教书的，有文化。指导员有急事要回去，于是吩咐我老头："我把这些都交给你……谁要愿意去新疆，不管男的女的，有多少你带多少，路费公家来管，你就负责带好队，大家来到新疆后都给安排工作。"

邹：您决定来新疆，您的父母和婆婆反不反对？

王：我父亲去世了，我的母亲很支持我，我母亲说："我不拉后腿，你该去就去，去了好好工作，你有的是力气。"我母亲当时身体也不行了，一个人硬撑着，特别可怜（擦眼泪）。

邹：您后来把老人家接来新疆了吗？

王：我1961年把母亲和弟弟妹妹接过来了，母亲一直活到九十二岁，还不是咱们现在解放了，生活条件比过去好了，她在老家能活到九十二岁吗？五十二岁也够呛。这不是享了共产党的福了嘛，共产党领导得好嘛。

邹：您从山东到新疆，一路奔波，也没有直达的火车，这种长途跋涉的艰

---

① 新疆本地人把中国内地其他地区统称为"口里"。

辛，想必记忆犹新吧？

王：太辛苦了！我那时有个小孩，是个女孩，还得在怀里抱着，抱着个娃娃走路，可困难了，走也走不动，但还得抱着，经常有人问我能行吗，我说我不怕。我在老家什么活都能干，什么苦也不害怕。过去国民党、日本狗来扫荡，我那时还参加过青妇队，当过青妇队队长呢。我干啥都不害怕。

我们大概用了二十多天的时间才到达新疆，确实是路途遥远。到了甘肃境内，没有直接到乌鲁木齐的火车，只能坐汽车，不管是男的女的都上汽车，到一个站再向前走，哎呀，后来连汽车也走不成了，骑骆驼，这一路就从这个车到那个车，不行了下来，再拦个车再走，没车了骑骆驼，大部分靠走路。

邹：路上吃饭怎么办？

王：吃饭时那个车要停，车停了就吃饭，专门有人负责做饭，这是集体行动，不是单独行动。

邹：路上发生过意外吗？

王：基本上都顺利，有一次我从汽车上下来，有人跑过来跟我借钱，我说我哪有钱，我要是有钱我就借给你。

邹：途中有没有生病的？

王：那批来新疆的都很年轻，没有生病的，咱们山东的男男女女身体都好，没有说谁不行的送医院，大家走得飞快，车来了就赶快上，谁上晚了就得等下一趟车，都不愿意等下一趟车，能爬上就爬上，顾不了脚后跟疼……

邹：刚来新疆时做的是什么工作？

王：工作可多了，食堂做饭也干过，粮站和面粉厂也待过，不过都是苦力活，一次都扛一百公斤，扛面粉扛三袋子，现在不行了，腰也坏了……

邹：您到新疆之后就被分派到石河子了吗？

王：最初是在农七师，在农七师不到两年。老头不是有点文化嘛，八一糖厂招聘，说招有文化的，没有文化的不要。老头调到八一糖厂之后，把我也接过去了。现在想想啊，因为没有文化，我什么活都尝试过，大食堂做饭也去了，托儿所也去了。那时的娃娃没有现在这样的条件，那时的娃娃都架炉子烧煤，各家的娃娃挑水去，要走好远的路，有一公里。

邹：您在托儿所做过饭？

王：干些杂活，有时打扫卫生，上课的时间老师叫我记得看着表，四十分钟下课。

邹：您老伴是个文化人，能讲讲他的故事吗？

王：老头 1994 年去世了，今年（2014 年）八月份整整二十年。他身体也好，别看他有文化。他家里弟兄多，爷爷、爸爸都干活，叫他去学校念书，最后当老师了。指导员知道他在老家当过老师，就想让他去学校教课，我老头说："能不能叫我干点别的，当老师费脑子。"所以暂时没干。最后不是八一糖厂调有文化的去兰州学习，他就被推荐上了。糖厂的领导开始不知道他是老师，最后知道了，说你是共产党，现在的学生不好管，你去压压他们，你有经验。就这样，我老头来到八一糖厂当中学校长，不上课，那时没有大学，都是中学。

邹：您和老伴是怎么认识的？

王：过去讲订婚，没有说像现在这样还谈恋爱，两个人讲句话都是不允许的。我姥姥家离我们家有二十多里路，俺娘领我逢年过节回姥姥家看看，我那时才四岁，我老头比我小两岁，他去他姥姥家了，他姥姥领着他到我姥姥家走亲戚，逢年过节相互走动么。有人见到我，开玩笑说看这姑娘挺有精神的，搭个亲怎么样？就这么的，那边问："你家姑娘有没有对象？"我从小都是这么个话，谁问我我都说有了。后来有一次，俺娘又领着我去姥姥家，正好走到半路下大雨了，回这头也回不去了，回那头也回不去了，差一点丢了性命。最后到了姥姥家，我娘说："还是先订个亲，万一哪天俺走了，你得有个依靠。你长大了，要是觉得对方不行了就不和他搭亲了。"就这么成了，成了也没见个面，影子都没见过，直到结婚才看清对方长得啥模样。

邹：后来感情都还好吧？

王：嗯，从来不吵架，他干他的工作，我干我的工作，也没有时间吵架。那时候两年不调工资，够艰苦的，我把母亲和弟弟妹妹接过来，又加了三口人，负担很重，我们两个月的工资加起来都不到一百块钱，他的工资买点穿的，买穿的也不舍得，我的工资补贴家用，买菜挑最便宜的，那时葫芦瓜才两分钱一斤，我们就经常吃葫芦瓜，吃得太多，吃够了，现在我都不爱吃葫芦瓜了。

邹：您现在的退休工资能拿到多少？

王：我现在凑凑合合的，昨天俺姑娘替我领工资来了，问老娘现在能不能拿到两千块钱，我说凑凑合合两千块钱吧。这次不是够八十岁的奖一百块钱么，工资又涨了一百块钱。

邹：您刚到新疆的时候，住的是地窝子吧？

王：嗯，你不说地窝子，我还不记得，都忘掉了。这地窝子吧，就是掏个洞，这个墙吧，都没有砖。都是那个……不是挖得深么，挖得深不就成了墙了么，四面都是土墙，顶上弄的是苇巴子，把干草呀、苇巴子呀铺到上头。床是木头架的，也有用砖和土块砌的，上面铺些麦秆啥的，这个床不是有点凉么，没有玻璃没啥的，就那样。那个门呐，一脚就踢开了，哪有锁，哪有一层一层的门。都是破板对付的，不能锁。没有小偷，都不偷，各家各户安分守己的。

邹：那时的邻里关系也融洽，谁家遇到难处，大家都愿意帮一把，是吧？

王：嗯，有时你小孩在家，你上班去了，娃娃在家。我那个儿子出麻疹，没送托儿所，在家哭个不停，邻居会到我班上去讲，说你娃咋了，在家哭。那时的人啊，那个思想，没有说现在你不在家，就把东西拿走，不拿。就那，都是破门。

邹：您在山东老家住的肯定是平房吧，来到新疆一看，哇，都住到地下了，住地窝子，当时心里面什么感觉？

王：我当时没有哭闹，也不说难听的。我说以后会好的，会建设好的。一步一步地嘛，以前是国民党弄得乌烟瘴气的，后来又是日本狗，日本狗狼子野心，想霸占中国，老百姓哪有安生的日子过啊，这不是毛主席领导大家闹革命，把日本狗和国民党都赶出去了。虽说生活条件苦了点，但是安全了，日子过得踏实，不用东奔西躲的，我说我一点都不害怕，我说我们不会永远住地窝子……房子慢慢就盖起来了，也是土块盖的，用土块打的，样子不好看，也能凑合。

邹：您的后两个孩子都是在地窝子里出生的？

王：老三是在地窝子里生的。生老四的时候，我们不是已经调到八一糖厂了么，条件好多了，住的是平房。

邹：当时住的那个地窝子，是一排一排的吧？我昨天去军垦第一连参观了，看到两排地窝子，井然有序的。

王：没有那么整齐，但都相隔不远。

邹：平时邻居之间来不来往？

王：有时候也串门，但串门的少，没有时间串门，下了班还得回家做饭去。

邹：有没有文化娱乐活动，比如看个露天电影啊什么的？据说连队还专门有跳舞的地方。

王：很少看电影。连队有一大块空地，年轻人会去凑热闹，参加集体会演什么的，我们这些拖家带口的，一没时间，二没精力，从地里回来就开始忙做饭，等洗刷完了，再做些针线活，累得腰酸背痛，恨不能早点睡觉，哪里还有心思去闲逛。

邹：是不是一下雨地窝子里就全是水？要是外面下大雨的话，水就会流进去吧？

王：哎呀，有的地方不好啊，水就流进去了，就那个门不是，里面凹，外边高，下雨下雪都得流，就得弄啥挡着，下雨下雪都得不停地（排水）。过去新疆经常下大雪，雪都好深，全堵在门口，有时结成冰，门都很难推开。

邹：您刚来新疆那阵，关系比较熟悉的老乡多吗？

王：一起来的有五个关系很熟的老乡，反正他们呢，还都愿意来这个地方，就老头有文化，后来调八一糖厂了，老乡们还待在连队，过得也不错，有时间大家还来往。

邹：1966 年开始“文化大革命”，您老伴是有文化的，还是教师，当时有没有受到什么冲击？

王：老头在糖厂中学当老师，“文化大革命”开始了，有的学生骂老师，好多老师根本压不住，压不住就叫我老头去。我老头说（不去），别人就说：“哎呀不行，记得你是共产党，你去吧。”最后他去了。他去了，就在八一糖厂。有些学生不听话，不争气，尽干坏事，有一次老头（凌晨）三点多才回来，我说咋这么晚，他说有的学生跑了，找不到还不行，找了半天才回来。哎呀，那时候，学校也难，老师也遭罪。

邹：也就是说，“文化大革命”的时候您家没有受到多大影响。

王：嗯，没受到多大影响。“文化大革命”，我们都工作，我工作我的，他工作他的，没有听说他挨过别人的打和骂，学生不敢骂他。

邹：您到新疆工作和生活了这么多年，有没有什么特别感动的体会？

王：我到新疆快六十年了，别看我现在手脚不太利索，劳动累坏了，但是我觉得挺光荣的。劳动嘛，不想落后，没有文化，干苦力活，把身体累坏，我觉得挺光荣。另外，我觉得做好事挺光荣的，每次在开会的时候我都受到表扬，因为干活争先恐后，没有偷懒耍滑的现象……别看我身体不太好，我还挺高兴的。我寻思现在就是有共产党，即使你累坏了，也可以上医院，公家给治。我现在住在养老院，感觉很舒服，儿女们都在上班，各忙各的工作。每次女儿来看我，我都说：“你们走吧，别影响了工作，我要是有重病，我就给你们打电话。”我女儿说：“老娘啊，现在不是过去，工作忙得很，纪律也很严格。”女儿在单位管档案馆，下班了她管钥匙，有啥事（别人给她）赶快打电话：“你赶快来！”匆匆忙忙又得赶过去。别人都休两天，她才休一天，有时连一天都休不成。现在她还管理单位的一个食堂，一人干两份工作。我常常鼓励她：“你看你老娘从来都是受表扬的，干公家的活，没有挨过批评，你得好好学。”

邹：您是劳动标兵，劳动之余，有没有继续学习文化？

王：上过妇女识字班，劳动再累，也得学习，小时候没有机会念书，一直都感到遗憾。

邹：您在养老院待了多长时间了？

王：这个福利公寓建成三年多了，我是第一个来的，还没开业我就来了。为啥来这么早呢，我女儿打电话说：“老娘，现在都没开业，你来这么早，啥都没搞好，吃饭啥的（都没搞好）。”哎呀，我想我定下来了，我一个人一个房，早点去，（不然）下大雪了，车不能走了。来了吧，也没开业。没开业，有看大门的，他有时进来什么的。他在这个房，我在那里面那个房。我也坐不住，帮着打扫卫生，将房前屋后收拾得干干净净的。

邹：这边吃得好不好？

王：吃得挺好。吃的才掏四百块钱伙食费。现在的伙食这么贵，一个礼拜吃一次鸡，一个礼拜吃一次鱼，吃饺子，又是花卷，中午是大米饭，早上有豆浆、豆腐脑。

邹：这家养老院是公立的还是私人办的？

王：私人办的，院长是退休职工。

邹：这里平时搞不搞什么活动啊？

王：平时做操，下午还有扇子舞呀什么的。

邹：晚上就是看电视？

王：我没看电视，我白内障，两个眼睛都是白内障。

邹：您不看电视，平时可能和其他老人聊一聊。这个养老院里，像您差不多年龄的，五六十年代进新疆的人多不多？

王：有一个老太太说她是1952年来的，九十多岁了，耳朵都听不见了。

邹：感谢您接受采访，祝愿您在这里过得开心。

王：应该谢谢你。

【后记】

王淑芳温厚慈祥，就像一位历经沧桑岁月的邻家奶奶，第一次，我在称呼访谈对象时“语无伦次”，一会“阿姨”，一会“奶奶”。老人手脚不便，但是没有拄拐杖，她扶着墙壁，步伐略显吃力，但并不颤颤巍巍。老人堆满皱纹的脸上带着温和的微笑，我仿佛看见自己的祖母正穿越岁月的尘埃，从记忆中走来……顿感无比亲切。

老人见证了将近一个世纪以来中国社会历史的变迁，她以自己的人生经历，为这段历史作了个人化的注解。相对于宏大的历史浪潮，个人只是其中一颗微不足道的沙粒。老人的叙说平实无华，但饱含深情，有两处尤其令人感动：其一，对生活“知足常乐”的心态。老人辛苦奉献了一辈子，不言后悔，也不标举个人功劳，对两千块钱的退休金非常满意，打心底里感谢党的政策。其二，热爱劳动的高尚品格。老人比自己的母亲幸运，一双大脚成就了一位劳动女英模，她干活时秉承一种理念：“公家派给的活就一定得干好”，“没文化就不要怕干体力活”。这种劳动品格也成为老人的核心“家训”，潜移默化地影响着儿女们的日常工作，真正反映出老一代军垦人“献了青春献子孙”的崇高情怀。

访谈结束时，老人慈祥地拉着我的手，执意送我到大门口，挥手作别，我几次回头，依然能够看到老人的身影。

渡尽沧桑话当年

口述｜王兴富

人物档案：王兴富，男，1940年出生，四川绵阳人，出身佃农家庭，初中文化程度。1963年投奔熟人来新疆，在连队从事生产劳动，妻子早逝，一个人拉扯大三个孩子。现居莫索湾，平时种植蔬菜、放羊。最大的心愿是为自己当年被误判坐牢的事情平反。

访谈时间：2015年10月3日上午。

访谈地点：莫索湾（一五零团十三连）。

邹赞（以下简称“邹”）：我刚才在院子门口看见了羊圈，约略数了数，有数十只羊呢，您这院子里种满了各式各样的蔬菜，让人不禁想起“采菊东篱下，悠然见南山”的怡然淡泊生活（笑）。院子里这片蔬菜地是自留地吗？

王兴富（以下简称“王”）：欢迎你到莫索湾来，呵呵。这些地是连队分的，每家每户都有一个小院，两亩半地，可以种些西红柿、茄子啥的。

邹：您看起来身体硬朗、满面红光，您今年多大？

王：我是1940年生的，今年七十五岁。

邹：您的名字起得很好，兴富，兴旺富强，父母希望您长大后赚大钱呢（笑）。您家里是经商的吗？

王：哪里哪里，我们家是佃户，老家在四川三台县。说来话长，我们祖上原本在四川，后来张献忠大肆屠杀老百姓，四川一带生灵涂炭、民不聊生，我们祖上就从四川逃难到湖南……再后来朝代更替，几起几落，清朝末年，在“湖广填四川”的浪潮下，我们祖上又搬回四川绵阳。

邹：您父母具体是做什么的?

王：我父亲在家种地，我母亲是缫丝养蚕的工人，据说她们缫的丝都出口到美国去了。

邹：那家里面条件还算是可以的。

王：我小的时候家境不错，爷爷做棉花生意，爸爸卖布，二叔卖盐巴，情况就是这样，在旧社会来说算得上富足家庭咯。我们家两次遭遇土匪抢劫，土匪人多势众，我爷爷中了一枪，子弹穿过大腿……毕竟我们家是佃户，靠爷爷和几个叔叔经商赚些钱，还没到养家丁的份，土匪来了就只能干巴巴受欺负。

邹：佃户是租种地主家的土地，人家让你种你就种，不让你种你就得搬地方，流动性挺强，这样会影响您上学吗?

王：嗯，我们搬家比较频繁，从三台一直搬到绵阳。我兄弟姊妹多，我排行老三。我们家特别重视教育，老人们对“书中自有黄金屋，书中自有颜如玉”的说法深信不疑，我们兄弟姊妹都到学校念书，家搬到哪里我们就在哪里上学。那时候学校老师的业务水平很了不得，我记得我们学校的校长讲过，实际上教我们代数的那些老师都是清华大学毕业的。我初中毕业后考上了师范学校，但是没有去念。为啥子没去读呢？因为我感觉师范学校是知识分子扎堆的地方，大家钩心斗角很激烈，活得很累，我们学校里有个团委书记就曾处心积虑整过那些出身不好的老师。我们虽然是农民，但心地善良，绝不会去做伤天害理的事。

邹：当时能读到初中毕业，已经很不错了。您毕业后直接参加工作了吗?

王：先分到粮食局，在那里干了三个月，三个月以后又指派我到税务局去学会计，我税务检查证什么的都有，学完后到西南委员会四川省财政厅税务总局税务监察站上班。我这个人脾气坏，那时候市场上流通的布票、粮票都属于市管会负责审核发放，税务局负责收税，我们需要时不时到市场上去转转，有时候监管得太严厉了，会经常发生口角。

邹：您当时考上师范学校，眼看就要端上铁饭碗了，但您自己却放弃了，父母有没有表现出不高兴?

王：没有。我们家里挺民主的（笑）。

邹：您家庭经济状况不错，您又有了不错的工作，为什么还会想着来新疆?

王：我在税务局为啥子没得干了咧？那阵子不是搞“三包一奖四固定”[1] 政策么，因为我是农村户口，凡是农村户口的工作人员都必须回到农村去，说是支援农村第一线。当时也没有啥子办法。我有一个老乡在一五零团卫生队当护士，她认得我大嫂，说是新疆大量需要人，我听到消息后就过来了。到了新疆，家里担心我在这边太艰苦，不断催促我回去读农技校。哎呀，我说“好马不吃回头草”，既然来都来了，埋着头就在这干呗。

邹：您是哪年来新疆的？刚来时习惯吗？

王：我是1963年过来的。当时每月工资八块钱，但是物价特别便宜（笑），吃西瓜咧，两分五一公斤，又大又甜。那时候拾棉花多少钱一公斤呢？四分钱。

邹：刚来那阵，这边的大致情况还记得吗？

王：我记得非常清楚，从石河子到这个地方需要五个多小时。一路上尘土弥漫，看不见车也看不见人，路边只有稀稀拉拉的几棵小树，东倒西歪，难得见到几片绿色的树叶。路两边都是沙包，一个接一个，沙包周围有一些红柳和梭梭柴，灌木丛里经常会有狼，狼白天一般躲起来，晚上出来活动，你晚上提着马灯在前面走，狼就在你后面跟着（笑）。

我认真聆听老人的讲述，循着他的手势，扫视了周围的环境，昔日苍凉荒芜的戈壁滩，如今已是大片大片的棉田。

邹：现在这边没有狼了吧？狼肯定退到戈壁深处去了。

王：这边已经很多年不见狼的踪迹了，那阵子垦荒造田，戈壁滩发生了翻天覆地的变化。你看看这田地多么规整，路边一排排的白杨树多么挺拔！

邹：当时这边一片荒野，您有没有产生过打退堂鼓的想法？

王：确实心里有落差，也想过不干了，跑掉咧。但是因为什么呢？我们家成分不错，我父亲还是土改工作队的队长。那时候的情况是，哪里需要我们就到哪里去，哪里艰苦我们就志愿到哪里去。我后来仔细想想，既然来都来了，跑走干啥子咧？刚来的那一年秋天，我们参加拾棉花，新疆的天气比老家的变化更快，早上冷冰冰，中午又热得不行。那年掰苞谷的时候突然下雪了，苞谷下面的叶子

---

① 这是20世纪60年代初我国实行的农村土地政策，《中共中央关于做好农业合作社生产管理工作的指示》指出：“必须普遍实行‘包工、包产、包财务’的‘三包制度’，并实行超产提成奖励、减产扣分的办法。这是社队分工分权的一项根本措施。”“四固定”指的是：“劳动力、土地、耕畜、农具固定给生产队使用的制度。”

上结了一层冰，手一摸凉刺刺、滑溜溜的。

邹：新疆冬季严寒，蔬菜供应也比较短缺，您还记得当时的情形吗？

王：冬天都是吃冬白菜，入冬前，大家把一堆一堆的大白菜搬到地窖里存起来。冬天到了，炊事员在做饭前会从地窖里取满满一箩筐白菜，炒大白菜，其实油很少，跟盐水煮白菜差不多，就着苞谷馍馍吃。那时候一个月发三十张粮票，一张粮票是白面两百克，这就等于说你每一天只能吃一个白面馍，其他的都是苞谷票，一家好像发一百零五张……

邹：要是粮票弄丢了怎么办？

王：真要弄丢了，还有两个办法：一个是找同事帮忙，有的同事家里人少吃不完，可以挤出几张票支援支援；再一个是去找司务长，登记后补发。

邹：住的条件如何？

王：我刚来时是在十一连，住的都是地窝子，就是在地下挖一个坑，然后用树枝和木头撑起来，上面盖些苇叶啥的，人呢就这样爬着进去，地窝子里晚上点一盏煤油灯。

邹：如果下雨，地窝子里面肯定要进水啊！

王：进不了。门跟前会筑得比较高，雨水一般流不进去，更何况新疆的雨水稀少。

邹：您来新疆的时候还没有结婚吧，那就相当于几个年轻人住在一个地窝子里。

王：五个。

邹：五个年轻人住一个地窝子。您现在回想起来，当时有没有发生过令您记忆特别深刻的事情？

王：这样的事情太多了。1964 年我们参加修一条大干渠，全团都集中在那里大搞建设，各个单位之间互相竞赛，比拼哪个单位的劳动效率最高，那场面真是热火朝天！我们连队的连长叫刘德恒（音），他领着我们冲锋陷阵，连长声望颇高，人称“孤营英雄”（音），为什么是“孤营英雄”而不是“孤胆英雄”呢？因为抗美援朝的时候他一个人俘虏了美国兵一个营，然后部队给他发了支手枪作为嘉奖，他还参加过淮海战役等重要战事。连长喜欢带四川兵，他说四川兵敢冲敢打，不怕死。其实我们在劳动当中团结得很，不管你是湖北的也好，甘肃的也好，河南的也好，四川的也好，大家都全力以赴投入生产劳动中去，没有偷懒耍滑或者蛮不讲理的。我们连队的指导员十分擅长做思想政治工作，许多事情现在想来仍然觉得有趣，我举个例子吧：早上天刚麻麻亮，不是要吹哨子起床嘛，有些年轻人瞌睡多不情愿起床，指导员就想出一个绝招，他专门组织一些老大娘、老太婆往你寝室送洗脸水（笑）。洗脸水给你倒好了，刷牙缸子给你盛好了，你说你还好意思不起床啊？这件事真是太有趣了（大笑）。

邹：（笑）指导员真是用心良苦啊！平时劳动辛苦之余，会有一些简单的慰劳吧？

王：还记得我们修渠的时候，伙房包了饺子送过去，大伙想起热腾腾、香喷喷的饺子，干劲十足。我们平均每天每人的工效是十七方土，先把土挖好，然后用架子车堆起来。那时候的人思想单纯得很，谁也没有私心，都想着为集体争拿第一，为国家多做贡献。

邹：大家争先恐后、心无旁骛，有没有想过赢得劳动荣誉？

王：对，争先恐后，业绩不错的会发一张奖状，发一个红本本，好像叫“五好工人”，我现在还有印象（笑）。过了“十一”，（大家）清闲了一些，棉花拾得差不多了嘛，这时候要掰苞谷，任务比较多，三天要掰十万斤苞谷，相当于说一天要掰三吨多，那都是掰一背篓，放秤上过，过了以后，再爬到上面去倒。大家跑上跑下，一天要搬一百多个来回。

邹：我查过一些资料，20世纪60年代初到新疆兵团来的，既有从上海、湖北、江苏等地来的支边青年，也有从内地到新疆投奔亲戚的，还有大量因各种原因来到兵团的自流人员，情况比较复杂。您刚来新疆那阵有没有交到特别好的朋友？

王：哎！好朋友，啥子称得上好朋友咯！我这个人咧，不搞帮派，不喜欢什么什么地方来的人，只要是老乡，这再错的也是对的，我不喜欢这样，我觉得哪个地方都有好人，也有坏人，关键是看个人人品。比方说河南人吧，我觉得我们的朱队长人很不错。我们的团长人也非常好，我在十一连浇水的时候，团长骑着一匹马四处巡视检查，后来蹬一辆破自行车，每到农忙时候，团长裤子一挽就到地里干活了。我记得我们连队有个副连长，当时带领大家修水渠，修渠的过程很不顺利，累个半死也不见效果，我们刚开始用稀泥巴糊，但是糊不起来，糊上它又流下来了。那咋弄咧？就砍一些树条子，往那一铺，再给它糊一层，糊上稀泥，再铺一些树条子，上面再糊一层稀泥……渠道架不起来，因为那个地整不平，高的地方旱死了，低的地方淹死了。那你还收啥咧？所以修渠既是个体力活，也还需要动脑筋想办法，蛮干不行。当时我们那个连队是连续三年的“五好连队”，张仲瀚多次在会上点名表扬呢。

邹：张仲瀚您见过吗？

王：没有。张仲瀚的秘书我见过（笑）。

邹：哦。您刚才谈了一些难忘而有趣的事，比如老大娘给年轻人端洗脸水，用这种办法催他们起床，还有没有其他有趣的事情了？我觉得这些苦中作乐、以苦为乐的故事讲起来对今天的年轻人特别有启发。

王：嗯。再一个就是，当时大搞建设、为国庆献礼啊，各个连队都在大张旗鼓拾棉花，从早拾到晚，那个时候（大家）没得什么心眼，就是想着尽量多干，争取又快又好地完成任务，中午吃饭都是在田间地头，为了节省时间嘛。天黑了，地里看不见东西，棉花没法拾，干啥咧？掰苞谷秆，苞谷砍了，要把它掰出来，那时候机械化程度没现在高么。掰出来干吗？要犁地嘛，要播麦子嘛！

邹：那时觉得累不累？

王：累！那肯定是累。干活哪有不累的呀（笑）！更何况一天（吃的）就那两百克的苞谷馍。

邹：您是哪年结的婚？

王：1971 年。

邹：结婚对象是怎么认识的？

王：这个对象说来也巧得很。这个对象是廖邦文（音）从家里接来的。他接来的时候都已经谈好了。他是 1966 年问我借了七十块钱（从老家）接来的，和上海支边青年那一批来新疆的时间差不多。这个接来以后咧，她又不会干新疆的活儿，就用那个大镰刀割苜蓿。（用手比画）她这样用镰刀砍，结果在胳膊上豁了个口子，就到卫生队住院咯。这个廖邦文（音）叫她报职工，她说："我是家属啊，我凭啥报职工？"可是你不报这个，那住院的钱咧就得自付。他俩因为这件事互相之间闹了一些矛盾。廖邦文就不要她啦，这样一来，她的户口也没法报上，这时候指导员问我："你看看，廖邦文把家属接来，他又不要了，你说咋个办咧？这户口也没办法报嘛！"我跟他说："你就给她报了算了。"说来也是缘分，当时家里催我回去找对象，我汽车票都买好了，跑到一四九团这边，突然下雨了，石河子的班车没有来。结果拐回来以后咧，我一个老乡找到我，劝我没必要非要回去找，在这里找一个算了。他说："我给你介绍一个。"我说："谁啊？"他说刘淑芳（音），就是廖邦文从老家带来的那个。我说："她的意见怎么样？"他说："哟，我还没问过她。"我说："那就把她叫来吧。"她来了以后跟我讲："你这次回老家要是找上了，就在四川结婚，要是找不上，你来了，我们就结婚。"结果车没来，没走掉（大笑）。

邹："姻缘本是前世定"，看来此话有一定道理。

王：那个时候谈恋爱简单得很呐！

邹：对了，新疆军区以招兵的名义，从湖南、山东招了很多女兵，您当时没有想着从女兵中相一个？

王：轮不上！那都要连长一级的。

邹：连级以上干部？

王：嗯。好像是副连级以上干部。当时有很多“九·二五”起义部队的官兵找不着对象，政府掏钱，让他们回家去找媳妇。

邹：参加过“九·二五”起义的官兵，年龄相对来说要大一些。

王：我们这边现在还有一个（遗孀），八十来岁的样子，（当年）是花八百块钱（从老家）买来的。

邹：那批女兵你们都见到了吗？

王：见到了。

邹：跟她们聊天接触的机会多吗？

王：那咋没有？都在一个连队。我们连队有一个叫陈丰雁（音）的，他是“九·二五”起义部队的连长，他老婆就是湖南招兵来的那一批嘛。

邹：招兵来的那批女孩，要是跟你们对上眼了、谈上了，组织上会批准吗？

王：批不批准，关键要看你的劳动表现，如果劳动表现不好，书记不签字，你连个婚都结不成。

邹：能回忆下您跟刘淑芳阿姨的结婚过程吗？

王：她最初心里面有道坎，总是过不去，但她还是下了决心，我们在3月8日领了结婚证咯，但一直迟迟地没结婚（没办仪式），到了7月1日，才算正式结了婚了。有结婚证了就能分到一间平房了，不用住地窝子咯。

邹：也就是说，你们3月8日领证，7月1日举办仪式，婚礼是咋样的呢？

王：嘿呀！简单得很！就是亲戚朋友到你那个房子里面去，买几个盘、几个杯子和盆子送过来，吃两口喜糖，抓一把瓜子或者抓一把花生闲谝一会子，连队的书记过来坐一会，讲几句话。就这么简单！

邹：买结婚喜糖有定量吗？

王：嗯！凭结婚证购买，只能买三斤，多一斤也不行。那时候买啥东西不要票咯？一块香皂、一条毛巾、一双袜子都要拿票去买（笑）。

邹：婚后两个人的性格能不能合得来？

王：我们都有文化，基本上还是合得来。

邹：您爱人也是初中毕业？

王：她在口里还是教师咧。

邹：您挺幸运，找了个有文化的媳妇，婚后您爱人选择在家当家属还是做职工呢？

王：我俩都是职工，而且都是班长（笑）。

邹：你们结婚后都是职工身份，都要下地参加劳动，男同志和女同志参加劳动的情况有什么差别呢？

王：参加劳动的话，她是和妇女班一起干，我领着浇水班，带一帮子人白天晚上、晚上白天地干，两班倒嘛！晚上要突击背苞谷，那都是按职工分的，有的咧，分到地边边上一点，叫你背的近一点。有的小伙子分到地中间一点，背的距离远一些。还有（人）拉架子车，男女搭配着拉，两个人一架车。当时上夜班，男的用铁锹往车上装，女的干些挑挑拣拣的细活。女的要是怀了孕，连队会让她干点轻活，要是显大肚子了，那她冬天都不要拉沙子咯，待在家咧就剥剥棉桃，在地里咧就除除草。

邹：你们的第一个娃娃是哪年出生的？

王：我老大是个儿子，1971 年出生的。

邹：生下来之后谁给看娃娃呢？

王：生完孩子后，我老婆没有转成家属，继续干工作，我就把我母亲和我妹妹接来了。我母亲在这里待了不到一个月走掉了。

邹：不到一个月就走掉了，是不适应新疆的气候呢还是婆媳处不来？

王：气候方面没问题。是为啥子合不来咧？你想我母亲八岁就在一个美国人办的缫丝厂当缫丝工，那也可以说是见过很多世面咯。究竟为啥子事情咧？就是为我那个儿子，他脖子上有一个虱子，我老婆给他喂奶的时候咧，就用一个针挑着，声音蛮大地嚷嚷：“这娃娃脖子上的虱子哪来的呢？”我妈听了心里不舒服，她说：“我不要脸，我丢人。我把四川的虱子都带到新疆来咯。”因为新疆很少生虱子，你想想看嘛，从绵阳坐火车到乌鲁木齐，几天几夜，为了赶火车还得在家乡住旅馆，这旅店里肯定有虱子嘛！就为这个事，婆媳搞不到一起咯。我妈一气之下就跑回去了。

邹：母亲回四川，妹妹留下来了？

王：妹妹还在。妹妹帮我们带了一年。

邹：当时妹妹多大？

王：十三岁。

邹：十三岁就给你们在这看娃娃了？

王：嗯。

邹：妹妹后来也在新疆安家了？

王：后来回四川去咯。

邹：说到这里，我有一些疑惑，您妹妹相当于只在这边带了一年的娃娃，您爱人一直是当职工，后面的娃娃生下来怎么办？有人照看吗？

王：我当时在连队负责浇水，这个活可以长期上夜班，白天我就可以回去带娃娃嘛！

邹：那就是说您白天带娃娃，晚上您爱人带。

王：对，晚上就是她嘛！她白天带一帮子人在大田干活，除草啊，打顶点啊，整枝啊。白天她在地里干活，我就在家做饭、带孩子、洗衣服。

邹：真巧，你俩刚好黑白颠倒过来。连队的幼儿园是什么时候开始办的？

王：我记得是1972、1973年左右。

邹：您白天带娃娃做家务，晚上去地里浇水，很少有时间休息，当时会觉得很辛苦吗？

王：那苦到啥程度咧！我给你举个冬天拉沙的例子吧。冬天不浇水，我们的任务是挖沙，就是把沙子挖出来，人家用车好装嘛。挖沙很危险，经常会发生沙子压死人的事，因为上面那冻沙有一米四五那么厚，从下面掏，就像挖煤一样咧，挖着挖着，咣当一家伙，整个都下来了，你要跑不及你就被压在下面了。我们单位就有一个被压死了。挖沙子就是从下面掏，最多掏四十公分深，这样推着掏（用手势示范掏沙的动作），掏到那边去以后，你得跑到上面去看一看，看上面好着没有。如果上面没有裂口，那就继续挖；假如发现上面有裂口，我们就用这么粗的铁锨子和大榔头使劲往下敲打，把裂口打的掉下去了就算安全了。负责挖沙子的人趁天明之前就要把一切的障碍清除掉，如果障碍没有成功清除，要是出了事你得负责。

浇水也是。趁天明之前，今天晚上要浇多少地，打多少坝，开多少口，都要准备好的。晚上你点个马灯看不见啊，对不对？我是浇水班带班的，装水、分水、挑水、浇水，每个环节都要做到位。有的家伙不想干活，口子给你一堵，水都堵在渠里面了。那水涨起来，人往高处走水往低处流，这一下涨高了，渠道就有崩垮的危险，这时候浇水的人特别容易掉下去，所以我们腰里要别根棍子，万一掉下去还有棍子挡住啊！那时候不像现在，地陷到处都是，你看着这地好好的，突然一陷下去就完了。到了2008年，才算没有地陷了。

邹：您是佃农出身，“文化大革命”的时候应当没有受到太大的冲击吧？

王：“文化大革命”以前，我的年龄还小得很，也是单位确定的入党培养人，结果上面的政委来调查的时候，说我态度不好，我不想当官，入党也就不了了之。“文化大革命”那阵，主要分为两派，一派是攻击王恩茂的，认为王恩茂是走资本主义道路的当权派；另一派是造反派，保王恩茂的，我当时参加的是造反派。好像是1967年的6月份，我跑到乌鲁木齐去了，那是什么原因呢？也是受了当权派的挑唆。挑唆是啥子咧？他们说内部有人嘛，什么什么的消息灵通得很。

去了以后，我们这一批造反派住在南梁坡附近明园招待所，那些攻击王恩茂的保守派驻扎在二道桥到新疆大学一带。那时乌鲁木齐天山锅炉厂、天山食品厂供应大家一日三餐。我们整天也没什么事，就守在那个地方，挖地道啊，打炮眼啊，拉雷啊，所谓拉雷就是往暖气包里面装满炸药，就搞那些名堂。气氛弄得很紧张。现在想想，有些事情纯粹是一时冲动，其实根本没有搞清楚问题的来龙去脉。

邹：您现在回过头来看兵团的“文化大革命”，觉得幼稚可笑？

王：幼稚得可怕。当时保守派和造反派也发生过武斗，还出过人命。从那以后，人与人之间就不那么团结了，人情散了（连声叹息）。

邹：挺过了荒诞的十年“文革”，您后来是什么时候开始觉得日子好过了？

王：还是改革开放。改革开放以前，想吃点大米都吃不上。就说过年吧，一个人三百克粉条，两百克豆腐，五百克大肉，那就算过一个年。全家人分三包烟，三包啥牌子的烟？黄金叶（音）都算好的了，主要是八九分钱一包的飞机牌香烟。

邹：改革开放之后，大家的腰包鼓了，物质生活越来越好，精神道德层面有什么明显变化吗？

王：说老实话，改革开放以后，人心又齐了一点，但还是没有“文化大革命”（以前）好。现在好多人自私自利、一切向钱看，更谈不上什么崇高信仰咯。路不拾遗的时代再难遇到了。

邹：我在准备这次访谈的过程中了解到，您的三个孩子全都是您一人拉扯大的？

王：嗯，我爱人 1982 年出车祸过世了，她走的时候刚满三十八岁，我的三个娃娃最小的才三岁多，全都靠我一人拉扯大。

邹：太不容易了。您愿意回顾一下那段一个人带大三个孩子的经历吗？

王：这中间有一个插曲。邓小平搞改革开放，改到我们这里来，那是最晚的了。那是什么时候呢？大概 1982、1983 年的样子。连队里贴着大红标语，“早听党的话早富，晚听党的话晚富，不听党的话不富”。当时我老婆刚去世，我得想办法抚养几个娃娃，我就把整个连队的畜牧承包了，雇了几个工人干活，我就可以腾出时间照顾娃娃。那一年我赚了六千块钱。

邹：80 年代初的六千块钱抵得上现在的六万块了。

王：嗯，那个时候羊肉才一块六一公斤嘛！好，赚了这么多钱以后呢，连队的连长眼红了，不愿意兑现承诺，他说合同是活的，就连宪法都可以改，合同当然也可以改。我气得不行，就拿着合同去找团长，团长是当地有名的文化人，大学毕业生，他写了张条子，要求连队今年按合同办，倘若觉得合同不合理，明年再改。团长批了，可连队就是不给你兑现，直到1983年都没兑现（叹气）。

这时与王兴富搭伙种菜卖菜的老人从团部集市上回来了，两人寒暄一阵，从他们笑逐颜开的表情看，蔬菜应该卖得不错。有趣的是，两位老人分工明确、通力合作，王兴富负责种菜，他朋友负责把蔬菜运到团部出售。访谈在短暂的休息之后继续进行。

邹：那六千块钱您一分钱都没拿着？

王：钱没拿上还不说。1984年4月，连队书记的老岳父到我管的畜牧场来，他有两个公牛娃子，想到畜牧场换母牛，我说你把那公牛赶到牛群中来，你的公牛娃子多大，你就抓多大的母牛娃子。他看了好一阵子，说："你的这些母牛花色不好，我能不能换两头大的母牛？"我说："要不这样，你是领导的亲戚，你要领导写个条子，直接赶两头牛回去，就不要换了。"他听了很不高兴。1985年搞严打，他大肆造谣，说我在畜牧上卖牛贪污咯，说得有板有眼的，我说我没有贪污，但是人家相信他说的话，因为他是当官的。后来检察院的领导来了，一层一层地仔细调查。事情是怎样的呢？有一天畜牧站的站长告诉我，说二十三连有一群黑羊要卖给私人，他就鼓动我："你去买回来，你这个地方离加工厂很近，拉棉壳子①方便。"我当时没那么多钱，他就帮我想了个主意："你可以向连队借嘛。"我想也是，连队欠我的奖金还没给呢，我借点钱算是名正言顺。那个时候连队买东西都是实行"公归公"，团里面用的是代金券。我到连队借了七千块钱，买了188只黑羊。就因为这个事，我被定为贪污罪，判了三年刑，坐牢去咯！

邹：啊？真坐牢啦？既然您有借条，为什么还要判贪污罪？庭审的时候您没有好好讲清楚吗？

王：那时候借钱六个月不还，就算是贪污罪。法院第一审判庭庭长问我："你对于这个贪污罪有啥看法？"我说："我有借条，凭啥判我有罪？"他说："你那借条我们看过了，这不能算借条。我们查过了，那笔钱是公家差你的奖金不错，但是你不能用这样的办法把它借出来。"他跟我讲："你既然给公家买羊，为什么买完羊你却私养。"我说："不对啊，当初买羊的时候，就说明白是卖给我私养的，更何况我买羊的时间是11月份，公家买羊是在6月份，这些兽医站站长可以作证。"庭长听完后说："这个应当不算你犯罪。"我说："我没犯罪，那为什么要我坐牢呢？"他支支吾吾，说不出个名堂。后来有人好心劝我："这是什么地

① 棉壳子是绵羊过冬的主要食物之一。

方？这是牢房！就算你是一块黄金，人家也要把你扔进大粪里去，如果我们这些掏粪工人不把你拽出来，你永远也散发不出光泽。赶紧想办法出去啊。”我四处托人送礼，求爷爷告奶奶，心里窝火得很，明明白白的事情却硬被说成是贪污。

邹：您进了牢房，三个孩子怎么办？

王：我被关押在莫管处，劳教所的所长是个安徽人，姓万，他早听说过我比较有能耐赚钱，于是想出一个主意，让我帮他们经营五十亩地，一年要赚回一万块钱。我答应了。作为交换条件，所里每礼拜派车送我回家一次，我给娃娃买清油、面粉和日用品，安顿好家里的事情。

邹：您出来之后如何养家糊口呢？

王：嗯。我出来时都四十五岁咯，年龄大了，人家不给报职工了。我就到处包地，拼命干活赚钱，才能继续供三个娃娃上学。

邹：后来给您恢复兵团职工待遇了吗？

王：没有哇，一直没恢复。

邹：您现在有没有退休金？

王：前些年啥都没有，后来上面颁布了新政策，专门解决兵团职工家属的养老问题，每人补交了一万六千两百八十块钱，这样每个月能拿四百四十块钱退休金。现在涨到一千四百多块钱了。

邹：如果您是职工身份，现在可以拿到多少？

王：三千多了。就为这个事情，我四处找领导，一级一级地找，要是这个问题不解决，那我真是当代的杨白劳，死不瞑目！他们把我的 188 只羊收掉了，我手头有借条。我参加劳动从不拈轻怕重，拾棉花一天拾一百多斤，掰苞谷三天就一万斤，平均一天掰三吨多（愤愤不平地叹气）。

邹：事实上，您从 1963 年到现在一直待在兵团……您后来的退休金是按照家属的情况给解决的？

王：嗯，根本不是按照职工解决的。我这几十年拿过多少“五好工人”呐！

邹：您当时没有去兵团司令部反映？

王：那时家里没有钱，三个娃娃要上学，家中里里外外我都要管，哪还有精力出去跑？

邹：确实。也是挺辛苦。那您对现在的生活还是挺满意吧？

王：有啥不满意的呢？我现在活得好好的，我啥子病都没有！

邹：活着就是幸福。您现在跟自己的孙辈讲不讲当年的经历？

王：我也没时间，也和这些年轻人搞不到一起，他们白天忙着工作，晚上出去转转，交流的机会不多。再说这个讲了也没啥意思。

邹：您儿女对兵团有没有感情？

王：他们吃的苦太多，被耽误得太多了。我女儿小时候遭罪太多，心里面有道坎。

邹：这种童年记忆和心灵创伤一样很难完全愈合。

王：嗯！她妈妈死咯，我又要出去赚钱，没人照顾她，做饭干啥的都靠自己。她后来下狠心考上大学，自己出去闯荡。我们没什么靠山，娃娃只能靠自己的本事去努力。

邹：现在孩子都成家立业了，不需要您操心了，您现在对自己的晚年有没有什么打算？

王：现在大家都在谈论中国梦，我也有一个自己的梦想，我这二十多年来一直在为圆梦做准备。

邹：梦想是什么呢？

王：希望我的这个事情能得到解决，给我一个公平、合理的说法。

邹：您是想为自己的事情讨个说法，平个反？

王：嗯，这是我的最大梦想，我现在为这个梦想活着。

邹：祝您梦想成真！

【后记】

那次去闻名遐迩的“驼铃梦坡”参观，我很偶然地听说了王兴富的事迹。老人在莫索湾一带显然颇有名气，一则因为他曾经与“学术明星”易中天摸爬滚打共事过，知道许多易中天的逸闻趣事；更重要的是，老人一生几起几落，富有传奇色彩。如今，老人的儿女都已经在西子湖畔成家立业，但他拒绝了儿女们侍奉膝下的孝心，仍然坚守在连队的自家小院，放羊、喂牛、种菜，与老友寒暄，日子平淡、岁月静好。

意料之中的是，这次访谈的话题从易中天开始，老人如数家珍，讲易中天如何从武汉支边来到新疆兵团，如何在连队出黑板报应对上级检查。这些花絮固然有趣，但我觉得它充其量只能算作新疆兵团发展史上的一个微不足道的侧影。我更感兴趣的是老人的人生沉浮，尤其是那个坚持了几十年的梦想。

老人几十年来辛勤耕耘、含辛茹苦，就是希望有朝一日自己的三年牢狱生活能够得到平反。然而历史总是浓缩了丰富而复杂的时空面向，有中流击水、百舸争流，有百花齐放、万紫千红，也有人妖颠倒、岁月卑鄙。我们都不是当年的见证者，发生在那个特殊年代里的特殊事件，其中秘事更是无以查证，作为一名田野工作者，静下心来倾听老人的心声，希望能让老人获得内心世界对其自我身份的认同感。

岁月之河静静流淌，说不清、道不明。我如实记录下这段口述访谈，不忌讳、不美化，真诚希望能够全方位、多角度呈现出军垦第一代的传奇经历与当下境遇。

历史如镜。愿好人好梦！

巴别塔上放歌声

口述｜戴庆媛

人物档案：戴庆媛，女，1935年出生，湖南长沙人，1952年进疆。曾在七一纺织厂工作，后经公开选拔赴新疆军区干部培训班学习维吾尔语，成为新疆兵团第一代维汉同声女翻译，是少数民族老乡依依难舍的“玛依努尔”。退休后为“八千湘女”这个特殊的群体奔走呼号，主编《八千湘女进疆回忆录》《我是湖南人——新疆石河子湘籍人名录》等。

访谈时间：2015年8月24日上午。

访谈地点：石河子市天业小区。

邹赞（以下简称“邹”）：您今年多大年龄？

戴庆媛（以下简称“戴”）：八十整。1935年9月（生的）。

邹：您老家是什么地方的？

戴：湖南长沙市红山庙，就在炮兵学院旁边。

邹：能不能简单介绍下父母的基本情况？

戴：我父亲是新民主主义革命后的第一代工人，在国民党军政处兵工第十一工厂工作。

邹：您小时候在家里都做些什么？

戴：我小时候是正常上学的。日本鬼子打到湖南，我们被迫逃难到异乡。抗日战争胜利后，1945年8月，我们开始返乡，我记得父母把家里所有的家产都卖掉，买了一条船，从资江、沅江、澧水一直到湘江，辗转回到家乡。我那时候大概十岁，觉得这段旅程很愉快，终于有家可以回了。我们逃难去的那个兵工厂建在一个山窝窝里，山高林深，日本鬼子进不去的。我记得逃难经过的路上，大马路都被日本人破坏了，挖了一个个坑，日本人想到深山里去破坏工厂。解放战争以后，国民党全线溃败，我父亲离开部队回到老家，那时候父亲拉着纤，爷爷驾着船，我们跟在后面跑着玩，感觉很欢快。

在我的童年记忆里，有两段往事记忆犹新：一段是抗日战争时期日本飞机的大轰炸，道路被破坏，很不平安。花衣服都不能穿，白衬衣都要染成黑的，整天东躲西藏，担惊受怕。还有一段就是国民党把工人阶级都当成土匪，经常搞突袭性大搜捕，弄得鸡犬不宁。

邹：父母对您的教育是严格还是宽松？

戴：严格。

邹：为什么会选择来新疆？

戴：情况是这样的：湖南解放前夕，长沙出现了大量反动口号，就是国民党捣鼓的反共口号，解放军百万雄师过长江，8 月 5 日，国民党部队开始全线撤退，很多人逃回了家乡。我父亲是工人，焦急等待着工厂的解放。有一个逃兵跑到我们家门口，要换便装，换完（衣服）好回家跟他母亲见面。我母亲就把我父亲的一套便装给他换了。后来国民党抓逃兵嘛，抓到以后要枪毙定罪的，所以我们都很害怕。我脑瓜子灵机一动，想着这个服装要藏起来。藏到哪里呢？南方不是有那个木桶吗？我就放在桶里，上面放块大石头，把衣服压到水潭里，（他们）没找到蛛丝马迹。我父亲说我聪明，帮助家里渡过了这次难关，他决定继续培养我读书。

邹：感觉您父亲在情感上更加偏向共产党？

戴：那时候国民党经常逮捕工厂工人，认为工厂是共产党地下工作者隐藏的地方，工人是共产党的地下工作者，所以我父亲痛恨国民党这种恶劣行径，对共产党部队很有好感。

邹：您如何得知新疆招兵团的招兵信息？

戴：我们回到长沙以后，我父亲做工去了，工资低，人口多，不够生活，我们就住在偏僻的郊区，种菜卖菜。有一天上街卖菜，我们看见解放军在体育馆前面贴了好多广告，广告上说新疆要招人，鼓励大家到祖国最需要的地方去，号召新女性要走向社会。那时候赶上“抗美援朝”，社会各界大力倡导有志青年去当兵，大家参军入伍的热情高涨。我识字嘛！我决定要学习新女性走向社会，丢掉锅碗瓢盆，要解放自己。那个招兵的通知是新疆军区和新疆维吾尔自治区人民政府联合发布的，我记得很清楚。

邹：通知里明确提到要鼓励新女性追求自我解放？

戴：对。湖南解放得比较早，思想比北方要解放一些。我当时想到新疆去当兵，主要有两个原因：一方面觉得新女性应当走向社会；另一方面，解放军的土改工作队进驻村子，挨家挨户宣传减租反霸的土地改革政策，村子里有文化的人少，特别是女性当中有文化的不多。我的情况算是比较突出，村长姓许，叫许正江（音），他专门找到我说："你好好代表我们这个村子去参加社会活动。你也是新女性，也是个小知识分子！"（笑）我就趾高气扬、连蹦带跳去参加社会活动，现在想起来都觉得好笑。我本来要参加土改队的，那时候叫"减租反霸"，但是我个子矮小，不够格，他们就先让我跟着跑一跑，当个向导带个路啊，走东家串西家，大家都很欢迎我。副队长是个女的，姓熊，我们都叫她熊妈妈，我之所以能有今天，我要特别感谢熊妈妈对我的思想启蒙教育。土改工作队的熊妈妈一直留着我，前面三次参军都没参上，我很生气，我说我个子矮但是头脑不傻，后来熊妈妈看了广告，她提示我说新疆要人。这时我就去了，正赶上新疆军区招的第三批，1952年3月份的。二月份在招兵嘛，我记得过春节还在招，3月8日上车走的。

邹：当时个子不够，有没有想些办法应付？

戴：嗯，个子不够，我就想些点子，我问父亲要了六毛钱，买了双鞋，塑料底子，半高跟。我又让我母亲给我做了一条长一点的裤子，把腿遮住。然后在口袋里放一些乱七八糟的石头啊、泥蛋蛋、秤砣啊，反正都是压秤的东西，这里放一点那里塞一点。（笑）我把自己打扮得不伦不类，但是能增加身高和体重，就这样勉强过关了。当然，熊妈妈也帮我敲边鼓、说好话，于是当兵这个事总算梦想成真了。我这个人比较活跃，部队敲锣打鼓送我们上火车的时候，一些人蔫蔫的，我就领着大家唱歌，大家选我当文艺委员，就这样一路歌声一路笑，火车缓缓向北行驶。

邹：当时都唱些什么歌？

戴：（笑）我回忆回忆，对了，"年轻人，火热的心，跟随着毛泽东前进，紧紧地跟着毛泽东前进！"（唱）这是一个，还有一个"嘿啦啦啦啦嘿啦啦啦，天上出彩霞，地上开红花"、"天上太阳红彤彤，心中的太阳是毛泽东……"按现在的说法，这些都叫红歌。我小时候在国民党军政处下属国营企业的子弟学校上学，接受的教育比较正规，所以会唱的歌比一般的人要多些。此外，我性格比较开朗外向，从小生活在南方，南方不是热嘛，晚上睡不着，常常失眠，就一边看着天空一边唱歌，唱惯了，所以大家看我歌声嘹亮，就推选我当文艺委员。路上开展文艺活动评比，我们车上的歌声最嘹亮，大家一到人多的地方就要求唱歌。我记得还有一首歌，“再见吧妈妈，别难过，莫悲伤，祝福我们一路平安吧”（戴阿姨回忆起这段如烟往事，情不自禁地再度深情吟唱）。这是一首苏联歌曲，当时中苏关系很好嘛！

邹：大家一路上兴致很高，有没有情绪低落的时候？

戴：嗯，我们坐火车到西安，下了火车以后，大家的情绪就慢慢低落了。我们在西安培训了四五天，招待所旁边有个汽车部队，我看见汽车就高兴了。记得小时候在工厂生活的时候，有一次我和弟弟去给父亲送饭，路上遇到一辆汽车正拐弯，鸣喇叭，吓得我弟弟哇哇大哭，我一点也不害怕，盯着汽车看，对汽车还很感兴趣。听人说从西安到新疆没有通火车，只能坐这些敞篷汽车去，我们胆子就小了，没那么活跃了，气氛低落了很多。

邹：路上有没有听到什么流言蜚语？

戴：说是新疆有土匪啊！

邹：有没有人传一些流言，比方说为什么要招你们这批女兵到新疆来？

戴：那时公开地传还没有，只知道要坐汽车去，坐一个月还到不了。大卡车上搭了个帆布篷，用来挡风沙、挡雨雪，每辆车上坐六排，一排坐七个人，六七是四十二，一共四十二人。前面坐着两个武装警察，荷枪实弹，保护我们的。上面要求路上必须保证女兵的安全，为了防土匪，我们这些女同志都把头发塞到帽子里，用白围巾围着脖子，头发不能露出来，当时也没有口罩这些东西，不能穿花衣。我们到了西安，下火车以后才发了军装，一套黄棉衣，一套衬衣、单衣。

邹：我读过您之前的访谈文章，说路上遇到了一些危险，据说有一辆车被土匪抢走了，这到底是真还是假？

戴：情况是这样的：我们那趟少一点，我们是比较靠后的，前面 1950 年、1951 年进疆的，车子没那么多，女司机还多。我们走的时候比较安全，是大队人马，中间夹着武装车，每辆车子上有两个武警战士拿着枪。所以人家传言，说我们是枪杆子押到新疆去的！（笑）当然是护送，不是押送！土匪在哪呢？星星峡。那个地方有残匪流窜，大土匪头子乌斯曼是哈萨克族，他的名字翻译过来就是老虎的意思。土匪骑着马，拿着大刀，他们有苏联产的土枪和土炮，凶残彪悍。沿途有些地势特别危险，车走到那个地方走得快，停不下来，发生过翻车事件。车队快到哈密时，据说有一辆车子被土匪拉走了，这件事在当时不准公开、不准传说的，历史记载里也没有。

邹：您到新疆后被分配到哪了？

戴：我算是湘女里面的幸运者，分配工作分得好，在七一纺织厂当第一代纺织女工。我们住的是地窝子，有一次遇到沙尘暴，房子被暴风雨吹塌了，泡了水，教导员、大队长领着我们到厂房车间去躲避。那时候风沙大，乌鲁木齐和平渠一带人都被吹跑过，找不到，被沙子活埋了。所以叫我们不要跑太远，就近找个低洼一点、没有风的地方躲避。我们在水里泡了一阵子，身体好的在水里泡一下子，没事，像我们身体不好的，泡一下就容易留下病根。

风沙过后要修地窝子。他们用泥巴去糊，稀泥糊不上墙，结果怎么糊也糊不上去。我又有点小经验啦！我父亲是泥木工，我看过他修房子，是用稻草和泥。我跟教导员说："不行，稀泥糊不上墙，我爸爸说的。"他说："那咋糊？"我说："要用稻草糊。"他说："这里没有稻草。"我说："那就用麦草代替。麦草和稻草差不多。"他说："麦草太硬，恐怕不行。"我说："砸碎。"于是我们把麦草砸碎和泥巴，没有耙，和不动，我们就手足并用。教导员和大队长说："戴庆媛的爸爸是工人，工人阶级领导一切，大家向她学习！"就这样，我仿照父亲修房子的办法给大家做示范，没想到真把地窝子全都糊好了。开总结大会的时候，我受到了点名表扬，得意洋洋的。

邹：能说说总结大会的情况吗？

戴：部队里有这种习惯，每天要开生活检讨会。连长、教导员在会上表扬好人好事，批评懒惰、有缺点的人。我白天和泥，在冷水里泡了一天，腿又肿又痛，实在是坐不住啊，我就躺下来。连长批评我，大家都站出来帮我说好话："戴庆媛不会装的，她今天和泥太累了，腿疼，坐不住。"我就躺在那里开了一晚上的会。

邹：您腿部的疾病越来越严重，可以说折磨了您大半生，都是根源于这段艰苦的劳动经历吧？

戴：那天晚上不知道怎么熬过来的，全身剧痛，第二天摇摇晃晃，头发也不会梳了，三天没梳头发，小辫子也绞掉了，绞的男不男女不女。我来新疆后可以说是有坎坷有幸运。我周身关节疼痛，得的是严重风湿关节炎，刺激到软骨里面去了，前几年得的是软骨瘤，实在撑不下去了，一条腿做了截肢手术。（叹气）

我这个人也比较幸运。我在乌鲁木齐待了八年，因为出了力，分配工作的时候教导员就让我在车间当了统计员，专门负责统计数据，不用干重体力劳动。我当时患病了嘛，我们单位属于军区直属管理，在军区门诊部看病，条件要好一些，用的是苏联进口药物，拿这么粗的管子推进去。打了二十天，腿可以动了。那时候行动多不方便啊，拿着板凳一蹦一蹦，就这样熬了二十天，真正是瘫痪了二十天。

邹：腿部病情缓解以后，又回到原单位了？

戴：等腿治好后再回到车间的时候，就赶上一个机遇，每个车间要挑选一个人，到新疆军区政治干部培训班学习。我幸运地被选上了，表现好嘛！当时是十三个人参加考试，选去六个，我是其中之一。参加完政治干部培训以后，王恩茂在结业典礼上给我们讲话，他就提了一条要求：“你们不能这样结业。因为新疆的政治干部不会两种语言，是不能做好工作的。你们还要学维吾尔语。我建议办维吾尔语学校，你们挑选一些年轻、记忆力好、有一定文化程度的学员。”我那时候十七岁半，还没满十八岁，年龄比较小，就被挑选上了。到了1953年，培训学校更名为新疆军区语言学校，专门培养少数民族语言翻译，我赶上了那么一个机遇。

邹：以前我们提到翻译，大多是指汉语和外语之间的转译，您相当于说是新中国成立后新疆第一代懂少数民族语言的女翻译，这项事业实在是了不起。新中国成立初期，百废待兴，边疆地区的现实境况更加独特，多民族交融、多元文化互动，各种基于历史原因和文化差异的矛盾冲突此起彼伏。因此，如何与少数民族群众加强交流、及时传递党的方针政策、促进各民族之间的和睦共处，显得尤为重要。这其中，语言的桥梁作用又是重中之重。

戴：的确是这样。我到维吾尔语言学校学习的情形，至今记忆犹新。教室前面竖着一块黑板，上面写的都是口号：“一年学会是天才，两年学会是人才，三年学不会是蠢材！”（笑）考试一次挑选一次，我第一次参加评比的时候，成绩很不理想，因为我们学校的学员都是各单位精挑细选上来的，大多是华东科大、中南工大，还有西北大学毕业的大学生，还有小部分是高中肄业生，我是小学生，高小毕业，文化程度不高。当时分班的时候要测试汉语水平，我的汉语程度比他们差一截，但维吾尔语程度还凑合，就被分到乙班。我气得在被窝里哭了一晚上。第二天指导员问我说：“戴庆媛你怎么眼睛红红的？”我说我没考好。他就说再统考一次。其实大家都在反映这种分班的方式不科学，汉文程度不能要求太高，因为汉文的基础不一样，维吾尔语学得好才是主要的。年龄也是分班的一个参考指标，要看你任务能不能完成、记忆力好不好。我又赶上这样一个好机遇了。我从小就很活跃机灵，应付得了，这一关就过了。过了第一关以后我还不满足，我要发奋学习，“世上无难事，只怕有心人”。那时候是一个阶段一个阶段地考，升级制。我到第二阶段的时候，升了个甲班。当时即将要成立新疆生产建设兵团，兵团和地方上要分家了，组织上打算挑选十二个优等生到新疆军区召开首届党代会，我又被幸运地选上了。当时有两个女兵，我是其中一个。这算是人生的转折点啦！

邹：能不能回忆一下维吾尔语言学习班的具体培训情况？

戴：乌鲁木齐南梁坡有个干校，学习班在搬去伊犁之前，我们就在那里学习。学习培训的时候，老师很难找，后来请的是国民党起义部队的教师上课，还有一个从苏联请来的辅导老师，另外还配了一个汉族老师，三个老师一个班，严格实行升级制，优胜劣汰，学得越好升得越快，不看汉文程度，主要看维吾尔语掌握程度。我就是抓住这一点。我的汉文肯定赶不上他们大学生。我就（靠）维吾尔语，我记忆力好，有过目不忘的本领。

邹：这种语言学习班常常有速成性质。您学习维吾尔语有没有什么特别的诀窍？

戴：那时候王恩茂下过命令的，如果培养不出来合格的翻译，学生有责任，老师也是有责任的。所以大家都很勤奋。我始终认为："勤奋就是天才。"我们一天到晚口袋里揣个本子，背单词，没钱买笔记本，就把报纸的边角料剪下来，叠在一起，拿针线缝着。打饭排队的时候还拿着单词本念。大家都很专心，不怕蚊子咬，也不怕老鼠乱窜。

邹：您学维吾尔语的时候有没有和维吾尔族老乡直接交流？

戴：和他们交朋友！为了让我们学好语言，王恩茂真是绞尽脑汁了，他觉得要学好维吾尔语，就一定要到维吾尔老乡生活的地方去，出于这样的想法，我们学校从乌鲁木齐搬到伊犁，校址设在巴彦岱，那里有一幢废弃了的别墅，以前是国民党部队的军校。我们和伊宁市第一女子中学结为友好学校，同学之间结对子，互相帮助。每到星期六，我们就主动到女子中学去，练习口语，到星期天再回来。

邹：一共学了多长时间？

戴：1952 年 9 月正式报到，学了几个月，正式成立学校以后，1953 年 4 月份搬到伊犁，属大专建制，但学的是大学本科课程。学的时候没有寒暑假，突击学习，苏联派来了几位专家，充实学校的师资。这次学习主要有两个目的：一是要适应社会的安定；二是为了新疆军区首届党代会的需要。我们最后提前毕业了，时间是 1955 年 4 月份。

邹：听说读写译都没有问题了吧？

戴：嗯。我的翻译水平到什么程度呢？同声翻译。开大型会议的时候，都需要同声翻译，领导讲完话，我就马上用维吾尔语翻译出来，把讲话精神传达给少数民族同志。我在少数民族团场待了十六年，我把最宝贵的时光用来学习维吾尔语，把最美好的青春献给了少数民族事业。我在一三三团摸爬滚打，和少数民族老乡同吃同住同劳动，建立了深厚的情谊。

邹：我对您在少数民族团场度过的这段岁月很感兴趣，这期间有没有至今让您难忘的事情？

戴：少数民族同志当时很少有会说汉语的，他们到了兵团农场，生活上遇到很多困难。男同志还好一点，可以听懂一些最基本的生产知识，女同志学得少，连一些生活用语都没有掌握。当时因为语言不通，交流存在障碍，产生了不少矛盾。比如说吧，那时候兵团劳动力少，生产任务繁重，女同志因为来月经需要休息，但是请假要写报告，排长递报告，由连长批准才能休息。少数民族女同志不会写请假报告，曾经因为这事在医院发生过激烈争吵，有一个女同志气势汹汹地跑到医院，把脏东西甩在医生脸上，说："医生你看我有没有这个病?"这些矛盾都是我去解决的。后来我积极转变了工作方式，兵团有"三大怪"——粗粮吃细粮卖，大姑娘不对外，下雨天当礼拜。下雨天不上工，大家待在房子里集体学习，我就教她们学一些生活用语，再给她们讲讲道理，比方说注意卫生啊！反正讲的都是日常生活中的小事。那时候赶上维吾尔语文字改革，改成新文字，我们学完，她们也跟着学。维吾尔老乡给我取了个名字，叫玛依努尔。

邹：您和维吾尔老乡的关系非常融洽啊！

戴：嗯，她们甚至生娃娃的时候都会想到我。阿依夏木的姐姐生孩子，在医院里生不下来，一家人急得团团转，其实也不是什么大问题，产妇是哈萨克族，和医生言语不通，不能和医生很好地配合。阿依夏木跑来找我，她说："玛依努尔，阿恰①，我的姐姐生娃娃生不下来，你赶紧去吧！"我赶到医院了解情况，医生说叫她用劲她不用劲，不叫她用劲她给你用劲！（笑）她就不配合。那时候宣传无痛分娩，我就想让她配合，给她讲故事啊，讲生孩子的奥妙啊，通过这种方式缓解疼痛嘛！慢慢地她开始配合，不到一个小时就生下来了，这件事很快就从医院传开了，被传为佳话。

此后，政委、团长下连队都会把我带上，没有车子骑马也去。1962 年发生"伊塔事件"，要招少数民族男兵去维持秩序，副团长和参谋长在那里蹲点，早上八点多要出发，晚上有人报告了，有些男兵的爸爸妈妈不愿意让儿子去，当时谣言四起，说是去那边跟苏联打仗！团长让我去解决这个矛盾。去连队有三公里，到师里有五公里，没有汽车，只能骑团长的马去。我现在还记得很清楚：我在骑马前做了一些准备，穿着棉袄，把棉帽子带着。哎呀，幸亏带着棉帽子，一出来那匹马认生，它欺负我，把我的棉帽子一扯，要是再往下一点我就弹到马背上了。我的脚放松了，脱离了马镫，差点从马背上掉下来，要不然会被马拖死，这种事情在新疆发生过好多起。脱镫以后我自己滚下来，滚到那个林带里。这时候

---

① 维吾尔语和哈萨克语都属于阿尔泰语系突厥语族，两种语言在日常交际中不存在大的障碍，基本上可以听懂对方的意思。维吾尔语"安恰"是"大姐"的意思。

马开始往回跑，通信员赶忙去追，我说你别追，好马识途，它会自己回到家里去的。团长看到马吓坏了，赶紧派人去了解情况，通信员也万分着急，他说："怎么办呢？"我说："没事，你好好骑马，我在后面抱着你的腰。"就这样，最后算是完成了任务。每逢关键时刻我都不害怕，我有自己的办法。就因为这个，领导让我在少数民族团场待了十六年。

邹：据说兵团第一位少数民族女兵，就是您亲自推荐培养的？

戴：我这个人非常乐观，你看我现在高位截肢，这条腿被截掉当医学标本去了，我也没有难过。我的乐观心态感染了很多少数民族同志，这里面有第一位少数民族女护士，也有第一位少数民族女兵。其中还有个小故事：有位少数民族女同志去开党代会，没有裤子穿，我就把我的一条裤子给她了。大家后来见了我就说："你和少数民族老乡关系好到穿一条裤子呀！"

邹：当年"八千湘女西上天山"，遭遇了特定历史时期的特定婚姻。您个人的情况又如何呢？

戴：我的婚姻故事是一个传奇。我把八千湘女的婚姻问题分成三类：一类是政治婚姻，一类是道德婚姻，一类是过渡性的自由恋爱婚姻。我是过渡性的自由恋爱婚姻。（笑）1950 年来的那批人数较少，但文化程度较高的，找的对象职务也比较高。文化程度越高，婚姻自由的程度越低，我是这么总结的。至于道德婚姻啊，我们湖南这边的女性，当时就觉得志愿军是最可爱的人，我们一起受过这样的教育，在那个激情燃烧的岁月，都讲道德，凭良心嘛！战士们为了祖国的安定去冒险，年龄大就大，不超过一轮都不算大，就连我们的父母都是这么想的。当时的道德婚姻比较多，"在家靠父母，出外靠朋友"。现在出外就靠党、靠组织安排。在生产部队里面大部分都是大个七八岁的多，他们都是工农子弟兵，历经千辛万苦，身体都不太好，后来又在"文化大革命"中饱受折磨，大多走得比较早。

我是属于自由恋爱，但是领导也干涉。怎么个干涉法呢？就是你要和工农干部结婚，他们支持，不反对。如果要跟知识分子尤其是年纪轻的知识分子结婚，他们就要干涉你了。出身不好的就要谈话，要上政治课了。还有就是男方在年龄、军龄和级别上也有规定，不是你想找谁就找谁，不符合标准是没有资格谈恋爱的。平常工农干部提干，其他的先不看，政治条件位居第一。在婚姻问题上，组织上优先考虑那些劳动模范、先进典型、立过功负过伤的，然后再讲工作能力。组织上把这些干部提干之前，先成立一个工作队，到机关里进行为期半年的文化教育，回来再当干事，男同志每天晚上学习的时候，女同志当辅导老师，这叫培养感情。我在新疆军区司令部工作的时候，我们部门四十三个工作人员当中只有三个是女的，有一个还结了婚，剩下两个是姑娘。我会用维文打字，那时候新疆军区司令部的副司令、副参谋长，政治部的副主任都是少数民族，如果下命令要学文件了，他就叼着烟斗，两手插在裤兜里，吩咐要如何如何。公务员把打字机摆好，我用打字机把他说的话记录下来，读给他听，他说对了，我们就开始复印，他签个字，我们就发文了。如果不行，要怎么改，他念给我听，我再修改。这样一来，我自身的语言能力提高很快。为了提高听说能力，没事的时候，大家都去玩，单位安全得很，有专人站岗放哨，我就可以一个人很好地学习维吾尔语。我在办公室里大声朗读，勤看文件，后来语言能力增强了，翻译文件也越来越高效了。

邹：领导怎样评价您翻译的文件呢？

戴：我在新疆军区遇到了一位少数民族副司令，他当时是西北十五军级别最高的少数民族领导，我翻译的第一篇稿子就是他审查的。稿子先交给熊晃主任，他说他也看不懂，就带着我去找这位少数民族领导审查，他说："这是我们的湖南小老乡，她学的维吾尔语，把自己翻译的稿子带来了，我们审查不了，让你来审查。"这位少数民族领导认真地看了看，说："哎，亚克西，天才！"他给了我这么一个评价，这次表扬一直影响到我后来的学习和工作。

邹：我们再回来谈谈您的婚姻问题。你们当时是怎么认识的？

戴：我爱人叫李安堂，他是工作模范，培训的时候学习成绩特别好，调到机关之后，在征兵办公室当干事。当时司令部里那么多女兵，除了两个关东的，一个新疆本地的，其余都是湖南的。湖南女兵的文化程度相对高一些，那时每天都要搞文体活动，唱歌呀，学习呀，讲故事呀，男男女女结伴而行。我父亲从小把我当儿子看待，送我念书，教育我要珍惜时间好好学习，男女交谈是非多。我一方面铭记家训，另一方面觉得班长、排长和这些姑娘们谈恋爱，时不时传出流言蜚语，他们的威信受到很大损害。所以我就刻意回避这些事情，把一切精力都放到学习上去。

李安堂是动员部的，这个部门后来改成新疆维吾尔自治区兵役局，他是骑兵团的侦察排长，英俊潇洒，穿着马裤、皮夹克，戴着大檐帽。谈恋爱的时候，我自己拿不定主意，就请来三个好朋友当参谋。李安堂来找我，要穿过一个门洞，我和三个朋友提前约好，他从那里进来，朋友们从旁边出去，顺便瞧瞧究竟。三个参谋看过本人后，都说小伙子身体好，魁梧、漂亮，以后退役了，参加劳动没问题，生活有保障。测量队后面有个水房，我经常去那里洗衣服，南方人爱洗衣服嘛，有时候李安堂就主动给我帮忙。有一次我们一起去参加体育比赛，他约我去的，说跳舞多没意思，打球很好玩。参加体育活动要排队，纪律严明，人特别多，拥挤得很，他就用手臂拦着我，保护我不被碰着，我当时心里暖暖的，觉得小伙子会疼人。加上办公室的老同志经常跟我俩开玩笑，主任也不干涉，因为他也属于劳动模范嘛，所以很快就申请结婚了。

邹：您的这段婚姻看来很顺利，几乎没有经受挫折。

戴：也有风浪，有人在后面做小动作。本来是10月1日结婚，刚好是节日。后来没结成，弄成10月13日。人家后勤就问："为什么没有结婚？"我就苦着个脸。人家说："李安堂欺负你啦？"我说："你们不要胡说啊。"我俩去找主任，结果一去才知道，报告被秘书压着了，秘书看上我了。主任把秘书狠狠批评了一顿，主任说："下个礼拜六结婚，看谁敢说什么！"那个秘书是四川人，长相不好看，他每次来找我参加活动，我都把他拒之门外，我说："谢谢你，你玩你的，我今天要打材料，要安静。"所以我的婚姻是自由恋爱。

邹：结婚生子后，有没有想过转成家属？

戴：没有。政委和参谋长对我说："不管如何，戴庆媛不能走，一定要留在这里！有戴庆媛在，少数民族群众平安无事。戴庆媛不走，热闹非凡！""文化大革命"那阵，单位有三个门，只留一个门进出，有一个哈萨克族的正在接受劳动教养，他想请假回家，要找我当翻译。他睡在大门口，冻得哆哆嗦嗦的，一遍遍说要把戴翻译请来。我去了以后，他说："我有手榴弹，你怕不怕？"我知道他在装疯卖傻，走过去关心地问他："你睡在这里，冷不冷？"他说："哎呀，太冷了。"我又问："你起不起得来，起不来我拉你？"他马上就爬起来了，说："我有困难了，我要找你，他们不让我进门，你到哪去了？"我说："最近不舒服，上班晚一点，你去我办公室烤烤火吧。"通过耐心细致的沟通，终于把这个问题圆满解决。

邹：您退休之后，一直在为八千湘女奔走呼号，做了很多事情，比方说查询官方档案并统计当年进疆湘女的人数、编写通讯录、联系湖南省人民政府，又把尚健在的湘女聚集起来，组织一些活动。我觉得很有意义。

戴：这些都不是我一个人的功劳。我当初为什么要替八千湘女这个特殊群体奔走呐喊呢？直接的原因有两个：一个是我转到地方①工作以后，在新疆维吾尔自治区农垦厅秘书处任翻译，我第一次到农垦厅报到的时候，一位广东籍书记员对我说："你一口家乡话，是从哪里来的？"我回答说："你说我是哪里人嘛？"他说："你是湖南人嘛。"我说："你怎么知道我是湖南人。"他似乎有些不耐烦，鄙

---

① "地方"是相对于新疆生产建设兵团的称谓，用来指称新疆维吾尔自治区除生产建设兵团以外的所有地区。

夷地说："谁不知道湖南来了一批女的，专门是解决老兵婚姻问题的。"我听了这话，气得浑身发抖。还有一次是到农垦厅博物馆参观学习，解说员说到当年进疆的各路热血青年，像背台词一般说道："八一班的战士，是上海支边青年……"报纸上明明登着戴庆媛的照片，怎么可能是上海支边青年呢？我这个人爱打抱不平，我打断她的话，说："解说员，请慢一点，敢问上海支边青年是哪一年来新疆的？你们的解说词漏洞百出，把你们领导叫来，这个解说词要改掉。"凡是了解兵团历史的人都知道：1954 年以前，没有把兵团分开的时候，一些在上海劳动教养的人到新疆参加劳动改造；1961 年有上海知识青年到新疆；1965 年之后，才有大批上海支边青年进疆。

我为什么要写联名信反映八千湘女的问题呢？因为这两次事件让我看到我们这个群体要么被外界遗忘，要么被污名化。我们必须让世人了解八千湘女上天山的历史真相，否则我们死不瞑目！（流泪）当年进疆的湘女，有的命运被彻底改变，有的现实境遇凄凉……举个例子吧，我们农垦厅的书记是位老红军，四川人，他老婆很漂亮，是 1950 年来的，她有了孩子以后得了精神病，整天坐在院子里晒太阳，愁眉不展，嘴里嘟嘟囔囔说着什么，别人跟她说话她都不理，后来她听说我也是湖南人，就跟我说话。她诉说自己的可怜身世，老伴比她大二十岁，现在怀第三个孩子了，一怀孩子就发神经病，就要住院，现在刚出院。她的二女儿很漂亮，聪明伶俐，在院子里学走路，她就摸着小孩儿的头，嘴里嘟嘟地说着："我的女儿可怜呐，我老了怎么办呀，你爸爸死掉了，我死不了，你还没有长大。"我只要想到这位湖南老乡痛苦万分的表情，我就忍不住落泪。

我一共写了十五封信，这十五封信感动了湖南省副省长，从此家乡的领导和媒体专门到新疆看望八千湘女代表，我们盼星星盼月亮，终于盼来了娘家人。我后来主编了一部《八千湘女进疆回忆录》，这本书的关键词就是保卫边疆、建设边疆、屯垦戍边、长治久安！我们亲历了屯垦戍边这段历史，献了青春献终身，献了终身献子孙!!

【后记】

在这篇口述实录的整理过程中，有两个小小的花絮：一是笔者从伊犁新源县赴巩留县采访的途中偶然路过肖尔布拉克，突然想起张贤亮的同名小说，"肖尔布拉克"是维吾尔语音译，本意为"碱水泉"。张贤亮以极富人道主义色彩的温情笔触，描绘了20世纪六七十年代新疆兵团农场的日常生活，那些在特定时期因为各种原因远赴新疆兵团的青年男女，尽管命运坎坷、历尽劫难，却始终笑对人生、彼此搀扶，在广袤无垠的西部荒原上书写了一曲曲爱的颂歌。另一件事是恰逢第九届茅盾文学奖公布评审结果，王蒙的《这边风景》高票入围，可谓众望所归，这部迟来的小说是王蒙的心血之作，凝集了他在新疆生活十多年的丰富阅历以及他对于新疆这片土地的深厚情感。毫无疑问，在中国当代文学史的新疆书写中，王蒙的创作是最具代表性的，这不仅因为他笔下浓郁的西域风情和少数民族文化习俗，更因为他是为数不多的精通维吾尔语的汉族作家，他的文学创作和批评性文字赢得了各族学者、群众的一致赞赏。语言是文化的载体，是沟通心灵和情感的桥梁。谁说不是呢？

戴庆媛是新中国成立后新疆第一代懂少数民族语言的女翻译，她日积月累、勤学苦练，掌握了扎实的维吾尔语言文化，成为民族团场不可或缺的灵魂人物，被少数民族老乡热情地称作“玛依努尔”。由于语言互通，交流没有障碍，少数民族老乡都愿意向戴庆媛敞开心扉、诉说生活的艰难和情感忧虑……戴庆媛告诉笔者，她将生命中最美好的时光都用来学习维吾尔语，将最美好的青春都献给了民族团场，但她觉得无怨无悔，觉得所有付出都是有意义的，一如她自己的总结：“如果我们的党员干部，我们的工作人员都能够认真学习一门少数民族语言，掌握与其他民族群众交流的平等互助原则，我们就能够更加有效地开展工作，新疆的社会政治局面也将越来越好！”戴庆媛为我们树立了鲜活的榜样，真诚期待新疆的汉族干部群众能够自觉学习少数民族语言，营造出一个和睦共处、亲如手足的民族团结新局面。

戴庆媛是一个天生的乐观主义者，耄耋之年遭遇高位截肢，却仍然不知疲倦地为八千湘女这个特殊群体四处奔忙。她坦言，唯愿有生之年澄清流言，还原历史的真相，让后人了解八千湘女当年西上天山的特定背景以及湖湘女兵在新疆屯垦戍边宏伟事业中作出的巨大贡献，也期待今天的兵团能够更加关心这些垂垂暮年的女兵！

芙蓉花开遍天山，巴别塔上放歌声。

岁月如歌无怨悔

口述│周光美

人物档案：周光美，女，1936年出生，湖南长沙人，1952年参军入伍，1959年加入中国共产党。曾长期在阿勒泰等地的兵团农场参加生产劳动，先后从事过文化教员、小学教师等工作。

访谈时间：2015年4月5日上午。

访谈地点：兵团六建家属院。

邹赞（以下简称“邹”）：周阿姨，您是哪里人？

周光美（以下简称“周”）：我是湖南长沙人。

邹：您是哪年来新疆的？

周：我是1952年进的新疆。

邹：来新疆的时候多大？

周：还不到十六岁。

邹：十六岁来新疆，年龄应该没有达标（笑）。当时年龄这么小，为什么会想着离开父母，一个人跑这么远呢？

周：那时候年纪小，还不太懂事，又在学校，听人说新疆军区来招人了嘛，而且还是去当兵，当女兵，哈哈，大家高兴得很。那些同学都说，咱们去吧，去新疆看看。有些同学家里不同意，这事那事的，刚好我爸爸他们在别的地方工作，离家较远。我哥哥在长沙，他还可以，比较开明，他说，你去也行，不过到了外面，人生地不熟的，要多注意点。我哥哥的想法是如果我自己愿意，自己想去，他也觉得是个好事，那就去吧。那些招工的人都到家里来问我，问一问家庭情况，（比如）你自己愿不愿意去，家里同不同意。我跟我哥哥做好思想工作了，所以他们一问起，我哥哥就说她自己愿意，她想去，那就去吧。当时报名的情况是这样的，十五六岁的都可以，只要你自己愿意，家庭成分不用挑剔，后来我就和我的那些同学一起去报名了，报名之后没过几天就集合了，招兵的人把情况都跟我们讲了下。

邹：都说长兄如父，看来您哥哥思想挺开明的。招兵的人都讲些什么呢？

周：他们那时候说，你们去那里的情况也是可以的，不过他们也讲了，那里也有沙尘啊，也有这也有那，反正都给我们说了，说了（很多）我们还是想去。那个时候刚解放，老是待在家里吧，觉得没啥意思，成天就是上学，我们就想着上完学赶紧去找工作嘛，大家的条件都不算好。我当时还有个弟弟，比我小两三岁，他舍不得我走，坐在那里哭，我看着也难受，后来狠了心。报了名之后就叫我们去报到，报了到之后过了几天，我们就去坐火车，记得坐火车那天是三月初八，好多家属都赶到长沙火车站去送别，火车不开还可以，大家都在车厢里面吵吵闹闹，等到火车一开，哎哟，满车厢都是哭声，大家感觉就要离开家乡了，都抱着哭，那场面也是挺难受的（流泪）。

邹：这应当也是您第一次出远门，父母去送您了吗？

周：那时候妈妈身体不好，爸爸是在一个工厂里头工作的，我就没有通知我老娘老爹他们，我自己上了车，哥哥问我要不要（跟父母）说一下，我说不说，说了老爹就不让我去了。其实到了新疆之后，哥哥肯定告诉他们了，到了新疆我才给他们写了一封信。

邹：一路上还顺利吧？

周：我们在路上很辛苦啊，一直慢慢地走，走了将近一个月，刚开始我们从湖南长沙坐火车到西安，叫我们在那里休息了几天，我们在那里洗洗澡、吃吃饭、换换衣服，有时候还跑到街上去照相，挺高兴的。在西安住了几天，之后就没有火车了，坐那种敞篷的汽车，途经酒泉、吐鲁番等地，可以算得上是风餐露宿了，我们有时晚上住在老乡家的牛棚里，里面是老乡给的干草啥的，东凑一晚西凑一晚就这么过来了。

邹：您那一批是三月份出发的，天气比较冷，大家的情绪怎么样？能不能很快适应大西北的气候？

周：对，“三八妇女节”动身的，挺冷的，大家在牛棚马圈里都睡过。就这样一直向前走，走着走着也就习惯了，有的人偶尔抱在一起哭一顿，有的人整天乐呵呵的，反正是乐的乐，哭的哭。到了迪化，我们先是到北门休息，当时属于工一师。我们就在一个大房子里面住下了，没有男的，都是女的，住了几天，慢慢休息一下，后面就给我们分配了。

邹：刚来时对迪化的印象如何？具体分到哪了？

周：乌鲁木齐当时叫迪化，一眼望去萧条得很，要啥没啥，现在好了（笑）。后来开始分配，我分来分去就分到了阿勒泰嘛，你看我分得远不远。

邹：分得够远的。主要做些什么工作呢？

周：我们在阿勒泰休息了一段时间。这期间上面要求我们给部队的老兵补习文化课，那时候老兵不是没有文化嘛，就让我们教他们，那个速成识字法你们知道吗？就是老的那一种。

邹：您在部队做文化教员，看来在老家学的知识派上用场了。

周：其实我也没上过几年学，毕竟家里不宽裕。我们到了那里就开始教老兵拼音、生词、造句，好多人都是我们教出来的，老兵们接受能力强，学得非常快。我们就在师部做这些事情，后来又把我们分配到团里，分到骑兵二十一团，就在今天的富蕴县境内。好像也没有接到什么特别的任务，反正是有时间就跟着他们去干活，捡一捡麦穗啊。干活干得少，主要还是在教老兵读书识字。我们年龄小，组织上挺关照的，基本不安排太重的活。

邹：一直在教老兵识字吗？

周：也不是，后来不久就分配工作了。我们那时候结婚都比较早，情况特殊嘛，你们也知道这些，咱们就不要说了。

邹：如果您不介意，我们特别希望您能谈谈当时的婚恋状况。

周：我们到新疆后，组织上就开始介绍我们和老兵认识，哎呀，我那个时候傻得很，好像什么也不懂，就知道听组织上的。后来分配工作就和他们（老兵）在一块嘛，反正大家该干啥干啥，也要劳动，在那个地方就是盖房子呀，打土坯呀，抬抬把呀，搞那些事情。一天天就这样过，有时哭有时笑的，后来就结婚了，哎呀……

邹：哪一年结的婚？

周：1953 年吧。组织上介绍的，找我们谈话，就这样结的婚。

邹：掐指算算，您结婚的时候还不到十八岁呢。

周：嗯，十七岁，就是这个样子。

邹：简单的结婚仪式办了吗？

周：就是集体婚礼，哎呀，那时候结婚哪能像现在这么讲究咯，大家都坐在一块坐一会嘛，首长在那边讲几句话，就这样简简单单，就搞完了。

邹：您爱人是南方人还是北方人？

周：他是山西人，参加过抗日战争，后来在部队搞政治工作。

邹：您那么小就孤身一人来到新疆，很快又结婚成家了，后悔离开家乡吗？

周：有时候会想家，看到下雪就想哭了，我们湖南很少下雪的……你说心里面一点想法都没有那肯定是假的，回家其实也回不去，家里的情况不好，他们也不会叫我回去。

邹：电视剧《八千湘女上天山》里出现过女兵逃回老家的情节，当时有人偷偷跑掉吗？

周：没有人偷着跑。一个是不敢，其实我们这些人挺天真、挺幼稚的，来了以后心情也还不错，老兵挺照顾我们的，吃的都先给我们，有时候也会逗我们。那时吃不上米饭，主要吃苞谷面馍馍，有时也有白面馍馍。菜就是胡萝卜、洋芋、莲花白，新疆都是这些菜，没有别的菜。新鲜菜哪里有啊，那时候比现在冷得多了。

邹：以前听团场的老乡提起过，那时候交通没有现在方便，冬天根本不敢奢望新鲜果蔬，大半年都得吃地窖里藏的菜。

周：那全是菜窖里面的菜，就吃些这个。我们在阿勒泰也没有待几年，阿勒泰那个地方不是有个宝石矿山嘛，那时候就在那里。

邹：结婚后您和爱人在一起工作吗？

周：刚开始都在一块。以前住的是地窝子，后来自己盖房子。我们刚到团场那会，一下车看到地窝子，大家都被吓哭了，我当时就想呀，（他们）叫我们来的这个地方咋是这样子的，刚开始住在地窝子里头，后来慢慢盖房子。像我们这些结了婚的，盖了房子，你要想结了婚每个人有一间房子那是不可能的，就是说集体嘛，盖一栋那种小一点的房子，比方说，这一家住一个礼拜，那一家住一个礼拜，大家轮流搬到房子里住……

邹：公共洞房？不住大房子的时间还是住在地窝子吗？

周：也有这么叫的。不住大房子的时间，以前是住地窝子，后来条件改善了一些，开始自己盖房子。

邹：您能回顾一下当时的劳动情况吗？

周：后来不是一直劳动嘛，盖房子，我们是工一师，盖房子属于工业，种地属于农业，我们一直就是属于工业，一直盖房子，哎呀，反正也吃了不少的苦。那时候我也傻乎乎的，争强好胜，就是不甘落后，不管啥事情都要争个赢。干啥工作我都是任劳任怨，经常抬抬把子把手磨的都是泡，夏天的中午特别热，别人休息，我不愿意休息，继续在地里干活。那时候哪有吊车啊什么的，根本没有机械化，就是搭一个板子，人挑着东西往上走嘛。我那时候哪顾得上照管自己的身体，满脑子就想着干活，想着完成任务，有一次在七一纺织厂盖房子，我挑了一大担灰浆上去，我已经挑了好长时间了，一上去就吐血，吐得到处都是，累极了，就那样也不敢吭气（流泪）。后来回到宿舍里头还是不行，还是吐，和我一起干活的女同志赶紧过来，问我是咋回事嘞？我说我也不知道，我想没事吧，可能是太累了。她们说那不行，得去医院看看，后来她们和领导打了声招呼，就把我送到了七道湾医院。

邹：您这一代的确是将青春献给了新疆军垦事业。当年劳动强度太大，医疗条件又落后，好像大多数人都落下了病根。

周：反正是累的。我那次被送到医院，检查出来肺有些毛病，就在七道湾医院住了个把月，医院里吃得好，照顾得也好，（肺病）治好了以后基本没有犯过。

邹：住院费用都是报销的吗？

周：那时候不掏钱，啥都是公家的。

邹：您住院那阵多大年龄？

周：可能只有二十来岁吧。

邹：您的第一个孩子是哪年出生的？

周：1954 年生的。我一共有四个儿子，要是有个丫头就更好咯，丫头贴心。

邹：尽管劳动的过程很艰辛，但那个年代人的思想普遍比较单纯，集体主义观念深入人心，不像现在这么自私自利，有时候回想起来，也会觉得蛮欣慰的。能讲讲当年劳动当中至今记忆犹新的事情吗？

周：是啊，我在工作当中也遇到过很惊险的事情。有一次我是去干啥呢，记得不是太清楚了，那时候是戈壁滩，我们住的地方和盖房子的地方隔得挺远。有一天我们在那里干活，班长让我回去拿个东西，我说可以。那天天气不太好，我就一溜小跑赶到我们住的地方去拿东西。等我回到住处，天变得阴沉沉的。人家叫我快点（送东西）过去，等着用呢，我也不能说天气变了就不去了，其实也没下雨，就是那个雾大的哟，简直叫你看不见东西，找不到路。那时候的路也没有多大，就是我们踩出来的路嘛，我看不清路，这可咋办呢？我就急得团团转，乱走一气，我跑呀跑呀，周围一个人都没有，那时候也没有个电话，啥也没有，就只有自己去找，找了好长时间，我心里着急得简直就没有办法。我慢慢往前走，走啊走，还是听不到一点响声，工地上等着我，我这里又回不去，急得没办法了。走了大概一个多小时，我听到那边好像有点动静，我就循着声音摸到那个地方。走到那个地方我的心跳得呀。那场浓雾一直到下午才散掉。

还有一次我到山上的大苇子湖里去打苇子，那时候肚子里正怀着老三。我们几个一起去的，大家都忙着干活，各人扛一捆苇子就陆陆续续回家了，（大家）

各有各的事，到了傍晚，天色暗了，要收工了，按理说这时候应当扛起苇子往回走，可我这个人嘛性子倔，想着能多干一点就多干一点，于是我低着头继续干活，后来突然觉得这苇子湖里咋没啥声音了呢，原来大家都回家了，我就大声喊这些人的名字，怎么喊也喊不应，我一看坏了，这天气已经不早了，我赶快回吧，扛上苇子就回，苇子湖大得很，密密麻麻都是苇叶，哦哟，咋转也转不出来。我心里想呀，这次完蛋了，这苇子湖里有狼，危险得很嘞。我扛上苇子走，也真是的，你说那时候还扛上苇子干啥，保命才是最重要的。后来我这转那转就是转不出去，心里越急越不行，这边转出去了，那边还是苇子，我就急得呀简直就没有办法了。我想这咋办，我今天晚上回不去了，这肚子里还有个孩子呢。我就扛着苇子瞎找，找了可能有个把小时吧，天已经全黑了，天黑了我就更着急。我扛着苇子乱跑，跑了一阵终于看到一条渠道了，一看到渠道我就放心了，有渠道就知道回去的路了嘛。我们那里那么多人割苇子，一个连队的人，大家离那个苇子湖远得很。找到渠道了我就稍微放心些，我知道只要找到渠道就可以顺着渠道找到家了，心里也就不那么害怕了。哦哟，我就一直在那个苇子湖里转来转去转了好久，人家都走掉了。苇子湖太大，割着割着大家就走散了，人家走的时候可能也喊我了，我没有听到。扛着这个苇子回来后的第二天，我就生了（老三）。

邹：您劳动表现积极，又这么好强，申请入党了吗？

周：我是 1952 年来的，1954 年入的团，1959 年入的党嘛。组织上对我的印象一直很好，你想想，我的家庭成分不是很好，当然既不是大地主也不是大资本家，就是我们家里有一点点地嘛，就成了小土地出租者。

邹：刚才有些细节忘了问了，您能再详细说说当时您家里的经济状况吗？比方说父母的职业、日常开销等。

周：家里就一点点地。我爸爸在矿山工作，有时候在家里，有时候到离家很远的地方去，工作地点经常调动。老娘待在家里，身体不好，家里还有个爷爷，也经常生病。哥哥嫂嫂都开车，我出来那阵他们还在开车，我有时候回家，放了学呀还帮着他们带带孩子。就是这个样子。

邹：您先后在阿勒泰和乌鲁木齐待过，后来一直在乌鲁木齐吗？

周：1959 年调到伊犁去了，主要是（因为）我家老头调干。我不去就好了，我跟着跑到伊犁，在那边的农场待了一年，当时肚子里正怀着老二，老头工作忙得很，根本顾不上管我。我又人生地不熟，日子过得很乏味。我们在那里住的房子是用苇草盖的，一人一间嘛，晚上冷得呀直哆嗦。后来又分到连队去了，主要工作是挖水渠，挖渠要走好远的路，起码要走一个多小时。我挺着个大肚子，每天都要上工地去挖大渠，每天要挖好长一段呢，累得很。后来我还是不行了，肚子越来越大了，不挖渠了，就在工地递个东西啊，烧个水啊，干些稍微轻松的后勤保障工作。每天晚上天不黑就不叫回来，天黑了大家往回走，我走不动，一个人走在最后，心里头那个害怕哟。我们回到家，就那样随便端点玉米糊糊呀，拿点馍馍呀，打完饭回来随便吃一点，累得不行了，躺下就能睡着。第二天，天不亮就敲钟了，敲钟又得起来上工地，天天都是这样子。

邹：挺着大肚子下地干活，太不容易了。后来生了孩子，又要劳动又要带孩子，这个关系怎么处理呢？

周：孩子生了之后有托儿所，我们自己办的一个托儿所。那时候我们还是供给制，我是正式职工，坐月子有公家送的米呀面呀。后来我就转业了。

周光美老人拿出自己珍藏的回忆录，课题组的郑豆豆和刘雪宁同学认真翻看那些记在日记本上、已经泛黄的如烟往事。

邹：您转业以后就专门在家照顾孩子吗？

周：转业之后，我们也劳动过啊。后来我不是又在工一师当老师了嘛。那时候是五几年，我还有一个孩子是1960年生的，是在那之后生的。

邹：您在学校都教些什么课程？

周：我们那是小学，反正是教地理啊、唱歌啊，有时候是历史、数学、语文，碰到什么（课程）教什么。

邹：您后来一直在工一师小学当老师？

周：后来我又分到工二师，碰上“文化大革命”了。“文化大革命”的时候把我们整一家伙，不让当老师了。

邹：是因为您的小土地出租者出身么？

周：不是。那时候最怕站错队。当时新疆分了两派，有保王恩茂的，有反王恩茂的。我们是造反派，我们老头子的脾气是那样子的，那我们就是造反派的嘛。当时武斗搞得很凶，很激烈，他们把我吊起来打，非说我们家是军人出身，家里肯定藏有枪，把我打的哟，屁股上青一块紫一块。

邹：那个荒诞年代，正常人都很容易就变成魔鬼。

周：他们用鞭子抽，还用一种荨麻刺，荨麻是一种草，一擦到身上就起疙瘩，又疼又痒。他们用荨麻刺我们这些造反派，身上全是疙瘩，难受得不得了。我们当中有个带头的，肚子里怀着娃娃，人家把她抓回来，吊起来打，打完了以后就拿那个荨麻刺她的下腹部，后来肚子里的娃娃就流产了。相比而言，我挨整还算是比较轻的，人家硬要我缴出武器，我说我真的没有，你们要是不相信你们自己去找，他们就把我们的煤炭坑啊、床底下呀，统统挖得底朝天，找了半天啥也没有找到，就走掉了。我的手被吊得失去了知觉，好长时间都拿不起筷子。

邹：没有及时找医生看看吗？

周：医生也害怕，我们是造反派，他们那边力量大，人家都认为他们正义……其实我们当时啥也不清楚，对政治上的事情一窍不通。医生心地善良，她就跟我偷偷地说："周光美呀，我看着你也可怜。"我说你拿点药给我嘛，这身上全是黑黑的，打得和煤炭一样（流泪）。

邹：您爱人当时是什么情况？

周：他被关到老牛班，也是被吊起来打。那时候有个老牛班，老牛班就是整这些人的。

邹：这种度日如年的煎熬日子什么时候开始好转的？

周：到了 1967 年，可能到 1968 年才好一点，"文化大革命"后期嘛。那时候什么地方都讲究站队，你要是造反派，到哪里都得看人家脸色，去食堂打饭人家都故意找茬欺负你。

邹："文革"后您又回到教师岗位了？

周："文革"结束后，我就在这里当老师，后来就退休，我老伴有病，需要有人照顾嘛。他是老八路，参加过抗日战争。

邹：您退休后回过老家吗？

周：我每年暑假都回老家，我现在也没有啥钱，退休工资就三千多块钱，你看我这个地方到处是药，到哪都要吃药，咳嗽，肺不好，脑子不好，腿疼，哎呀，一身的病，钱都花在买药看病上了。

邹：几个儿子都留在新疆工作？

周：老大在乌鲁木齐，老二在六建，退休前是吊装工，老三是材料员，老四自己干个体。

邹：有时候会不会给孙辈讲讲当年的经历？

周：他们这些娃娃哪能想到这些事情！我们孙辈这一代啊，都是想着靠父母。现在社会上的压力大，他们忙着找工作、赚钱、买房子，哪顾得上这些陈年往事哟。

邹：您在新疆兵团待了一辈子，您所理解的兵团精神是什么？

周：就是屯垦戍边，保卫边疆，建设边疆，从来都是，一直没有变过。

【后记】

周光美是长期耕耘在兵团基础教育战线上的代表人物。老人记忆清晰，能说会道，对兵团屯垦戍边精神有着深刻的理解。她含辛茹苦，在新疆兵团第一线默默奉献了一辈子，如今垂暮之年，病体羸弱，靠微薄的养老金艰难度日。尽管如此，她始终没有后悔自己当初来新疆的选择，她坚信兵团屯垦戍边事业是一项惠泽后世、彪炳史册的千秋伟业。

寻访周光美老人颇费了一番周折。我们在六建家属院绕来绕去，绕了半天，终于找到了老人的寓所，那是一幢年代久远的老式家属楼，老人的寓所空间狭窄、光线黯淡，陈旧的家具上到处堆满了各种各样的药盒。老人积劳成疾，拖着病体接受了课题组的专访。她如数家珍地聊起童年时代的往事，聊起当初毅然报名参军的热情，聊起在新疆兵团劳动的艰辛岁月，聊起自己在基础教育战线上的工作心得，也聊起退休后的光景……最令人难忘的，则是老人在“文革”当中遭遇的非人折磨，那种荒诞凄然的创痛经验，不仅铭刻在个体创伤记忆的深处，也见证着历史宏大潮流中某些并不光彩的特定时刻。

透过周光美的人生命运故事，我们或许可以指出：这些当年西上天山的女人们，在大西北荒无人烟的戈壁滩上战天斗地，奉献青春年华，书写了一出出悲壮的命运之歌。她们用血汗凝铸成戈壁滩上的片片绿洲、座座新城，用乳液喂养了第二代军垦人……对于她们，我们除了表达深深的敬意和感念之情，更应该以坦诚的姿态做些实实在在的工作，让这些戈壁母亲们晚年生活无忧！

激情燃烧的岁月

口述｜杨新三

人物档案：杨新三，男，1929 年出生，山东省阳信县人，1946 年 8 月参军，1950 年进疆。曾担任二十五师七十四团（今农七师一二三团）政治教导员、二十五师组织科副科长、农七师副政委兼农校校长等职务，离休前任农七师政委。在改造农七师盐碱地、发展庭院经济以及融合兵地关系方面作出了突出贡献。

访谈时间：2015 年 7 月 5 日下午。

访谈地点：奎屯市曙光里小区老干部住宅楼。

邹赞（以下简称"邹"）：杨政委您好，谢谢您接受我们的访谈。今天来的确实不容易，没想到奎屯下起了瓢泼大雨，我们几个都淋成了落汤鸡。（笑）请您先简单介绍一下您小时候的家庭情况，比如说家庭成员、父母的职业、教育情况等。

杨新三（以下简称"杨"）：我是山东省阳信县温店乡大卜阳村的。家里只有一个外甥女，她现在到新疆来了，叫李秀芝（音），她常到我这里来。哎呀，你说起这个来，我小时候，我们家乡，一个是日本人侵略中国，另外一个是闹灾荒。我们老百姓没有吃的。过年的时候，老百姓很重视，就是吃个饺子嘛，但是饺子吃不起了，就吃黏米过年。印象中我过了两次这样的年，不是连着的。日本鬼子侵略中国，因为我的家乡是渤海那一块的，之后叫渤海军区，鬼子扫荡的时候，进村烧杀。我们的房子不高么，一层，很容易起火。鬼子奸淫烧杀，妇女就赶快跑啊，跑到外面躲起来，躲到草丛那些地方。另外，我在鬼子进中国的时候，不到十岁，大概就是六七岁，记得是很清楚的。我们那个时候小啊，很想（接触）新的东西，因为那个时候村里都是旧式教育，我在村里头上私塾，完完整整从春天上到冬天，只有一年，第二年就不行了。以后鬼子进中国，就是日本人嘛，烧杀抢掠，无恶不作。我们村里有个邻居，弟兄八个，老八和我的年龄一样，他就去当兵了，鬼子扫荡遇见老六，就把他抓起来了，他趁着时机，拿着镢头，在新疆叫坎土曼，拿起镢头向鬼子打去，但是弄不过他们啊，最后就跳井自杀了。还有一个老七，教我们学字，他是惠民县的，写的一手好毛笔字，我们要毕业的时候，就听到他说："我要走了！"就去抗日了，抗日以后，他就在我们县的区武工队里，赶上鬼子扫荡，他化着老百姓的妆，被抓着以后，愣是让鬼子的狼狗咬死了。

邹：当初日本鬼子进山东，老百姓抗日的情绪高涨，当时你们家的亲戚有没有参加抗日队伍的？

杨：我们家没有，因为我的父亲、叔叔年龄都大一些，我的二叔当过村支书，后来我把他的儿子接来了，现在也退休了，住的离这里不远。还有一个（叔叔）做地下工作。我上学之后参军，我觉得还是要上学，那个时候鬼子已经不在那里了，大家就在鬼子的营盘里盖学校，在这个学校里上学的都是十七八岁的人，我是学校学生联合会的主席。校长叫李志生（音），教导主任叫李天华（音），这些人大部分都是军队上下来的，校长走路一拐一拐的，以前负过伤。在此之前，鬼子还没有投降，我已经工作一段时间了，我的一个亲戚叫邱兰庭（音），后来改名叫邱建平（音），这个人工作早，我投奔他去了，他在那个地方比较有威望，所以就跟主任讲，介绍我来这里工作，主任说："好啊，我们很高兴啊"，他问我："小鬼，你看你搞点什么事情啊？"我说："搞什么都可以。"说话的是一个南方人，他说："你给我们做饭吧。"我说："我不会做饭。"他说："蒸馍馍，这个可以吧？"我说："这个我也不会。"他说："你找老大娘，让她教你。"我之后就找老大娘教我怎么发面，老大娘人很好，给了我一点酵头，就用这个发面。搞了以后，我们的校长和教导主任说："你们还是去当兵吧！"这就是动员大家去当兵，我就报了名，那个时候，我就已经入党了。和我同村，一起入党、一起当兵的，有一个人，叫王尚武（音），他打永丰镇的时候牺牲了，当时组织部有个通信参谋跟我们很熟，他说："哎，杨新三，你的好同学王尚武牺牲了。"我很惊讶，"啊"，他拿出来一个提包，我一看是王尚武的，这个事情就落实了。我给你讲啊，那个时候是战争期间，死个人是很平常的事情，这是一段。1953 年的冬天，我在北京实习，给家里写了一封信，我说，我学完之后，要回家看看，我的老妈妈不认字，听别人念了这封信，她就等不及了，直接叫我的叔叔把她送到我那里去了，我就跟学校讲，我妈妈来了，学校说这个没问题，就给我妈妈拿了铺的、盖的。我在学校学习四十几天，我妈妈就守着我四十几天。我们住的地方离北京市还有一段路，礼拜天我就扶着我妈妈，给她买点好吃的，每个星期天都去吃大虾，因为山东离海边近。还有就是吃饺子，老百姓嘛，重视这个，过年才吃饺子，平时不吃。学习完了以后，我就跟我妈一起回家了。过年的时候，出门拜年，老年人就说，还是你好啊，咱们村什么人牺牲了，什么人叫鬼子打死了，就说这些。

邹：您入党的时候是多大年龄？

杨：我二十一岁的时候，因为我在学校是联合会主席，比较受重视。

邹：您是怎么来的新疆？

杨：我那时候已经参军了，我们的师长是张仲瀚，政委是个红军，张仲瀚在那个年代来讲是个文人。那个时候他们的工作比现在难做，要动员啊，师长讲，我们是小孩拉粑粑，挪挪窝。（笑）我们的政委是个老红军，他给我们讲长征的故事，鼓励年轻人，说我们以后一挪就到了西北，开始我们也闹不清，现在回忆起来，他们讲的每一句话都是有意义的。

邹：您是哪年进的新疆？

杨：1950 年进疆。部队到了哈密，那时候我是组织干事，有一次开会，我们政治处的主任也参加了，在哈密欢送，我们从那里就离开了老部队，师长也来了。

邹：老部队到了哈密就解散，你们被重新编组到新部队了？

杨；嗯。到了哈密以后，我们坐飞机到乌鲁木齐，因为那个时候任务紧急。

这时候，一位年轻的司机师傅走进院子，原来杨政委担心我们找不到路，请他前去接应。杨政委问："外面还下雨吗？不下的话，我们去外面坐。"得知外面大雨已停，杨政委提议大家到院子里坐坐，我们担心外面空气潮湿，可能会对老人的身体有影响，他说："没有关系，我穿得很厚。"杨政委将茶几上早已准备好的几本书送给我们，我认真翻了翻，书名叫《脚印》，是由付海云整理的"杨新三回忆录"。于是，访谈转移到室外的院落。

邹：您刚才提到的紧急任务是什么？

杨：那个时候王震是司令员，部队在哈密受到热烈欢送，一人分得两个哈密瓜，这是新疆的特产，那是第一次吃哈密瓜，可香甜了。我到了迪化以后被分配到起义部队，那个团的团长叫南崇伦（音），是锡伯族的，我在营里当教导员。到了起义部队，过元旦到处打枪，起义军官怕出事情，就喊："弟兄们，不要打，不要打枪！”实际上呢，那时候是官治不了兵，他们照样打。过元旦的时候，我就跟通信员一起，那时候还有一个政治干事，我们三个人到一个营里去。下面就是连，连里有一个指导员，一个文教。反正那时候，官指挥不了兵，兵到处打枪，到了晚上，到处都是打麻将的。他们煮的都是砖茶，那时候有钱都换成砖茶，因为砖茶可以卖。

邹：起义部队以前是国民党驻疆部队，他们的工作作风与共产党部队有明显不同，您在起义部队当教导员，有没有感觉到两支部队的差异？

杨：差别是根本上的。进疆以后，我们进行了四十多天的集训，主要进行了《人民解放军军队条例》教育，出去要请假、报告。有一个战士在门口拦着我，他说：“都说人民解放军好，现在解放了，还要请假?!”他认为这个请假是不应当的。所以就进行了《人民解放军军队条例》教育，把一些思维转过来了，建立了纪律，大家都说好。接着进行了诉苦教育，首先了解情况，找战士谈心，有一个战士叫王振民，他妈妈给有钱的人当佣人，结果被那家人奸污了，气愤不下，就跳淮河自杀了，家里只有一个小儿子，小儿子就给人家干活，这一家还不错，之后被抓壮丁抓走了，在马杰（音）的部队当了兵。诉苦大会在一个营召开，坐不下，有的人就坐在外面，房子里点上蜡烛，王振民诉苦的时候，全营都痛哭流涕，因为这些战士都是受过苦的，都有一本辛酸账。我说：“要不这样，王振民，你改回原来的姓，名字我给你起。”他原来姓达，我给他起的新名字叫达更生，更就是新，重新生。以后这个人当了拖拉机手，我在石河子的时候，他来我家看过我，后来他的女儿也成了家，他的女儿来找我，我不认识，她说：“杨伯伯，我的爸爸是达更生，我的爸爸生了病，是癌症。”我说：“我给你找医院，给你安排。”那时候我就找人给他检查，果然是癌症，过了一段时间，就去世了。经过“诉苦运动”以后，咱们部队动员人去垦区，元旦以后进行一系列教育，之后马上风气就转过来了。后来，诉苦的典型优先入了党，我们营第一批入党的有五十几个人，其中有一个职位比较高，就是排长。

邹：看来“诉苦运动”开展得很成功，接下来请讲讲你们去垦区劳动的经历。

杨：从乌鲁木齐出发的时候，一个人做一个爬犁，子弹、步枪和过去一样，还有一个小背包，都搁到爬犁上。这样，我们走了七天，到了目的地，沙门子土地盐碱大，天气慢慢暖了，爬犁拉不成就甩掉了，都在身上背着这些东西。其中有一个炊事班长，叫王长海（音），走到沙门子的时候，他身上背着铁锅，是用很多铁皮补的，王长海在锅里放了个小猪娃子，他那时候已经入了党，而且还是炊事班长。我们当初动员的时候就讲了，我们到了垦区就要养猪、养鸡、养羊，目标在动员的时候已经讲得很清楚了。有一次，王震将军讲，你们到垦区，要发扬南泥湾精神。我们到了小拐以后，玛纳斯河发大水，现在都是从水库走，那个时候没有啊。到了小拐，又发生了粮荒，粮荒刚开始的时候每人供给半斤粮食，后来供不上了，就减到每人五两、四两，减到四两的时候，我就和营长商量，让战士吃一点东西以后哪里都不要去，就在家里坐着，因为一动能量消耗就大了。有一次我和营长去野外查看，我们两个把芦苇芽子掰下来，搁在嘴里嚼一嚼，觉得有点青草味，没别的味道，实在饿得没办法，粮食解决不了啊。我们回去刚坐下，喝了点水，外面战士就喊，送粮的来了。送粮的是团里的，用银圆在外面买粮食，那时候的老百姓对银圆感兴趣，对人民币不感兴趣，粮食来了，就解决了问题。但是我们有一个规定，不能吃饱，那时候吃的是麦粒子，我们发现以前老百姓用的磨板，战士们打扫一下就可以磨面了。我们一个营在路上，没有一个逃跑的。到了垦区，有的人受不了啊，有一个人过去是国民党的军官，他跑到外面，用手枪对着自己，打开扳机自杀了，也就是说，在部队里，宁可自杀，都不杀别人。

邹：您当时在部队做思想工作，看来效果不错。

杨：是啊，比较细，比较认真，不然起义部队很难改造过来，那个时候啊，到处打枪，我们部队过来以后，玛纳斯那边还有一次暴乱呢，把主抓政治工作的干部杀掉了，也就是营长、教导员都被杀掉了。

邹：您那时候担任教导员，营长是不是还是国民党起义部队的，这样搭配？

杨：不是搭配。他们营长还是营长，连长还是连长。连上，加上原来的连长，去一个指导员，一个文教（就是文化教员）。营里也就是我、通信员还有一个干事三个人。

邹：您在做思想政治工作的时候，如果和营长意见不相合，两个人会不会发生冲突？

杨：在我们营上没有，我们营长是一个很好的人，所以没有发生冲突。

邹：能否再讲些大生产劳动时候的事情？

杨：我们师里的政委叫何振新（音），动员大家到垦区去，何振新到我们营里说："杨新三，原来说你这个地方，水多得很，地也多得很，现在看起来不行，好多是盐碱地，地也不多，你们到车排子去吧。"我停顿了一下，问他："政委，车排子那里，有地没有？"他说："有！你种不完！"我说："有水没有？"他说："有，一条河！"我说："有地、有水我就去。"他就准备走了。我说："政委，我还有事情汇报。"他就又坐下了，说："你讲。"我说："政委，你再给我点羊崽吧。"他说："你要羊崽干啥？"我说："哎呀，战士都快走不动了，天黑的时候去上厕所，都是一个牵一个。”拿现在的话讲，就是营养缺乏导致的夜盲症。他说：“你要多少？”那时候我们是三个连嘛，我说：“三个连你给我三十只吧。”他拿起笔，给我批了四十只，我一看，四十只羊，高兴得很呐。回去我就安排，我说大家吃肉吃饱，但不要浪费。讲了这些以后，很快就要出发了，我到连上一看，说：“杜连长，你这里怎么还有羊啊，你们没吃？”他说：“报告教导员！公羊都杀了，正在吃，母羊我们一个都没杀，咱们到垦区还要发展啊，母羊肚子里还有娃娃，杀一只，就是两只啊。”我听完他的话，连忙回答：“好，你做得好！”所以咱们垦区最早发展的羊就是从这里开始的。鸡是从乌鲁木齐拉来的，猪也是从乌鲁木齐拉来的。所以，到了今天，生产能有这样的发展，我们不能忘掉过去。

邹：当初您带领几个连去参加劳动，劳动任务异常艰巨，当时有没有劳动模范，或者是特别让人感动的例子？

杨：开始并没有犁，就靠部队上的小圆锹，给一个大圆锹就是很好的了。我们的一个战士，挖到四亩多地，才给他一个大坎土曼，后来这个人当了拖拉机手，后来他也入了党，培养这些人就是从工具的使用开始，有了工具就是支持劳动嘛。我们发展到今天不能忘记过去。

邹：您和您老伴是怎么认识的？

杨：我老伴没有参军，她跟我在老家就结婚了，比我大，因为山东人都是找小女婿，女婿一般比较小。

邹：那您来新疆，老伴是跟着您来的吗？

杨：哪能跟着来呢，后面接来的。我进疆以后，到了车排子，后来又当了市里的组织科长，这时候才把她接来。人和人是不一样的，因为我觉得我已经当了官了，再把人家撇掉，就不合适，其实当时离婚也很简单，跟上面一讲，慢慢就算离了婚了。她的爸爸妈妈过去都对我很好，我把人家撇掉就不合适，会受到良心的责备，我是出于这种想法。那时候山东妇女多得很，也很容易找，特别是我是干部。我们那些人，没有离婚的，很少。

邹：您的第一个孩子也是在老伴来了新疆之后才有的吗？

杨：是的。

邹：您老伴来了新疆，是当家属还是职工？

杨：当时刚到垦区，咱们劳动力缺。（妇女）大脚的算一个劳动力，小脚的，算半个劳动力。男的是一个整劳动力。到了1953、1954年，山东支边的、河南支边的来的就多了，所以劳动力的问题就得到解决了。后来动员勤俭持家，就让妇女都回家，因为我是干部，所以她也回去了，说起来老伴老埋怨我。其实那个时候，如果不是出于公心，不是出于执行上面的指示，她也不会“持家”。因为上面的指示，只有干部执行，家属才跟着执行。

邹：您老伴当初响应勤俭持家的号召，回去当了家属，后来回到职工队伍中来了吗？

杨：以后，通过市里一个人写信介绍，她也算找了工作，现在每个月还有一点生活费。有一年过年，我的两个孙子、一个外孙，她还给他们压岁钱，当时我还很奇怪，以后我就给丫头讲："以后再也不能要你妈妈的钱了，她那么大年纪了，就那么几个钱，除了吃饭以外，让她自由支配。"

邹：您后来当了农七师政委，在奎屯的综合建设方面做了哪些具体的工作？

杨：我在石河子地区当副书记，这是撤销兵团之后的事，后来又恢复兵团。石河子地区书记杨焕生，以前就是我们团的政委，第一次让我们吃哈密瓜的就是他，他调到奎屯了，专门找到我说："哎，杨新三，我到这里来工作，你也要来啊。"我说："政委到这来工作，我当然到这来，我要陪着政委。"我回到农七师，那里的土地非常湿润，特别是一二三团、一二五团，我最早在一二三团当政委，以后成立管理处，就是一二五团。咱们兵团农一师、农二师的管理处，也是这里过来的人，过去农七师有三个管理处、三个农场。一管处，也就是炮团那里；二管处就是这一块儿；原来我们的副处长现在不在了，处长已经调走了，我在这里时间最长。我没有做过行政工作，在一二三团是政委，成立管理处以后也是政委。我从石河子回到农七师，还是当政委。我对奎屯这一带熟得很，一是落实政策，"文化大革命"搞的那些，我走了之后都给这些地方写过信；二是改造盐碱，这个地方盐碱并不厉害，和南疆的盐碱不一样，南疆的盐碱是从上到下的，这里是五六十米，所以这个盐碱比较好搞。那时候陈司令员负责工作，我说："我想把这一带的盐碱改造过来，您支不支持？"他说："我当然支持。"晚上，我就催着他给我签字，他拿过来一看，说："好，你放在这里吧。"吃了晚饭，我又到他那里去转，看见他戴着眼镜，在昏黄的油灯下看我的申请报告。第二天他说："杨新三，给！"说完"给"字，我拿过来一看："造田改土，这是方向，你们提的措施是对的。"这个东西现在还保存在农七师的档案馆里，就这样，我取得了他的支持。以后兵团的副司令来了，我说："您在农二师的时间长，我想学习改造盐碱地，我写了材料，您看一下，您要是同意，就写个'同意'，要是不同意，我就拿回去。"他看了看说："就是要这样子嘛，南疆你去过，就是这样改造过来的嘛。"我说："是啊。"这样，有他俩的支持，我讲话的时候就可以说："陈司令支持，谢副司令也支持！"这样就好动员了。改造了盐碱地之后，就进行排水工作，效果很好，大家都高兴。最早就是在一二五团开展，因为我就是撞进一二五团的，一二五团的政委后来也去了兵团工作，所以说，一批一批的干部都涌现出来。所以他们都在说，多亏我改造了盐碱地，出了一大批干部。此外，融洽了党和各民族群众的关系，因为新疆是个多民族地区，搞好民族团结并不是说几句话、喊几句口号就能完成的。我们在地里种上冬麦，叫地方上的老乡去参观，也叫干部去看，为了鼓励各家各户到兵团垦荒种地，我跟大家说："你们愿意种多少地，来了这里，我还是给你们这些地。"这边敲锣打鼓地欢送，那边敲锣打鼓的欢迎。另外，各家各户都给盖好房子，垒好羊圈，有一次张政委到这里来了，他说："到你这里来，想让我看什么东西啊？"我说："您看一看，我们这里，这边都是兵团，那边把群众集中起来，各家各户有房子，牲畜有圈，百姓有土地。"他说："就是嘛，这个好啊！"我觉得，新疆这个地方，很重要的一条就是要搞好民族团结，不是喊个口号，说几句空话，而是实实在在给群众办好事、办实事，我们说好不行，得群众说："好，好，真好！"这才行。

邹：您当政委这么多年，在群众的思想工作、组织协调工作以及改造盐碱土方面都做得非常好。那么您觉得我们今天应当如何弘扬军垦精神？

杨：从远的来说，就是南泥湾精神。我们兵团的发展就是南泥湾精神的缩影。实际上，我们走的路，采取的各种措施，都是南泥湾精神的发展。

邹：这几年，咱们国家拍了很多和兵团相关的电视剧，比如《戈壁母亲》《热血兵团》《烈日炎炎》，您看了没有？感觉如何？

杨：《戈壁母亲》讲的就是农七师的故事，韩天航就是农七师的。韩天航过去是文化教员，之后从事写作。我接触的这些人比较多，以前没有想到他们的发展这么好。但是韩天航从一个普通的文艺战士，发展到今天是很不容易的，肯定经历了很多曲折，但是他发展到今天，我很高兴！《戈壁母亲》我是看完一次还想再看，我看了五六次了，还是比较真实地反映了兵团生活，是我们这一代人经过的、看过的、想过的。

【后记】

杨新三离休前曾担任农七师政委，为改造当地盐碱土、融洽兵地关系作出了显著贡献。由杨新三口述、付海云整理的《脚印》入选"天山红色经典文学库"，这本回忆录翔实地记录了老人的人生经历，对兵团初创时期的队伍整编、戍边生产以及兵团恢复建制以后的盐碱地改造都有专题介绍，为我们全面了解兵团历史提供了一扇重要的窗口。

我们从“戈壁明珠”石河子奔赴奎屯市采访杨政委，那天正是7月5日，警车在大街小巷列队驶过，红旗招展，军歌嘹亮，这座地处边陲的军垦新城显得格外威严肃穆。我们在偌大的小区里绕圈子，找来找去找不到杨政委提供的地址——六号小院，突然间天空怒变，狂风大作，暴雨倾盆，我们只能躲到小区凉亭里避雨。这场雨仿佛铆足了劲，下得痛快淋漓，丝毫没有“骤雨初歇”的迹象。为了不耽误访谈，我们决定冒雨继续搜寻，功夫不负有心人，我们几个“落汤鸡”终于在近乎绝望之时找到了六号小院。杨政委已经在家久候。这是一栋农七师为老干部专门修建的独门小院，幽静清雅，建筑略显老旧，院子里种满了各种蔬菜，一架翠绿的葡萄爬在角落上。

杨政委谦虚低调，绝不彰显自己的任何政绩，当话题回到六十多年前的往事时，老人娓娓道来，眉宇间充满着自信、睿智与坚定。或许我们都很熟悉《戈壁母亲》里的钟匡民，当兵以前，他就遵父命在山东老家与刘月季成婚，后来转战疆场，戎马数载，他又结识了“革命伴侣”孟苇婷，不惜抛妻弃子，在新疆重组家庭。这样的情况在当时绝非少数，但是杨政委却与山东老家的结发妻子同甘共苦、白头偕老，他说一个人做事情要对得起自己的良心。“良心”二字何其朴素，却又如此感人肺腑！此外，杨政委特别重视改造农七师的盐碱地，如今奎屯周边良田一望无垠，棉花、甜菜、玉米、向日葵等作物郁郁葱葱，这都是坚持不懈改造盐碱地、防沙治沙的功劳。再者，新疆作为多民族地区，如何处理民族关系、兵地关系显得尤其重要，杨政委在“兵地融合”方面也做了富有成效的探索，有些经验至今值得借鉴。

持筹握算建功业

口述｜杜颂先

人物档案：杜颂先，女，1935 年出生，湖南衡阳人，1951 年参军入伍。进疆后参加会训班，为新疆生产建设兵团第一批专业财务人员，先后在兵团财务处、安集海水利处、农八师工业筹备处、石河子供销社等工作，曾担任石河子供销社副主任、总会计师，为兵团的基本财务制度和石河子城市规划建设立下了汗马功劳。

访谈时间：2015 年 5 月 11 日上午。

访谈地点：乌鲁木齐市日月星光花园小区。

邹赞（以下简称“邹”）：杜阿姨您好，我们去年电话联系过，当时我正在石河子采访，根据您的提示，我专门到西环商场、火车站兜了一圈，寻访您当年的足迹。如果没有您担任石河子供销社副主任之后的“圈地运动”（笑），这些地方就不可能有现在的发展，看来当年西上天山的湖湘女兵确实是人才济济……您能不能先简单说一下您小时候的家庭情况？

杜颂先（以下简称“杜”）：先说小时候吧，小时候，我是苦孩子，没有母爱，没有父爱。我一岁多的时候，我母亲就跟我父亲感情不和，过不到一起。我父亲在衡阳工作，把我丢到家里给我奶奶照看，后来一直寄养在亲戚家，一点温暖都没有。我五岁半的时候，家人把我送到表姑家里，让我到那个地方上学，没有一个人给我饭吃，洗衣服干啥都是我做的。记得有一次，我洗完衣服后要将衣服晾到楼梯上，（太高太陡了）不小心就滚下来了，但谁也没有管。表姑在那里教书，根本就不管我，稍微有点不高兴还打我。我八岁那年，母亲去世了，父亲又重组家庭。我直到现在都不明白为什么父亲那么不待见我，不管我做得好做不好，反正见到了就打。我那时候上学路途比较远，中午不回来，就从家里用一块烂布包一个饭坨坨（带到学校吃）。看看人家带的那个饭盒啊，鸡蛋啊，鸭蛋啊，我就只有一个饭坨坨在那里吃。放学回家还要自己做饭，那个后娘就是肩不能挑、手不能提，但是嘴巴可厉害了。你做得好或不好，她都说得你一无是处。有一次我父亲叫我去挑水，我那阵可能是十来岁的样子，我们那个湖不都是在山窝窝里么，池塘在下面嘛。我挑水很卖力，走那么远山路也不叫累，但我父亲还是用扁担打我，扁担打得咔嚓一声，桌子腿断了，我的双腿也差点被打断了（擦眼泪）……所以我小时候是很苦的，过得很悲惨。

邹：父亲对您如此苛刻，是因为重男轻女还是怎么回事？

杜：他重男轻女。后娘生了个儿子，我母亲生的两个都是女儿。这个后娘对父亲没有盼头，对我也不亲近，她特别讨厌我。我从小就非常自卑，总感觉自己是最丑的娃娃，见人都不敢说话，心里面压抑得很。

邹：除了体罚和责骂，父母会对您进行其他方面的家庭教育吗？

杜：父母还教育呢，根本没有这回事，他们就知道叫你干活！上初中的时候，我没有鞋穿，冬天也打赤脚。我们学校挺有名气，在当地名列前茅，学校要求大家统一穿蓝衣服、黑裙子，外面再搭一件大衣。我寒酸得连鞋都没得穿，要是人家丢了东西，往往都会埋怨是我偷的，因为我啥都没有，没鞋穿，没有大衣啥的。我给我父亲写信，想要件大衣，（他）没有回信。后来上学上不成了，上课心情太不好了。到了1949年，我实在忍受不了，就从家里偷跑出来。我现在唯一感谢的就是共产党，真是（共产党）把我救了，也培养了我。

邹：离家出走后，怎么维持自己的生活？

杜：我离开家，一个人跑到长沙，长沙当时不是有很多兵工厂么，被褥厂啊什么的，我后来实在无法生活了，就进工厂做工。

邹：参军的消息是从哪里得知的？

杜：在报纸上登的广告。1949年招过一批，但是没要我，他们问我会跳舞唱歌不，你想想，我那样的家庭我会啥！我四五岁的时候寄放到那个地方，除了洗衣做饭，其他啥也不会，都快成木头人了，再加上个子又小，面黄肌瘦的。那次部队没有接收我，我也不敢多说话，不要就不要吧。没有这个活路，我怎么吃饭呢？就到处找工厂。

邹：在工厂具体做些什么活计？

杜：打鞋底。给部队纳鞋底，纳一双（给）多少钱。可以养活自己。

邹：这个过程中一直没有跟家里人再联系是吧？

杜：没有，联系他也不要我。我跟我父亲早都脱离父女关系了，他不要我了。

邹：1951 年，您如愿参军了，能回忆一下当时的情况吗？

杜：那时候我和几个同事每天晚上都出去逛，然后就看到了（招兵）广告。我跑去报名参军，记得还要考试，好像是考查文化素质，我那时候上初中了，所以肯定没有问题嘛。我当时个子小，只有一米三七，体重也轻，只有七十多斤，营养不良嘛，我就往口袋里装上石头，把鞋底垫得高高的（大笑）。参军就是我一生的转折点。

邹：您那么急切想要参军，主要是想找条活路，还是有什么人生理想？

杜：因为大家都盼望着参军嘛。当时抗美援朝号召各个学校、各个工厂参军，我去报名了，但是个子小，年龄不够，不要我啊。我此后到处留意部队招兵的消息……

邹：您在随部队离开长沙之前有没有跟家人打个招呼？

杜：我没有跟家里人说，因为都脱离关系了嘛。人家都哭哭啼啼，我高高兴兴的。人家送啊送，（火车）底下哭，上面哭，我就高高兴兴地走了，也没有啥顾虑。

邹：部队到了西安会作短暂的停留，这段时间部队会给大家介绍一些纪律，也会让大家逐渐适应北方的生活习俗……

杜：在西安的时候，我们住在招待所，吃的比较艰苦，但是大家心里挺高兴。后来到了兰州，兰州不是搞正规化部队么，部队的生活非常好，每天四个菜，一个汤。湖南人爱吃辣子嘛，就着辣椒吃饭特别香。我也是那个时候个子长起来的，也胖了。

邹：从兰州出发到新疆，应该是 1951 年下半年了吧？

杜：本来是 1951 年要出发的，但是天寒地冻，就没叫我们来，等到 1952 年，过了“五一”化冻了，才叫我们来。

邹：过了兰州，就到了河西走廊，一眼望去茫茫戈壁了无生气，当时心里会不会有什么波动？

杜：没有波动！我觉得挺不错了！

邹：你们那批来了多少人？

杜：来得不少，我们三个朋友都一起来了。

邹：从兰州出发，坐的都是大篷卡车，两个解放军架着枪站在前面，其他人都挤在车厢里。行军路上有没有发生什么故事？

杜：没有发生什么事情。晚上的时候解放军就端着枪站在那。我跟他们开玩笑说："你们休息吧，我来端着枪，我站在前面。"十几辆车，排成一队，好多。我们一路经过酒泉、张掖，到了一个地方就备点干粮，也就是馕饼啥的，每个人都有一个壶，到一个地方就把水壶灌上。喝光了就没有水了。这样走了半个多月才到乌鲁木齐。

邹：到迪化以后面临着分配，具体是怎么分配的？

杜：我运气不错。上面要我到卫生部去当出纳，我知道当时有个会训队（专门培养会计），有好多湖南人。你听我为什么口音没改啊，就是湖南人多了以后，大家都说家乡话，你要是南腔北调，人家还说你呢。我说我不去卫生部当出纳，我想到后勤部会训队去。对了，刚到新疆那阵要参加劳动，修建五一水库，五一水库是后勤部管的。一天干活要十来个小时，大家边干活边唱歌，高兴得很。

邹：能不能详细回忆一下当时的劳动情况？

杜：说起来挺艰苦的。因为修水库要赶时间，寒冬腊月里几个人睡在苇棚子里，那时候哪有帐篷啊，都是用一捆捆苇子搭的苇棚。大家嘴巴冻得白白的，手脚也冻烂了，但是没有一个人叫苦的，大家参与劳动的热情很高。修了水库之后就割麦子、打土块。给你划一块地，你自己挖土和泥巴，自己打土块，每天有定量的任务。我以前没干过这些活，泥巴哪里和得动啊，铁锹都拿不动，都是拿脚在那踹。我们一块块地打，整齐堆放在一起，盖房子么，后勤部那个柴窝铺的房子就是我们盖的。我顶能干，那些砖都是我抱上去的。

邹：也就是说，您到新疆参加劳动的第一站就是五一水库？

杜：对，五一水库是后勤部直接管的。过去没有农六师，都是哪个部门管哪几个地方。每当修水库、割麦子、盖房子的时候，就会督促后勤部去负责。

邹：我们把话题再回到会训班，培训的地点设在乌鲁木齐吗？

杜：到了1952年8月份吧，会训班就开学了，要学习的课程很多，什么会计、审计、法律法规啥的，也没有假期，就一直这么学。嗯，会训班的培训地点在乌鲁木齐，就在百货大楼那边，那上面以前是一排土房子，也没有水，后面有一条沟，后来我们给通了（水）以后，每天早晚我们就在那洗漱。一个班二十多个人，女同学都住在培训的地方，一个班只有一个脸盆，又打菜又打饭，晚上女同志不敢出去，还在里面尿尿……当时好像有人叫苦，我也不知道。我还当了卫生委员，给大家洗被子、洗单子，挑到水磨沟去洗。水磨沟那边不是有温泉、硫黄水嘛，洗完床单、被褥还可以顺便洗个头、洗个澡。我是卫生委员嘛，半个月去洗一次，没钱打公车，就走路。

邹：应当说，这个突击性的培训班为您后来从事财务工作打下了基础。您从培训班结业以后分到什么地方了？

杜：毕业以后就到后勤部财务处了。去了十个男的，十个女的。那时候急切需要人才。这一批教我们的老师都是上海人。

邹：从上海调集了一批专业师资？

杜：当时上海不是来了一批么，还有一部分参军的大学生。我老头就是来的这一批大学生里头的。

邹：那就是说您参加完会训班之后，最先还是留在乌鲁木齐工作的？

杜：乌鲁木齐后勤部财务处。1954 年不是成立兵团了嘛，军区搞正规化了，就把我们编成了连，安排在军需后勤部，组建了兵团财务处。可以说，在兵团的财务领域，我们真的就是第一批元老。我到财务处去了没有多久，就到城里面去上课，继续学习财务知识。

邹：这次学习不是短训班了吧？

杜：在八一农学院，也是突击性的。那个时候我已经有些底子，可以当学习委员了。一起去听课的好多都是从农场来的，业务上也强不到哪里去，我们就是佼佼者，学起来特别见成效。学完后我又回到兵团财务处了，主要负责核算，好多东西还是不知道，科长给我找了一大堆书，现学现用。不久以后，我就主动跟领导说想到基层去看看，这是我人生当中的又一次转折。我根本没想过下去之后还能不能上得来。开荒安集海的时候，就是现在的一四二团，兵团和农八师共同组建了一个安集海水利处，把我和一个男的调到那去了。当时安集海水利处财务科要留我，我坚决不同意，执意要到大队去，到最基层去。我在那里待了一两个月，接着就去开荒二大队，去了以后呢，那个组长啥也不会，出纳是大队长的老婆，带了三个小孩，“咿咿、呀呀”刚开始学说话。所有担子都落到我身上了，记账啊、做表啊、核算啊，啥都干，艰苦得很。

邹：基层的生活情况怎么样？

杜：一开始住的帐篷，好多人都拖家带口，娃娃们到处乱串，大家住在一起，乱七八糟的。后来住地窝子，地窝子就是那样挖一个坡，没有窗户没有门，随便支几根棍子，铺些柳条，就这么弄了一张床。要是下雨了，水就流进去了；要是下雪，门就被堵死了。我一个人住一个地窝子，心里挺害怕，就拿个棍子把门（堵住），还放一瓶子水，有人进来了就会有响动。那时候我才十六七岁嘛，晚上睡得死。我负责全队的工资发放，我们大队里有十个中队，每个月要发三万多块钱的工资。

邹：一个女同志要管这么多钱，这项工作挺危险。路上出过意外吗？

杜：我们领工资要去靠近公路的那个老房子领。我们过去的大队，所有的工地只有一匹马，那时候大队长个子高，马能一下子就把他甩下来，当时我就骑着那匹马，跑到三十公里外的地方领工资。那时候票子的面值小得很嘛，他们就帮我把钱装好，绑到马背上。马跑着跑着重量就偏了，骑不成了。我就下马走路，在戈壁滩上一直走到新疆的晚上十二点，相当于内地的深夜两点了。戈壁滩上没有人，也没有路。大家都想（我）怎么还没回来，（他们）每次都要提枪来路上接我。有一次在路上，老乡家的狗把我骑的马咬了，马受惊了，撒开腿使劲跑，我就趴在马背上把它的毛揪上，总算没掉下来。到了领钱的地方，马累得一身汗，我也是一身汗。但是钱从来没出过问题。

邹：你刚才提到十个中队每月的工资总额是三万多块钱，那时候的工资水平具体是什么样的？

杜：我们大队有些都是四川来新疆进行劳教的，那些人没有工资，只有伙食费和零花钱，每个月也就几块钱吧。1955 年，我们到了安集海以后，开始实行工资制了，起先是三块钱，后来八块钱，再后来涨到十四块钱，基本就是这么个情况。

邹：那时候的很多人可能都是经济犯罪。

杜：好多以前都是国民党部队的。

邹：您主动要求去基层锻炼，虽说前途未卜，但事实上锻炼了自身的业务素质……

杜：我到了队上，啥活都干。就财务这一块来说吧，可能有十多个，水利一处，水利二处，开荒一队，开荒二队，黄金一队，黄金二队……有好多队。每次决算，我都是第一个送出去的。要啥材料，派人来，第二天就拿走，材料什么的我是搞得最快的。有一年，我负责的决算第一个报了，就骑着马去帮助区部搞决算，我的能干在当时也是出了名的。在区部帮了几个月后，我的命运不错，一下又调到农八师。

邹：看来到基层锻炼的决定是对了。

杜：嗯，下去还好了，还得到锻炼了。现在想想，你要是干得不好，就可能在农场里待一辈子。

邹：您调到农八师是什么时候？

杜：1957 年。1955 年去安集海的，1957 年 3 月份调到农八师的审计科财务组。1958 年又是一个转折点，那时候，兵团精简机构，鼓励有小孩的女同志回去当家属，没有小孩的就去农场劳动去。当时不是开发莫索湾么，上面叫我当会计去。我本来不想去，一门心思想到田间地头参加劳动。我说我不去行不行，我到一四八团干部队劳动去。当时好多人去干部队劳动了，又不是我一个人，机关好多人也去了。到干部队劳动，可不像现在这样搞花架子，每天劳动十六个小时，早饭和午饭在地里吃，晚饭回家吃。有的时候深夜两点起来拉肥料，实在太累了，拉着拉着肥料就滚到水沟里去了。中午休息的时间很短，哪怕只有短短的五分钟，镰刀一放就睡着了。睡一小会再起来干活，每天的工作都是有定额的。不到五个月的时间，我整整瘦了十公斤，回来时（体重）都不到九十斤，只有七十八斤了。头发都焦了。哎呀，现在想起来，我那时候劳动积极性非常高，不管天晴下雨，浇水也去，修水库、修水渠也去……

邹：这次劳动结束后，又回到农八师了，是吧？

杜：嗯，回到农八师。那时候不是大跃进了么，大建工厂，上面第一个就想到我，把我调回来，安排到工业筹备处。（我）在工业筹备处也是吃了好多苦，那时候搞纺织厂、造纸厂、纸业厂，到处在修建厂房。我负责财务管理，每一次都要跑很远的路去领取一大堆钱，那时候公共汽车都是敞篷车，冬天冷飕飕的，每次出门都要穿上皮大衣和毡筒。单位会派一个人送我上车，从碾子沟下来，把皮大衣、毡筒寄放在他们的收发室，然后拿上钱，坐车到北门，再转车到纺织厂。当晚他们大队把名单给我，我就在床上给他们划钱，一笔笔算得清清楚楚。我那时候已经结婚了。

邹：您和您爱人是怎么认识的？

杜：我们都是军需后勤部的，一个单位嘛，平时都知道对方，但是没有撕开那个面嘛（笑）。

邹：是别人撮合的呢，还是双方都有意思？

杜：我不知道有没有意思，反正我下去劳动了。当时我不是下到安集海去了么，他还在兵团财务处。后来水利处解散了，过年大家都回去了，就剩下我一个女孩子。那怎么办？我就跑到乌鲁木齐，到他们那玩去了。他们就跟我老头说，这个湘女还没找（对象），你看行不行？你要行，她在办公室等你。我们那时候不都是在后勤一起工作么，也没有行不行……

邹：您应该对他挺满意的吧？

杜：嗯，他是大学生嘛。我刚开始到后勤部的时候他是我老师，给我传授了不少业务知识。后来我在后勤部干得很出色，被提拔为组长，就是负责复核了之后盖章去财务部拿钱。

邹：您爱人当时具体是做什么工作的？

杜：他是搞财务计划的，不是一个科。

邹：别人觉得你俩挺般配，您自己内心也能接受，就这样走到一起了？

杜：嗯，我觉得他这个人忠厚可靠。我们是 1957 年春节认识的，“十一”结的婚。

邹：对象找好了，有没有想着给家里写封信报喜呢？

杜：后来在兰州的时候，有一个参军的什么证，对了，是家属优待证，那是给正规部队的。寄给谁呢？想了想，想了半个月，就寄回去了，寄给我父亲。他就知道我到哪去了，然后他就跟我通信了。

邹：结婚的情景还记得吗？

杜：结婚当时就在乌鲁木齐。我也没啥东西，人家把我送到汽车站，过去汽车都是篷子车，我在新疆举目无亲，被子呀、床单呀都是朋友家里给弄来的，我什么都没管。我爱人家里的情况还可以，就送了些被面和其他东西过来。

邹：结婚之后又要顾家又要上班，您是怎么协调两者之间关系的？

杜：哎呀，说起来实在不容易，我跟你详细讲讲。现在的红山是青山绿水吧，以前是红土地，我们财务处就在那边，后来搬到光明路来了。我们财务处有一栋房子，坐落在红山脚下，每天早晨去爬山，满山都是黄的，一棵树也没有，啥都没有，后来都是人工栽出来的。过去从乌鲁木齐到呼图壁坐车要六七个小时，途中还要吃顿饭，我那时候怀着娃娃，妊娠反应比较明显，闻到东西就想吐，可怜得很。我每次到乌鲁木齐领钱，下了班车以后，毡筒一寄，坐车到北门，再转车到纺织厂。我跟我爱人后来经常回忆起这段经历。就这样，钱我从来没错过一分一厘，那时候人的思想都很单纯，根本不会想到贪污呀，占公家便宜啥的，宁可自己贴钱，也没有想过错公家一分钱。

大年初二，单位叫我到口里去采购，我们纺织厂在口里有好几个点，西安灞桥有好几个点，天津有好几个工厂，上海有好几个工厂，武汉有个造纸厂。我负责审核、查账，然后把账都报回来，票据啥的打包寄回单位。从石河子坐车坐到哈密，也是敞篷车，后来在哈密坐火车。我们包的车厢，是火车的最末尾一节，没有水喝。我和我一个同事差点落在戈壁滩上了。为啥呢？我们下车拿着缸子去找水喝，实在太渴了，我还怀着个娃娃。走了没有多远，火车就要开了，我们急得没办法，赶紧往回跑，乘务员把我们拉上去，才算没有落在戈壁滩上。不然我们就真的掉队了，车上还不止我们两个员工，有两百多个员工。我们风尘仆仆到了西安灞桥，有个人跑来找我，我心生纳闷，心里想怎么会有人来这里找我。一看是我老头，我说你怎么会来这里，他正要出差，他叫我跟他回老家成都一趟。我说我才刚到西安，还有好多工作要做，怎么能跟你回去呢？

邹：您始终把工作放在第一位，真是难得。

杜：我说不行，不能去。活还没干完，干完才能去。他走他的，我就继续留在西安，西安完了之后就到北京，北京有我们一个办事处。然后到天津，天津当时有一个工厂。我们那时候出差的条件很艰苦，我们干部到哪都是跟职工同吃同住，他们吃啥我们吃啥，我们都是看着谁上夜班，就钻空子睡到他（她）的床上，他们要是回来以后我们就赶紧起来，哪有住旅馆、宾馆的说法哟。从北京办完事以后就剩我一个人，没有人陪我了，同去的人都留在北京学习嘛。然后我一个人到天津。

邹：我前面采访过一些阿姨，她们当中有的生了孩子后家里没人帮忙带，没办法了，就转成家属了，由此失去了职工身份。您当时是怎么想的？

杜：我继续给你说，当时到天津了，完了就到上海。上海是凌晨下的车，我两眼一抹黑，都不知道是哪个地方。也没有公共汽车，都停了，我就一路走一路问。走过去了，问了说不是这条路，还要倒回来。走的天都快亮了，上晚班的工人都下班了，上早班的工人当中碰巧有人认识我，这样总算找到了目的地。上海完了之后就到武汉，这个说来也是跟我老头有缘分了（笑）。我到了武汉，叫了辆黄包车去他们那个办事处，那里挖桥挖烂了，黄包车过不去。我就花五块钱请一个农民帮我把东西背过去。突然听到后面有人叫我，我一转身，发现是我老头，他不是到武汉去了么，你说巧不巧？

我出差回来后，找了一个地方把账给他们算清楚，结完，符合开支的我都给他们报掉。到一个地方打一个包寄回来。那时候也没人管我，我就把包打开，一个工厂一个工厂地把账搞好。我把这些账本弄好之后就寄回来了，这些报表弄得清清楚楚的，就交给他们造纸厂、纺织厂。他们后来不是成立财务科了么，刚开始全部归工业筹备处管理。我五月份回来的，六月份就生小孩。你说小孩谁带？放到家里吧，三十天就叫我上班。三个月叫你出差，根本不管娃娃死活，我老头和我又不在一个单位，我们那个师机关是一个礼拜休息一次，他们（单位）半个月休息一次，平时根本回不来。所以我说我们小孩怎么办，他说找个人给你看一看，晚上让出纳去陪一陪。我说出纳还没结婚，哪会看娃娃。到乌鲁木齐之后，奶胀的呀，一个星期后才能回去，娃娃也没人管。老大才三个月大，又怀上老二了，两个娃娃挨得很近。实在没办法了，就把孩子放在床上，用两床被子把他的手脚捆上。那时候农八师财务科可不是现在的财务科，工资、油料什么的开支都要到我这拿钱、报账。每到上班时候，我忙得连上厕所的时间都没有，来办事的人络绎不绝，就跟逛菜市场一样，要钱的、报账的，围得满满都是。我那天突然心慌，感觉不对头，好像要出事。我说我回去一下，你们等我。等我急急忙忙跑回去，邻居告诉我说娃娃滚到地上去了，嘴里、鼻子里都是泥巴，差一点就没命了。幸亏母子连心，有心灵感应，如果再晚一点回去（娃娃）就真的死了（流泪）。

大家了解我们家的情况后，大队长告诉我他们那里有个河南老头可以帮忙看娃娃，他说你要不要，我说要，他把老人带过来了，浑身脏兮兮的，但是也没办法，没人帮我们嘛。我给老人把被子、衣服都洗干净，留他住在我们家帮忙照顾孩子，平时娃娃都是他带。吃饭嘛，就让他跟我们一起在食堂里吃饭。我们那时候家里不开火，房子太小，就一个过道。老人过来以后就搭了一个铺，就这么过的。老人一下在我家里待了七年，帮我看孩子。那时候工资很高，一个月一个娃娃三十块，两个娃娃四十多块，包吃包住。

1957、1958 年不是反右吗？各单位都不要账本，那个“借贷”就说不要了，（因为）那是资本主义的东西。那时候要我当主管会计，交给我一个十六开纸的资料，我左看看不懂，右看也看不懂。上面这么多工厂，还有乡里面的，有食品厂的，还有纺织厂的，我说这个应该到哪里去办呢？我没有办法，就问前任会计，那个账他也不大清楚。哎呀，没有办法，我就把他那个原始凭证撕下来，每天撕、每天加班。重新做凭证，重新记账，就这样子，搞了一两年。两年以后又到单位去对账，那时候很苦啊，没有东西吃，更不要说坐车了，我就打一辆拉石头的便车去莫索湾。到了莫索湾以后，还得步行四十多里。对账的时候呢，我有他没有的，他不承认，我把凭证拿出来他就承认了，但是好多都没有了。莫索湾完了以后，又走路到别的地方，一个一个地对。

那段时间到处去对账，难度不是一般的大，这样做的好处是财务制度越来越规范，毫不夸张地说，现在农八师的财务制度都是我搞下来的。我每个月都坚持对账，你对上之后我给你发钱，要是对不上，那就对不起了，我不给你发工资。什么现金凭单啊，首付款凭单啊，每个月的对账制度呀，我都统一了，统一凭单，统一账本。此后农八师的财务再也没有乱过了，一直到“文化大革命”我离开了，都好好的。

邹：您这种敢想敢做的性格为兵团财务制度的健全立下了汗马功劳，“文革”期间有没有受到冲击呢？

杜：受冲击当时是有的。我这个人呢，爱打抱不平，爱说。

邹：湖南人的天性。

杜：再后面呢，看不惯。为什么看不惯？好好的人，给人家头上戴高帽子，打人、批斗，我说他们犯了什么罪啊。那时候我们那里来了一个财务科长，啥也不懂。他当时给我说你一会留下，下放。我说你要按党的政策办事，党的政策是党的生命，不按政策办不成。我就爱打抱不平，他们也想整我。但是我十五六岁就参军，又没啥见不得人的历史，清清白白，你怎么整我啊？从农八师建立开始，我把农八师的账都理清了，而且所有的制度都建立起来了。规章制度，统一凭单，统一账本，都搞起来了。后来农八师再也没有烂账，我那几年还有娃娃，加班加点这么搞起来的。我就理直气壮地给财政科的人说，你们别忘了你们农八师的财政底子是我搞起来的。

邹：您作为兵团财务工作战线的奠基人之一，能不能再谈谈这方面的情况？

杜：我后来下放到一五一团劳动两年，农业学大寨嘛。没过两年，又把我调到团部财务科。团部财务科又是一笔烂账，那个财务科公私不分，拿东西啥的都不登记，我又帮他们把账理清楚。我写了个东西给团党委，跟团党委说这个连队的钱不要亏掉。拿了钱的要还，拿了东西的要给钱，那牧场好多皮子被拿走了嘛。我们处长还不错，挺支持我的工作，爽快地签了字，签了我就好大刀阔斧地干了嘛。和以前一样，清账，到食堂盘点，亏了多少就补上，该收回来的钱都收回来，收不回来的那你也必须交钱，扣工资。我这个手段也是厉害得很，毫不含糊。就这样把一五一团自建团以来的烂账搞清了。

1975 年师里成立地区，在农八师机关好多人都认识我，也知道我能干嘛。财政局也让我回去，乡里也让我回去，一下子来了好多调令，我最后还是去乡里了。乡里真是一穷二白，我们算是白手起家咯。要发展必须要有地盘，我们的第一步就是占地，乡里一下子成立了很多公司，每个公司占一块地，先打围墙，搞库房，把公司先建起来。慢慢搞，一年搞一点、一年搞一点。所有的乡镇我都给它改造完，1975 年到 1985 年的十年期间，所有的仓库都建完，哪怕是小商店我都给它改造完。比方说石河子百货大楼，固定资产都有四千多万呢。那时候乡里局里经常搞评比，主要检查账记得好不好，账务对不对得上，仓库东西放在什么地方。那些领导都不管，都是我这个财务科长在管。乡里面都是评了先进的，财务预算是石河子第一，在自治区也是第一。自治区还派我们去比赛，我们还得了全国第二呢。

邹：您既有财务实践经验，又具备很好的发展思路，当时有没有想过为兵团财务战线培养一批接班人？

杜：咋没有！我特别注重培养人才。1980 年不是好多地方都不要大学生么，我都要了。局长说明年不给你提拔，我也没有顶撞他。开会的时候，我是代表局里去要人的，我都要上了，你能反悔么。一个单位必须要人才，没有人才不行。再就是要有好的领导，没有好的领导，这个单位就要被搞坏了。

邹：您是什么时候退休的？

杜：后来乡里的两套牌子一套班子，1985 年就分开了，变成了两块牌子两套班子，成立了供销社。本来我可以当主任的，那个书记都问我了，后来我想了想，让给人家吧。让给他了他也不管事，他爱人家在乌鲁木齐，三天两天往那边跑，财务部基本建设都是我在抓。乡镇部有个五十万的项目，我提出来要把这五十万用来征地搞铁路建设，后来征了两百多亩地，1986 年就准备翻修火车站，加宽站台，我去找农业银行，找相关部门，他们不愿意掏钱，我说我自己贷款掏钱。后来逼得没有办法，我跑去请设计院搞好了项目的施工设计，带着五十万块钱搞铁路建设。农八师是重要的棉花生产基地，每年要运出去很多棉花，早先修建的铁路站台太窄，我就开始预算，那边十二米宽，但十二米宽根本不能放啥东西，我就加到十八米。铁路站台的翻修工作采取整体承包的方式，为了赶工期，我给施工方承诺，如果十一月完工就奖励一万块钱。他们说你这个人呢，比大跃进还大跃进啊。我说我知道能够完成嘛。后来这个站台搞得这么宽，放多少东西都可以……

老人回忆起当年的峥嵘岁月，显得十分兴奋，对很多细节尤其是数字记得非常精确。

1987 年修库房，订了五栋，也是自治区掏钱。最后钱都拨下来了……后来又要了些地搞西环商场，兴建凯瑞酒店。记得那时候不允许修楼层馆所，我们就用农副产品批发市场的名字把凯瑞酒店建起来了。再后来又搞棉花加工厂啥的……要是不退休的话，我还想搞榨油厂，整个从生产、加工到销售的流水线，把整个农场都扶起来。

邹：您要是能晚点退休就好了。

杜：嗯，本来是 1990 年退休。后来师里决定不让我退休，要我到六十岁再退休。后来单位换了领导，天天就是拉帮结派，打牌、打麻将。我看不惯，跟着他们干没意思，就想着赶紧走。

邹：您在新疆事业做得这么好，后来回过湖南老家吗？

杜：说实话不想回那个家，老家也没啥亲戚了。1993 年我跟老头退休了回去了一次。2001 年跟老头又回过一次，还把老家的墓修好了，修得挺漂亮。

邹：您在兵团工作生活了一辈子，总结一下您的感想吧。

杜：我的感想就是，我到过一个地方都会留下脚印，我没有白白浪费一丁点时间，回首往事，我这一辈子都是值得的。我取得的点滴成绩，都离不开党的培养教育。如果没有共产党的关怀，我这一辈子就只能窝在老家，自卑一辈子，困苦一辈子，这简直无法想象。

【后记】

杜颂先是八千湘女中出了名的能人，这倒不是因为她“位高权重”，而是由于她敢想敢做，有一股湘妹子特有的韧劲，不服输、不怕输、有远见、敢冒险，一辈子在兵团财务战线上摸索前行、上下求索，为兵团财务管理建立了一套比较健全的制度规范，也为石河子的城市规划深谋远虑、屡创奇功。

2014年隆冬时节，我在石河子密集采访第一代老军垦，经人介绍联系上了杜阿姨，老人当时正在乌鲁木齐小住，静享天伦之乐，她爽快地接了电话，语气干脆利落，给我留下了深刻的印象，“你如果真正想采访我，真正想了解兵团的历史，那你就先到西环商场、火车站去转转……”老人果断建议我先去她“指定”的地方做实地考察，然后再见面访谈。我遵循老人的意思，冒着数九严寒到这些地方细细转了一圈，内心遭受了极大的震撼：那宽阔的道路、坐落在繁华地段的商场大楼、畅通便利的火车站站台……无不凝聚着当年石河子供销社副主任、总会计师杜颂先的心血，这些地方今日的蓬勃发展，也再度印证了决策者的远见卓识。

数月后，边城乌鲁木齐已是绿意盎然、杨花曼舞。我如约前去访谈杜阿姨，有幸聆听老人讲述人生命运故事，也有幸一睹这位闻名兵团的总会计师的风采。通过杜阿姨的娓娓讲述，我似乎领悟了一个道理：人无论经历什么样的挫折，都不要轻言放弃，不要轻易否定自己，机会常常垂青那些有韧劲的人。杜阿姨出身贫寒，小时候寄人篱下、受尽苦难，这种童年创伤经验在某种程度上影响了她的性格，自卑、敏感、郁郁寡欢。尽管如此，但她并没有就此沉沦，而是选择了主动去寻找机会改变自己的命运。最终，新疆招兵团为她创造了机会，点燃了希望的火花，她彻底远离那些悲伤的往事，在茫茫戈壁上辛勤劳动，用智慧与汗水书写了一个颇具传奇色彩的湘女故事。

杜阿姨由衷感谢党对她的教育和培养，这种朴素的情感发自心灵深处，真挚动人。可以说，杜阿姨代表了八千湘女中的重要一脉：她们怀着崇高的理想和无限的憧憬自愿入伍，在这亘古荒原上建功立业、生儿育女，屯垦戍边的伟大事业为她们改写人生命运提供了广阔的舞台，而她们，也为垦荒造田、开发边疆铸就了辉煌业绩。

棉田里的“金嗓子”

口述｜刘玲玲

人物档案：刘玲玲，女，1937 年出生，湖南长沙人，童年时家庭贫困，由养父母抚养长大，1952 年进疆，曾在八一农学院中专班学习，毕业后自愿到农七师工作，曾从事农业技术员、团机关工作人员、小学教师、五七干校技术教员等工作，退休前在民政系统工作。

访谈时间：2015 年 5 月 5 日下午。

访谈地点：石河子东明新村。

邹赞（以下简称“邹”）：您叫什么名字？

刘玲玲（以下简称“刘”）：刘玲玲。

邹：您今年多大年龄？

刘：七十八岁。

邹：老家是哪的？

刘：湖南长沙。

邹：能简单介绍一下您的家庭背景吗？

刘：我才两岁多就被送给别人了，我家位于长沙市郊区的前堂（音）。送给人家以后我一直都在长沙市跟着我养父母生活。我的养父叫罗仁贵，养母叫刘春喜，我原本姓周，后来在这家就姓罗，养父母离婚以后，我就跟着养母姓刘。

邹：您亲生父母为什么会把您送人？

刘：因为家里穷。我的亲生父母都是农民，我是老大，就被送掉了。

邹：您后来和亲生父母取得联系了吗？

刘：那是我参军以后的事了。

邹：请继续讲您童年的经历。

刘：嗯，童年，到六岁吧，日本鬼子进了长沙，我就和养父养母到浏阳去躲日本人。我养父在浏阳开了家饭馆，那个饭馆叫什么客栈，名字我给忘记了，既可以住宿，也可以吃饭，就是这样的。后来日本鬼子到了浏阳，我们又东躲西藏，我养父就一头挑着我，一头放着吃的，饼干啊这些东西，到农村去了。农村都是泥巴路，我养父就在一棵树下面休息。这时候日本鬼子来抓人了，抓壮丁，我养父养母都跑了，就留下我一个人在那个地方。一个日本人看到我长得也挺好的，就把我抱走了，抱到日本人那里去了。

邹：您那时候有多大?

刘：大概五六岁吧，就跟他们（日本人）一起生活了。

邹：后来怎么样了?

刘：他们把我带到一个兵站，我对他们吃的那些东西不太喜欢，他们吃甜食，吃的都是些不生不熟的东西。但是他们抓了很多壮丁，那些壮丁在干活啊。我呢，不受约束可以到处跑。壮丁里面有认识我的，就跟我打招呼，说叫我不要喊他们。我想跑出去啊，我要喊了他们以后就不好办了。我养父也认识这些抓去的壮丁，他们商量好什么时候把我偷走。大概一个星期以后，就把我给偷走了。

邹：您当时被日本鬼子带走了，害不害怕?

刘：害怕，怎么不害怕！人家说还要把我扔到日本去，后来（我养父）他们就把我弄回来了。

邹：也就是说，您在浏阳农村被抓走，最后您养父和那些壮丁里应外合，又把您给带回来了?

刘：嗯，是的，带回来了。日本人好像又不在浏阳了，到哪去了我就搞不清了。我们又回到做生意的客栈，回到家以后，日本人的飞机开始疯狂轰炸，我养母当时正在房间里洗澡，飞机把我们房顶炸出来个窟窿，掉下来块东西把我养母吓坏了，澡都没洗完就往外跑。这是一个事情。因为他们两个都不是我的亲生父母，那时候我还不知道呢，因为（我）两岁多就到他们这里来了。客栈里人来人往，住的人又多又杂，有那个什么皮肤病，后来我就传染上皮肤病了。可能是因为被子，他们盖了我又盖，就传染上了，身上长好多的疮，可怜得很。你知道我们湖南不是有那种竹子做的床嘛，我就睡在那个竹子上面，因为身上要流水啊。

邹：那是脓，身上的脓水。

刘：具体叫什么病我也搞不清，不记得了。

邹：就是长疮，我们小时候也长过，又痒又疼，十分难受。

刘：后来我养父就给我治病，他对我挺不错的。但是我的养母对我不好，她的心毒得很。养母呢，原来是个官太太，她这个人心肠不好，我当时身上流脓水，都快死了，她根本不管我。我养父给我治病，就用浏阳那边做鞭炮用的硝，调成糊糊状擦身体。到了1945年以后，日本鬼子投降了，我和养父养母又回到长沙，在长沙如意街买了个地盘，大概一百二十平方米吧，盖了栋两层楼的房子，还有一间平房。我们住在平房里，楼上楼下都租给别人。我的童年就是这样过来的。

邹：您的童年极具传奇色彩。您是在养父母家长大的，他们是怎么教育您的？

刘：我们家对我还是非常严厉的，比方说，对人要有礼貌啊，吃饭要注意形象啊，不能乱拿别人的东西啊，在学校不能看到别人吃什么有什么就想要啊，都是这类道德教育。我养父这个人呢，虽然对我不错，但是很不正经，嫖赌逍遥什么都沾。我养母非常有钱，他们离婚以后，养母有个梳妆盒，梳妆盒里面有一盒子金器，都是一些金戒指、金耳环、手镯之类。我小嘛，也不管这些东西。我养父母都不能生孩子，很想有一个孩子在身边，有个孩子好像就有一个像样的家，于是收养了我。

邹：您是如何得知新疆军区招人的消息？

刘：是这样的，我在上中学的时候经常要去慰问那些抗美援朝的兵，那些兵就是伤残军人嘛，有的胳膊受伤，有的腿没有了，都送到湘雅医院接受治疗。我们就去慰问，慰问的时候军人给我们讲那些故事，讲得非常感人，我们常常感动得泪流满面。哎呀，我想，我要是能当个兵该多好，心里就埋下了这么个想法。正好呢，新疆军区到湖南去招兵。我的好多同学就给我说：“你不是想当兵吗？新疆军区招兵来了。”我忙问：“新疆军区在什么地方？好远好远吧？”他们有的就说：“那个地方好荒凉啊。”我就说：“现在长沙这么好，那个地方能有多荒凉啊。”我说我要报名。我报名的时候才十四岁，招兵的人问我：“你多大？”我说我十七岁。他说：“你有十七岁吗？看你这个样子小小的，你去了能干什么？”我说我能唱歌，我也会跳舞。他说那你给我们唱一个听听，我就给他们唱，唱什么呢？就唱“太阳下山明天依旧爬上来，花儿谢了明年还是一样的开”，这首《青春舞曲》历史悠久。他说你会跳舞啊，我又给他跳舞，我一边唱一边跳。我说：“我到了那边能到文工团吗？”他们说：“可以啊，可以啊，我们给你报名。”我担心报名以后他们还是不相信，就去居委会开了一份假证明，十七岁，实际上我只有十四岁。我把居委会的证明交给他们，第三天我去看录取的榜单，我一看榜上有刘玲玲的名字，就高兴得不行了，就这样参军了。

邹：您参军有没有和养父母商量？

刘： 他们已经离婚了，养父不在，就我和我的养母，因为她对我太不好了，我不想和她一起生活，我就想离开她。

邹： 您就算离开，她也无所谓是吗？

刘： 我报了名没有告诉她，录取了告诉她了，不管怎么样，我们生活在一起已经十多年了，虽然她老打我，但是她养了我啊，她养了我十几年了。我就告诉了她，她说："哎哟，你怎么能走呢，我们两个人在一起不是挺好的吗？等你中学毕业以后，你可以找工作啊，你舅舅不是在报社吗，他是排字的，可以收你为徒弟啊。"我说我不想待在家，我想走。她说你去什么地方啊。我说，听说在武汉，挺近的。她说武汉离湖南不远，可以去。我说，三年以后就退伍，退伍以后我就来和你一起生活。她同意了，我就这样离开了家。离开的时候她还不错，给了我两块五毛钱，那时候两块五毛钱不少了。

邹： 火车从长沙开出后，路上有没有发生什么事情？

刘： 有。我们3月5日晚上坐的火车，第二天一早就到了武汉，我们下了火车，后面好像又转了火车，到达西安。到了西安以后呢，我就觉得这个环境和湖南不太一样了，比如说，招待所厕所都是围起来的，就是那种挖一个洞洞的厕所，我有点不太习惯，心想怎么是这样的。吃的都是面食，什么馍馍，还有饼子。哎哟，我说吃这样的东西都吃不饱啊，这都是点心，湖南人要吃到米饭才算是饭。结果几个人到西安市里玩，看到做生意的小贩在吃苞谷糊糊，黄黄的，我不知道那是什么。我说："老人家你们吃的什么东西啊？"老人家听不懂我说的话。我又问："你这个东西好吃得很吗？"他好像明白了一些，说这是苞谷糊糊，苞谷我知道，但是苞谷糊糊就不懂了。我们是第三批女兵，在西安待了一阵，集中学习和训练，然后我们就从西安坐汽车去了新疆。

邹： 从西安到新疆的路途遥远，期间顺利吗？

刘： 这期间还是比较安全的，但是有人偷跑回家。那时候我们小，不管这些事情，后来听说有人偷跑了。到酒泉以后出事了，在过六盘山的时候，有辆车子快掉到悬崖里去了，副驾驶员马上下车，趴到轮子上，他把我们救了，自己却牺牲了，我们在酒泉开了个追悼会。我们人不少啊，那时候有一百辆汽车，装了四百多个人。

邹： 每辆车四十多个人，一百辆汽车，应该是四千多人。

刘： 对对对，就是四千多人。每辆车里还装了点别的，比如说建筑材料，还有几车武装人员专门负责保护我们。进入星星峡之后有乌斯曼的土匪四处逃窜，上面传话下来，要求我们把白毛巾围到头上，绑上白毛巾代表我们是男的，不是女的，还有就是把棒子插到车头上，隔老远一照，好像是一排排枪。部队通过这种方式掩护我们。

邹：您在进疆路上思想有没有动摇过？毕竟这边条件太艰苦了。

刘：有的人想家想得大哭，但是我没有哭，因为这样的生活对我来说习惯了，我一门心思想离开我的养母，她打我打得好厉害，拿到锅铲就用锅铲打，拿到和煤的就用那个东西一顿打，浑身被打得乌青，头都不敢伸。解放以后她就不敢打我了。虽然说她养育我那么长时间，但我从心底里还是恨她。我十分热爱部队的集体生活，不管多么苦我都能坚持，但是挨打受气的罪我不想受。到新疆以后，我们学习了一个星期。

邹：能回忆一下当时的学习情况吗？

刘：我们在乌鲁木齐新疆军区学习，主要是接受思想政治教育，什么“安下心扎下根”啊，什么“长期建设新新疆”啊，什么改造思想啊等。

邹：给你们上课的都是些什么人？

刘：上课的是新疆军区的一些军官，还有王恩茂，那个时候我们都不认识，也不管这些，反正上课爱听就听，不爱听就打瞌睡。我们也搞不清什么是政治学习，就是觉得好玩。我们那时候太年轻了，我才十五岁。学习完了，我们每人领了两张试卷，一张是几道数学题，一张是填写志愿的。试卷填完了交给人家，后来就把我分到农学院。

邹：八一农学院？

刘：嗯，八一农学院。分去了四百多个人，全是初中以上文化程度的。

邹：四百多人去八一农学院，是参加培训吗？

刘：我们到了八一农学院，刚开始也是学习、劳动。校园里有国民党步兵的军营，那个房子破烂不堪。我们去了以后就修校舍，上房泥，粉刷墙壁，这些活整整干了一个月。我那时候才一点点大嘛，背土块一次背十二个，一个土块五公斤，反正要背那么多。我一点也不想家，喜欢参加劳动，不甘落后，积极向上，肩膀背烂了，就垫个毛巾接着背，光想领导表扬一下。我经常受到表扬，一受到表扬我就不知道天高地厚了，越背越多，越背越多。后来学校组织一次考核，根据考核情况分了三个班，一个是本科班，一个是大专班，一个是中专班。我毕竟只上过初中二年级，文化程度不高，就分在中专班。学习期间比较艰苦，没有什么讲义，全靠记，每天晚上都开班委会，大家检查核对笔记，对完笔记后还要自我检讨，就是部队的那种作风，每天早晨，一吹哨子全都早早起来了。

邹：农学专家涂治给你们上过课吗？

刘：涂治当时是院长。给我们上课的有苏联专家，也有内地来的专家。

邹：能讲讲专家授课的情况吗？

刘：那时候有一个老师，四川的，我忘记他叫什么名字了。这位老师很年轻，大学毕业，刚刚工作不久，他给我们讲课，说棉花的根是直直的，上面长须根，还有毛根，这和苞谷不一样，苞谷是须根，没有主根，就像马克思的胡子一样。（笑）这下完了，就因为这句话，他被打成右派了。这件事我记得最清楚。后来我说："哎，这个老师怎么不见了？"人家不愿意告诉我们，说不知道。最后我知道了，他是因为这件事犯错误了。

邹：听课的学生去举报他了？

刘：我那时候年龄小，我不知道，可能是大一点的知道。我根本就不管那些政治的事情。我们学习了两年，1952 年进去的，1953 年我就去南疆实习了。

邹：学习期间的生活待遇怎么样？

刘：生活待遇应该说还是可以的，因为苏联专家专门带了炊事员，还给我们做列巴，跟黑面包一样的，没有加糖，加的是蜂蜜。我们严格遵照部队的作息规律，一吹哨子赶快跑，拿着筷子和碗排成队，只有十五分钟时间，得赶快吃，要是吃不饱就要打包带走，否则门就要关了。我吃饭最慢，所以我就偷个馍馍装在兜里面，回到寝室人家问我干什么，我说我吃饭，我没吃饱。已经成习惯了，人家都知道我经常偷馍馍吃。（笑）什么小米、大米、列巴啊，还有馍馍啊，生活应当算是很不错。我们湖南人爱吃辣子，有时候去农场干活的时候，偷上几个辣子，放在火里烧一烧，拿回来用酱油一拌就吃了。

1953 年我们到南疆的焉耆实习，实习了半年，三月份去，九月份回来。我好像分在五团五连，战士们不是王震部队的，都是"九・二五"起义的，他们每个星期要擦枪，我就站在旁边，像小娃娃一样盯着他们擦枪，他们说你看什么呢？我说我看你们擦枪，他们说不叫看，我说我又不要你们的枪，为啥不叫看呢？（笑）我这个人特别爱玩，南疆的鱼多得很，渠道里都是，我就经常去捞鱼，捞了给连队炸鱼，大家还可以分一分。那时候鱼好大，需要切成好几块煎。我们还搞了个试验田，大概有三亩地，我们除了在这试验田里干活以外，还要到大田里面指导人家生产。因为我刚开始学，好多东西也不懂，连长有时候还考验一下我。我们经常要到田里"脱裤腿"，连长逮住机会就问我："那个'农学院'（连长管我们叫农学院），你知道裤腿怎么脱吗？"我说："你脱，你脱给我看，我看了以后就告诉你怎么脱。"他也傻里吧唧的，一边脱一边跟我说："这个针叶下面的都要弄掉。"我说："你都知道还问我干吗？我也不告诉你了，你给大家说就行了。"我其实不懂，就是要小聪明，蒙过去了。

邹：南疆的少数民族比较多，您和少数民族有过交往吗？

刘：嗯，有交往，我还学会了一些他们的歌。

邹：能不能回忆一下这段往事？

刘：我们实习的时候，附近住着维吾尔和哈萨克老乡，他们种有杏子，我们呢，也不时去指导他们搞生产。部队上纪律严明，我们不能乱要人家东西，他们热情邀请我们吃杏子，我们不要，他们说：“我们不告诉你们连队，你们去吃吧，好好吃就行。”（笑）女同志们教我们跳维吾尔族舞，唱维吾尔语歌曲，我学会了三段，这么多年我都还记得。我们相处融洽，就像兄弟姐妹，地上掉了好多杏子，我们就帮老乡拣杏子，教他们种棉花。当时我们也不知道什么是民族团结，我们就说我们是一家人嘛，我们向你们学习啊。

邹：您当时学维吾尔语了吗？

刘：学了很多简单的，现在都忘光了。老乡教的那首歌还能唱。

说到唱歌，刘阿姨顿时来了精神，站起来演唱一首维吾尔语歌曲，声音高亢激扬，手势显得格外专业，尽显当年“金嗓子”的风采。

邹：您实习结束以后，又回到北疆了？

刘：实习完了之后回到农学院，又学了半年，然后分配工作。我们的考试实行五分制，一共七门功课，我有四门课得五分，两门课得四分，只有政治课是三分。所以在那个地方就没能入上团。我就不知道要入团，也不知道要写申请书，工作还是很卖力，叫干啥就干啥。在农学院学习期间还有个故事，那就是我见到了王震，因为我从小就会做饭，经常早上去买菜做饭。有一天上面通知说食堂需要一个会做米饭的帮手，我赶紧跑去报名，上面就派我去食堂做饭。我来到小食堂报到，负责食堂的老班长问我：“你切菜会不会？”我说我不会，我切不出来花样，乱切。他说：“你做米饭行不行？”我说做米饭可以。他给了我大概两斤米，用来做饭的是一口大锅，足够给五十人做饭。那么大的锅，烧的还是梭梭柴，不是煤炭。所以我就没有做好，饭烧煳了，黏在锅上。人家把菜炒好了，我把饭端出去，有点黄，我心里忐忑不安，很愧疚地说：“不好意思，我把饭烧成锅巴了。”没想到来的首长是王震，他很亲切，连声说：“没得关系，没得关系，我爱吃锅巴饭，我们是小老乡啊，你是湖南哪个地方的？”我说我是湖南长沙的。他说：“那你来这个地方习不习惯啊？”我说我习惯。他说：“你还需要什么吗？”我说我需要鞋子，我没鞋子穿，部队就给我发了一双皮鞋，白天穿它，晚上也是它，还夹脚。他就和我开玩笑说：“没孩子没得关系，以后结了婚就有孩子了。”咱们湖南话不是把“鞋子”念成“孩子”嘛（笑）。

邹：您在八一农学院上的中专班，那时候中专也算是高学历了，您毕业之后被分到哪里了？

刘：本来我是分在石河子试验场，也就是五七农场，我自己不愿意去，我说我要到最远的地方去，据说农七师的棉花种植很不错，我就主动要求去农七师。一辆汽车拉着我们十七个人去农七师，不到中午一点就到了沙湾，后来出师不利，到了沙湾车子坏了，直到下午四点车子都没有修好。怎么办？大家坐在路边等，过了一阵听说农七师来了一辆车，大家高兴得不得了，都在喊车来了、车来了，后来一看来的是辆马车，十七个人哪能坐下？大家开始商量，赶马车来接我们的人也在想着怎么办。我们异口同声地说："我们走路。"大家把行李放在马车上，走路前进。从沙湾到农七师将近三十公里啊，我们走了两个多小时就走到了。

来的这个地方好像也不太亮，黑黢黢的。后来农七师的师长刘振师（音）就来给大家讲话。主持人说："现在欢迎刘师长给大家讲话！"大家就在后面嘀嘀咕咕。我说："六师的师长跑到我们农七师来讲什么话啊，真是多此一举。"他是刘师长，我以为是六师师长，我听错了。在那里又学习了几天，刘振师也是湖南人，他给我们上课，给我们讲地形，讲多年来的产量，就讲这些。我说讲那么多干话干啥呢，赶紧把我们分到各个连队里面去，我要求到最远的地方，要到连队就到二连去。我们分下去的时候已经是三月底四月初，该播种了，我第一个就是处理棉花种子。因为那时候棉花种子上面都有好多毛，要把那个毛脱掉。用什么脱毛呢，用那个福尔马林。我哪里都不去，就守在那里处理种子。处理的时候要用铁锹铲，但我担心把种子铲坏了，后来我撒上福尔马林之后，光着脚丫子，大堆大堆用手搞，和工人一起为棉花种子脱毛。最后我的脚烧坏了，裂了口子，特别疼。我忙得根本顾不上抹药。现在我的脚还特别干，冬天它就裂大口子，都是当年处理种子落下的病根。

我到二连以后和战士们处得十分融洽，关系不错。我利用吃饭的时候，给他们唱歌。那时候战士特别好，特别高兴。我唱了一曲又一曲，大家掌声不断。我说我光唱歌，不吃饭了吗？（笑）后来五连缺技术员，就把我从二连调到了五连，在五连也没有待多久。但是五连出了个谭淑芬（音），这个人是劳模，1954 年来的，后来当了排长，工作很积极。跟她一块工作呢，我觉得非常有兴趣。我负责农业技术指导，有时候还负责抓虫子。大家抓了虫子要拿盒子装上，要记成绩啊。棉铃虫这么长，我也不怕。

邹：成绩怎么算？看谁抓得多？

刘：对，一条虫一条虫地数，谁抓得多谁的成绩就高，我负责给他们记。到了冬天，战士们的被子和棉衣需要清洗，这些活我都不会，谭淑芬就很能干。因为棉花生长期比较短，好多都不熟，不熟就把棉桃摘回来，摘了以后堆起来。团长说，妇女晚上没有事，男的去拨梭梭柴，女的就去剥棉桃。我也给她们记成绩，一个人定额十五公斤，具体剥了多少我都会认真登记。但是我一个技术员老记成绩也不行啊，我也和她们一起剥，剥多少我也记上我的成绩，最后白天完不成任务，大家晚上就加班。我很纳闷，总感觉她们熄灯以后窸窸窣窣的，于是把被子拉开看，发现她们都把被子盖住，手还在剥棉花桃呢。哎呀，我说这些人真是的，害怕白天完不成任务，晚上剥。晚上十一点熄灯，剥到凌晨两三点，三四个小时可以剥七八斤啊。我看到她们这样干，我晚上也起来和她们一起剥，剥了以后我就这个给一点那个给一点，我也不算我的成绩了，她们这么辛苦，一个人给一点。

后来我又调到了六连，刚调到六连的时候，正好南疆过来了五六百人，学习种棉花。六连有技术员，都是农学院毕业的，上面就给六连分了五十个少数民族老乡，我给他们当老师，主要教棉花种植技术。那年我辅导的少数民族班得了先进班，考试由团部统一组织，不在连队，应当说比较公平。我上午给他们讲课，下午实习。比如说，上午讲土壤分哪几种，下午就把大家带到地里面，讲含多少沙的是什么土，含到百分之十的是黏土……所以他们的成绩还是很不错的。我跟他们的关系也搞得好，他们活泼开朗，晚上吃完饭都围在一起跳舞，大家也请我跳舞，日子过得很开心。那年取得了一系列成绩，除了这个班荣获优秀荣誉以外，我负责指导的于爱花（音）家的棉花丰产了，结果于爱花当了兵团的劳模，我当了兵团的先进工作者。那一年我也结婚了，后来于爱花调到克拉玛依，就再也没有联系了。

邹：于爱花的突出事迹是什么？

刘：她是1954年进疆的，山东人，不是女兵，是来支边的。于爱花特别能吃苦也特别能干，工作质量搞得很好，棉花亩产上千斤，所以她当了劳模。

邹：您结婚的时候多大年龄？

刘：才十九岁。

邹：怎么认识的？

刘：结婚是这样的。1955年，团部组织我们这些技术员去搞棉花鉴定，有一天我去七连鉴定棉花，天黑了才忙完，我留在连队吃饭，吃了饭以后我就到集体宿舍去问，哎，我能不能在你们这睡一晚上？恰好有一个湖南来的姑娘，她说可以啊，你跟我睡吧。我说那好、那好，我跟你睡，我叫她大姐，那时候不兴叫这些的，都是同志同志地叫，叫大姐好像很寒酸，我也叫她个大姐，因为是湖南老乡嘛。天黑得早，我刚准备上床休息，忽然听到有一个人在唱歌，唱的是《井冈山之歌》，“罗霄山脉的中段，有一座雄伟的高山；苍松翠竹常年青，山洪流水永不断，伟大领袖毛泽东……”歌声穿过夜空，悠扬动听。我问这位湖南老乡唱歌的是哪位。她说，这是我们的文教，小文教，他好年轻呢，是江西参军来的，也是1951年来的，他可能才二十来岁。我说，哦，怪不得他唱歌这么好，那些老战士都三十多岁了，没有一个唱得这么好的。这个东西太巧了，就这样过去了，没有见到这个人，我也没有去想这些事。那年冬天，我们到团部做年终总结汇报，当时宣传科科长的老婆叫秦丽萍（音）找到我说：“玲玲，我给你介绍个对象。”我说：“哎，我不要对象，都是老不渣渣的，三十多岁的，给我当父亲可以。”她说：“不是，我给你介绍的是文教，是我们司令部的文教，他是从七连调过来的，刚调过来不久，好年轻呢。”秦大姐说的那个年轻文教，原来就是那晚唱歌的小伙子。我走的时候，秦大姐张罗着安排我们见面，我说行，见见面可以，至于同意不同意我不能保证啊。她说可以。到了晚上，我们按照秦大姐的安排，来到一个房间，大概是十五瓦的照明灯泡，黑黢黢的，去了以后秦大姐就说：“你们在一起聊聊，我走了。”她把门一关就走掉了。秦大姐走后，他就说话了，他自我介绍说叫霍荣洲。他说你叫刘玲玲吗？我说你怎么知道我叫刘玲玲啊？他说听秦大姐说你叫刘玲玲，农学院毕业的。我说你明知故问啊。我一看这个人挺年轻，也就是二十来岁吧。他说我们交个朋友啊，我说以后再说吧，没有说几句话，我就编个理由先走了。后来我到团部开会，他是机关的文教，知道技术员要来开会，就在门外站着，他看到我来了，很热情地打招呼：“刘玲玲，中午到这里来我请你吃饭啊。”他经常叫我名字，我们那些同学就知道了，跑来问我：“那是不是你找的对象？”我说哪有那么多对象，朋友嘛，叫着吃个饭有啥关系，反正是公家的饭嘛，都打饭吃嘛。就这样你来我往。

邹：最后成了吧？

刘：嗯，跟他结婚了。

邹：您这是找到知音了，都有文艺方面的共同爱好。

刘：呵呵。（笑）

邹：能再谈谈劳动当中的经历吗？

刘：嗯，还有一个故事，我1955年在六连当技术员的时候，有一天晚上，七月份吧，团里打电话给连长，要求连队的技术员第二天赶到团部开会。我当时在外面办事，离团部大概有三十公里，通知要求九点钟必须到会，这就意味着我六点钟就得起床。起来以后，伙房还没有做饭呢，我要了个馍馍就走了，到了团部还不到九点，才八点半，我没有迟到，那时候迟到是要挨批评的。开完会，汇完报，都到晚上八点钟了，食堂准备好了晚饭，我说我就不吃了，要赶回去，这些人都说你走啥呀，你不是爱跳舞么，今天晚上有舞会，师里组织的舞会。哎呀，我说不能跳了，我正担心地里的棉花呢，虫子那么厉害，我耽误一天，棉花要损失上百斤，我不能在这跳舞，我要回去。我拔腿就跑了，三十多公里啊，八点半我就开始走，我走到离家还有四公里左右的时候，天已经黑了，伸手不见五指。突然，我发现前面有一双亮亮的、蓝幽幽的眼睛，我吓得直冒冷汗，能听到汗珠滴落的声音。我心里想这咋办呢，我还不满十八岁，才工作两年，就这样叫狼吃掉了多可惜呀。我不敢走，也不敢动，大概有十来分钟，狼也不走，后来我就急了，往前走两步，它退两步，我再走两步，它又不走了。我害怕极了，自己又对付不了狼，我干脆停下来，抬头看到前面不远的地方有马灯，我感觉救星来了，也不那么害怕了，我就喊呐，我说狼来啦，救命啊，喊了好几声，因为夜深人静的时候，那个声音一传就传得好远。有人听到喊声，赶紧回答我说：“小姑娘你不要害怕，我马上就来了，我是浇水的。”我说快来吧，这边有狼，它离我只有一百米距离。浇水的人叫我不要害怕，他扛着个铁锹，还扛着个马灯，他把马灯拎得高高的，等他走到我跟前，狼跑了，一溜烟消失在夜色中。我跟浇水的人说：“你是我的救命恩人，你要不来，我就被狼吃掉了。”想想都后怕。

邹：您一直在连队指导棉花生产？

刘：我在连队待到1957年。1958年我到了机关生产科。

邹：团部机关？

刘：嗯，一二一团。

邹：在团部机关主要做什么工作？跟技术有关吗？

刘：还是搞技术宣传嘛，那个时候叫生产股，负责棉花种植。

邹：您一直跟棉花打交道，有没有尝试一些发明创新，比方说棉花品种改良？

刘：没有，基本上还是传授一些常识性、经验性的栽培技术。

邹：每到秋天，兵团农场到处都是洁白如雪的棉花，拾棉花成为一道独特的风景线。您参加过拾棉花竞赛吗？

刘：我主要负责棉花种植技术指导，没有拾过棉花。当时我就是给大家记成绩，拿个木头框框，统计谁拾了多少，根据拾棉花成绩排出名次，我鼓动大家多拾棉花，在田间地头搞些宣传工作。

邹：您结婚以后，哪年要的第一个孩子？

刘：1957年。

邹：当时孩子是谁带的？

刘：找了个老太太带的。我就说我生了四个孩子，一个都没带过。我一心扑在工作上，顾不上带孩子，直到现在我连双布鞋都不会做，毛衣也不会织……我的第一个孩子呢，我没有管他，也没有带好，他成了聋哑人……但我好长时间居

然都没发现。（流泪）

邹：生病造成的？

刘：嗯，我那时在连队搞麦子鉴定，搞这个鉴定你要取样啊，取样以后要把它晒干，晒干之后才能测算出每亩地的产量。我在连队蹲点，一蹲就是半个月，有一天，帮我带孩子的老太太给我打电话，她说玲玲你赶快回来，我说怎么了，她说你那个孩子生病了，高烧不退。我说生病了我又不是医生，你把他带到医院去住院就行了，我不能回去，我在鉴定麦子，我要回去了我就一事无成了。老太太帮我照顾着，半个月以后我回家，孩子不理我，我一天到晚忙工作也没有好好管他，我们吃饭都是在食堂打饭吃……1959 年的五月份，我养父给我来了封信，他说你不是生了个孩子了嘛，能不能给我个照片看看啊。于是我把孩子带到照相馆照相，叫他往前看镜头，他不看，歪着头，也不听话。我觉得纳闷，就拿个铃铛在他耳边摇得叮当响，他还是没反应，连看都不看我。我一下子坐到地上，心里想着完了，孩子肯定是聋了，听不见了。后来到医院检查，果真是耳膜坏了，高烧烧坏的……我这孩子后来就成了聋哑人（流泪）……1959 年我回老家，我养母已经在 1957 年去世了，我找到我的养父，把孩子交给养父，让他带着到医院针灸。这次回老家，养父告诉我一个消息，说是找到了我的亲生父母。

邹：您从小就被收养，这次回乡探亲打听到了亲生父母的下落，有没有去认亲？

刘：听养父说我的亲生父母就在前堂，我于是决定到前堂去探个究竟。因为前堂离长沙很近嘛，一毛钱一张汽车票，到了前堂汽车站我就下车了，我向一个售票员打听，问他知不知道二十年前前堂有户姓周的人家把他大女儿送人了，他说："你找他吗？"我说是。他又问："你是谁？"我说我就是他的大女儿，他说："我就是你亲堂哥，哎呀，可找到你了，找了你二十年了。"他当时正在忙，不能离开这个地方，就给我指路："你往前走，前面有一个棚子，那个棚子就是了。"我走过去，看到一个人站在棚子门口吃饭，我就问他："请问你是姓周吗？"他说："是啊，我姓周。"我说："我是你的女儿。"他说："我连婚都没有结，我怎么会有女儿呢？"这个人是我弟弟，长得相当老气，再加上我也没仔细看。我给他解释后，他高兴得不得了，赶快带我到家里去。他说："哎呀，我也没有东西给你吃，我给你去偷一点红薯来吃吧。"我说别偷了，偷不好，不要偷，我吃过饭来的。晚上，我跟我妈妈一起睡，我爸爸到其他地方睡去了，我睡觉时腿很不老实，光爱伸腿，一伸就把被子蹬得稀巴烂，那个布啊都朽了，我妈妈就跟我说："哎呀玲玲啊，你把我的被子都蹬烂了。"我说："你那个被子不结实嘛，怎么能怪我呢？我明天给你买几床被子。"她说没有布票啊，我说没有布票没关系，布票可以买得到。第二天我就给家里买了三四床被子。没有吃饭的地方，我爸爸当时在军区当炊事员，他就带我们到外面吃了一顿饭，我掏的钱。这算是第一次找到了亲生父母。

邹：您后来和父母聊家常，了解到小时候被人收养的细节了吗？

刘：事情是这样的，我父母想把我送到长沙去以后可以过上好日子。我养母有个干爹住在前堂，有一次她坐着轿子来看望干爹，两个轿夫走到我们家门口，我蹲在地上玩，狗一看到生人就哇哇叫起来了，她听到狗叫，探出头来看，正好看到我，她见我长得伶俐，就走过来逗我玩。这时候我妈妈从屋里出来打狗，把狗赶跑了，看到一个阔太太正在逗我玩，我妈妈就问：“太太您要干什么？”我养母说：“我看你家这个妹子长得怪不错的，你怎么不给她穿好一点？”我妈妈叹了口气，说：“我们饭都没得吃了，我还准备带着她去要饭呢。”我养母说：“你要带着她去要饭？你不是还有一个小儿子么，那你把这个小姑娘给我吧，我给她穿好的，吃好的，将来叫她上学。”我妈妈相信了，想着我能有条好出路，就这样把我送人了，我爸爸当时都不在家。后来我爸爸一直都对我妈妈不好，就是因为她把我送走了。

邹：您刚才讲了大儿子的遭遇，您总共生了几个孩子？

刘：我后来又生了三个。

邹：大儿子成年后，工作是怎么安排的？

刘：我那个大儿子十四岁就工作了，他学做木匠，我本来想着让他学门手艺，但是后来也没有做木匠，在农场喂过猪，再后来安排在一个残疾人工厂工作。大儿子成了家，有儿有女，都很争气。

邹：您当年全力以赴扑在工作上，把大儿子给耽误了，后悔吗？

刘：非常后悔。我没有照顾好他，我不是个好妈妈，我一定要补偿他，把孙子孙女带好……

邹：50年代，您在连队当农业技术员，后来到了机关，还从事过别的工作吗？

刘：我还在小学当了十年老师。我这个人是干一行爱一行，我拼音不行，b、p、m、f都不会，只能边学边教。但是我能吃苦，也认真，教过的学生还有考上清华的……我后来又调到五七干校当技术老师，我得了卵巢囊肿，有时候疼得在课堂上站不稳，汗水往下淌，我的学生看出来了，学生说：“老师您给我们布置几道作业就行了，您快去医院看病吧……”我和学生都是朋友，彼此信任，遇到家境特别贫困的学生，我就把我的细粮票给他，我说你就拿这个吃，多吃一点……后来我又阴差阳错被分到民政系统，我对民政工作一无所知，只能靠自学苦练，广泛阅读相关书籍，学习各种文件，一年时间就得心应手了。第二年开始，我几乎每年都是民政先进工作者。

邹：可以说，您见证了军垦新城石河子、奎屯的发展历程，亲身感受到了戈壁变绿洲的历史变迁，如果回顾过去，您认为兵团军垦精神指的是什么？

刘：我感觉兵团军垦精神就是“不怕苦不怕累，勤俭持家艰苦奋斗”。

【后记】

刘玲玲的性格不太像湘妹子，更像是从黑土地上长大的东北大妞，说话大大咧咧，直来直去，不刻意委婉，但又绝非“假小子”、“大老粗”。她的嗓音清脆甜美，舞姿曼妙绰约，是名声在外的“金嗓子”“舞蹈家”。

我聚精会神倾听她讲述人生经历，脑海里不时浮现出一幅画面：微风吹过一望无垠的棉田，一位身着黄军装的女技术员正在田间查勘病虫害，或许是感受到了丰收的喜悦，她哼起了邈远悠扬的民歌，“在那遥远的地方，有位好姑娘；人们走过她的毡房，都要回头留恋地张望……”

刘玲玲是个苦孩子，小时候就被亲生父母送给他人，饱受养母殴打虐待，她带着深深的童年创伤，仿佛一匹被禁锢在绝境里的马驹，不时打量着窗外的风景，一旦解除了身上的枷锁，就注定会奔驰在草原上，跃腾万里。她热切地渴望来到新疆，因为在她心里，那个遥远荒凉的他乡注定是自己的故乡！由于念过几年初中，她很幸运地被八一农学院中专班录取，成了一名受人尊敬的农业技术员，在南疆实习期间，她真诚指导当地少数民族老乡种植棉花，积极吸收少数民族艺术文化，学会了维吾尔族舞蹈，会唱维吾尔语歌曲……用最自然质朴的方式践行着各民族之间的团结互助。

刘玲玲坦言，“我不是一个好妈妈”。她日复一日地奔忙在田间地头，是团场职工信得过的技术指导，也是取得骄人成绩的劳动模范，但因为无暇照顾家庭，留下了不能挽回的遗憾——大儿子因为发高烧，成了聋哑人……人生难得圆满，这些荒原上的第一代军垦母亲，用血汗将茫茫戈壁润泽成片片绿洲，自己却经受着无法形容的伤痛。

承受生命不能承受之重……

要留清气满戈壁

口述｜金茂芳

人物档案：金茂芳，女，1933年出生，山东济宁人，回族。少年时参加“回青剧团”，以文艺演出的方式宣传党的思想。1952年来疆，为兵团第一代女拖拉机手，劳动成绩突出，曾荣获兵团“十二面红旗”、自治区和兵团“劳动模范”“戈壁母亲”等荣誉称号。退休后积极参加社会活动，为宣传兵团军垦精神作出了重要贡献。其感人事迹见诸各类新闻报道、纪实文学和电视纪录片。

访谈时间：2015年5月6日上午。

访谈地点：石河子市三小区。

邹赞（以下简称“邹”）：我在网上看了一些您的相关资料，1933年出生，祖籍山东，回族。

金茂芳（以下简称“金”）：对，你的这些信息都很准确（笑）。

邹：按照惯例，我们还是先从您儿时的家庭情况谈起。

金：可以。刚才你也说了我是山东济宁人，回族。我出生在济宁一个大地主家庭，我的父辈弟兄一共三个，姊妹两个，没解放的时候，我家庭条件是比较可以的，有几百亩地，人口众多，平时每天至少二十几口人在一个锅里吃饭，到了割麦、收麦的时候，长工、短工都在我们家里吃饭，有时一天有七八十口人吃饭。因为家里比较富裕，所以我七岁就开始去学堂上学。

解放前，我伯父在日本人开的工厂里当会计。我父亲不爱上学，目不识丁，他特别喜欢和农民种地，赶个马车啊，喂个牲口啊，就是这样。所以，我父亲在

“土改”时的命运和我伯父他们不一样，没有被认为是罪大恶极。

邹：您出身大地主家庭，可以说是含着金钥匙出生的。这样的家庭条件除了可以送您到学堂上学之外，父母和家人平时都是怎么教育您的？

金：那时候也不懂什么教育，我母亲非常善良，经常接济那些贫苦农民，有吃不完的东西都给人家送过去。我母亲活到解放以后，特别是（我）参军的时候，她教育我要做一个好人，她也不会讲什么大道理，就是叮嘱我们离家后要做好事，不要昧自己良心。我父亲是个非常老实的人，平日里和长工、短工打成一片，一起割麦呀，赶马车呀，他特别会赶马车，马调皮的时候，他一鞭子打下去，性子再烈的马很快也就变得老老实实……我很敬佩我的父母。

邹：山东解放得比较早，您伯父曾经给日本人当差，情况比较特殊，您家在解放中有没有受到冲击？

金：我父亲不当家，没有一分钱，祖上的家业跟我们关系不大。解放后我们家族的田地和房子大多充公，分给贫下中农了。直到现在，我每次回家，一些年长的亲戚和邻居会告诉我哪个公园哪个小区呀以前统统都是我们的地。我父母对我们从来不娇生惯养，我们从小就要下地干活，和那些短工、长工关系处得特别好。

邹：也就是说，您虽然出身于地主家庭，但您父母在情感上和贫下中农没有隔阂，这种言传身教直接影响到了您……

金：嗯，对对对。

邹：“土改”的时候，您差不多十四五岁，到了懂事的年龄，面对家里房产、田产被充公的巨大变故，您心里是怎么想的？

金：那时候也小，也不懂政策啊，什么都不知道，依稀记得人家说“打倒地主，打倒土豪”，但是不懂其中的意思。解放以后，我没再上学，我才上到五年级上学期，下学期都没上。所以那时候也不懂这些政策，那些词句都不懂，也没什么特别的感觉。我父母照常过日子，也没有政府什么的拉着他们去批斗。当时工作做得很细，我伯父叔父家的房子和田产统统都被没收了，什么也没留下，但是给我们家留了房子和几亩地。所以呢，解放以后，我就跟着父亲在家里种地。

邹：新中国成立后有个“镇压反革命”运动。

金：嗯，对。我的伯父因为帮日本人做过事，后来被判决了……

邹：您为什么会想着去当兵？

金：我小时候在秀土庙上过学，那时候上学不像现在都有父母来回接送，我们需要自己来来回回地跑，上学以后呢，学到了一些知识，后来解放了，到处都在宣传党的政策，我感觉中国人民解放军阳刚威武，特别是女的，女的当了兵，真是英姿飒爽，让人羡慕。我那时候十五六岁，个子挺高，长得也挺好，自己觉得应该参军，应该当一名威武的女兵，但我心里一直在琢磨，我地主的家庭成分能让我参加么，按照政策根本不能参军，我只能羡慕人家，找机会和大家在一起开展活动，唱唱歌啊，或者就是把党的政策给讲一讲，慢慢地，对共产党的概念越来越清晰，当一名女兵的心愿也越来越坚定了。

邹： 您在参军前，具体都参加些什么样的社会活动呢？

金： 我当时非常活跃，对政策方面，对党的宣传方面，是很有接受能力的。有些资本家的子女也没有工作，闲在家里，那些大哥哥大姐姐们凑在一起，提议成立一个剧团，就是群众性的一个组织，剧团编演剧目，以文艺演出的方式宣传党的政策，什么“三反”“五反”啊、婚姻法啊，都演一演。说实在的，那些资本家的儿女们都有文化，他们可以编剧，舞台演出也像模像样的……就这样，我参加了济宁市回青剧团。

邹： 回青剧团？

金： 嗯，我不是回族的么，这个剧团都是由回民青年组成的，后来我们一起到新疆来的有七八个，都参加过回青剧团，我们经常在一起演节目，也了解党的政策。

邹： 当时演的节目政治性都很强，您能不能举个例子？

金： 就是“三反”“五反”，就是打大老虎嘛，打贪污犯。我呢，就是扮演一个贪污犯的老婆（笑），那时候才十八岁，俺妈知道了就不愿意了，埋怨我说，“你才十七八岁就当了人家的老婆”，她不懂么，不知道这是剧本，就不让我去，俺的几个好姊妹都偷偷地跑过来。那阵子宣传婚姻法，我和一个好姐妹在一起搭档演戏，她叫朱英宝（音），前几年去世了，俺来新疆后一直和她在一起，她也在石河子。当时她演主角，宣传自由恋爱，我呢，老是演配角，父母包办婚姻，命比黄连还苦（笑）。情况就是这样。

邹： 看来回青剧团对您的影响不小。除了参加剧团活动，当时还有没有别的社会因素给您留下深刻的印象？

金： 对。我们在剧团排练节目，宣传党的政策，记得我们当时是在一个派出所排练，经常接触部队上的人，有一天听到他们说新疆军区来山东招兵了，不问家庭成分，只要是 18 到 25 岁的青年，都可以参与……还有一个消息就是抗美援朝，要招女兵去当护士啊，也不管家庭成分。我当时十八九岁了，人家都在工厂工作，我还待在家里闲着。我难受得很。我母亲就一门心思想让我找个婆家，俺大姐十七岁就生娃娃了，俺二姐十五六岁就结婚了，我都十九岁了，一天瞎晃悠，我母亲急得不行，到处托人给我找对象，可我就是不愿意处对象。所以新疆军区来招人，我就赶紧跑去报名，我们回青剧团一下子报了十几个，大多是资本家的子女，好几家还是姊妹两个一起报名的。所以说呢，我们那时候积极参加社会活动，消息并不闭塞。

邹：有时候，一个及时的消息确实可以改变人生命运。

金：是的。我大娘家的一个姑娘，年龄和我一般大，她就不来，因为她大门不出、二门不迈，我这个人不管这些，疯得很。

邹：您最初知道新疆军区来招兵的消息时，对新疆有没有什么概念？

金：没有什么概念，我五年级学历史学过，就知道新疆地大物博、人烟稀少，但是不知道地大物博是多大，咱们也没看到地，一看原来这么大（笑）。人烟稀少，俺来时哪有人啊，没有人。

邹：能回顾一下报名参军的情况吗？

金：可以，招兵消息上说的是十八到二十五岁，实际上我们来的这一批年龄大多是十三到十五岁，也有十九、二十岁的，我们中队总共一百多人，只有一个二十五周岁的。我们那儿有一个麻袋厂，就是织麻袋的，都是女工，一听说（新疆军区招兵的信息）都不干了，都上新疆来了，这一个工厂全部都来了。

邹：一个麻袋厂全部西迁，可见当时大家参军入伍的热情。

金：她们是 1949 年参加工作的，后来退休算是离休干部。

邹：对，解放前参加工作的，按照离休干部对待。

金：我们那时候参加回青剧团，要是回青剧团也算国家正式单位，我们也是离休干部（笑）。

邹：您当时决定来新疆，父母同不同意？

金：父母不同意。我们是市里头的么，我父亲刚好到县里拉粮去了，不在家，我母亲不愿意让我去。因为啥呢，我的姐姐 1952 年走的，我这一走呢，那就不行了，都走就不行了，我的弟弟很小，她就不叫走，不叫走不行，不走我可是不愿意的。我记得她生病了，在床上躺着，反正我不管，拿着被子就走。那时候也没有衣服，哪有衣服穿，换洗的衣服都没有，我家里有几床被子，我拿着被子就走。我弟弟后来也上新疆来了，他说，"你走了俺妈哭不行了"，我走的时候弟弟还小，我在家里算是一个很不错的劳动力。

邹：从济宁坐车到新疆，要在济南、西安等地多次转车，这个过程顺不顺利？

金：还算顺利吧。我是山东济宁市的人，我们坐火车坐到兖州。我们是 8 月 1 日早上八点多钟出发的，那时候还没有蒸汽车，都是烧木炭，到兖州坐了火车以后，就到了西安，西安以后就不通火车了。当兵的车全部都在广场那停着，五十多辆，每辆车都有编号，你坐哪辆车，他坐哪辆车，走到哈密以后就分开了。

有的中队到哈密就下来了，有的中队还得继续往前走，反正看上面的安排。我们那时候都是七八十斤重的小孩，绝大多数个子很矮，从西安出发时坐的大篷车，就这样一个抱一个，三十多个人坐一辆车。屁股底下坐的都是机器，什么面粉车间的机器啊，纺织厂的机器啊，把我屁股硌得没办法（笑）。

邹： 你们这一批从兖州出发的大概有多少人？

金： 一起出发的有一列车，就是一千多人。到兖州，走一走就到江苏了，经徐州到河南，就这样。

邹： 我看了一些山东女兵的回忆录，说是途中有人生病？

金： 我得了疟疾病，疟疾知不知道，俗话叫打摆子，现在没有这个病了。我到西安时得了疟疾，打摆子，全身哆嗦，冷得啊就是没办法，我们中队有两三床被子都给我盖上了，还是不行，一个钟头后就热得满头大汗，都没办法活了，我年年都有这个病。看到这种情况，我们队带队的人跑来劝我："金茂芳，你别走了，你就住在西安。"我说："那不行，我不能留下。"我们那个区队里全部都是回族。我坚持要走，路上又发病了，我记得走到武威那一片，把我渴的啊，我说我的嘴都干死了，车到了那里停下来，有一个茶锅，大半锅糊糊，我喝了满满一壶水。哎呀，这壶水可把我的命救了。

邹： 我想向您印证一个事实，曾经有一篇报道说您当时得病了，上面劝您回家。刚才听您的讲述，组织上应该没有让您直接回山东，只是暂时先留在西安调养身体，等病好以后再跟下一批一起进疆？

金： 嗯，你这个理解是对的。叫我回家我肯定不愿意，部队上没有叫我回家的意思，只是让我先留在兰州军区。

邹： 看来一些报道不够严谨，所以我专门提出来请您印证。

金： 我接受任何采访都是实事求是地说，你记忆力再不强也不能胡说是不是？不真实是绝对不行的。

邹： 对，必须这样。我想再和您聊聊来疆途中的一些细节，山东也是好地方，过了武威，看到河西走廊，那样的荒凉，当时心里面有什么感想？

金： 感觉就是这怎么半天了，一天了，连人影都没有呀。到了武威，那些小娃娃都光着屁股，乱七八糟的土房子，怎么连个厕所都没有啊（笑）。俺们是八月份来的，八月底都还在路上走着呢，我们 9 月 3 日才到石河子。所以看到这里这么穷，人迹罕至，心里有点难受。可是我说的是实在话，我没有留念我的家乡，因为我都十九岁了，没有工作，也没有上学，我又是一个要强的人、一个进步的人，我的家庭成分把我压得这么厉害，心里有说不出的憋屈。我来到石河子一看，最小的十三岁，我十九岁，算是比较大的，她们抱着我就哭啊，她们一哭，我也流泪。

邹：大篷车到了迪化没有停留，直接奔赴石河子了？

金：没有。

邹：也就是说，你们的去向已经提前安排好了。

金：对。

邹：您到了石河子以后，做些什么工作？

金：来了（石河子）以后什么也没有，都是荒草湖泊、戈壁滩啥的，就老街那个地方有几间房子。实在没办法，我们就挖地窝子住，住下以后呢，解放军叔叔给我们上课，讲新疆以后的发展前途，都是“楼上楼下，电灯电话”，要大家安心扎根边疆，以后肯定能过上好日子。我们9月3日抵达石河子，快到农历八月十五了，八月十五那天下起了大雪，鹅毛大雪铺天盖地，你说那些姊妹们，都十三四、十四五岁的娃娃，挤在地窝子里冻得直哆嗦，有的吓得号啕大哭。

邹：地窝子是最具特色的军垦文化遗产，您能回忆一下当时在地窝子里的生活情况吗？

金：地窝子你见过没有？

邹：我在“军垦第一连”见过。

金：那地窝子算是好地窝子了，跟我们住的地窝子还不是一回事。（用手比画）挖了以后，就拿草啊，也不是说木头，搭上，跟地一样平，没有门。木头条子弄一弄，再一个就拿柳条编门。条件很简陋，但是没办法，也得住啊，那时候狼很多，满石河子跑，叫唤得没办法，晚上你去解手都没有厕所，就打个洞洞，挖个坑。晚上解手都吓死人，四五个人起来拉着，说咱们解手去（笑）。特别是冬天，冻得没办法，我们住在土炕上，连床厚被子也没有，发的那个被子薄得跟个啥样，没办法了，我们就拿没有面子的皮大衣盖着，臭得实在受不了，但是太冷了，大家都钻到皮大衣下面，蒙着头，不敢露脸，露脸冻得啊。那个霜雪，全都是霜，冻得没办法，起来加火都冻得没办法，几个人挤在一个被窝里睡，有时候，老同志睡在炉子边弄炭啊，哎呀，冷得没办法过。

邹：条件再艰苦，劳动需继续。您当时都参加什么样的劳动？

金：我来的时候就分配工作，前面一个多月是思想培训，鼓励大家安下心扎下根，长期建设新新疆。说实话，来了之后想走也走不了，没有交通工具，不像现在什么都有，拔腿就跑了，那时候你能跑到哪儿去，连个汽车都看不到，所以没办法，大家就干吧，认命吧。一开始分配工作，有营业员，有医生，高小毕业程度的就能当老师，有当老师的，有做农工的，有开拖拉机的，工作分配都是自愿的，不是我叫你开拖拉机就开拖拉机，我叫你干啥就干啥。这咋办？我一看，有拖拉机，这么大，过去有两名中国第一代女拖拉机手，我们在家看过无声电影……还有新中国第一位女火车司机田桂英，这都是第一代的职业女性，所以，我也自愿要求去开拖拉机。兵团在当年十一月份组织了一批拖拉机手集训班，我和几个姊妹参加了，学了三个月，学了以后呢，就一直在开拖拉机，以后才变动了工作。

邹：您以前没有接触过拖拉机，学起来有难度吗？

金：我学得挺快，为啥？我的脑子比较灵活一点，老师教得也挺好。那时候在现在的军垦博物馆后面有个礼堂，小礼堂就是封了个顶，封顶以后什么都没有，哪有桌子凳子，没有木头，就从南山伐木，将木头剥了皮，一根根排在一起，也没有砖，用土块垫着坐上，就这样写字。冬天冷得很，零下三四十度，加了六个炉子，陶峙岳司令去了，说“不行，这么冷，再加炉子”，最后加了八个炉子，也不行，还是冷。大家穿着皮大衣、毡筒、棉衣，坐在那里听课、记笔记。我们文化程度那么低，哪能来得及记笔记呢，没办法，等到晚上12点熄灯了，买个手电筒，从文化程度高一些的学员那里借来笔记抄一抄。

邹：还记得第一次在地里开拖拉机的经历吗？

金：那当然能回想起来。我给你拿开拖拉机的照片。

金阿姨从柜子里找出珍藏多年的老照片，这些照片大都意义非凡，有的还在各种媒体上展示过，有的已经收入军垦博物馆。

邹：您开的那个拖拉机现在已经成了博物馆的收藏品？

金：对，在博物馆。

金阿姨重点介绍了拖拉机集训班的学员合影。

邹：您是这一个吧？

金：不是，我是这一个。我比她高，这也是我们班的。

邹：我前面采访过好几位女拖拉机手，大家回忆起当年开拖拉机的经历，基本上都是累并快乐着，您觉得呢？

金：这个拖拉机确实让我们受了大罪，为啥呢？这个是石油车，石油车要用汽油来发动，（发动以后）再带石油车。我们国家还没有解放的时候，苏联就有了这个拖拉机，跟“东方红”是一样的，都是54型号的。这个车经常出故障，动不动就气门掉了。咱们姊妹几个经常在一起，（指着照片继续介绍）她是个女的，你看着她像男的，湖南来的假小子（笑），发衣服就没有穿过女同志的衣服。她经常负责看车，因为车子一出故障，走不动了，你就得待在那个荒滩戈壁上守着，有野猪、狼，心里害怕呐，驾驶室没有门，也没有窗子，都是空的，就是一个驾驶盘，不挡雨也不挡风。哎呀，有一次我和假小子在那里开车，四周都是野猪啊狼啊，把我们吓得不行，两人就抱在一起。还有一次，大白天的，车子没有发动，坏了，俺俩就蹲在旁边检修，有一个老乡从旁边经过，他说，“你看解放军这两口子多好，多亲热”。人家听了都哈哈大笑（笑）。

再给你讲件事，我和刘功辉，俺俩，她是组长，她开车子，我在后面扶着犁，她一倒车，（做手势）轮子就往这边倒，这个犁有两个，一个呢在这边，一个在后面，这样一倒呢，就过来了，一过来就把我的胸口夹住了，我就使狠劲喊拼命喊，她终于听到了，就停住了，要是再往前走走，后果真不堪设想。我当时胸口这一片全青了。我都喘不上气，快憋死了，以后呢，她就在地中间把我拉到地两边。我们那个小队长知道了，很生气地说，“啊，有多大点事，还用公家的车子把你送到地头”。那时候的车珍贵得很，加起来可能还没有两百辆吧。这说明了什么呢？那就是私人在任何条件下都不能占据国家财产，宁可牺牲自己，也不能让国家的财产受到一点点损失。

邹：那时候人们的思想都特别单纯。

金：非常单纯，没有一点私心杂念。那种思想，我感觉现在已经很难再发扬光大。

邹：对，整个社会情况都变了，有些很美好的事物很难再复现。我接下来想问您一个比较个人化的问题。新疆军区当初从湖南、山东等地招来大批女兵，一个最主要的目的还是为那些“就地转业”“永不复员”的军人（“九·二五”起义官兵、王震进疆部队等）解决婚姻问题。您是回族，算是年龄比较大的，长相也出众，有没有很快引起关注？您的少数民族身份会不会影响到婚姻的选择？

金：（笑）那可多了！原来感觉参军光荣，当解放军了，没有料想来了新疆，主要是为了帮助部队官兵解决成家问题的，我确实从来没有想过。来了之后开联欢会么，我们队长就喊：“解放军叔叔你们好，以后这些叔叔要照顾我们，我们年龄都小。”你看大部分人都是跟解放军叔叔结婚。“九·二五”起义官兵的年龄一般偏大些，相差比较悬殊，有的人在婚姻上确实痛苦了一辈子，有一个和我一块来的女孩，她来的时候才十四岁，长大后也就一米五几的个头，她和老伴由组织上安排结了婚，结婚六十多年了还是不合拍，还有的人积极响应党的召唤，结婚后日子过得也不错。可是呢，我总体上还是认为他们能够白头到老，我这几年负责组织老军垦聚会活动，每五年举办一次，最近的一次是在兵团六十周年。所以呢，我也比较了解，离婚的很少，哪怕是丈夫大了很多，也基本上能够白头到老。这就说明不管女兵当时情不情愿，但是个人觉悟在党的领导下明显提高了。

说到当时找对象吧，我是回族，家庭成分也不好，这反倒是个优势。他们一找我呢，我就说，我是回族，我成分不好，不能找贫下中农。也有好多介绍的，也有比我大了好多的，我都拒绝他们了，他们也没办法。贫下中农不能要你这成分不好的，组织上也不批。另外呢，我是回族，不吃大肉，和汉族的生活习惯不相同，很难生活在一起。说实话，不是我不愿意，主要是因为没有找到如意的。1954 年，我就不在这个车上了，队里实行男女混合开车，我就分配到另外一辆车子了，这个车上有这么一个人，他叫王盛基，只比我大两岁，他现在要是还活着，差不多八十四岁了。

邹：他的家庭出身如何？

金：他是甘肃武威人，贫下中农。武威不是抓壮丁么，本来要抓他叔叔，可是他叔叔跑了，他十三岁，人家就把他抓住了，抓住了就参加了国民党。

邹：他后来到了新疆，成为陶峙岳司令的部下？

金：嗯，就是。所以，我跟他就相爱了，但还是有差距。

邹：他是汉族还是回族？

金：他是汉族。我们谈了三年，后来准备结婚，我们就写了一个报告，但是上面不批。

邹：不批的理由是什么？

金：一个是成分不好，一个是回族和汉族不能结婚。

邹：不是说搞民族团结么，为什么？

金：那时候的政策相对宽松，但也不是那么开放。因为领导不批准，他给我写了一封信，说怎么办？我当时给他回复：我们也不娶也不嫁吧，我们两个人就这样吧（笑）。这封信现在还在博物馆呢。

邹：军垦博物馆展出的是原件？

金：嗯，我这边还有复印件。

邹：您这一生也算值了，好多个人物品都成为历史文物。

金阿姨从柜子里翻出信的复印件，眼里满是对往昔岁月的无限怀念，幸福之情溢于言表。

金：你看，这都是在草棚子里写的，乱七八糟。

邹：您当时还很客气，称呼都是“您”。

金：呵呵。

邹：用词都是“革命同志”。

金：嗯，促进革命情谊，人家都笑，说这哪像是恋爱信啊。

我仔细阅读这封“革命同志”的恋爱信，情不自禁念出声音。

邹：（念）“我俩是在革命大家庭建立的友谊……您要很好地爱护身体，努力学习”。

金：他这个人非常爱学习，别看家里穷得跟啥一样。

邹：还有没有革命同志王盛基的照片？

金：咋没有，兵团五十周年大庆，我应邀去中央电视台做节目的时候随身带着，到哪都带着。

金阿姨展示老伴的照片，一张张详细介绍。

邹：相片上面色红润，好像处理过？

金：打了颜色。那时候都兴这个。

邹：您和王盛基同志建立恋爱关系的时候，有没有向家里汇报一下？

金：汇报了。

邹：父母是怎么说的？

金：父母当时没啥意见。再说小伙子长得这么帅（笑）。

邹：老人没有计较对方的民族成分吗？

金：没有。

邹：能再谈谈你们的革命恋爱故事吗？

金：根本没有时间谈恋爱，为啥没时间呢？他白班我夜班，他夜班我白班，很难碰到一起。有一次想谈恋爱了，我就跟他说：“人家电影上也有谈恋爱的，浪漫得跟啥一样，咱们也谈一谈。”我们不敢手拉着手，不敢挎着，不敢抱着，就这样走啊走，一直走到现在周总理纪念碑那个地方，大门边有条水渠，水流得哗啦哗啦响，我俩就坐在那里谈恋爱。

那时候是怎么回事呢？我是记工员，他也是记工员，记工员知道不？比方说我们犁了地，要看看犁了多少地，烧了多少油，换算成工分。有一次我们去开会，开完会都到晚上了，我就提议说出去走一走，咱们谈一谈。刚坐到渠边，那蚊子就来了，哗啦啦一大片，嗅觉可灵敏了。我们赶紧打蚊子，手忙脚乱，哪还有谈恋爱的时间。我说不行，不能在这坐了，真受不了，就是这样。

邹：那时候蚊子也有别名，叫“革命虫”。看来“革命虫”经常破坏革命事业呢（笑）。

金：嗯，是的。

邹：蚊子那么多，您夏天去地里开拖拉机，如何预防蚊虫叮咬呢？

金：开着车子的时候问题不大，只要停下就不行了。那时候没有房子也没有帐篷，就用树枝芦苇搭个临时的棚子，里面挂个蚊帐。晚上吃饭咋整呢？那蚊子咬得你不行，就把草堆点着，用烟熏蚊子。

邹：都说甘肃男人一般不爱做家务，那时候搞生产建设，男的也确实很忙，你们有没有因为做家务发生过一些矛盾啊？

金：我们结婚后没有要孩子，没有孩子事情就少一些。他在我们队上当指导员，我就在连队上工作，晚上上班，白天还要照顾车子，两人十天八天都见不到一面，亲还亲不过来呢，哪还有争执的时候？（笑）我老伴性格内向，老实得很，外号就叫“大姑娘”。我呢，疯得不得了，爱说笑话，跟男同志摔个跤啊，玩啊，打打闹闹啊，就这样，他一点都不在乎，不会吃醋，感觉他也没有什么娱乐爱好，不打打闹闹、说说笑笑，没有什么意思。

邹：你俩的性格似乎反转过来了。

金：嗯，我的性格偏向男孩子，他的偏向女孩子，我呢成天就是闹着玩，不好好学习，也不注意身体，性格一点也不像女孩子。

邹：我此前查了相关资料，一些数据显示您当时的劳动成绩非常突出，七年完成了二十年的工作量，能不能介绍一下这方面的情况？

金：我再给你提供一份材料，报道中提到的数据确实是真的，没有弄虚作假。我这车子是轮胎车子，轮胎车子犁、拔、播、种、耕，挖甜菜、挖洋芋，样样都能干，特别是还能运输。运输是一年四季，这个车子都不停，我这个车子可以说没有故障，成天就是人停车不停。

邹：您现在提到的拖拉机不是最初的那一辆吧？

金：嗯。

邹：什么时候换的？

金：1958 年。从 1958 年到 1965 年，我这个车子完成了二十年的（任务），七年完成了二十年。它那个上面都有数字，不过，现在的数字还是跟过去的不一样。因为你油料节约多少钱，才节约八万块钱，我记得节约了五千多斤油料，那时候油才多少钱，几毛钱一斤。现在的油价涨了好多，所以说这个数字只能放在当时看，不要拿到现在比。

邹：效率很高，非常不容易。

金：也只能代表那个（时候）。为什么我这个车子成绩这么大，人家都说你能完成这么（多）？我一年四季，除了下雨这个轮胎车子打滑不能工作，其他的（时间）我都坚持工作，都在外面跑。我白天在田地里耕种，现在都不耕种了，用地膜，要是草多，就用灭草剂。那时候跟这时候的工钱都不一样的，是不是？……

邹：如此长年累月的艰辛劳作，你有没有感到特别疲惫的时候？

金：怎么不疲惫？我那时候除了倒班工作，还担任班长，要侦察地形、联系工作，根本没有闲暇时间。走到哪里，地头一睡，草窝一睡就这样。

邹：我对您这七年里的劳动情况非常感兴趣，能不能再谈几件记忆犹新的事情？

金：有两件事情特别难忘。一件就是，我这个车呢，全部加起来只进口八辆，这个车交给我们班长了，我是驾驶员，我一发动呢，就听到咔嚓咔嚓的声音，我们有技术员么，反正我们也能听出来。技术员说车轮的哪个地方牙齿断了，我们就打开一看，果真，掰断了两个齿。因为没有进口的零件，修也修不了，我就开别人的车。我们的任务是打草，有荒地么，有草，打了一会呢，我们就换地方，这个地方打完了就到别的地方去。我是女同志么，搭伙的司机很照顾我，他说老姐，你开着车子你先走，我们在地上走，刚刚走了有一个多小时吧，我困得眼睛都睁不开了，就从车上下来，弄些草铺上，天实在太热了，我还没把衣服扎到裤子里头，躺下就睡。刚刚睡着，就感觉后背凉飕飕的，我伸手一摸，妈呀，是条蛇！（用手比画）一条这么长的蛇！我一甩手，吓得脸色惨白。四周都是茫茫戈壁，一个人也没有，我吓得没办法，大哭起来。俺那个班长来了，他厉害得很，光批评人，他过来跟我说："哭啥哭，不就一条蛇吗？"我说："是一条蛇，你害怕不害怕？"这件事给我留下了心理阴影，现在电视上有条蛇，我都不敢看。俺的两个孙子都知道，一看到电视节目里有蛇，他们就喊："奶奶，奶奶，快点闭眼，快点闭眼！"

还有一件事发生在1959年，1958年在莫索湾大搞开发，各个团场支持莫索湾，我们就组织了一个车队，十几辆车开赴莫索湾，记得是1959年的12月底，快过元旦了，我们去莫索湾拉砖，回来再去农场拉苞谷。那多大的雪啊，上个坡都要下来一个人，上不去了就要把轮胎支住，再爬上去，然后叫别的队去拉。哪像现在有这么好的路！这一天广播里预告说寒流来了，莫索湾的气温要下降到零下四十五度。我们这个车子没有驾驶篷，我们是自己做的驾驶篷。自己做的驾驶篷呢，封堵得不行，冷风刺骨，需要穿上棉袄和棉裤。车子刚到管理处，寒流过来了，我们这些辆车子全部熄火了，为啥？我们用的是柴油，零号柴油，原来哪有十号柴油、二十号柴油、三十号柴油呀。车子一熄火，我们就断定油箱出故障了，我从车上下来，拿着扳手卸油板子，因为油板子不通了，我就用嘴对着吸油管子，油管子实在太凉了，我一用力吸，就把我的上嘴唇和下嘴唇黏着了。这可怎么办呢，我也不敢拔啊，我就用我的唾液润滑润滑，慢慢一拔，一块指甲盖（大小）的皮被撕下来了，鲜血流得跟啥一样。我根本没心思注意这个，还要继续处理车子的问题，于是赶紧拔梭梭柴，莫索湾有梭梭柴，赶紧烧，防止水箱被冻坏。现在冬天有防冻液，那时候没有这些，只能用火烤。当时车上还有一个驾驶员和一个连长跟着，我们三个把旧油桶集中起来，用梭梭柴做成一个火把，拴到油管子上……走到一四八（团），又加了一五的石油，但就是没有那样的黏度的，这样总算好些了。我们从南山材料厂拉砖到一五零团，走了四天三夜，回来后我的手肿得跟面包一样，腿也肿了，几天没洗脸，饿了就把随身带的大饼烤一烤，吃一吃，就这样。这就是我一生中最难忘的几件事情。那时候狼啊，野猪啊，扑面而来，晚上到处都是野猪和狼的叫唤声，人可遭罪啦，哪有自行车骑，都是在地上跑。

邹：那时候开拖拉机，冬天有没有活干？

金：冬天拉肥料、拉柴火，修公路的时候拉沙子。

邹：您工作热情这么高，我看了相关资料，您最后是领养了两个孩子，当时没想到自己生个孩子吗？

金：也不是说没有想到这个，我爱人没有生育能力，他小时候得过一场病，精子成活率不高。结婚时我二十四岁，他二十六岁，等到三十岁了都没有娃娃，大家劝我们去医院检查检查。我说要孩子干啥，一天忙的，哪有时间和精力啊。回老家了，他们家里又说，你们去检查检查，一检查就没希望了。后来他们家里就给我送来一个男娃娃。

邹：从甘肃老家那里送来一个？

金：因为他弟弟有好多娃娃。

邹：毕竟还是沾亲带故的。

金：嗯。俺这个儿子对我可是真孝顺，不是假孝顺。那人人都夸。

邹：小孩都是带亲的，您带了这么多年了，跟自己亲生儿子没有两样啊。

金：我这个儿子是半岁带来的，娘俩感情好得很。我老伴去世得早。两个娃娃都是我拉扯大的。“文化大革命”的时候，我老伴虽然是贫下中农，但也挨了整，他想不通，他这个人心思太重，不像我开朗得很。

邹：他当时挨整是不是因为他以前是国民党的？

金：就是，臭老九嘛。他性格内向，我成天劝他，我说人家刘少奇大将都这样，咱们也不要跟自己怄气，得好好活着。他听不进去，气出了一身病。

邹：您当时肯定也挨斗了吧？

金：斗斗斗。哪个运动都有我，虽说我是1953年入团，1959年入党，劳动荣誉也拿了很多，可我还是一样的挨斗。我被下放了五年，后来一个政委知道了我的情况，骑着马去找我，把情况详细反映了，第二天就给我恢复了（工作），叫我到机务上去了。

邹：下放的那五年都做些什么工作？还能开拖拉机吗？

金：天天在地里劳动。不开拖拉机了，掰苞谷，割麦子，锄地，都是手工活。

邹：据说您还见过周总理。

金：那时候我在农场，有一天听人说周总理来了，想见见金茂芳，周总理接见了上海支边青年，发表了著名的讲话："出身不由己，道路可选择。"我没有单独和总理见面，大家在宾馆里集体合影。我见过很多来兵团视察的党和国家的领导人，邓小平、贺龙、陈毅、王震、邓颖超等，王震见过好多次。

邹：能谈谈见到王震的情况吗？

金：我举一个例子吧，1981年恢复兵团的时候，我们到一个宾馆听王震作报告，王震雷厉风行，说话干脆得很："我就光爱骂人，以后不骂了。"才说完一会儿又骂开了。他自己好像意识到了，说："唉哟，不应该再骂了。"（笑）他讲兵团应该怎样恢复，讲兵团对于维护新疆稳定的重要作用。说实在话，俺是兵团人，俺当时都不希望恢复兵团，因为新疆兵团的待遇和地方上的不同。

邹：兵团的体制比较独特，是计划单列机构。目前全国只剩下新疆生产建设兵团了，海南、云南、东北等地的兵团都撤销了，现在中央要是发文件，都会写上各省、自治区、新疆生产建设兵团。

金：嗯，北大荒的兵团都没有了，东北和云南我都去过。

邹：您当时是以劳动模范的身份去云南考察？

金：嗯，对。

邹：请您详细讲一讲。

金：咱们周总理来了以后呢，夸赞兵团各方面事业都挺好的，他就跟张仲瀚说："你们都要出去走一走，看一看，开阔开阔眼界。"于是兵团就组织人员赴外地考察，除了各师师长和政委、各部部长以外，兵团劳模"十二面红旗"去了两个，其中就有我，一共去了四十人。我们到大庆看看，哦哟，那大庆苦得啊，都是干打垒的房子，我们住的房子简直冷到骨头里去了，不过它烧瓦斯。那房子也没有厕所，出去解个手也是冻得不得了。因为张仲瀚是代表副部长去的，所以我们得到好多地方接待。后来去北大荒，进了友谊农场，看看人家的机械化程度，确实比我们要好。因为他们的地比我们平，咱们这边地不平。但是北大荒农场的树少得很，不像我们这边一块地一个林带。我们这边都是石头，他们那边的是黑土地。见到新疆的客人来了，他们高兴得不得了。

邹：张仲瀚文韬武略，是难得的将才。他写了好多脍炙人口的诗，抒怀屯垦戍边精神。

金：嗯。他讲话很幽默，不管到哪去讲，听众都很是感动！他这个人就是好，对我也很好，挺重视劳动能手。有一次媒体找到我，说上面要推选我当“十二面红旗”，这是张仲瀚亲自说的。我连忙说不行。为啥不行？我的成分不好，要是当上了叫人家看了好像是领导有意包庇……后来我到北大荒学习打井技术，也是张仲瀚亲自安排的。

邹：很多媒体报道说第三套人民币上的女拖拉机手就是您，但也不乏质疑的声音，作为当事人，您怎么看？

金阿姨打开一本厚书，拿出一张夹在书页间的人民币。

金：中央十套采访过我，记者专门给我带了一张人民币，我始终对这个问题没有承认。为啥没承认？因为这个作者不知道是谁，这个照片也不可能是我，可是媒体认为我是新疆兵团第一代女拖拉机手当中比较有代表性的人物，就这么写了。现在好多人说是我，我始终没有承认。去年我们到北京妇女儿童展览馆去参观，看到一篇文章，有人说照片上的女拖拉机手是东北友谊农场的梁军，梁军是全国劳模，名气很大，可是她没有开过轮胎车，她开的全是电瓶车。再一个呢，这个人民币是1960年版的，这篇文章的作者是1962年采访梁军的。这些细节并不符合。

我说，这个东西，你也不能说是她，我也不能说是我，可是呢，这肯定是新疆人，新疆的女拖拉机手，这根本不是东北人，你看看画面的背景，天山牧场呐。

邹：更大的可能性是，人民币上登的女拖拉机手图片是画出来的，根本不是真人照片，所谓艺术家笔下的劳动“典型”，综合了那一代女拖拉机手的很多特征。

金：对。我也是这样理解的，这个照片不是照的，是综合起来画的。为了这个事，各种各样的猜测都有，还有的说是张迪源，其实也不是，她去世得早。

邹：据说您退休后一直在坚持宣讲兵团精神，我觉得这是非常不容易的，您能不能分享一下这方面的经验体会，比方说具体都给哪些人讲，讲的效果如何？

金：我主要是给干部学员讲。我去年一连讲了五堂课，近三四年来，我总共讲了十几堂课吧。此外还会到武警部队六支队给他们讲一讲，有时候也去戒毒所和高等院校做讲座，我还是几个中小学的校外辅导员。我这个人有什么讲什么，至于讲座效果，要看学员们的评价了。（笑）

邹：最后，您觉得军垦精神是什么？

金：我感觉，这个军垦精神就是不怕苦，不怕累，对待兵团就跟对待自己的家庭一样，兢兢业业，无私奉献。所以说，兵团事业能发展到今天，绝不应当忘记老军垦。

邹：是的。你们这些老军垦永远都是最可爱的人。

【后记】

采访金茂芳之前，我做了充分准备，仔细查阅了这么多年来报纸、期刊和电视媒体有关这位富有传奇色彩的“戈壁母亲”的报道。一条条鲜活的人物通讯、特稿从我脑海里迅速飘过，这些图片和文字交叉汇集，形成了受访人的基本概貌：大地主家庭出身，跨民族婚姻，兵团劳模，戈壁母亲，人民币上的女拖拉机手，这该是一位多么传奇的军垦女性啊！但我清楚地知道我不是新闻记者，不是要塑造时代典型，我的使命是要走进这位传奇女性的生命记忆，从个体记忆去触摸历史。

因此，我准备了三个主要的问题，希望能够借助当事人的回忆，澄清媒体的一些误读，这些问题是：金茂芳到底是全国劳动模范还是自治区及兵团劳模？媒体报道说，金茂芳七年完成了二十年的劳动工作量，这到底是不是浮夸？第三版人民币上的女拖拉机手究竟是谁？

带着这些疑问，我经过一番辗转，有幸采访了金茂芳。老人有着山东人特有的豪气，爽朗乐观、自信坚强，额上几乎不见一丝皱纹，岁月似乎有意疏离这位饱经风霜的军垦女性，八十高龄的她耳聪目明，声音清脆，表达流畅自如。老人诚恳详尽地回答了我的所有问题，她的娓娓讲述为我们开启了历史的又一面向……

金茂芳说，她不是全国劳动模范，她只是自治区和兵团授予的劳模，媒体在这方面的报道有失准确，她再三叮嘱我一定要在文章中明确提出来。至于“七年时间完成了二十年的工作量”，这丝毫没有浮夸，但是读者务必要考虑到两个参数，一是效益，即要考虑节省下的油料，另一个是要回到当时的语境，不能用今天的指标来衡量。最后，她郑重指出自己从来没有说过人民币上的女拖拉机手就是她。现在学界就此问题言人人殊，有的说是梁军，有的说是张迪源，还有的说是金茂芳。老人观察得很仔细，且举证有力，她认为人民币上的女拖拉机手根本不是真人照片，是创作者根据媒体报道对东北、新疆兵团第一代女拖拉机手形象的综合。此说颇令人信服，不妨引用《北京日报》刊登的一篇名为“钞票画家侯一民：人民币上人物并非真实个体”的专访，侯老明确指出：“一直以来，关于第三套和第四套人民币上的人物画像，人们都觉得有人物原型。比如，第三套人民币1元券上的女拖拉机手，是新中国第一位女拖拉机手梁军，现在是退休干部……其实都不是……根本不是某一个具体的人。”①

金阿姨的坦荡直爽，让我们认识到一位老军垦实事求是、虚怀若谷的崇高品格，也让我们更加敬仰这位声名远扬的兵团母亲！我们期待传奇性历史事件，但我们更要坚持实话实说，不虚美、不隐恶的基本准则。一位口述史实践者，尤应如此。

① 参见http：//culture. ifeng. com/3/detail_ 2011_ 05/17/6433354_ 0. shtml。

梦里他乡是故乡

口述｜邹立仁

人物档案：邹立仁，男，山东威海人，中专学历，1961 年赴新疆投奔熟人，曾在基层连队长期担任拖拉机手。平时爱好文艺，知识渊博，熟悉兵团很多逸闻趣事，退休后居住在连队。

访谈时间：2014 年 7 月 31 日下午、8 月 1 日上午。

访谈地点：石河子一四三团二十连。

邹赞（因受访者同姓“邹”，故此文不作简称）：您是从山东过来的，据说老家在威海？

邹立仁：对，山东威海桥头镇官庄村。

邹赞：我们先从您的童年聊起，您小时候家里的境况如何？

邹立仁：哎呀，那时家里穷得都没法说。

邹赞：您父母是做什么的？

邹立仁：我是阴历九月份出生的，我三岁时，还不到记事的年龄，我老爹就去世了。

邹赞：是您母亲一个人含辛茹苦把您带大的？

邹立仁：嗯。家里那阵子一贫如洗，我老爹活着的时候是给别人当长工头的，领着一帮人给地主干活，后来得了病。我爹租了一亩地，租地主的地，租地主的地就是说不管你咋种，种黄豆也好高粱也好，最后都是一家一半，给地主上缴一半，你自己留一半。有一天老爹到地主家的地里给地主干活，中午干完活准备回家，抬头一看，两个孩子在黄豆地里打架，一个是地主的孩子，一个是我大伯的孩子，都是十来岁的小娃娃，俩孩子在地里摔跤打滚，滚的浑身是泥巴，黄豆也被压倒了一大片。我爹就想，两个兔崽子跑地里打架，把豆子都压倒了，气得每人扇了两耳光。我大伯的孩子也没吭声也没哭就回家了，地主这个儿子回家就告状了，他告诉他爹，谁谁谁打他了。地主多凶啊，气冲冲地背着他儿子到我家来，说我家的孩子把他的娃娃打坏了。到了我家，地主就告诉他儿子尽管向我们要好吃好喝的。地主欺负人算是欺负到家了，他儿子在我家躺了十来天，折腾得鸡犬不宁。我老爹很生气，自己家里人都吃不上饭，还得给地主的儿子弄好吃的，他越想越气，后来一口气气死了。我爹死了以后，地主一看我家没有劳力……

邹赞：您兄弟姐妹几个，有没有已经成年的哥哥？

邹立仁：五个，我那个排行最大的哥哥当兵牺牲了，牺牲时才十七岁（连声叹气）。我大姐找了个殷实人家结婚了。地主看我爹去世了，就随便给了点钱，意思是把地收回了。这样一来，我家里什么都没有了。我老娘去讨饭，家里的三个孩子，年龄最大的哥哥当时也才十七岁，就开始给地主干活，小伙计干的活不多，给的钱也少，有时干脆只给点粮食。二哥也出去要饭，就这样养活一家人。

邹赞：大姐找了个殷实人家，没有偷偷给家里一些资助吗？

邹立仁：我是多亏了大姐的照顾。当时全家靠讨饭度日，艰难得很，家人就把我送到老娘家来了，因为实在没有办法养了，再这样下去就有可能饿死，他们准备把我卖给别人。但是我姐已经结婚了，我姐夫家的老大那时刚好在前线打鬼子，被鬼子挖眼睛、割耳朵、割脚趾头、割舌头，割死了，我姐夫排行老二，然后我姐开始当家。我姐那个老公给地主盖房子挣钱，家境相当不错，他不在家时都是我姐管事，那两个月我就去我姐家了，不能在老娘家，老娘家也穷。

邹赞：老娘家，山东话里的大娘还是……？

邹立仁：姥姥么，就是姥姥家。南方人叫外婆家。

邹赞：也就是说，您在外婆家住几个月，姐姐家住几个月，为了吃饱肚子，一直漂泊在外面。

邹立仁：嗯，是的，我那时也就七岁，想家想得没办法（连声叹气）。

邹赞：当时一些事情现在还记得清楚吗？

邹立仁：有的不记得了，模模糊糊的……我七岁的时候我大哥在土八路当兵，八路一边打鬼子一边搞生产，村里的党员晚上偷偷往家里送粮食，后来村里的老党员都知道，说是上面布置的任务，晚上就偷偷地送点粮食。

邹赞：您这期间有没有机会去上学？

邹立仁：我十来岁才开始上学。

邹赞：是您姐姐供您上的学吗？

邹立仁：当时不掏钱。没解放的时候，鬼子还在村里，地下的老八路都是穷人家，他们私下教村里的娃娃认字，不收钱。后来解放了，共产党执政，地主都被打倒了，穷苦人翻了身，学校也开始正规了。

邹赞：八路军给孩子们上课，都讲些什么内容？

邹立仁：那阵子八路军晚上偷偷给我们上课，先是识字，学会写自己的名字，后来会有一些爱国主义教育，大家热情很高。说实话，就算八路军白天可以上课，我也不敢去，因为没有衣服穿，白天都待在房子里。

邹赞：日寇侵华，山东是重灾区，鬼子烧杀抢掠、无恶不作……

邹立仁：鬼子我见过两次，一次是我五六岁的时候，我们村有个妇女结婚，大家都去看，也凑巧，我们村前面是一条大公路，鬼子一看我们村闹哄哄的，鬼子的汽车一下就转弯往我们这来了，鬼子下车过来一看是个媳妇结婚，就开着汽车走了。还有一次是鬼子来村里吃西瓜，当时地主家都种西瓜，富人也多，鬼子都知道，鬼子就每年到我们村来吃西瓜。那年吃西瓜，我们一听鬼子来了，都跟着看，大人不太敢看，小娃娃都在那里看。那些给鬼子办事的人把西瓜一块一块切好、摆好，鬼子开着汽车来吃西瓜，哇啦哇啦大吃一通，地上一片狼藉，鬼子走后，小孩就捡西瓜皮啃，啃得个个都成大花脸，那时穷啊，穷人家的孩子哪有西瓜吃。鬼子在附近村子搞过几次大扫荡，死了很多人，我们村的房子也被烧了。

邹赞：您后来是怎么考到威海中学的？

邹立仁：我是1954年考的，那时已经解放了，不解放我们这些穷小子还想上学？我大哥在抗战中牺牲了，解放后我们家算是烈属，（政府）对烈属照顾得很。那个节骨眼上我母亲也死了，也是生气气死的，事情的起因是解放后分房子分得不合理，给我们分了个不好的房子，给那些干部都分的好房子。我妈跑过去讲道理，说我们是烈属家庭，得给我们分个好点的房子，那个负责分房的干部光想自己捞钱捞东西（叹气）。你知道，农村里有些干部觉悟很低，心眼坏得很，结果我妈越想越生气，成天念叨着我儿子牺牲了，你们怎么不管呢，闹得那些干部也着急了，结果工作队就派人前来做工作，劝老大娘不要闹了。这家伙也是个不会说话不会做工作的，我至今还记得很清楚，他来到我们家对我妈说："老大娘，你咋回事？"我妈回答说："我老头死了，儿子打仗牺牲了，你们也不管，给我们家分这么破的房子，明摆着欺负人！"这个干部也不会说话，开始还说得好听，后来越说越离谱，"你别哭，打仗总是要死人的，死那么多人你儿子死不算个啥"，你听听这话哪像是在安慰人？我妈脾气不好，气得捶胸顿足："那你怎么不去死？你怎么不上前线打仗？”事后我妈生了场重病，不久就过世了。

邹赞：这个基层干部的个人修养确实令人担忧，哪像在劝慰，分明是在戳人家心窝……威海中学是所名校，您一下就考上了，说明文化底子打得扎实。

邹立仁：万分惭愧，我当时没考上，第二年又在家复习。那时家里穷得叮当响，买不起书，我就叫别人给我邮了一本书，好像叫《初中复习指南》，窝在家里复习，第二年我考上了。那时候考个中学很不容易。

邹赞：主要学些什么课程？

邹立仁：课程也挺多的，化学、物理啥都有，也学习语文和数学。

邹赞：这个学校相当于一所中专学校，还是一所纯粹的中学？

邹立仁：是中学，中专我是后来到东北念的。

邹赞：您是从威海中学毕业以后才去念的中专？

邹立仁：嗯，对，我报考了莱阳农业技术学校，我那时很想开拖拉机。

邹赞：您在技校学的是机械专业么？

邹立仁：准确地说，就是学习开拖拉机，那时候苏联派专家过来，计划培训大家掌握生产东方红拖拉机的重要技术环节。

邹赞：您中专毕业后被分配到哪了？

邹立仁：分到北大荒了，当时东北急需开拖拉机的技术员。北大荒的条件实在太艰苦了，蚊子密密麻麻、铺天盖地，一巴掌能打得满是血迹，成天在下雨，跟南方一样，一天到晚都是湿的。雨水太多了，受不了，后来又折回老家。

邹赞：老家当时情况如何？

邹立仁：谁知道老家更不行，饭都没得吃。

邹赞：您回老家的时候刚好碰上了三年自然灾害？

邹立仁：就是那个时候。那时候生活苦得很，也凑巧，我回来时碰到了一个老朋友，他在济南上学，我们两个在一起就嘀嘀咕咕起来，我说你在济南还没毕业，他说都学了四年了，我俩开始思考去哪工作，说着说着就提到新疆了，新疆正缺人，听说可以吃饱肚子，我这个同学多才多艺，拉二胡什么的都会……

邹赞：去新疆的主意是您提出来的？

邹立仁：嗯，我提了这个想法，我那个朋友也同意，他有个同学在新疆工作，好像是在乌鲁木齐人民剧院，我们托这位熟人帮忙打听，他回信说能收下，我们收到信就打算来了。

邹赞：你们决定来新疆，是不是也从报纸上看到了相关的宣传资料？

邹立仁：消息不是来自报纸。当时山东有好多人已经到新疆安家落户了，他们经常写信回家，汇报新疆的具体情况，说是新疆缺人，来多少人都可以收下，啥工作都能找到。

邹赞：家里人同意您来新疆吗？

邹立仁：家里不同意啊，我们家太保守了，老家迷信，说咱们家的人去了就回不来了，说只要出去了就没命再回来，比如我大哥，本来在威海公安局好好的，结果出去了就死了。我们只能借点钱，偷偷买了车票，义无反顾直奔新疆来了。

邹赞：从济南到西安，再从西安转车？

邹立仁：那时候哪有快车，都是慢车，走一小站停一停，到新疆走了一个礼拜。

邹赞：您来那阵火车应该通到新疆盐湖了，从盐湖到乌鲁木齐这段还没有通。

邹立仁：对，到盐湖后再搭汽车到乌鲁木齐。

邹赞：那个年代很特别，从山东来新疆的路上，有没有发生什么令您印象深刻的事情？

邹立仁：我一路带着在原来的学校毕业时互相留念的本子，本子里夹的都是照片和签字，咱们现在叫"同学录"，这个本子本身不值钱，但装的都是学生时代的记忆，我很珍惜，但路上给弄丢了，难过了好一阵。我们在火车上一直担心到新疆找不到工作，碰巧认识了邻座的一个妇女，她是去新疆探亲的，她说你们就跟着我，我男人在石河子当指导员，是个干部，多少人都能收下。到了新疆，我们就跟着那个妇女下车，我们一下车，我跟朋友说咱们先去乌鲁木齐人民剧院找你的同学，看那边能不能安排，朋友的同学是搞音乐的。我们拿着大包小包的，想着这可咋办，后来托那个妇女帮我们看着行李，我们一溜小跑赶到了人民剧院，一打听，看门的大爷说朋友的那个同学去南疆演出了，没回来，我说那咋办，那就回去吧，回到车站一看，行李都丢了，衣服啊啥都没有了。

邹赞：那个妇女也不见了？

邹立仁：在，她在，她睡着了，她自己的东西也叫人家偷了。真是屋漏偏逢连夜雨，剧院找不着熟人，干着急也不顶用，我就跟朋友提议说去石河子探探情况。

邹赞：到了石河子，感觉如何？

邹立仁：当时就是感觉生活好啊（笑），我记得第一顿吃的是凉拌茄子大米饭。我们先去找了一个老乡，在他那待了几天。我当时一门心思就想开拖拉机。因为我们两个都有音乐特长，吹口琴呀什么的都会，那时是夏天，每天晚上维吾尔族妇女都会在大院子里跳舞，很是热闹，大家都开开心心的。连队领导真心希望我们能留下来，那时好多厂子都在招人。

邹赞：连队的住宿条件咋样？

邹立仁：记得有个大宿舍，大宿舍里排着一行一行的都是单人铺，当时有的人上夜班，我们就在人家的铺上睡觉。连队里有个老乡是驾驶员，他缺一个助手，于是动员我去学习开汽车，跟着他干，我仔细想想还是拒绝了，我在威海上学时看到好多起汽车轧死人的事故，那时候政治运动多，只要轧死人就得戴手铐，不像现在还问是什么原因。我说，我还是开拖拉机吧，老乡看我主意已定，就建议我不要去石河子总场，那边蚊子太多，最好是去二十三团，二十三团在当时很有名，就是今天的花园农场。就这样，我到了二十三团开拖拉机。

邹赞：花园农场？这个名字起得有诗意，据说这里面有故事。

邹立仁：这个名字的确有来头，当年胡志明来视察，胡志明到中国北京以后，我听人说他和毛主席会见时，专门提到了中国的农场办得好，毛主席很高兴，请王震将军介绍相关情况，王震说新疆的农场办得最好，比东北的农场还成功。于是王震陪同胡志明到新疆视察农场，到了石河子以后，王震说花园农场二十三团是兵团的成功范本，他们就去二十三团转了几圈，那边林带整齐茂密，一派郁郁葱葱的景象，王震情不自禁地脱口而出："二十三团真是名副其实的花园农场。"说者未必有心，谁知记者就记下了，新闻稿件发表的时候就说二十三团是个花园农场。就这样，花园农场的名字传开了，过了十来年，后来再次整编的时候，才叫二十三团的。

邹赞：看来新疆兵团的很多地名都大有来头。

邹立仁：可不，石河子为啥叫绿洲市？绿洲的来源，过去兵团的司令员张仲瀚，石河子是座戈壁滩上建成的新兴城市，张仲瀚说石河子这个名字难听，坐在飞机上鸟瞰石河子，像一片生机盎然的绿洲，干脆把石河子改叫绿洲吧，绿洲市的名字叫了几年，后来上面要求改过来，还是叫石河子。这样的例子挺多。

邹赞：我走访了好几位兵团第一代拖拉机手，他们对这份工作都十分珍爱，言谈间流露出深深的自豪。

邹立仁：那是啊，我也挺高兴的，跟机器打交道人的心不累，每天看着机器翻过的土地，内心感到充实，此外，开拖拉机一个月四十五块钱，工资比较高。

邹赞：您前面在读中学读中专，后来又成了一名光荣的拖拉机手，一天忙忙碌碌的，个人婚姻问题是怎么解决的？

邹立仁：我在老家念中学的时候谈了一个，我也叫她来新疆了，当时她说农场太艰苦，她干了一两天就累得缓不过劲，她抱怨我给她找的工作太辛苦了，于是我安排她跟一个老乡学裁缝，学好了一起过来就结婚，结果她过去还不到一年，跟一个从河北来的会计好上了。

邹赞：两个人就此分手了？

邹立仁：她相中那个会计后，赶来跟我摊牌，说自己不愿意了反悔了，我那时年轻气盛，有才华有抱负，心里根本不担心找不着对象，我不像别人又打又闹的，我还年轻，大不了再找一个……

邹赞：您心态不错（笑），您现在的爱人是别人介绍的吗？

邹立仁：她是县城的，是一个房东的丫头，我刚去县城时没地方住，租住在她家（笑）。

回顾婚恋往事，邹立仁饱含深情的目光，时不时投向坐在一旁做针线活的老伴。阿姨此前一直保持沉默，静静聆听我们的谈话，现在话题转到这对患难夫妻的青涩往事，阿姨放下了针线活，话题就此展开。

邹赞：阿姨，您二位在山东老家经人牵线搭桥后，您远离家人奔赴新疆，刚来时有没有一种强烈的失落感？

阿姨：说实话，当时下了汽车我就后悔了，想返回去，但是身上没钱了，就这样想着找个工作干吧。我那时年轻，二十来岁，模样不错，也能干，团里一个记者想找我，写过几次信，我仔细想了想，还是直接拒绝了人家。

邹赞：您是觉得自己家人介绍的应该靠谱一点？

阿姨：对，是那样的。

邹赞：您来新疆后多长时间结的婚？

阿姨：来了不久就结婚了。当时和我一起劳动的姑娘都说我老头个性强，不让找他（笑）。

邹赞：结完婚是住在地窝子吗？

邹立仁：（指指现在居住的连队）到这来还住地窝子，那时老房子是什么房子，哎呀，真是提不成，一下雨就到处漏水……住地窝子里，冬天不烧炭，严冬时节，就戴着帽子穿着衣服睡觉。地窝子太小了，没成家的都是很多人挤在一起。当时新疆也没有木板，我们就在地上铺着干草睡。夏天蚊子特别多，耳边嗡嗡叫，睡觉都是翻来覆去的。

邹赞：喝水也成问题，喝的都是涝坝水，后来才开始大量凿井。

邹立仁：嗯，涝坝水。没水了挖个大坑，积蓄些雨水啥的，有时候也从沟渠引来一些水。别人说里面牛粪羊粪都有，就那样都打着喝。

邹赞：条件这么艰苦，阿姨有没有埋怨过您，埋怨您把她从海滨小城带到了戈壁滩？

邹立仁：那时候大家都穷，都艰苦，没办法。

邹赞：劳动之余，连队是不是经常有文艺活动，比如放露天电影？

邹立仁：有，一两个月放一次电影。

邹赞：您会吹拉弹唱，有文艺天赋，想必是连队的文艺骨干吧？

邹立仁：哎呀，那时候工作忙，根本顾不上。好多人提议我排节目演节目，但实在是顾不上，现在老了，这些爱好都扔了。

邹赞：您所在的花园农场是新疆兵团农场建设的一个范本，当时有很多中央首长来视察吧？

邹立仁：记得朱德在1958年6月底来了。他来也是看花园农场，陪同的有王震、农八师师长，还有一些干部，朱德要求亲自到生产连队看看，来到当时的十二连，十二连有一条公社的水渠，宽达三四米，水量很大。原本苏联要帮助中国修建铁路，搭了两个大桥墩子，后来中苏关系恶化，铁路没有建起来，但桥墩子还在，于是陪同人员就建议朱德去桥墩子看看。当时我们团的团长是老八路，请朱德等领导吃蟠桃，一个都有好几百克，拿了一盘子，这些干部就能吃两个，朱德两个吃不够，说还要吃，他好几个随行是医生，随行医生不让吃（笑）。华国锋也来过，他在视察花园农场后说农场的发展潜力很大，叮嘱一定要把国营农场办好。

邹赞：您能回顾一下当时的劳动情况吗？

邹立仁：劳动很艰苦，天不亮就去地里，早上六点就吹哨起床，不吃饭就去地里干活，那时种粮食都要先去地里除草，除了两小时的草以后，每天人们才能到地里送饭。五一劳动节过后，人们才回来吃午饭睡午觉，睡到下午三点才开始上工，很紧张的。当时连队里都有广播员，谁落后了就要受批评，谁冲在前面就会受表扬。晚上回来还要背肥料，冬天雪到膝盖那么深，都得拉肥料，妇女和丫头的头发上都冻成冰了，拉到半夜才回来，天不亮就又出去了。我们开拖拉机的，早晨晚上都要去。

邹赞：大家参与劳动的觉悟都很高，争先恐后，有人发牢骚闹情绪吗？

邹立仁：那时人的思想是只顾干活，别的啥也不想。毛泽东时代，人都自觉，没有说谁不干活的，也没听到什么怨言牢骚。秋天拾棉花，都没有等吹哨的，吹哨再去就晚了，大家基本上天不亮就出发了，天亮时都已经拾了满满一袋了，生怕落后。我们这些拖拉机手，碰着哪天机子坏了上不了班，就去地里干活。冬天大家要去拉肥料，再冷的天气也得去。劳动之余，演出队会来田间地头演节目。

邹赞：由于种的都是从戈壁滩新开的地，地况复杂，加上劳动强度这么大，当时开拖拉机不担心出事故吗?

邹立仁: 你的问题倒是提醒了我，有时开拖拉机差点开到泉眼里面，盆地到处都是泉眼。准噶尔盆地都是黑土，我们去的时候到处都是灰，一到夏天身上全是黑的，回去就要洗。一个车四个人负责开，白天两个，晚上两个，冬练三九、夏练三伏，天天如此，从不间断。有时候会发生紧急情况，正开着拖拉机，突然中暑了，头一歪就倒在车上，危险得很，幸亏旁边还有个人。

邹赞: 您和阿姨都要下地干活，孩子在家里怎么办?

邹立仁: 有托儿所。早上送去托儿所，晚上接回来。

这时候阿姨插话。

阿姨: 说实话，大人都在忙工作，劳动竞赛啥的，基本上没时间管娃娃，那时候娃娃也多，一般是大的照看小的，有时娃娃生病了，大人都不知道，来不及送医院，好多娃娃出生不久便夭折了。我生了五个，有一个就是小时候发高烧烧坏了，没救过来。这个小丫头（用手指指坐在旁边玩耍的女儿）感染了急性脑膜炎，因为看病不及时，最后落下了病根，到现在都不能自理（流泪）。你要说我们这些兵团人啊，当年真是亏了娃娃，不容易啊……

阿姨停住了手头的针线活，起身去准备晚饭，我这才发现阿姨的背驼得很厉害，她是老伴口中美丽的县城女孩，当年随君西出阳关，在这戈壁滩上辛勤劳作，任岁月压弯了脊背。

邹赞: 您平时是怎么教育孩子的?

邹立仁: 我们教育得不多，主要是国家、老师操心。我就指望孩子安分守己，踏踏实实生活，不要闹事，不要闯祸。

邹赞: 您来新疆之后，回老家探亲的次数多吗?

邹立仁: 我是1981年回去的，我来新疆二十多年以后回去了一趟。第二趟是1995年回去的，中间隔了将近十五年。回去以后老家的人就说:“你在家里多好啊，干嘛非要在新疆扎根?”我说我们新疆是个好地方，我们扎根边疆，无怨无悔。

邹赞: 您在兵团农场生活了几十年，作为见证人和目击者，您能谈谈团场的变化吗?

邹立仁: 变化很大。就说我们这个连队吧，开始我们来的时候，一间房子也没有，地窝子都来不及挖，只能住芦苇搭的棚子。芦苇棚子是夏天热，冬天冷。有的人把父母接过来，住在芦苇棚子，都把老人冻坏了，后来他们就在苇棚子外面涂一些泥巴，那也不行，还是很冷，也不敢烧火，只能干冻。现在连队人都在团部买房子，冬天住在团部的楼房里，有暖气，夏天回到连队，院子里种满蔬菜瓜果，日子过得很是惬意……

邹赞：您现在已经退休，国家给您的待遇怎样？

邹立仁：一个月两千八百块钱，是最低工资，没有调工资。我老伴现在每月拿一千四百块钱。

邹赞：您对自己的生活状况满意吗？

邹立仁：还行吧，以前几个娃娃都上学，家里非常紧张，现在娃娃都大了，成家立业了，我也不用操那么多心。改革开放以后，兵团从 1985 年就开始分地了。像我这样肯干活的就可以分上地了，当时有很多兵团人返回内地的，他们回家找了县级的工厂，后来大多倒闭了，这些人比较吃亏。

邹赞：您当时为什么没选择离开？

邹怀仁：我当时想，既然分地，我们就种，咱不害怕。你叫我干啥我都能干好。干一项工作就好好干，要有恒心。

邹赞：像您这般年纪的军垦战士，大多已年逾古稀，有的退休后重返老家了，有的还在频频出席各类宣讲教育活动，这些共和国的第一代军垦战士，如今健在的还多吗？

邹立仁：越来越少了，当年跟随王震进疆的解放军官兵，如今很少有健在的了，国民党“九·二五”起义部队的官兵也大多不在世了，即便还活着，也因为年事过高，往往丧失了讲述甚至简单交流的能力。我们团部有个老军垦，参加过“九·二五”起义，现在九十多岁了，身体状况不好，长年卧病在床，耳朵也不行……

邹赞：半世沧桑、半世沉浮。您现在会不会把兵团这段艰辛的创业史讲给孩子们听呢？

邹立仁：时代变化太快，以至于我们经常怀疑自己是否跟得上时代的步伐！我有时会跟自己的孩子回忆当年的状况，他们听多了也就不愿意再听了。孙子这一辈就不提了，他们基本上不相信当年那些发生在玛纳斯河两岸的可歌可泣的军垦往事，他们只对眼下的世界感兴趣。

【后记】

七月底的兵团农场，正值盛夏时节，绿油油的棉田四周点缀着向日葵，金黄的葵花向着太阳怒放，犹如一幅色彩斑斓的水墨画。邹立仁家的小院，散落在连部东边，与大片的棉田之间隔着一条马路，马路上偶有摩托车驶过，院子相当幽静。小院中间是几间十年前翻新的平房，房前有几架翠绿的葡萄，藤叶间隙缀满了一串串绿珍珠般的果实，屋后是自家菜地，种了些甜玉米、花生、辣子和韭菜，菜地旁边还有一树紫红的李子。

因为同姓，五百年前是一家，所以聊起来十分亲切，没有陌生感。邹立仁是山东人，性格直爽，待人热情，他是20世纪50年代的中专生，满腹墨水，又懂机械技术，聊起家常来思路清晰，对一些农场的逸闻轶事，更是津津乐道。据他老伴介绍，邹立仁忠厚老实，平时不喜言辞，正因如此，他一个老中专生本应有机会提升为干部，却做了一辈子的基层拖拉机手。听着老伴的"数落"，邹立仁只是憨厚地微笑，不做辩解。他一个劲地劝我吃他亲自种的甜瓜，我感受着老人淳朴真挚的热情，也深深理解他的倾诉愿望……

连队以前有商店，有小学，很热闹，现在却十分冷清。很多人家都在团部买房定居，平时开着私家车或者骑摩托去地里劳动。邹立仁说，他不喜欢热闹，不愿意到城市生活，他喜欢土墙垒砌的平房，眷念那房前屋后的庄稼蔬菜。听说兵团正在推广卫星城镇建设，连队的农家小院有可能被集体征购，他显得有些着急，话语间流露出对自家院落的依恋不舍。这可能是邹立仁退休后的一件心事，劳累了一辈子，奉献了一辈子，和这片土地也产生了深厚的情感，那是一种极其微妙的情愫，一种血肉相连的恋乡情结。的确，小院铭刻了老人一生太多的记忆，但连队如今冷冷清清，一到晚上就黑灯瞎火的，商店不开了，医疗室也没有了……这些兵团农场的小院，或将逐渐消失在城镇化的洪流中，成为留存在人们记忆当中的物质文化符号。

我们从下午一直聊到傍晚，月亮升起来了，阿姨准备好了香喷喷的农家饭，玉米糊糊、辣子炒南瓜花、野蘑菇炖土鸡，令人垂涎欲滴。两位老人顾不上自己吃饭，先照顾小女儿，小女儿三十多岁了，当年患急性脑膜炎，大人都在突击劳动，根本顾不上照顾孩子，由于救治不及时，加上医疗条件落后，命虽保住，但从此智力不再发育，生活不能自理。老人说，很多人都觉得这孩子是个负担，劝他们把孩子遗弃到某个地方，"好好的娃娃生了病，她有什么错？当年如果不是那么艰苦，她又怎么会病成这样呢？只要我们有一口气，就要养着她，如果我们不疼她，她还能指望谁？”阿姨爱怜地给小女儿夹菜，泪水涟涟。这戈壁滩上的第一代军垦母亲，承受了比男人更大的压力，经历了多少磨难和痛苦啊！

踏冰卧雪傲昆仑

口述｜汤立年

人物档案：汤立年，女，1930 年出生，湖南宁乡人。中学阶段开始接受民主思想教育，高中毕业后被军政大学湖南分校录取，1950 年随部队进疆，后报名参加独立骑兵师，赴昆仑山修筑进藏公路。曾在南疆工作六年，后调回北疆，辗转乌鲁木齐、石河子、克拉玛依等地，当过宣传干事，组建过小学。退休后学习画画，作品多次荣获各级奖项。

访谈时间：2015 年 8 月 24 日下午。

访谈地点：石河子市十四小区。

邹赞（以下简称“邹”）：您老家是哪里的？

汤立年（以下简称“汤”）：湖南宁乡，离陶峙岳将军的老家只有几里。

邹：您今年多大年纪？

汤：我八十五了。

邹：能谈谈您小时候的家庭教育吗？

汤：我出生在一个普普通通、平平淡淡的家庭（笑）。我们家因为有点地，就被划为地主，其实经济条件并不宽裕。我上中学时接受了一些党的教育，校长是老地下党员，解放后担任长沙市第一任教育局长。我那时也偶尔参加社会上的学潮运动，去听听报告，学习《新民主主义论》《论人民民主专政》等文献。因为是地主出身，我就一心一意想要离开那个家，憧憬着外面美好的世界，这个愿望在我的心底扎下了根。我们中学的校长特别重视我那个班级，把我们班叫作

“精尖班”，经常晚上组织大家开小会，学习社会新思潮。

邹：是什么机缘让您决定来新疆？

汤：那时候我已经上高三了，长沙解放前，我们在校长的影响下走上街头演讲。毕业以后，学校要我们自己挑选是在本地工作还是去外地工作，你愿意去哪工作都可以。我想走得越远越好，就跟学校说我打算参军，那时候西藏还没有解放嘛。

邹：具体参加了哪个部队？

汤：我直接投考了军政大学湖南分校，学校主要开展军政教育，没有什么文化课程。

邹：军政教育大概持续了多长时间？

汤：整整一年。本来不应该是一年，为啥呢？因为战争需要，我们就提前毕业了。我记得当时是 1949 年 8 月份，这边西藏没有解放，那边的海南岛也尚未解放。从军政大学毕业以后，我听说党中央准备派新疆的部队去解放西藏，所以我们有不少人主动选择报名到新疆来。1950 年 8 月份，我们这将近一百人到了新疆，组建成一个中队，大家稍作休息，就积极报名参加一个解放西藏的独立骑兵师，师部当时设在于田，离和田还有一段距离。

邹：刚才听您说来新疆的具体背景，发现您虽然也是 1950 年进疆的，但是和“八千湘女”不是一回事。

汤：我是军政大学毕业后分配来的，不是新疆军区招聘团招的女兵。虽然我进疆的时间和她们差不多，但不是一回事。我们坐火车到西安，从西安到迪化是坐汽车，我记得都是一辆辆敞篷车，汽车抵达兰州后，彭德怀还专门接待我们，给我们讲了话。进疆的时候土匪四处流窜，我们都把头发藏到帽子里。一个排一辆车，车厢的下面一层都是木头箱子，箱子里装着齐齐整整的白洋①，那时新疆还没有像内地一样使用人民币，我们一人带一个小行李包，大家都坐在行李包上，部队组织严密，一辆车上配一挺机枪、几支步枪，车厢里坐三个班，共三十六人。我们算是比较幸运了，没有和土匪真枪实弹干过。

邹：部队刚到新疆的时候，您主要从事哪方面工作？

汤：我刚开始分在后勤部。到了新疆以后，我们国家的海南岛解放了，唯一没有解放的就是西藏，我心里头想：“既然选择了参军，就应该为解放祖国的最

---

① “白洋”即银圆。民国时期，新疆主要发行纸币、银圆、铜币，银圆方面有“新疆版袁大头”“饷银”等。解放前，国民党政府甚至在新疆发行了中国有史以来单张面额最大的货币，通货膨胀极其严重。

后一个地方贡献力量!”刚好独立骑兵师准备进发西藏，我就赶紧递交了申请报告，要求参加这次军事行动。我们从迪化坐汽车到于田，穿越了整个塔克拉玛干沙漠，前后走了半个多月。

邹：南疆自古地势险恶，漫漫黄沙、茫茫戈壁，到处都隐藏着杀机。能讲讲这次不平常的南疆行军吗?

汤：部队上对我们这些刚毕业的学生挺稀罕的，陶峙岳还亲自抽空来看望我们，他问:“这里有没有湖南宁乡来的子弟兵?”我们进疆的时候我是副队长，队长是个男的，比我年长，经历的事情也比较多，他这样回答陶峙岳:“我们这有两个宁乡来的，一个叫陶孝国，一个叫汤碧莲。”那时候我还不叫汤立年，叫汤碧莲（笑）。陶峙岳专门把我们几个叫到他家里，算是老乡聚会。我们离开迪化，每人都带了干粮和水壶，因为路上有时候吃得上饭，有时候吃不上，幸运的是途中没有遇到土匪，但是遭遇过沙尘暴。我们刚开始带了帐篷，途中能找到老乡房子的就借宿在老乡家，要是遇到驻扎的部队，他们就会热情接待我们。一进沙漠就只能住帐篷，有一天晚上狂风肆虐、飞沙走石，帐篷不知道被吹到什么地方去了。当然也遇到一些有意思的事情，记得我们在焉耆吃鱼，我们湖南人吃鱼只刮鳞，他们吃鱼把皮都剥掉，说鱼皮不能吃，有毒。

邹：喝水肯定更成问题。

汤：都是涝坝水。

邹：总体上还算比较顺利?

汤：嗯。我们走出塔克拉玛干沙漠，独立骑兵师派人前来接应，我记得师长叫何家产（音）。大概过了不到半年，广西军大又分来十个人，加上我们十个，这二十个人组成了学生宣传队。当时准备要解放西藏，但是没有路，大队人马如果要挺进西藏，迂回曲折的羊肠小道肯定是不行的，所以需要从于田往西藏修路。

邹：这也称得上是条真正意义上的天路。

汤：经勘查，从于田往西藏最近的路线要翻越海拔五千多米的昆仑山大坂，这里可以说是人类禁区，海拔高缺氧，地势险峻，随时都有可能出危险。先遣部队敢想敢做，夜以继日地打眼放炮、架桥填沟，战士们士气高涨，干劲十足。后勤部队积极筹集粮草，动员老百姓参与进来，那时候军地关系特别融洽，老百姓发自内心支持部队修路，他们赶来家驴、骡子、马和骆驼帮忙运输粮草。

邹：学生宣传队如何发挥作用?

汤：我们到达独立骑兵师的时候，昆仑山上的修路工作正在紧锣密鼓地进行，后勤备战也是有条不紊。我们学生宣传队的任务是就地取材、自编自导，为修路部队和地方上的百姓做好宣传教育工作，及时传达党的方针政策。我们自编节目、自制道具，吹吹打打、说说唱唱，没几天就排练出了几个节目，演出后受到战士们鼓掌称赞。修路的工作又累又危险，先遣队在前方冲锋陷阵，学生宣传队就集思广益，不断编排出形式新颖、内容上富含教育意义的文艺节目，鼓舞士气，激扬斗志。

邹：宣传队在昆仑山上巡回演出了多长时间?

汤：昆仑山上的冬天相当漫长，学生宣传队在独立骑兵师干了整整一个冬天。冬去春来，由于组织上安排了更加重要的任务，学生宣传队解散了，大部分队员重新分配到司令部政治处下属各科室，有的调到了团部，我留在政治部宣教科，在新的岗位继续开展宣传教育工作。

邹：你们宣传队有没有直接参与修路?

汤：高山缺氧，修路的部队需要经常换防，从山上下来的战士脸晒得黢黑，像烧焦的碳一样，衣服被扯的破破烂烂，全身到处都是皮外伤，手上布满了水泡和硬茧，修路的条件实在太艰苦了。我当时心里想：我不能老待在科室做四平八稳的工作，我要申请上山修路。朱科长看到我的申请书，直接拒绝了，他说："部队有规定，女同志一律不许上山。"我再三请求，他还是不答应，说："组织上关心爱护女兵，你要理解。如果你非要去，我做不了主，你只能去找师领导。"

为了庆祝"三八"妇女节，干部科副科长请我们几个女同志到她家里做客，她是何师长的爱人，我觉得这是个机会，就和其他几个姐妹商量，大家一致同意趁这个机会向何师长提出我们的愿望，说不定能批准。副科长为我们安排了一场茶话会，何师长也参加了，我们几个女同志在会上踊跃发言，主题从新中国妇女解放运动一直谈到新疆和西藏当前的局势。说着说着，我们几个异口同声地向何师长提出请求，希望组织上批准我们去修路。何师长听到后感觉很为难，他说："组织上没派女同志上昆仑山修路，就是考虑到你们初来乍到，担心大家适应不了高原气候。"我们几个女同志意志坚定，再三恳求师长批准。何师长想了一会儿，终于答应了："那好吧，以后有机会就让你们去锻炼，但是上了昆仑山以后，可不许打退堂鼓、哭鼻子哟!"说完大家都开心地笑了。

邹：看来女兵的决心很坚定。何师长的诺言很快就实现了么?

汤：我是第一个被批准上昆仑山的。那天朱科长通知我："你赶紧准备下，明天我们一起去山上检查工作。"我当时高兴坏了，简直不敢相信自己的耳朵。第二天清晨，我们坐着拉粮食的大卡车，经过几个小时颠簸到了山脚下的兵站，这时候卡车不能再往前开了，我们只能改骑马，随着海拔越来越高、地势越来越复杂，马也不能骑了，只能骑毛驴，再后来毛驴也走不动了，我们只能步行。一路翻山越岭，气喘吁吁，经过十几个小时的跋涉，终于到达昆仑山上的修路指挥部。指挥部的田参谋长一见到我就大声嚷嚷："女同志怎么跑山上来了?! 谁批准你来的? 简直是胡闹!!"他黑着脸，十分生气。我不敢抬头，站在那里一言不发。朱科长替我解围说："何师长批准她来的，说是到山上锻炼锻炼。"田参谋长刀子嘴豆腐心，嘴上嘟嘟囔囔，但是内心很热情。由于山上都是男战士，要是来了个男的，随便找个帐篷挤挤就能住，但女同志不方便，所以田参谋长赶紧叫人单独支起了一顶小帐篷，并叮嘱朱科长好好照顾我。

邹：您刚到山上，既要克服高山反应，又要积极投身修路建设，这对一个女同志来说是莫大的考验。能分享一下这段独特的经历吗?

汤：我到的第二天就和指挥部的人一起下工地了。我穿上指挥部事先为我配发的皮大衣、皮帽子、棉手套、毡筒毡袜，大家全副武装，沿着崎岖小道，穿过山涧、冰石，寒风刺骨，四处都是悬崖断壁。指挥部的同志经验丰富，为了安全起见，先遣队的同志们早已在悬崖峭壁的石头上凿出了一个个小坑，供脚蹬踩，还在峭壁两头钉上钢钎，钢钎上连着一条粗大的麻绳作为防护栏，大家小心翼翼踩着石坑，手扶麻绳，一步一步挪过去。昆仑山上寒风咆哮，天气变化无常，突然间温度骤降，可能降到零下三四十度了，大雪纷飞，四周一片白茫茫。大雪模糊了视线，我紧紧抓住麻绳一动也不敢动，生怕一脚踩空掉下万丈深渊……

我是初到高原嘛，高原反应比较明显，常常感到呼吸困难，头晕胸闷，嘴唇发乌，浑身乏力。大家都很照顾我，给我分配的任务最轻，就是往筐子里装碎石块，即便这样一天下来也疲惫不堪。男战士们不愧是突击队员，他们用铁锨、榔头、钢钎等工具砸石头、搬冰块，手搬肩扛，那时候哪有现代化机器呀，就是有也开不到这昆仑山上来啊。

邹：劳动强度这么大，伙食能跟得上么?

汤：我们在昆仑山上，吃饭最成问题了。高山空气稀薄，气压不够，水烧不开，充其量烧到七十多度，饭根本煮不熟，只能凑合着吃夹生饭。有时候遭遇大风雪，后勤部队送的给养跟不上，大雪封山，毛驴驮不上来，山上修路部队的干粮吃完了，大家就想方设法找吃的，或是去打黄羊，或是去抓野兔，实在没有办法了，就采几朵雪莲熬汤吃。就算在那样恶劣的环境下，大家还是毫不泄气，渴的时候抓一把雪放到嘴里嚼，或者从石头上敲一坨冰，嚼得"嘎嘣、"嘎嘣"响，美其名曰是吃冰淇淋和白糖。(笑)

邹：山上除了高寒缺氧外，新鲜蔬菜更是难以供应。修路部队长期吃不上新鲜果蔬，身体方面肯定会出问题。

汤：由于长期吃不上蔬菜，不少同志因严重缺乏维生素，嘴唇溃烂红肿，长了一层黄色水泡，每天只能绷着脸，不敢笑，如果笑的稍微明显些，嘴唇就会裂开。

邹：我们的部队特别擅长调整战士们的情绪，不管在什么时候什么地方，宣传工作都很到位。

汤：我在山上主要也是负责搞宣教，平时走访各个工地，收集典型人物典型事迹，及时将材料汇总，或是写成简讯登在黑板报上，或是编成快板顺口溜。那时候做宣教工作，没有录音笔也没有摄像机，纯粹依靠眼看、耳听、心记，白天四处搜集素材，晚上回到帐篷里才能开始正式写作和编排。

娱乐活动就更少见了，我们几个偶尔会出几期墙报，大家平素做完手工后也会在帐篷里说说唱唱，轮流讲故事，大家自娱自乐。部队上为了丰富战士们的娱乐活动，专门组织了放映队到工地上巡回放电影。有一天雪下得很大，放映队的同志背着放映器材不便行走，领导就叫他们先不要去工地，就在指挥部给大家放场电影。我们都很激动，赶紧围在一起等候电影开始，放电影的同志就地取材，在峭壁上挂了块银幕，放映机上撑起一把大伞，随后电影就正式开始了。天气实在太冷了，大家穿上皮大衣、毡筒，戴上暖和的皮帽子，随便找块石头坐下，全神贯注看电影。雪越下越大，银幕上的图像也变得越来越模糊，我们这些观众也被厚厚的积雪盖住了，只留下小小的黑点，最后连黑点都看不见了。电影结束了，大家浑身晃动，把身上的积雪抖落，一个个黑点终于又出现了，渐渐清晰，像变魔术一样（笑）。

邹：能说说部队进藏后的情况吗？

汤：1951 年上半年，修路部队的工作已经到达海拔四千五百米的昆仑大坂。事实上独立骑兵师当时肩负两项重要任务：一是修挖进藏公路；另外一个就是在修路的同时，按计划做好战备工作，这些工作具体包括思想教育、训练骑兵、筹集武器弹药和粮草、了解西藏的语言文字和风土人情等。为了避免战争给老百姓造成灾难，中央当时正在展开深入细致的工作，争取和平解放西藏。但是如果谈和不成，我们将按照原计划向西藏进军，所以大家在认真完成本职工作的同时，摩拳擦掌，士气高昂，随时准备投身到激烈的战斗中去。

我记得赴藏的先遣部队还专门请回来两个藏民，藏民帮助我们学习藏族语言，了解藏族文化和生活习俗，有时还教我们唱藏语歌曲，跳藏族舞蹈。5 月 23 日①，部队上传来振奋人心的好消息：西藏和平解放了！在党中央的周密部署下，西藏没有遭受战火，西藏各族同胞终于脱离苦海重见天日。我至今都记得那天我

① 1951 年 5 月 23 日，中央人民政府成功粉碎西藏上层反动势力和帝国主义的百般阻挠，在北京同西藏地方政府和平谈判代表团签署《关于和平解放西藏办法的协议》，人民解放军随即进驻拉萨，西藏宣告和平解放。

们在昆仑山上载歌载舞庆祝西藏和平解放的情形。

邹：西藏和平解放了，独立骑兵师全部撤回来了么？

汤：不久，军区组织了一个工作队进藏，独立骑兵师也抽调了一部分同志参加。再后来，独立骑兵师又接受了新的任务，配合地方政府开展“三反”“五反”[①] 运动，我也被分到了策勒县。1952 年“土改”工作结束，我又回到和田师政治部。1953 年又调到驻喀什的南疆军区。1955 年因工作需要调往北疆，在乌鲁木齐待了一段时间，本来要派往伊犁，但当时我第二个孩子刚刚出生，组织上考虑到我的特殊情况，把我改派到石河子，在玛管水利处当宣传干事。后来参加修安集海水库，工程还没完毕，又把我们调到克拉玛依盖房子，不久又回到乌鲁木齐。

邹：除了搞宣传，有没有从事其他方面的工作？

汤：我们在米泉组建过一个小学。当时材料厂旁边有个皮革厂，里面有许多维吾尔族职工，我们就把两个厂合起来办学，又教汉语又教维吾尔语。那时候没有校长，也没有书记和指导员，就我一个人负责管理。

邹：能谈谈当时的办学思路吗？

汤：当初组建这个学校是为了解决孩子们的上学问题，那时候乌鲁木齐的学校比较齐全，但是米泉离乌鲁木齐市区有一段距离，什么都得重新开始。因为这个学校是两个厂合办的，学生既有汉族也有少数民族，所以我就专门请了几位少数民族老师授课。有些教材是教委统一配置的，有些教材我们组织学校的老师自己编写。

邹：听说您退休后一直坚持画画，不少作品还获了奖？

汤：（笑）退休后没什么事情，就想找点心理寄托。我纯粹是自娱自乐，呵呵。

汤阿姨很谦虚，在大家的多次请求下，她从抽屉里拿出一本画册。这本画册是家人为了庆贺老人八十大寿专门印制的，装帧精美，厚重大气，收录了老人的部分绘画代表作。我们怀着深深的敬意翻开画册，只见碧荷叠翠、清泉潺潺，山花烂漫、姹紫嫣红……欣赏完老人精心营构的艺术世界，我问了最后一个问题。

邹：您多次辗转天山南北，见证了新疆半个世纪以来的巨大变化。留在您记

---

① 1951 年底到 1952 年 10 月，中央决定在党政机关部门开展“三反”“五反”运动。“三反”是指“反贪污、反浪费、反官僚主义”，“五反”指的是“反行贿、反偷税漏税、反盗窃国家财产、反偷工减料、反盗窃国家经济情报”。

忆中最深刻的是什么？

汤： 我在南疆工作生活了六年，我常常记起那段刻骨铭心的岁月。

【后记】

毛泽东的《念奴娇·昆仑》这样形容昆仑山："横空出世，莽昆仑，阅尽人间春色。飞起玉龙三百万，搅得周天寒彻。"巍巍昆仑逶迤在塔克拉玛干沙漠南沿，冰峰耸立、峭壁突兀，昆仑大坂更是高寒缺氧、危机四伏。正是在这样一个人类生存禁区，新疆军区独立骑兵师的战士们来不及细细分享新中国成立的喜悦，就毅然投身解放西藏的伟大事业。他们要在海拔四千多米的高寒地带修筑一条通往西藏的天路，为解放军进驻西藏开辟通道。来自湖南的女战士汤立年就是修路部队中的一员。

当年，为了和地主家庭诀别，她立志报考军校，并且选择来到偏远的新疆。当年，为了实现自己的理想，她主动请缨参加独立骑兵师，历尽艰辛穿越大漠戈壁，来到昆仑山下玉龙喀什河畔。也是当年，她绞尽脑汁毛遂自荐到昆仑山上凿壁修路，几经生死，终于迎来了西藏和平解放的凯歌。可以说，汤立年将人生中最美好的年华洒落在南疆大地，她见证了新疆军区作为先遣部队修挖进藏公路的历史壮举，也亲历了西藏和平解放前夕部队战备工作的点点滴滴。

汤立年的人生富有传奇性：她不属于当年西上天山的"八千湘女"，但她又是湖湘进疆女兵中学历最高的；她为了理想和信念西出阳关，关键时刻挺身而出，成为在昆仑大坂修筑天路的为数不多的女兵之一；她长期奋战在宣传阵地，却又别具创见地组建了民汉合校的小学，发动各族教师自编教材，为新疆的双语教育事业铺路搭桥；她迟暮之年壮心不已，丹青世界再创业绩，不仅描摹花草虫鱼，还勇于挑战自我，画出神态生动的百猫图为北京奥运会献礼。

汤立年一再谦虚地说她的人生平平淡淡，没有可以浓墨重彩的丰功伟绩。其实，最传奇的人生往往沉淀为最平和的生活现状，只有经历过大风大浪，看惯了生离死别，才能够更加坦然面对过去与未来。而记忆深处，那些艰苦卓绝的岁月，那些高原奋战的鲜活场面，必将时常涌动……

拖拉机上的人生

口述｜廖兴贵

人物档案：廖兴贵，女，1937年出生，湖南衡阳人，自幼父母双亡，小时候寄居在姨妈家。1952年报名参军，为新疆生产建设兵团第一代女拖拉机手，长期工作在生产劳动第一线，先后三次受伤。

访谈时间：2015年4月4日下午。

访谈地点：石河子市纺织厂医院家属院。

邹赞（以下简称“邹”）：廖阿姨，您的全名是什么？

廖兴贵（以下简称“廖”）：全名叫廖兴贵，兴是高兴的兴，贵是贵州的贵。

邹：您今年多大年纪？

廖：我是1937年的，还有几个月就满七十八岁咯。

邹：听陶阿姨介绍说您也是湖南衡阳人。小时候家里面的情况还记得吗？

廖：对，我家就在衡阳市。唉！我父亲去世得早，我都不知道他长啥样。等大一点，懂一点事的时候，日本（鬼子）已经到中国来了，我妈妈带着我和一个妹妹，就住在衡阳市，做点小生意。后来日本的飞机把衡阳都炸平了，我们回来就没有房子也没有地了。我妈妈在那一年得了伤寒病，去世了。那个伤寒病好像是日本鬼子的什么细菌！我妹妹得了“打摆子”（湖南方言，浑身颤抖之意），也过世了，我染上了病，但是没有死，就我一个活下来了。之后家里就没有人了，我就跟着我姨妈长大。

邹：您在姨妈家生活了多长时间？

廖：一直到解放。说不好听的话，那毕竟不是自己的家咯，在那里过得不舒服，姨妈家也有两个女儿，加上我三个嘛！那个生活也是很平常，我说我走了，(这样) 也减轻负担。

邹：于是决定离开姨妈家去当兵？当时多大年龄？通过什么渠道了解到新疆军区的招兵信息呢？

廖：我报名当兵是1952年3月份，好像十四五岁吧！那时不是有居民委员会嘛，居委会开始天天组织大家学习啊、念报纸啊，《湖南日报》① 登了新疆招收女兵的消息，我们就赶快报名了，参军走咯！当解放军多好啊！

邹：新疆军区招收女兵的信息里面都写了些什么内容？

廖：信息就是说，文化程度不限，十七岁至二十五岁之间，有这个年龄限制。未婚。大概就这些，其他的我也忘了。总之我们可以报名参军咯。那时候刚刚解放嘛，参军特别火热。

邹：您报名参军有没有和姨妈商量？报名顺利吗？

廖：我没有跟姨妈说，走的时候留了封信。报名挺顺利，记得是一个很大的地方，人家说，过几天你来看看有没有自己的名字，有的话你就走。考试的时候还问我们呢，说新疆你愿意去吗？到那里去苦得很，坐火车、坐汽车要坐一个多月。我们说不怕，去！当兵嘛！多好！就这样的。报名的时候还跟我们说，到了新疆以后可以上学，可以进工厂。

邹：大家都很开心，因为即将开始一种新的生活……

廖：嗯，很开心！出去当兵多好啊，国家需要嘛，像我们年轻嘛应该去的。我们在衡阳报了名，后来坐火车到长沙，大家都在长沙集中，住了几天，大家又统一坐车到西安。到了西安以后就没有火车了，坐那个敞篷车，一辆车坐了十几个人吧！一个组一个组的……

邹：您和陶先运阿姨是同一批进疆的吗？

廖：她们是1951年的，我们是1952年的。1952年来了两批，我们是3月份的那一批，4月份又来了一批，都是衡阳的，以后就再没有了。

邹：在西安休整了多长时间？初到北方生活习惯吗？

廖：在西安停了几天，等车嘛。咱们湖南人都是吃米饭、辣椒比较多，到了西安吃的是馍馍。那馍馍好厚，这么大（用手比画）！坐在大卡车上我们都在吃。饮食不习惯，也没有想那么多。毕竟当兵是自己的理想，满脑子都是对部队生活

---

① 此处应为《新湖南报》，1949年8月15日出版创刊号，毛主席亲自题写报头。1964年，根据毛泽东主席的提议，《新湖南报》更名为“湖南日报”。

的憧憬，压根不计较这些，也不知道饿。

邹：当时想的就是赶紧到新疆，赶紧成为一名正式的解放军，就是这样的信念在支撑着您？

廖：嗯，是的。

邹：大篷车从西安到迪化，一路上有没有发生什么故事？

廖：我们那个车子没有发生什么故事。好像把我编到一辆打前站的车子上，我们的车子先走。其他的车子上有些人生病了，我身体比较好，就坐在车子上高高兴兴地来了，一路上挺顺利，到了哪个地方说休息就休息，到了吃饭时间就吃饭，早晨早早地起来又继续走。走到甘肃那个地方，气氛一下子严肃起来了，上面传话来要大家提防土匪，我们女的呢，就把那个毛巾围在头上，装扮成男人的样子。他们（解放军）有机关枪嘛，机关枪架到前面，一个雨篷盖着，我们就坐在车子里面不吭气，反正也不下车。一会儿就过去了，总之没有见到土匪。

邹：嗯，确实是很幸运，那阵子残匪到处流窜，甘肃和新疆的交界地带土匪十分猖獗。咱们解放军部队警觉性高，思想政治工作也做得特别好，据说湘女进疆路上歌声不断……

廖：他们带队的人非常好，大家一路上唱着老歌，“三大纪律、八项注意”之类的革命歌曲，歌声此起彼伏，很是鼓舞士气（笑）。

邹：到了河西走廊以后，气候越来越干燥，周围一片荒凉，当时会有很明显的心理落差吗？

廖：没有啥感觉咯！好像一出来就不想家了，就一直奔到地方就行。我们到了兰州，休息了两天，洗洗澡啊，到城里转一转。到了酒泉又休息了几天。到哈密也是，那些维吾尔族老乡都来跟我们说话，拿个本本签名，说：“你们是来当兵的！你们好哇！”

邹：维吾尔老乡说的是汉语吗？

廖：说的是汉语，说得也不太准。我们也是第一次见到少数民族。

邹：一路上旅途艰辛，那些生病的、想家的女兵有没有思想开小差的？

廖：没有！开小差的没有！反正是不吃饭，坐到车上也不吭气，那个干馍馍她们也不啃，往车子底下丢（笑）。有些晕车的、有病的，下来走一走、说说话，开导开导就好了。像我们这样不晕车的、身体好的，都很高兴，觉得很好玩。中国人民解放军多么光荣！没想那么多，肚子不饿就行咯。那个时候不知道想，人都太单纯了，傻乎乎的。

邹：也难免情绪上有波动，坐那么长时间的车，一堆人挤在一辆卡车里。不晕车还好，要是晕车那就难受极了。你们到了迪化以后，部队具体是怎么安排的？

廖：到迪化以后我们就下车了嘛！好像到了一个学校，地方挺大，我们就住在那里。后来王震就把我们喊过去咯。

邹：见到王震了？

廖：见了！王震就穿的像这样子的黄衣服嘛，他说欢迎湖南妹子过来，鼓励大家要在这安下心，扎下根，长期建设新新疆！初中文化程度的都进到八一农学院去，我们这些不到初中文化程度的就下农场，可以去开拖拉机，也可以搞其他工作。我们没有说啥，都挺高兴的，分到哪里就去哪里。刚开始说把我们分到南疆，后来南疆没有去，就留在北疆了。

邹：具体分到北疆哪个地方了？

廖：我分到北疆车排子，就现在奎屯那个地方。我们去了十八个人，我是组长，大家到了团场，住在地窝子里面。车排子那时候是团部，好像这个地方和我们老家的时间不一样，还没睡够一样的，一吹哨子就让你起来。起来下地了！完了以后再回来，洗脸、吃早餐，吃了早餐以后再上地里去。太阳大了以后我们就回来。

邹：按照时间估算，您应该是五月份到车排子的，当时主要做些什么农活？

廖：五月份麦子都已经这么高了，我们就在麦子地里拔草，以前在老家从来没有见过麦子。大概一个多月后，二十二兵团二十五师要成立一个拖拉机站，挑选了几个人去学习开拖拉机。

邹：在车排子的生活情况如何？

廖：我们吃的是磨子磨的面，面粉粗得很，就蒸个馍馍吃，有时候吃碗面条，就这样的。我们也不讲究，给我们吃啥我们就吃啥，吃完就下地去咯。天天都那样过。

邹：您被挑选去学拖拉机，是自己报的名吗？还是其他的原因？

廖：是领导分配的。那时候团里有个政委，姓张，他在一次闲聊中问我们都想干些啥，我跟他说我想去学开拖拉机。他当时答应了，后来就把我叫走了。

邹：为什么想着去学习开拖拉机？

廖：解放了，男女平等嘛，男人能干的活，我们女的也能干！

邹：这样说来您算是兵团第一代女拖拉机手咯？

廖：算！是第一代！

邹：学习拖拉机的那段经历还记得吗？

廖：学拖拉机嘛，我们是在本地学的，那些老师是去兵团学的，后来师部又来培养我们这一批。我们这一批学了好多天啦，是理论和实际结合起来学的。也就是说，这边学理论，过了好多天以后就亲自把拖拉机开到地里去实习，去犁地。我们是“八一”下的地，那时准备播冬麦了。

邹：那时候新疆犁地的拖拉机基本上都是从苏联进口的。

廖：是的。我保留着当时的拖拉机照片，你们看看。

廖阿姨带来了厚厚一叠老照片，照片中的主角绝大部分都是拖拉机，她如数家珍向地我们介绍了每一台拖拉机的型号、名称、性能以及拖拉机背后的故事，眼中满是关切之情。

邹：拖拉机学了多久？

廖：十几天吧，然后我们就下地了。

邹：十几天就学会了？

廖：我们是先学理论，还有老师傅带着。后来一有时间就在家里学农机技术，比如播种机啊，春耕机啊，都要自己学！

邹：学员里的女拖拉机手有多少？学习过程中有没有发生什么有趣的事情？比如谁学的比较慢，大家互相帮助之类的。

廖：男的多，女拖拉机手也就十来个。学员中有一个从山东当兵来的，他有些不想学，嫌脏，总是应付差事。好多人不想学就回去了！

邹：您接受完培训之后，就回到团上开拖拉机了？

廖：我们学完了以后，已经过了“八一”，大家试了下车，我们就编组了！那辆车几个人一组，编完到冬天就犁地了！就这样慢慢工作，一边工作一边保养机器。大部分时间靠自己学习，跟着师傅边看边学。

邹：学开拖拉机的过程中有没有遇到什么困难？

廖：好像也没有啥困难。就是你叫我干啥我就干啥。我们那时候工作还是挺辛苦的。用拖拉机盖房子。自己打土块，晒干后再背到盖房子的地方去。那个土块大得很，泥巴弄好了，把这个模子拿过去打，还要晒，再晾起来。

邹：刚开始开拖拉机的时候劳动强度大不大？

廖：强度大！我不怕吃苦，也不怕累。那时候还没有小拖拉机，我们就开那种大拖拉机，五铁犁嘛（音），就现在东方红那种的，深了以后赶紧往上打，浅了以后赶紧往下放。我们刚开始工作是二十四个小时换一次班，比方说，今天下午这个时候我来上班了，等明天下午这个时候别人来接替我，我再下班。

邹：相当于二十四小时都在工作？

廖：对，你休息也是二十四个小时。一个组两个班嘛！就这样白天黑夜轮流倒班。

邹：您的手指头和胳膊受过几次伤，胳膊上的伤势还挺严重，能不能把这段经历讲一讲？

廖：可以。学拖拉机的那一年，秋天的时候，已经开始冷了，我们不是要干到天亮吗？天亮以后由副驾驶员接着开，地里的那个苇子好高的，他就开向那个苇子，"咣当"一声，我就从那辆车上摔下来了。摔下来以后，后面的这个犁子就超过这块连轨板（音）了，连轨板就差大概十几公分就要压到我的头了！我被摔得晕晕乎乎，啥都不知道，人家马上把车子停下了，缓过一阵子我从地上爬起来，手都被刮破了，他们说好危险哦！我那天心里好难受，回到家蒙头就睡。第二次是1955年春天的时候，我们开始忙着春耕，苗长得那么高的时候要松土，你们瞧瞧，就是这种车子（用手指照片），克特35，那个时候我已经在车上当车长咯（笑）。

邹：当车长？就是要全面负责这台车的日常运行？

廖：嗯，车子的保养啊，工作啊，整个我来管了。苏联产的车子车身高，你看这辆车子（用手指照片）就没有那个高。

邹：开起来性能怎么样？

廖：性能可以，这两辆车子的性能差不多，都是克特35。那时候我把车子开到河那边去拉播种机，玛纳斯河那边是三连吧，三连把我们的播种机借过去播冬麦了。我开车到团上，还要坐船到河那边去才能把播种机拉到船上。结果一上那条船的时候，我就刹车，但是刹不住，因为船是斜的，往那边斜，刹车也刹不住。前边那个轮子都悬起来了，差一点点就要掉到河里了，我心里想这回完了，要掉进玛纳斯河了。当时只知道把车刹住，停在那里不敢动。多亏团里有人赶来帮忙，把车轮子垫起来了，总算没有掉下去。那个时候我就想着自己要完了，虽然受了点小伤，但命终归是保住了。

邹：遭遇了两次事故，心里面有没有觉得后悔呢？

廖：我喜欢这个工作，我不觉得后悔。那时候我还没有成家，就想着好好干工作。

邹：您手上这条很明显的伤疤是怎么来的？

廖：1977年，我调到了机修连，就是专门修拖拉机的，每年冬天车子用完了以后全部要检修，团里就专门成立了一个机修连，（这样的机构）现在没有了。

邹：机修连设在什么地方？

廖：就在一三五团。我在机修连当修理工，没有开车了。我当时主要负责高压油泵，一个试验台嘛。那天油泵间没有多少事，我就走出来帮着修理班一起去焊起重机的架子，那个架子要用氧气焊，他①头一天加氧气加得太多了，水也加得特别多，结果第二天开始焊的时候呢，就爆炸了嘛！当时把房子啊，车间啊，门啊都炸下来了。我们在车间里面，巨大的冲力把我直接甩出去了，门也掉了，我就在那个门里头（被压着），当时觉得手有点痛，我就撕一块布包着。我们一起有三个人嘛，那两个人也是（被）打的晕倒了，我迷迷糊糊听到外边有人说赶紧把伤员抬出去。我受的伤最重，又被门压着，他们没看到我。过了一阵，外面的人越来越多，我也渐渐恢复了一些意识，一边挣扎着往外爬，一边呼喊求救。他们一看我伤得很厉害，血不停地流，后来医生跟我说流了两千多毫升血，衣服上、车子上全都是。到了医院以后才止住血，胳膊里面打了钢针……那次真的很危险，我的舌头都不会说话了，心里想着我这回可能不行咯！

邹：但愿没有留下后遗症。

廖：有！经常痛。一年多以后把钢针取下来，（单位）以后就叫我干一些轻的活，专门管理修理间的工具。

廖阿姨回忆起这段往事，几度哽咽，泣不成声。访谈暂停了几分钟。

邹：刚才您讲到开拖拉机的过程中受了几次伤，除了身体上的伤痛，可能还会面临许多大自然的威胁，比如风沙、暴雪、狼，因为那时候实在太荒凉了……

廖：没错，我也碰到过狼。那个时候犁地要人干啊，到地里头要把犁升起来，车子转过来之后再把它放下来。我们打犁子的时候就看见几匹狼在地里头坐着，眼睛鼓鼓的，绿绿的颜色。

邹：当时不害怕吗？

廖：没有感觉多害怕，反正它也咬不到我，车子开着它也不敢过来嘛！再说我的车上还有铁棍，它来了我也不怕（笑）。我就看着它们，它们也看着我。

邹：接下来想和您聊聊婚恋方面的话题。您和您爱人是别人介绍的还是自己认识的？

廖：我们是自己认识的，大家在同一个单位，他是四川人，新疆和平解放前是陶峙岳部队的，后来参加了“九·二五”起义。

邹：“九·二五”起义官兵的年龄普遍比你们要大很多，您爱人比您年纪大多少？

廖：大八岁！

---

① 指负责焊接的工人。

邹： 谈恋爱的过程可以讲讲么？

廖： 也没有啥讲的（笑）。我们那时候不在一个车子上，大家就在吃饭、休息时说说话聊聊家常。他们是我们前面一批的，直接在兵团接受拖拉机培训，然后回来教我们。因为他们这批学成的人少，所以回来就先当车长，带领我们这批学员。

邹： 两个人自己相中了，后来领导出面找双方谈话，了解一下双方的家庭背景，是这样的么？

廖： 嗯，就是。我们那时候结婚简单得很，五对新人在一起办的集体婚礼。1956 年开春，拖拉机站就分开了，分到各个连队了，一个专业站有三四个连队，分成机耕队啥的。我们结婚以后就分到连队去了。

邹： 您和您爱人都在开拖拉机？

廖： 嗯。后来他没有开拖拉机了，他升干部了，当了机耕队的队长。

邹： 第一个孩子是什么时候出生的？

廖： 1958 年。

邹： 生完孩子以后拖拉机的工作还继续在干吗？

廖： 一直到生孩子我都还在开拖拉机。1958 年生的老大，1959 年又生了一个。生老二正是开春的时候，有人跑去给指导员说，老廖的肚子都那么大了，应该叫她下来检修播种机。指导员不同意，说，她工资那么高，下来检修什么？就在上面干，一直干到生孩子。1956 年的时候我不是跟了一个先进机车组嘛，单位给我调了一级工资。转业以后，我的工资是每月六十二块钱。那一年春耕后给我调了工资，涨到七十三块钱。

邹： 你们工作起早贪黑的，孩子谁带呢？

廖： 头一个孩子是给人家带的，请了个保姆，保姆没有工作，就在自己家里帮人看娃娃。

邹： 保姆是当时从内地过来的家属吧？

廖： 对。每月给保姆五十一块钱，牛奶费啊，糖啊，洗衣服的肥皂啊什么的，她都管了。

邹： 工资基本上就给完了。

廖： 嗯，就剩个吃饭的钱。

邹： 没有想着从老家把老人接过来帮忙带孩子？

廖： 没有。双方老人都不在了，没有人给我带嘛，我也没办法。

邹： 生完孩子以后大概能在家休息多长时间？

廖： 五十多天吧。五十多天给你工资，其他多的时间就不给工资，就算事假了。

邹： 有了两个孩子以后，怎么处理工作和家庭之间的关系呢？

廖： 这个话说起来就长了，好像我的命运也不好吧（叹气，流泪）。生了两个孩子以后，没有奶给他吃，就喝牛奶。但是（孩子吃了牛奶）光拉肚子，我就没有办法，1960 年就请假了嘛。一个萝卜一个坑啊！你又是车长，没有别人代替你啊！那只有把车子交了。那时候我就请假了，回到家里带娃娃，带了两三年吧。就因为这一点，我的工资最吃亏咯。

邹： 工龄受到影响了？

廖： 嗯，（工龄）就间断了。你在家里这个工龄肯定不算，要重新算。我们调工资，1952 年、1953 年的工资都不一样嘛！带完孩子两三年后我又去工作了，去找政委，我又从新工人开始，那个时候新工人工资好低呀！就三十多块钱，三十六块一毛四，我记得很清楚。

邹： 相当于降了一半了。您爱人忙工作，家里的事情不管么？

廖： 那时候的男的不像现在的男的，都不管家务事的，你再怎么样他也不管。三个孩子，他从没有在家里洗过（尿）片子。

邹： 您有没有抱怨？

廖： 没有啥抱怨的。自己从小父母就去世得早，看到孩子就觉得不能对他那样的不关爱。后来，1962 年又（生了）一个老三。1965 年我就去工作了嘛。一直到现在，这几次调工资我还是很吃亏的！因为中间停了两三年，就把这个工龄剪断了。再说，我手坏了吃亏呀！把我的工作拿掉了。我手不坏的话，后来搞承包，我可以承包那个油泵间嘛！（流泪）

邹： 1965 年重新开始工作，具体做些什么呢？

廖： 我又去开车。到那个康拜因上当机员，不当车长了！康拜因搞夏收（收割小麦）。1966 年冬天，我们连队有了那种小车子，就是克特 35，又叫我去当车长。后来当过修理工，不幸把手打坏了，再后面就退休了。

邹： 在“文化大革命”当中，您有没有受到什么冲击？

廖： 我什么冲击也没受到。我没有啥，工作上各方面我还是照样干，就是我老伴，他靠边站了，干部都劳动去了。我一边照常劳动一边拉扯着三个孩子。

邹： 您后来转到机务上，是正常调动吗？

廖： 团里面知道我们以前是老机务，缺人了就把我们调过去。后来我又调到康拜因上，康拜因专门是机修连管着的。

邹： 机务工作的劳动强度怎么样？

廖： 比起康拜因来说，劳动强度还是大。天越热越好割麦子，阴天里麦子打不干净。太阳毒辣辣的，那汗就跟洗澡一样哗哗往下流，皮肤被烤得黑红黑红的！不过大家没有什么怨言，还是愿意干的。

邹：夏天收麦子，冬天都做些什么呢？

廖：冬天就在家里搞检修，检修农具嘛！那个时候有播种机、春耕机，还有打耕机，各种各样的机器，挺多的。播种机的圆片那么大，要磨，上面要是有锈的话不行，得拿石头把锈全部磨掉。

邹：您来新疆以后，第一次回湖南老家是什么时候？

廖：1975 年回了一趟衡阳。

邹：中间二十年没有回家咯。

廖：嗯。因为有娃娃，又经过一场文化大革命，走不开。后来调了一次工资，有了工资我就回衡阳去看望姨妈，他们过得也还可以。我只回了两趟湖南。

邹：在新疆这么多年，有时会想念老家吗？

廖：到了这边过年的时候，还是想家，睡在铺上还是会掉泪。我就想啊，要是我自己母亲还在的话，我就可以回去之类的。母亲不在了，也离开家乡了，还是想家。兵团的探亲假规定得很严格，家里有父母的才给报销，我们这样没有父母的都不给报销。

邹：您 1975 年以后就没有再开拖拉机了，可是您保存了这么多拖拉机老照片，这种感情难以言传……

廖：很是不舍。最近几年经常梦到自己开拖拉机。1957 年开机务会，会上要推选我去当修理工，那时候要是当修理工以后就会提干。但是我不知道，我说不行，让我再开两年（拖拉机），心里割舍不下，后来就没有机会了！我还是喜欢开车子。农业技术员都喜欢我耕的地，地也平得好，种也播得好。

邹：错失了这么好的机会，您觉得可惜吗？

廖：（笑）也没有什么，都过去了，不觉得可惜了。

邹：如果人生能够再来一次，您还会选择来新疆吗？

廖：还是会来的。

【后记】

陶先运是当年西上天山的“八千湘女”中的名人，之所以有名，不是因为她的叔公是陶峙岳将军，而是因为她豪爽开朗、爱打抱不平的麻辣个性。

近年来，她一直在为湘女们退休后的待遇奔走呼喊，这份无私的付出，浇灌出一段段感人肺腑的姐妹情谊，比如她和廖兴贵之间的深厚友情。

我们在陶先运阿姨的寓所见到了廖阿姨，和陶阿姨的爽朗天真甚至有点孩子气不同，廖阿姨显得拘谨、疲惫，脸上深深地刻下了岁月的沧桑。老人沉默寡言，喜怒不形于色，只有那胳膊上触目惊心的伤疤在无言地诉说，唯有那厚厚的一叠老照片，再度将老人的记忆拉回到六十多年前……

廖兴贵是湘女中的典型代表之一，但她的经历和其他湘女有着明显不同：她出身贫下中农，自小父母亡故，为了寻找生活的希望，她义无反顾参军入伍。作为兵团第一代女拖拉机手，她一直耕耘在生产劳动第一线，多次负伤，却毫无怨言……

廖兴贵热爱兵团这方热土，从不后悔自己的人生选择，她唯一遗憾的就是退休后的待遇——因为要照顾孩子，她不得不放弃机车长的工作，回到家庭，几年后重返工作场域，但是工龄由此被间断，也无法享受1952、1953年进疆女兵的退休待遇。她1952年正式参军入伍，在生产前线摸爬滚打，奉献了自己的青春年华，却因为家中无人照顾小孩，不得不短暂离开挚爱的工作岗位。陶先运坦言，我们应该充分考虑到这段历史的特殊性，当年这批女兵西上天山，和男人们一样垦荒戍边，她们既是戈壁滩上的第一代军垦战士，也是这亘古荒原上的第一代军垦母亲，她们中有的无亲无故、无依无靠，既要劳动，又要生儿育女照顾家庭，工龄间断几年，难道这种情况不应该特殊对待么？

是的，无论从哪个角度上讲，陶阿姨的“义愤”都合情合理。廖兴贵的晚年遭遇，无疑反映出一个基本的事实：我们不遗余力地宣讲屯垦戍边的伟大历史功绩，却不经意间遗忘了那一群曾经在这戈壁滩上战天斗地的“最可爱的人”！历史的车轮滚滚向前，我们寄望历史未来发展的潮流，也绝不应该忘却那些曾经推动历史进程的英雄们！

旌旗猎猎向雄师

口述｜唐克英

人物档案：唐克英，男，1931 年出生，甘肃永登县人，出身雇农家庭，没有机会接受学校教育，小时候做过理发学徒。后被国民党军队抓壮丁，赴疆途中历尽千辛万苦。1949 年 9 月 25、26 日，亲历了国民党部队和平起义。1950 年加入中国共产党，积极参加屯垦大生产运动，1952 年成为一名拖拉机手，后来转为机修工人。离休后定居北泉镇。

访谈时间：2015 年 7 月 4 日中午。

访谈地点：石总场北泉镇文化宫。

邹赞（以下简称“邹”）：您的姓名是唐克英，1931 年出生，那就是今年八十四岁？

唐克英（以下简称“唐”）：八十五。

邹：老家都是讲虚岁。您老家是什么地方的？

唐：甘肃永登县大涝池乡。

邹：能不能简单回顾一下您小时候的家庭情况？

唐：我们家弟兄五个，我大哥原来在兰州市电缆厂担任党委书记，我二哥在陶瓷厂当厂长，我是老三。现在活着的还有我妹妹，也已经七十八岁了。

邹：您父母当时是做什么工作的？

唐：当兵之前做学徒。

邹：我们先谈谈您父母的职业。

唐：我父亲给地主家赶大车，我母亲给地主家做饭，这个我可记得清楚。

邹：那相当于雇农成分，小时候家里的生活条件怎么样？

唐：我们弟兄还小，我大哥在外面做买卖，我父亲给地主家赶大车。

邹：地主对你们好不好？

唐：不太好。

邹：能不能讲一两件现在还记得的事情？

唐：我记得一件事情。我父亲不是给他们赶马车么，从马上摔下来了，把腿给摔坏了，不能赶车了，就回到我们老家，地主什么也没有给，什么照顾也没有。我们那里也没有医院，本地的中医帮我父亲接腿，过了两年多情况才好了一些，我父亲后来成了瘸子，就再也赶不成马车了。

邹：那家里面条件就越来越艰苦啊。您小时候有机会上学吗？

唐：没上过学。

邹：现在自己的名字会不会写？

唐：现在也就是会写个名字，其他的不会。解放以后学了一些文化，1950 年的时候，不是有文化教员么，教我们认一些简单的字。

邹：您到了部队才有机会学习认字。小时候没有上学，在家主要做些什么呢？

唐：在家里十六岁之前学理发，当学徒工嘛。人家学的三年，我学了两年多就被国民党抓了壮丁。我家里弟兄多嘛，我大哥跑了，我二哥也跑了，家里就我老三在，就被国民党抓了壮丁。

邹：当时国民党部队来抓壮丁，这个消息您知道吗？

唐：知道是知道，我当时年龄小以为他们不会抓我的。十六岁嘛，抓壮丁要十八岁，可是我在家里没防着，我大哥、二哥跑了，我父亲身体不好，那咋办？十六岁嘛，本来不会抓的。那天晚上保长和甲长①来我们家里把我抓走了。晚上我们根本都不会想到，因为家里没人嘛，我大哥、二哥又不在，我在，他们就晚上来，把门打开，把我抓到乡里去。他们要完成任务嘛，就把我抓了。

邹：他们把您的年龄改了？

唐：嗯，实际上我年龄根本不够十八岁。

邹：他们抓您的时候说了什么话？

唐：抓的时候说我们弟兄多，把我抓走了，他们给我父亲说："你把老大、老二接回来一个，我们就把你老三放了。"反正得抓一个，老大、老二跑掉了，

---

① 保长和甲长是南京国民政府时期县以下的基层行政组织制度，编组以户为单位，设有户长，十户为甲，设甲长，十甲为保，设保长。

老三就得顶上。我大哥、二哥不可能来了嘛，（他们）给了点东西，把我的名字、年龄改了一下就抓走了。

邹：保长算是地方官员，相当于现在的村长。他们也有任务、有指示，必须完成？

唐：就是村长、乡长这么个意思。他们有任务，谁家抓多少人，哪个地方抓多少人，都有定量。

邹：您当时被抓的时候，心里面害不害怕？

唐：害怕啊，怎么不害怕。我还小嘛，我想着他们不会收我，谁知道直接就把我抓了。

邹：用绳子绑起来了？

唐：是这样。在上新疆的时候，我们五个人用一条绳子绑着坐在车上，除了吃饭放下来，其他时候都是这样，我们五个人在酒泉，到酒泉以后就交给新疆接兵的人。从酒泉到新疆要一个多月，我们就在车上，摇摇晃晃的。

邹：被抓了以后有没有想过要逃跑？

唐：想了啊，那些老兵都想着逃跑，我们想着跑不了啊。

邹：想不出办法吗？还是看得严？

唐：年龄小么，那些年龄大的，二十多岁的有人跑回去，我们这些十几岁的都不敢。

邹：保长把您从家里面带走之后，就直接送往新疆了，在当地没有接受训练吗？

唐：新兵么，到新疆才训练。

邹：从酒泉到新疆途中发生的事情还记得吗？

唐：记得。从酒泉到星星峡这一段，我们车上坐的人多，我们是一条绳子绑着五个人，结果车上冻死了三个，就活了我们两个。

邹：几月份来的新疆？

唐：农历十一月份。那时候冷得很，到酒泉就发了皮套裤，半截子皮套裤，毡筒。走着走着，一条绳子上就剩下我们两个了。

邹：那三个人是因为生病还是饿死了，或者冻死了？

唐：一个是因为饿，一个是因为冻，就这两个原因。死了以后就把他们扔在戈壁滩上，没有埋葬。车白天走着，不管哪个车死了人就撂下去。我们当时特别害怕，但是没办法。

邹：您在这个过程中有没有生病？

唐：我到哈密以后就病了。身上结了疮疤，疥疮你们知道不知道？

邹：知道。

唐：过去疥疮厉害得很。

邹：身上痒，又痒又红。

唐：到处都烂了，手都烂得跟啥一样的，我记得最清楚的就是疥疮到处都是，身上到处都烂了，抠一抠，痒痒的，手上和身上到处都是血。那时候也没啥药，国民党就烧麦草灰给我们身上贴一贴。

邹：有没有效果？

唐：没啥效果。

邹：它主要也是一种病毒。

唐：刚开始身上生疥疮的人多得很。

邹：您到了哈密以后，停留了多少时间？

唐：在哈密停了一个礼拜。

邹：这一个礼拜都在治这个疥疮病？

唐：哈密治了一个礼拜，枪毙了三个。

邹：为什么？

唐：哈密国民党说的打狗啊，国民党城里也打狗，警察把街上的狗打死就放到戈壁滩上去。但是我们这些当兵的吃不饱啊，部队上接我们的人就把扔下的狗拉回来，煮上，一个人一块，排着队。为着这狗枪毙了两个，我们班上有个姓王的，叫王林（音），他肚子饿得慌，没等排到他跟前，他就伸手（抓狗肉），人家就把他身上打得全是伤，等了一个月，最后就死了，就把他撂掉了。

邹：王林是因为吃狗肉没排队被打死了，那么其他人被枪毙是因为什么呢？

唐：其他人也都是因为要吃的。那些国民党经常把狗打死放到戈壁滩上去，我们吃不饱，就把死狗拉过来，用大铁皮锅炖上……

邹：您当时感觉国民党军队的作风怎么样？

唐：哎呀，我真正在国民党手上的时间不长，新兵训练还没完就解放了。国民党手里啊，啥人都打，班长也打，排长也打。我是新兵我记得可清楚了，有时候两个人把人架住，一个人用条子抽。（训练）学不会嘛，学不好的就是这样打。

邹：就是体罚。您当时有没有被打过？

唐：没有。我小一点嘛，训练也算认真。

邹：在哈密待了两个月之后就开到迪化来了，您能不能把迪化当时的情况讲一讲？

唐：到了迪化以后我们被交给运输营，搞运输的嘛。到运输营，就交给他们了，交给他们以后，我们就搞新兵训练，训练了三个月后，就工作了。

邹：主要是哪方面的训练？

唐：训练打枪，都是些当兵的基础知识。

邹：您刚才说到了运输营，我还以为是学习开车。

唐：那时候的交通工具都是马车、骆驼啊。

邹：在训练过程中有没有印象很深刻的事情？

唐：这三个月啊，新兵么，没有什么。白天训练、出操，下午都到戈壁滩上打柴火，那时候炊事班都烧柴火。

邹：训练结束后，分配到什么地方工作？

唐：还在这个运输营，分到连队去了。在连队主要赶马车。我那时小，跟着班长赶马车。我们就在呼图壁住，呼图壁当时叫景化，我们负责拉炭给生产连。

邹：拉炭的路上有没有碰到狼啊、土匪之类的？

唐：经常碰到狼。有一次我们在煤矿、煤窑，那时候还不叫煤矿，我们班长的车子停到那个地方以后，拉车的马突然病了，人就在边上蹲着，山上的野狼跑过来，把我们赶大车的马咬住了，把班长也咬住了。班长还活着，受了点伤，没有死。当时他们在前面，我们小，我们在后面。

邹：看清楚狼的样子了吗？

唐：看不清，晚上看不清。知道是狼来了，但是没有看清是啥样子。

邹：刚才讲到了野狼的故事，那时候新疆兵荒马乱的，到处都是逃窜的土匪，拉炭火途中有没有遭遇匪祸？

唐：没有没有。我倒是记得，我们赶马车经过的路上，有几家确实穷得很，冬天煤都没有。班长给我们说："你看，给他搬上两袋子煤。"那一家姓周，我记得很清楚。我们小嘛，就按照班长的吩咐，给周家送袋煤炭过去，我们来回的话经常从他家门口过。看见那一家穷得很，班长安排我们两个人给他家送煤。那时候我年轻，二十来岁嘛，一个人扛着一袋子，把公家的煤给周家送上几袋子。周家人也好，以后我们到了，烧点水啊，对我们挺好的。

邹：班长的心肠倒是挺热。

唐：班长挺好的，我们经常出去，要是看到谁家可怜，他都会送些馍馍，给些煤炭。

邹：这个时候您还在国民党吗？

唐：已经是整编之后的事情了。我来新疆后，最初被编在陶峙岳司令的部队，二十六师嘛，现在这个八师前身叫二十六师。

邹：您有没有见过陶司令？

唐：1952 年我就参加了拖拉机队，陶司令就一直跟着我们，他家就在石河子老街。陶司令每天跟着我们拖拉机队，看我们开荒，我们成天见着。

邹：您对他印象怎么样？

唐：陶司令确实是个好人。我跟你说，新疆起义就是陶司令跟毛主席谈的嘛。不是陶司令新疆会死不少人，一个马呈祥，一个叶成，马呈祥带领一支回族队伍，叶成也身居要职，陶司令下来就是叶成。陶司令走了以后就跟毛主席谈判和平起义嘛，回来陶司令在呼图壁上动员，还没有动员完，部队的枪就开响了。

邹：顺便插一句，您到乌鲁木齐是哪一年？

唐：1949 年下半年，（新疆）快解放了。

邹：“九 · 二五”起义您参加了吗？

唐：就是我们参加的啊。

邹：经过淮海、平津、辽沈三大战役以后，国民党政权土崩瓦解，中国人民解放军挺进西北，直叩新疆大门。新疆当时的政治形势异常复杂，国民党十万驻军孤悬塞外，和“三区”民族军形成紧张对峙。在这种进退维谷的情势之下，国民党内部发生了急剧分裂，以张治中、陶峙岳为代表的进步人士审时度势、向往和平，在邓力群等共产党人士的积极争取下，决心告别国民党反动政权，投身人民民主革命。以叶成、马呈祥、罗恕人为代表的顽固势力负隅抵抗，妄图将新疆拖入水深火热的战乱之中。1949 年 9 月 25、26 日，陶峙岳和包尔汉通电起义，新疆和平解放，这是一次伟大的壮举，它深刻影响了新疆当代历史的发展走向。您参加了这次和平起义，见证了起义前后的风云变幻，在“九 · 二五”起义之前，部队里有没有传言，比方说共产党要来了，共产党会怎么怎么样？

唐：宣传得可厉害了，共产党的“三光”政策啊，我们都害怕。乌鲁木齐和呼图壁的街上到处贴着“朱毛”两个大字，一个是毛泽东，一个是朱德。共产党的“三光”政策，就是说你家里的人不能有钱，不能吃好的，宣传厉害得很。

邹：就是把共产党宣传得跟军阀一样，当时你们相信不相信？

唐：当时相信啊，因为不知道共产党的政策，“三光”政策，把毛主席和朱德画得不像个人样，乌鲁木齐跟呼图壁到处都贴的是“朱毛”嘛，人们印象深得很。部队文教人员还给我们上课，专门讲共产党的“三光”政策。黄埔（军校）十七期的教员也专门来给我们讲课。

邹：共产党有没有派人偷偷做一些宣传？

唐：没有。

邹：你们什么时候最先知道马上就要起义了？

唐：那是陶峙岳走了以后见毛主席去了，走了以后，大家都说新疆不打仗，可能要起义了。陶峙岳离开以后，新疆部队就乱得很。

邹：当时乱的情况您能不能谈一下？

唐：可以，我给你说一个例子啊。我们当时在呼图壁的草场上，过去有个机枪营，全部美式装备，在当时算是现代化的装备啊，二十六师最好的营。陶峙岳起义动员的时候，那个营叛变了，当时陶峙岳还在讲话台上没有下来，部队的人枪就"突、突、突"打起来了。警卫赶紧陪着陶峙岳下来，当时也有做地下工作的人，一看部队要乱，马上到主席台通报，陶峙岳从讲话台下来，出了门，部队就打了。幸亏陶峙岳没有多停留，否则性命就保不住了。

邹：幸亏走得及时。

唐：共产党的地下工作确实做得好，陶峙岳话都没讲完，出了营门，机枪营叛变，部队就散摊子了。

邹：这个机枪营最后是什么样的结局？

唐：机枪营叛变后，一直从呼图壁走到阜康，到阜康就停下来了，停在戈壁滩上。

邹：陶峙岳没有把他们收拾掉？

唐：没有。解放后，共产党采取什么办法呢？搞了两个月以后，机枪营的人，排以上的干部迁到迪化，这些共产党都弄好了，全是共产党的机枪，都架好了。走了以后，说的一个连留一个，给国民党讲好，我们要和共产党合并，合到一起。当兵的一天下来就擦枪，到了一点多钟以后，共产党上头就撒开传单了，传单一撒，就把部队集合出来。枪都擦着了，结果部队一下把他们拉回，就集中学习嘛。学习了以后就把他们全部都解散了。

邹：您刚才讲了机枪营叛变，您当时所在的部队有没有发生违法乱纪的事情？

唐：没有。他们叛乱了，其他部队都没有。

邹：您还记得起义那天的情况吗？

唐：那一天不知是啥情况。好像说是陶峙岳宣布起义的时候，专门给叶成和马呈祥他们说："你们想走就走，如果要走，你们的财产都可以折算成黄金带走，但是部队不能走。"陶峙岳派了一个班，把他们的老婆孩子从迪化拉到南疆，经喀什口岸到印度，送走了（他们）以后才比较安全。

邹：也就是说，"九·二五"起义主要是上层内部的事情，普通士兵直到起义通电以后才知道。具体是怎么向大家宣布的？

唐：起义后陶峙岳在大会上宣布文件，大会上没说完，部队就叛变了，我们就没有听到。有的跑掉了，回老家去了；有的留在新疆，戈壁滩上这么大，给老乡干活去了。

邹：当时您动摇了吗？

唐： 我没有，我小啊，害怕，跟着那些老兵一块儿，不敢走。

邹： 最后把你们重新整编，编到共产党的部队了。

唐： 嗯。编到二十六师运输一连。

邹： 您所在的整编部队，是国民党的人多还是共产党的人多？

唐： 国民党的人多。共产党的人一个单位就来个搞政治工作的，部队就是政委，连队就是一个指导员。其他的都是原班子。

邹： 共产党的政委是怎么做思想工作的？

唐： 二十六师第一任政委，姓王，王进龙（音），他是陕北人，部队起义以后就是他当政委。

邹： 王政委的思想工作开展得如何？

唐： 他当时是怎样做的，我可记得。他是第一个作报告嘛，他说这个共产党，过去大家对共产党没啥印象，光知道个共产党，但是共产党的政策大家都不知道。毛主席和朱德你们印象很深，“朱毛”，这两个你们印象深。再一个就是“三光”政策，你们受的教育比较深，但是真真正正的共产党是个啥样子，什么政策，你们以后都会知道的。（他）就把共产党对新疆和平起义的政策讲了一下。（他说）我们新疆陶峙岳将军领导和平起义，毛主席是同意的。新疆起义，你们的部队不变，各单位还是各单位，干部不动，原来你是连长还是连长，排长还是排长，连队和营的编制按现在的编制不动，通过学习以后，他们干部再调整，但是当兵的不动。就这么一讲，我记得清楚。

邹： 王政委讲的，您心里能接受吗？

唐： 能接受。

邹： 士兵们反应咋样？

唐： 当时反应还是可以，大家感觉（政委）说得挺得劲，看看以后是不是政委说的这样。

邹： 有没有一些人搞小帮派，或者内地里鼓动大家唱反调的？

唐： 也有这样的人。

邹： 能不能举一些例子？

唐： 部队（有些人）想把教导员和营长干掉，这些人基本上都是国民党老兵。但是共产党不知是怎么知道的，赶紧把我从连队里调到营里，给教导员他们站岗，我年轻嘛。他们睡在马壕里，我就给他们站岗。那时候共产党的老兵过来都是干部，一个单位分上一个指导员、两个副指导员，每个营一个教导员、一个副教导员。

邹： 您觉得共产党做思想工作和国民党做宣传工作有什么不同？

唐：不一样，共产党和国民党做思想工作，共产党讲得比较实在，大家容易听得下去，听得懂；国民党讲的我们都不太懂。（共产党）讲怎么打土豪分田地，农民怎么翻身做主人，我们都是从农村来的，一听就符合实际。不像国民党宣传的那样天花乱坠，大家都不懂。

邹：陶峙岳的部队重新改编以后，有没有进行肃反运动？就是把思想不坚定的、有劣迹的肃清一下？

唐：清理了，那就是开个"诉苦运动"，这是共产党开得最成功的。"诉苦运动"是个什么性质呢？咱们这个连，一个连啊，过去连长、排长都在，但是共产党呢，就把这个连的人聚在一起，当兵的都要说一遍，（比方说）你们家过去是什么情况，他家里是个啥情况，部队里当官的国民党对你们是个啥情况，都讲一讲。共产党为大家坐镇做主。"诉苦运动"起了很大的作用。大家都说，我过去怎么样，我当壮丁怎么样，部队里吃不饱，又打又骂的，（都是）这些话。诉苦完了以后，共产党的干部就说："大家说说，这个连的连长和指导员对大家怎么样？你们感觉现在的部队怎么样？"大家也都敞开说，你对我好就好，不好就不好，该批评的要拿出来批评，该整顿的要严肃整顿。"诉苦运动"以后，就把国民党里不受欢迎的排长、连长清理了，好的就留下，差的就改造，（把他们）弄到阿山改造去了，改造好以后，还回部队，原来的连长还分个连长，副连长给个排长干干；改造不好的，长期就不能干。

邹：这个"诉苦运动"开展得及时，效果也好，有利于凝聚人心。

唐：对，"诉苦运动"对新疆起义部队的作用最大。大家都诉自己家里的苦。

邹：您是怎么诉苦的？

唐：我当时讲了我家里的事，我怎么当兵出来，国民党车子把我父亲腿也轧断了，我又被抓了壮丁。"诉苦运动"对国民党起义部队的改造起了很大作用，"诉苦运动"以后，国民党部队的觉悟都提高了。（大家）都感觉到我们过去确实是受害的。

邹：对，大家都是贫苦老百姓。你们的部队被改编到共产党之后，您感觉到组织上对你们和对王震部队有没有什么区别？是一视同仁，还是感觉对王震的部队更亲一些，更好一些？

唐：一视同仁。不管是老部队①过来的还是国民党起义的，什么待遇都是一样的，不会说你是老部队过来，他是起义部队的，就对他有看法。

邹：你们和老部队的战士相处得怎么样？

---

① "老部队"是指王震率领的中国人民解放军进疆部队。

唐：相处得很好。

邹：相对来讲，是不是陶司令起义部队的人年龄更大一些？

唐：大一点。国民党的老兵多，像我这个年龄都是最小的。

邹：最小的都是二十多岁。

唐：十几岁就从甘肃抓兵上来的嘛。

邹：大部分老兵的年龄是多大？

唐：国民党的老兵啊，现在都是九十多，没有剩下多少了。

邹：现在北泉镇的起义官兵还有多少？

唐：去年我们老年班，我们经常去老年班，当干部的，离休干部的，还有四五十个人，我们这里是个老团场，新团场早就没有了。

邹：参加过“九·二五”起义的官兵，现在北泉镇是最多、最集中的。

唐：嗯，因为这是个老团场。从1952年开始，单位变来变去，人员没变，就是一个“一四三”，一个石河子总场。

邹：我发现国民党起义部队的来源，甘肃的比较多啊，北方的人相对比较多。

唐：甘肃人比较多，我们上来两千多，都是甘肃人，武威、酒泉、天水的最多。（笑）国民党部队从甘肃这一片走过来，抓了大量的壮丁。

邹：接下来谈一谈您的婚姻吧。您老伴是介绍的还是自己谈上的？

唐：（笑）我爱人是1952年和金茂芳她们一块来的。

邹：您老伴也是山东女兵？

唐：山东女兵，1952年参军，她们都是第一代拖拉机手，金茂芳也是第一代拖拉机手。

邹：你们俩是怎么认识的？

唐：她们1952年来了以后，选调一部分比较好的，在石河子搞那个拖拉机训练班，凡是表现比较好的，学完以后就留到拖拉机队了。

邹：这样说来，你们谈恋爱就是组织上介绍的吧？

唐：有的是介绍的，有的是自己相的。湖南来了批女兵，初中以上文化的，大部分都分到机关上。这些女兵有文化，部队的老干部没文化，就帮他们写写东西，都是师里的、团里的干部才有机会介绍，下面的士兵根本就轮不到。（笑）我们这些当兵的呢，像我们这些都是自愿的，成天在一个车队，处久了就有感情了。反正就是两种形式：一个是领导介绍，一个是自愿。

邹：那您是属于哪一种？是领导介绍还是自愿的？

唐：我们也是领导介绍了一部分，也是自愿的。

邹：人家都说甘肃男人不太善于表达，您当时是如何表达自己的这份心意，送点礼物，还是帮对方干点活？

唐：没有，只有她们帮我们洗个衣服啊。

邹：没有任何表达，她们就主动给你们洗衣服、补袜子？

唐：我们不太做家务，她们就帮着洗洗衣服、缝缝扣子。

邹：您爱人的家庭成分怎么样？

唐：她是贫农。

邹：那就是又红又专。

唐：她们姊妹八个，她原来是青年团的，念过小学，有点文化。

邹：您跟您爱人哪年结的婚？

唐：我们两个是1955年。

邹：1955年结婚，那结婚之后您爱人有没有转为家属？

唐：没有，她每天都出工。

邹：生了孩子以后，怎么办？

唐：她父母帮忙看，她父母从山东来的，（我们）生了第一个以后，老人就过来帮忙看娃娃了。她父母帮了很大的忙，老人九十多岁去世的。

邹：小孩出生以后，因为要照顾和教育娃娃，还要干家务活，您爱人也是拖拉机手，工作很忙，你当时在家里有没有做一些家务活？

唐：家务事我们干的少，就是老岳母（帮忙做）。因为我们都是忙于工作，两个人都是忙拖拉机队，老岳母帮我这一家子出力很大。

邹：刚才我们谈到“九·二五”起义的前前后后，后来新疆和平解放了，你们的部队也重新改编了，由一支武装部队转变成“生产队、战斗队和工作队”，屯田戍边、参加大生产劳动成了首要任务，您当时一直在拖拉机修理队？

唐：1952年之前我们搞生产，还没有到拖拉机队嘛。1952年，到了拖拉机队，那时进拖拉机队有三个条件：二十五岁以下的，这是第一个条件，新疆就这么一个拖拉机队么；第二个条件，不是党员就是团员；第三个条件，不是功臣就是“劳模”，或者立了一等功、二等功啥的。

邹：要么就是获得了几等功，要么就是“劳模”。

唐：对。（符合）三个条件才能进拖拉机队，兵团就这一个拖拉机队嘛，对拖拉机手要求严格得很，好像要开飞机，要当航空员一样。

邹：那这三个条件您都符合吗？一个是年龄符合，一个是入党入得比较早，还有一个……

唐：1950年6月16日我就入党了。

邹：对，我们稍后再谈您入党的事。您当上拖拉机手，是立了功还是赢得了

“劳模”称号？

唐：一等功、二等功都有啊。

邹：您当时因为什么事情立了一等功？

唐：打土坯，一天打了一千多个，立了一等功。一等功立了两次，二等功立了两次，都是在劳动中立的功。那时候能干，一天打一千多个土坯，那可是半夜里起来就打。

邹：现在的年轻人根本不行，吃不了这个苦。

唐：现在的人（比不了）！

邹：您入党的时间比较早，能不能介绍下这方面的情况？

唐：1950 年啊，国民党起义部队 1950 年入党的基本上没有，（那）我为什么入党呢？我们的教导员对我不错，但是他呢，我对他也不错。我们的教导员是从老部队过来的。我晚上就是给他站岗啊，放哨啊，我也能干，过了一段时间以后呢，他觉得唐克英这孩子还可以，年龄也小，长得可以，他是支部书记，直接就把我介绍入党了。

邹：这么说您是碰到一个贵人啊，别人入党不会这么容易，也没有这么快。

唐：当时我表现得还可以。

邹：您 1952 年之后一直都在拖拉机队，到了拖拉机队之后的工作能不能讲一讲？

唐：1952 年到拖拉机队，开了两年拖拉机，以后就转到修理上去了，就搞修理。我在乌鲁木齐十月拖拉机厂学习了一年，当时乌鲁木齐八一农场有个十月拖拉机厂，是苏联建的。

邹：技术进修主要是苏联专家授课吧？

唐：嗯。苏联专家给我们讲拖拉机怎么修，那个苏联专家名字叫季托夫（音），他说的俄语我们听不懂，配了个翻译。

邹：您总共有几个孩子？

唐：六个。五个丫头，一个儿子。都是岳母帮忙带大的。

邹：这六个孩子还有几个在兵团？

唐：五个。一个去了内地，五个都在兵团。

邹：您退休后算是离休干部吧？

唐：离休。

邹：对自己退休后的生活满不满意？

唐：满意，满意，心满意足了，我感觉现在很不错了。人家都说你们国民党打共产党打出成绩了（笑）。

邹：您如何理解“军垦精神”？

唐：“军垦精神”啊，原则上就是艰苦奋斗，确实，兵团人能吃苦，能战斗。

邹：您这一辈人相当于新疆生产建设兵团的第一代，您儿子是第二代，您的孙辈算是第三代吧，但这一代人对兵团的历史都不太了解。我上个星期还接受了相关媒体的访谈，谈到了“军垦精神”可能要失传，其实大家都很担忧，您有没有这方面的忧虑？

唐：没有，我没有。就我们家庭来说，我的儿女们比较了解这段历史，我们常常讲，常常说，所以他们的体会比较深。因为他们还是兵团人嘛，他们都可以接受。

邹：比方说您的孙子和外孙，以后到外地念了大学，您希不希望他们回到兵团来工作？

唐：他们现在都在兵团啊，而且上大学都在兵团。（笑）

【后记】

在还健在的新疆军垦第一代人当中，亲历过“九五”起义的可谓少之又少，这主要是因为他们年龄普遍比解放军进疆部队的要大，同时也经历过铸剑为犁的艰辛屯垦岁月。绝大部分国民党起义老兵的身影已经消失在历史的尘烟深处，只有在为数不多的老团场，还偶尔可以遇到几位饱经沧桑的起义老兵。他们已过耄耋之年，仍然坚守在兵团农场，间或开启那并不久远的记忆，讲述六十多年前那旌旗猎猎向雄师的起义壮举。

我们在石总场北泉镇寻访到了“九·二五”起义亲历者唐克英，老人是地地道道的甘肃人，善良热情，低调内敛，话不多，基本上是问一句答一句。循着老人的记忆轨迹，我们仿佛亲临六十多年前那场惊心动魄、诡谲多变的和平起义。

抗日战争胜利后，国共之间的内战对决提上日程，当时的新疆正处于战火纷飞之中，1944 至 1945 年，伊犁、阿勒泰、塔城地区爆发了“三区革命”，国民党军队遭受重创、节节败退，南京国民政府此时正忙于和共产党领导的中国人民解放军交战，经过“三大战役”的连续失败，国民党政权已近强弩之末。在这个至为关键的历史时刻，国共双方对新疆问题都尤为关注，蒋介石妄图将新疆变成其困兽犹斗、反攻倒算的驻点；共产党为了新疆各族百姓的安危，先后派遣邓力群等久经考验的革命干部到新疆秘密接洽，宣传党的方针政策，同时借助德高望重的原国民党元老张治中的巨大影响力，积极争取新疆和平解放。应当说，20世纪40年代末的新疆生产力水平极端落后，各族群众饱受残酷剥削和战乱之苦，急需休养生息，陶峙岳司令员在生死攸关的时刻深明大义，巧妙周旋、平息各方争端，最终成功高举义旗，通电新疆和平起义。

历史的叙述看似圆滑顺畅，但其间斑斑驳驳的裂隙，往往遮蔽在历史的宏大叙述之下。作为一名普通战士，唐克英并不知晓部队上层的决策，也无法了解各方势力之间的激烈博弈，甚至直到起义通电以后，他才恍然大悟："陶司令率领部队起义了！"然而，唐克英的"草根"视角触及了起义前后部队的日常生活、战士们的心理变化，令人信服地展现了共产党思政教育和国民党宣传工作的本质性差异，比如他特别提到了部队整编以后开展的"诉苦运动"，这场运动取得了巨大成功，主要就是因为它密切联系群众，想群众之所想，为那些长期遭受压迫的贫苦百姓提供了发声的机会……

草根的视角，草根的声音，恰恰提供了那些不曾为大历史浓墨重彩书写的面向，为我们展示了档案资料以外的"活生生的现实"！

黄沙莽莽追穷寇

口述｜刘继华

人物档案：刘继华，男，1925 年出生，陕西汉阴人，佃户出身，十八岁被抓壮丁进入国民党部队，曾在武威服役。1949 年进疆，亲历了“九·二五”起义，参加过千里追击大土匪乌斯曼的特别行动，退休前在纺织厂中学工作。

访谈时间：2015 年 4 月 9 日下午。

访谈地点：农八师纺织厂医院家属院。

邹赞（以下简称“邹”）：您的身体看起来还不错。您的名字是？

刘继华（以下简称“刘”）：刘继华。继续的继，中华的华。

邹：您今年高寿？

刘：今年五月份就九十周岁了。

邹：您老家是哪的？

刘：陕西汉阴县。我们家属于安康专区。

邹：家里具体是做什么的？

刘：农民，父母都是种地的。租的人家的地，算是佃户。

邹：有几个兄弟姊妹？

刘：两个姐姐和一个哥哥，现在都死了，还有一个弟弟。

邹：您家里有五个孩子，负担不轻。父母都是怎么教育你们的？

这个问题重复了多遍，阿姨在旁边也多次转述，但是老人始终一头雾水，采访人不得不再次求助于在一旁当翻译的阿姨，阿姨说："我跟他 1959 年结的婚，他小时候的事情我也不清楚。"鉴于此，这个问题暂且搁置。

邹：您后来离开家乡，到了部队，是志愿参军的吗？

刘：我是 1943 年抓壮丁出来的。我父亲给我挑了一箩筐花生、一箩筐瓜子，在山里转，躲壮丁嘛。抓壮丁没抓到我，我就回来种地。哎呀，突然间山上全是抓壮丁的人，来抓我的，我就跑，我们家乡不是有水田么，我跑到水田里，草鞋烂掉了，他们围上来一下子把我抓住了。

邹：抓壮丁的时候，您多大年纪？

刘：十八岁。

邹：你们村里当时抓了多少人？

刘：抓的人多得很。最后关到哪呢，我们那边有个看守所，就把我们都关到看守所里。我个子矮，他们带我去汉阴当兵，没当上，就把我一直关在看守所里，关了半个来月，五十八师部队来了，把我个子一量，（他们）以为我脚站弯了，就把我踢了一脚，叫我站直，这样就把我招上了。

邹：您当时被抓过去，您又没犯法，他们是怎么说的？

刘：你有啥办法？就是说抓壮丁，国民党的部队根本不会和你讲理由。那时候五十八师抓壮丁，到了四川，公家给每个人一个背篓背米，要是摔一跤，倒掉了，那就麻烦了。打得很厉害，有的人腿上的肉都被打掉了。我特别害怕，心想我也不做坏事也不违反纪律，你就不能把我打倒。

邹：您当时去部队，因为个子矮，部队就让您背东西，背个米啥的。没有让您去扛枪啊？

刘：枪比我还长，我离枪还有这么高。（用手比画）

邹：有没有想过找机会逃跑，逃回家去？

刘：在汉中的时候，我们一个班十二个人，跑了十个人，就剩下我们两个人没有跑。没隔几天，跑了的十个人都被抓回来了，一顿毒打，最后枪毙了三个，其他的有人花钱保释了。我们班长姓吴，大高个子，把我们一路带到武威，武威那个城高得很哟，就把我们关到里头，每天吃洋芋蛋，大家坐在地上吃。

邹：作为亲历者，您能否回忆下国民党部队的日常作风？

刘：国民党部队的一个好处就是不抢，不偷。但是很残忍，抓住一个逃跑的回来就枪毙。我们被关在武威城里，城墙那么高，大家都系着绑腿，有的人就想爬城墙逃跑，抓回来就枪毙。国民党鼓励老百姓抓逃兵，抓一个回来给三百块大洋。我不敢跑。

邹：您被抓到国民党部队后，父母来看您了吗？

刘：我们到汉阴的时候，我父亲来看了一次，我母亲给我烙了两个饼，叫我带到路上吃。我父亲是个老农民，也没啥办法，就跟我说："你好好走吧。跟着部队好好走吧。"

邹：到了部队，随着年龄的增长，您有没有扛着枪上战场？

刘：我一直没有扛枪，都照顾我，我年龄小嘛，天天跟着炊事员走。走到城固县的时候，我害眼睛了，眼睛痛得几乎啥也看不见，部队派两个兵娃子把我抬上，走到离两个兵娃子家不远的地方，他们把我"嘭"地扔下来，他们就跑了，跑到前面遇到一个砍柴的，一枪把砍柴的打死了，换了人家的衣服穿上，弄了个障眼法，让别人以为是个逃兵被打死了。

邹：您躺在那，眼睛又疼，最后是谁把您救了？

刘：我自己爬着往前走，后来部队赶上来了，没办法，又派了两个人抬着我走。我们从陕西汉阴走路到凉州武威，一直走了好多天……

邹：那时候兵荒马乱，路上发生什么事情了吗？

刘：哎呀，那一路不是有些逃兵没跑掉么，就用刺刀在路边挖一个窝窝，把人推到里面活埋，有的埋得不深的，等部队刚离开，又把土堆扒开逃跑了。路上都是吃馍馍，每个人一个这么大的馍馍（用手比画），一碗汤，馍馍往汤里一泡，咕噜噜倒到嘴里。吃大米饭也是一样的，一碗米汤，大米饭往里一倒，咕噜噜吃下去。哨子一响，没吃完的就不能吃了，倒到锅里。

邹：部队平时开展思想教育吗，比方说学习"三民主义"？

刘：开会？只有枪毙人的时候才开会，平时都没时间学习。

老太太在一旁插话："这就是国民党不如共产党的地方，呵呵，我们党教育我们《唱支山歌给党听》。"

邹：你们部队在武威待了一段时间，请您回顾一下部队来新疆的情况。

刘：（老人苦思冥想，很多记忆已经断流，难以唤起）……蒋介石在新疆的部队指挥不动，盛世才也管不了，就派我们进新疆……盛世才在新疆大搞白色恐怖，毛泽民都死在老虎凳上……

访谈遇到了障碍，老人怎么也想不起当时的情形。于是，访谈者开始以问题导入，尝试帮助老人恢复一些记忆的片段。

邹：从武威到新疆是哪一年？

刘：我一步一步讲啊。蒋介石指挥不动了，就派叶成到新疆……我们到了迪化，看到盛世才的房子专门有个地下室，据说他把不听话的部队干部请过来吃饭，吃完饭就装到麻袋里，扔到地下室去，叫你冻死、饿死。我们到那地下室一看，哦，满满的都是麻袋，铁丝扎得紧紧的，后来麻袋里的白骨都倒到一个坑里头。我们是1949年到新疆的，是起义部队嘛。

邹：你们从武威到新疆，是骑马还是走路过来的？

刘：走路，全部都是走路，路上也没有发生什么意外，部队全副武装，土匪也不敢靠近。我们进疆那会，解放军走一边，我们走一边，谁也不招惹谁。走到路上，部队有人得了痢疾，拉得全身脱水，走也走不动，实在走不动了，就打死。

邹：您刚到新疆时，对新疆的印象怎么样？

刘：哎呀，那时候当兵，能有啥感觉呢，吃饱了就算不错了，吃不饱也没有办法，买又没有钱。新疆这边都是戈壁滩，戈壁滩上黄羊、骆驼成群。

邹：沿途和老百姓打交道吗？

刘：听说是国民党部队，老百姓都不敢出来，跑掉了。共产党的部队走到那一边，人家老百姓给他们端水呀，弄饭吃呀。

邹：部队在迪化停留了吗？

刘：那时候迪化街上都是少数民族，班长带上我们一个班出去，看到周围都是少数民族。

邹：跟少数民族的关系处理得如何？

刘：不太来往。我们平时出去都是班长带队，也没有接到什么任务，每天就是吃饭、睡觉。我们后来在玛纳斯待了三年。

邹：三年时间不算短。您现在想一想，这三年期间有没有发生让您印象深刻的事情？

刘：玛纳斯河那边驻扎有民族军的部队，我们住在河这边，中间有座桥，民族军要想抽烟了，就从桥上过来，向我们要根烟，大家聊上几句就拐回去了。我们的部队都归陶峙岳司令员指挥，陶峙岳和我们很熟，他让我当连长，我没有当，因为我没文化，当了连长还要做总结（笑）。

邹：在您的记忆当中，陶峙岳是个什么样的人？

刘：陶峙岳比我高一点，脾气特别好，特别温和。我现在给你讲讲玛纳斯起义的事情，起义头一天，陶峙岳在上面讲话，才讲了三句话，枪就打响了。陶峙岳说："今天的会先不开了，明天再开。"到了第二天，早上九点半大家在门口集合，九点半的时候，各个连队都架上了枪，后来上面发现情况不对，害怕发生暴动，于是迅速把各个连队的枪都收掉了，放到弹药库里。会议开完了。由于武器被收缴，好多连长开始发脾气，不愿意干了。当时有几个闹得特别凶，到处蛊惑人心，后来开展“镇压反革命运动”，这些人都被镇压了，害过人、打过人的，都被枪毙了，情况不严重的，被送去参加劳改。

邹：一般认为，陶峙岳是在9月25日通电起义，因此这次起义也称“九·二五”起义，但也有人撰写文章，对起义的具体时间提出有待商榷的意见。

刘：应该就是这个时间。

邹：听到和平起义的消息，士兵们的心情如何？

刘：我们当然很高兴，士兵们都不愿意打仗。

邹：起义之前，是否有共产党的地下工作者到士兵当中做些宣传教育工作？

刘：没有。起义的前因后果我们这些当兵的完全不知道，但是大家都反映和平起义是英明之举。起义以后，王震、王恩茂、陶峙岳他们鼓励士兵好好学习，安心扎根新疆，建设边疆。

邹：“九·二五”起义标志着新疆和平解放，据我了解，起义部队虽然没有暴动，但是内在的分歧相当剧烈，形形色色的“小动作”和局部冲突此起彼伏，这也成为解放初期新疆社会面临的一大难题。

刘：我们的队伍当时还好，起义以后，大家来去自由，可以继续留下来当兵，也可以回老家种地，如果回老家，部队还发给路费。但是走的人不多，都愿意跟着共产党。有两个走了的，快到吐鲁番的时候被土匪打劫，盘缠没有了，就在吐鲁番找个地方开了家豆腐坊，卖豆腐赚了几个钱，后来才回的家。

邹：部队起义后面临着整编，共产党会派一些干部去担任教导员、政委，负责思想政治工作。您在国民党部队待过多年，后来接触到共产党的教导员和政委，肯定能感觉出明显的差别。

刘：谁都反映共产党好，我们在国民党部队当兵，谁给过你钱？想都别想。共产党的部队每个月发两块钱，发给你买牙膏、牙刷；生活也好，肉菜多，食堂每顿饭都准备几大盆炒菜，随便你吃。干部和群众的关系也很融洽，干部每个月津贴是六块钱，吃饭和我们一样。

邹：思想教育方面呢？

刘：每天都要开会学习……学习的内容记得不是太清楚了，反正要求大家紧密跟随陶峙岳的路线，不允许欺骗老百姓，坚决杜绝国民党部队的官僚作风。后来开展“受苦运动”，不管是老百姓还是当官的，都要吃一样的饭，吃苞谷、窝窝头、高粱米馍馍，也有白面馍馍，谁要是吃了白面馍馍、发糕，就说明你是地主家庭出身，把你的名字写下来，派遣工作组去调查你的家庭情况。

邹：所谓“受苦运动”，就是说准备好了苞谷面和白面馍馍，让你自己去挑选，要是挑了白面馍馍，就有地主出身的嫌疑。绝大多数人可能都会主动选苞谷馍馍。

我还有一个问题：咱们共产党的传统是特别注重宣传工作，提倡以优秀的文艺作品塑造人、鼓舞人，当时部队都是怎么做的？

刘：文艺演出很活跃。我记得部队里上演了话剧《白毛女》，杨白劳和喜儿的悲惨命运让人深受震撼，大家都十分痛恨地主黄世仁。战士们自编、自导、自演，演出的热情很高。我们那时候也唱歌，唱雄壮豪迈的革命歌曲。

访谈至此，刘继华老人显得很疲惫，为了老人的健康着想，我们决定和阿姨聊聊，请她讲述有关婚姻家庭方面的事情（以下简称“家属”）。

邹：阿姨是哪里人？哪年来的新疆？

家属：我也是陕西人，1959 年来的新疆。

邹：您跟叔叔是怎么认识的？

家属：1959 年他回家探亲，他姐姐跟我在一个队，他姐姐介绍的。我有个心愿，就是特别想到新疆，上学的时候地理老师告诉我们新疆是个好地方。我 1958 年在老家高小毕业，1959 年他回老家探亲，待了一个多月，然后我们就到新疆来了。

邹：您来了新疆以后，感觉这个地方和您的想象的有没有出入？

家属：我直接到了一四三团，在园艺队工作，主要负责种菜、种桃子、锄草，清晨三点半就要起床，蚊子密密麻麻的，我们中午回来吃饭，吃完饭还要去，天黑了还要过去加班，背肥料。当时家里不做饭，吃食堂，每个月工资三十块钱，给食堂交十八块钱伙食费。那时新疆还是苦，我们住在窄小的地窝子里，只能放下一个铺。我家是农村的，父亲去世得早，我是想到新疆找份工作。我对住的地方没有什么要求，只要有饭吃就行。地窝子里面有几根梁，上面铺的苇巴子，糊上泥巴。我老伴比我大十六岁，但是我父亲他们都同意，觉得这个人老实可靠。

阿姨正准备打开话匣子忆苦思甜，这时刘继华老人缓过劲来，主动接过话题，访谈继续进行。

刘：我为什么 1959 年回去了呢？当时我们的教导员给我介绍了好几个对象，都是上海、湖北等地的支边青年，没谈成，我还是想找个自己家乡的，生活习惯比较接近。

邹： 您生完小孩以后，有没有离开职工岗位？

家属： 孩子没人带，上面也动员我们当家属，勤俭持家。我老头后来调到纺织厂，我也到厂里干了二十多年的临时工，算是“大集体”①，我是 1991 年离开工作岗位，但是直到 2009 年才享受到养老金待遇。

邹： 我再问叔叔几个问题。部队改编之后，您在团场主要做什么工作？

刘： 我们一个班专门负责赶马车，拉粮食、拉肥料，劳动强度也很大，一四三团整个都是石头滩，要拉黑泥巴改善土地，从苇湖把黑泥一车一车拉过来，也是天刚蒙蒙亮起床，天黑才回来。我们马车队的生活不错，每顿都是白面馍馍，三四个菜。

邹： 马车队除了拉黑泥巴、拉粮食，平日里连队有人生病，有个急事啥的，应该也能派上用场。

刘： 碰到连队有人生病、产妇生孩子，马车队都会把他们运到医院去，每次从连队把人拉到石河子巴士医院，大概需要两个小时。这种事情司空见惯，太多了。每到农忙时节，马车队就奔波在田间地头，运送苞谷、棉花、甜菜、西瓜等。

邹： 据说您参与了抓捕大土匪乌斯曼？

刘： 那是 1951 年的事情，王震传下命令，要求我们找几个会打枪的，这个没问题，我不识字，就让他们把具体需要的人数写上。我从我们班上一共挑了二十七个人。大家第二天下午准时到一四三团部集合，我把他们带到白杨沟，从白杨沟进去，过一道马场、二道马场，乌斯曼当时驻扎在三道马场，我们到一个骑兵连要了六匹马，人和马都要上冰达坂，危险得很，稍有不慎马就完了。乌斯曼就是从冰达坂上去的。我们当时没有牢固的缰绳，马在拉上冰达坂的过程中出了问题，冲不上去，六匹马死了三匹……刘参谋长带领我们追击乌斯曼，我们住在阿山太保的帐篷里，阿山太保是维吾尔族，人很开明，那个帐篷大得很，住十几个人。刚开始乌斯曼的部队有一万八千多人，到了晚上就有两万多人，有些人贪图吃喝，晚上混进了土匪队伍。乌斯曼的老婆身材魁梧，骑术高超，乌斯曼个子更高，每天骑马要换三匹。有一天刘参谋带了八个人，我带了九个人，我们到了二道马场，部队运粮运不上来，整个礼拜我们连一个馍馍都没见过，大家没办法，

① “大集体”也是特定时期的产物，是指 20 世纪 70 年代末 80 年代初，为了解决国有企业职工家属的就业问题，企业为他们提供劳动岗位，却又无法解决正式职工身份，只能将这批人放置在劳动服务公司，形成了“厂办大集体”。后来随着市场经济转轨，这些厂办企业大多转制、兼并或破产，“厂办大集体”的工人也自动失业，成为城市中的弱势群体，前几年，中央颁布专门的文件，这批人和“五七工”的养老待遇终于得以落实。

就把乌斯曼来不及转移的羊宰了吃肉，每次炖一大锅，没有盐也没有佐料，大家你一疙瘩他一疙瘩围着吃。最后没有办法了，乌斯曼的牛多得很，大家就宰牛，烤牛肉干吃，用袋子装上当干粮，饿了就着凉水吃。

邹：你们在大漠戈壁和乌斯曼周旋了很长时间，这个过程中直接的武装对决多吗？

刘：我们追击乌斯曼追了一年半，路上打枪的不多，子弹就像生命一样宝贵，生怕浪费了。晚上我们派人值班，阿山太保过来说："你们不要派人，我们派人。"那时候形势危急，我们担心乌斯曼的人趁夜偷袭，就坚持要求自己派人，我和刘参谋晚上值班。那时候陶峙岳、王恩茂他们下令给我们部队补充给养，车往往在半路上就遭到乌斯曼残部打劫，后来请当地的哈萨克族老乡帮忙，想办法把给养运了过来。

邹：乌斯曼穷凶极恶，但是困兽犹斗，最后是怎么抓获的？

刘：我们先把乌斯曼的老婆打死了，那一天我们去了六个人，我们转到南疆，草原上是一陇一陇的芨芨草，这么深，大家藏在里头，乌斯曼老婆过来了，大家前后出棒，出其不意将她击毙，尸体扔到鱼池里。这个作恶多端的女土匪被处理后，我们又拐回去了。乌斯曼四处逃窜，一直逃到青海，王震专门给青海方面打电话，说我们派六个人过去，你们要保证这六个人的安全。青海那边接到王震的电话，就派了一个连保护这六个人的安全。乌斯曼先到青海，刘参谋率领的人后到，那个负责保卫工作的连队拿来了被褥，大家就横七竖八躺在山坡上，一直睡到第二天早上九点半。乌斯曼的公馆隐藏在大桥里头，这时候出来两个丫鬟给乌斯曼端洗脸水，乌斯曼警觉地走到门口洗脸，刘参谋瞅住这个机会，悄悄溜到跟前，一梭子弹就把乌斯曼的腿打伤，乌斯曼被活捉了。哎呀，青海那个连队可是激动坏了："活捉乌斯曼，青海以后就太平了！"乌斯曼被押到乌鲁木齐进行公开审判，最后被枪决。消灭了乌斯曼，新疆也就太平了。

邹：活捉匪首乌斯曼，这是特大功劳一件，部队上有没有给你们记功？

刘：没有。他们照了相，我跟刘参谋都没有照相。我们没有文化。

邹：您是起义部队的，在"文化大革命"中有没有受到冲击？

刘：我 1954 年加入中国共产党，入党的时候我把所有的问题都交代清楚了。我们没有受到任何冲击。我 1963 年调到石河子，在纺织厂子弟学校工作，负责给教室生炉子。

邹：您在石河子生活了五十多年，亲眼目睹了这座城市的巨大变化，您有什么特别的感受吗？

刘：石河子的变化太大了，以前这边都是土路，哪有楼房，现在街道宽阔、高楼林立，还兴建了老年活动中心。我是1981年退休的，今年元月退休工资又涨了，我对自己的晚年生活很满意。我们真诚感谢共产党。

【后记】

俗话说：大隐隐于市。刘继华老人亲历过“九·二五”起义，又参加过千里追击乌斯曼的特别行动，真可谓饱经戎马生涯考验的英雄人物。我在纺织厂医院家属院寻访到九十高龄的刘继华，老人身体尚算健朗，但是耳朵听力欠佳，有些问题需要老伴多次复述和转译，有些问题则只能临时放弃，好在老人思维较清晰，能够相对完整地回忆起那些尘封多年的往事。

对于采访者而言，这次访谈有两个重要收获：一方面，通过老人早年的人生经历，生动再现了国民党部队在大西北四处抓壮丁的历史场景，某种程度上反映了国民党专制统治已近强弩之末，通过老百姓对国民党部队和共产党部队截然不同的态度，再次印证“得民心者得天下”是历史发展的必然趋势。另一方面，刘继华老人曾亲历过追剿乌斯曼残部的特别行动，作为新疆当代史上臭名昭著的大土匪，乌斯曼被活捉是一件轰动多时的重要事件，官方史书、新闻媒体、坊间传闻提供了多种说法。比方说，《西宁晚报》撰文认为“高才章活捉匪首乌斯曼”，也有人指出“孔庆云是活捉匪首乌斯曼的英雄”，还有的报道没有具体点名道姓，只是说“解放军某部活捉了乌斯曼”。

表面看来，“乌斯曼被捕”仿佛成了又一个“罗生门”，但是刘继华老人的口述为我们提供了新的思考路径。这首先是一场自上而下集体参与的持久追捕行动，地域上跨越了青海、新疆、甘肃，其间涌现出许多英勇事迹。其次，乌斯曼经过公开审判被处决以后，当时参加“千里追穷寇”的战士都应该受到不同程度的表彰，但是谁在台前谁在幕后？老人的自述或可为我们提供一些信息，“我们没有文化，我们也没有参加照相”。

我们永远没有办法去确证完完全全的历史事实，但是历史的景片，正是在不同视角、不同信息、不同声音的交叉互证之下变得渐次清晰明朗。这也是口述历史的意义所在。

戈壁滩上育新苗

口述｜刘方针

人物档案：刘方针，男，1930 年出生，湖南益阳人，高中学历。1951 年，随新疆高等院校招聘团进疆，曾在玛纳斯河畔参加生产劳动，后长期耕耘在兵团基础教育和党政宣传领域，擅长因材施教，教学效果显著。

访谈时间：2015 年 4 月 4 日下午。

访谈地点：石河子市开发区丽景花园。

邹赞（以下简称“邹”）：我早就听说您是兵团教育战线上的功臣，在那些艰苦卓绝的岁月里坚守在团场中学，勤勤恳恳、任劳任怨。如今回顾这段难忘岁月，想必既有“人生易老天难老”的感慨，更有“桃李满天下”的豪情吧。

刘方针（以下简称“刘”）：确实如此。我正在写回忆录，大概有二十几万字。

邹：您今年多大年纪？

刘：我 1930 年出生，今年农历 10 月 28 日就满八十五岁了。

邹：您老家是什么地方的？

刘：湖南益阳地区桃江县。

邹：请您回忆一下您小时候家里的基本情况。

刘：我小时候家里是小土地出租者成分，十几口人，有三四十亩地，平均下来比别人家多了几亩，因此算作地主。我在旧社会上高中，就是长沙的岳麓高中。兄弟姐妹七人，我排行第五。

邹：父母的文化程度如何？

刘：母亲没什么文化，父亲在旧社会读过私塾，后来自己当医生。

邹：父亲在乡间当赤脚医生？

刘：是的，是赤脚医生。

邹：能谈谈您小时候接受过的家庭教育吗？

刘：我父母很支持孩子的教育，我爷爷尤其如此，我从小跟着爷爷长大，我爷爷是扛长工出身，奶奶也是扛长工的，扛了三四年，买了点地，就成了地主。在爷爷看来，孙娃子上学，他是大力支持的。所以我解放前在湖南长沙岳麓高中读书，（这所学校）紧挨着湖南第一师范学校。

邹：您在长沙待了多长时间？

刘：大概三年。

邹：那时候有机会念高中就很不容易了，算得上知识阶层了（笑）。

刘：我在高中期间学习成绩非常好，在十几个班里排名第一，英语成绩尤其突出，后来我结婚了，怎么办呢，就到学校当了老师，在桃江县的农村小学。

邹：应当说您这段经历还算比较顺利，在城里念了高中，又在家乡的学校里做老师，一切似乎水到渠成，可是为什么会想着来新疆呢？

刘：第一是因为家庭的问题，我的成分不好，是地主；还有就是当时的学校有三个职工，两个老师，一个校长，我是1950年下半年参加工作的，教三十多个学生，后来学生增加到七八十人，一间教室装不下了。那时候小学也没有分科目教学的说法，每个老师负责一个班，大包干，语文、数学、音乐、美术、体育呀全都包了。学生和乡政府对我的（教学）反映非常好，乡政府开什么会，都会叫我去参加。老百姓也对我非常好。但是因为我成分不好，是小土地出租者，所以被撤职，不让我做教员了，我当时走的时候，学生都哭鼻子。第二天在学校开会，来了三四十个村民，当时一间教室里有三四十个学生，学生一见我打教室门前过，“哗啦”一下都跑了出来，哭着不让我走，把我抬到教室里。第二天大家又接着开会，写报告，争取让我留下来，十几个村民自发到乡政府去请愿，一些学生也去了，他们希望我能留在学校，但是没办法，我成分不好，不能留下来。学生建议我自己办个学校，我说这怎么可能呢，咱们都在党的领导下，哪有自己办学校的道理，我还是走吧。另外一个乡的乡政府帮我开了张证明，我这才到了长沙，到了长沙之后，我去岳麓高中找了校长，校长的成分也不好，是地主，土地改革之后吃不开，也是挨批斗的对象。我后来又多方找朋友（帮忙），但都没找到合适的工作。这时候，新疆高等院校招聘团到湖南招聘，1951年4月我去参加了考试，（他们）并没有过多追究我的家庭成分。就这样我自己决定来新疆了。

邹：您决定从湖南省会长沙远赴新疆，除了家庭成分的现实因素外，是否还受到了新疆招聘团的影响？还记得他们当时是怎么宣传的吗？

刘：讲老实话，当时新疆高等院校招聘团说得是很好听的，说是让我们来新疆上大学，可以留学苏联，楼上、楼下，电灯、电话，如何如何的好，都是甜蜜蜜的宣传。

邹：来新疆的途中有没有发生什么故事？

刘：来的时候没有发生什么，但是五一的时候我们在长沙参与了大游行，大家都穿着军装，笔挺笔挺地站在队伍里，都是二十岁左右。过了五一，我们就坐着火车去了西安，在西安休息了几天，路上，有拉着钢筋去新疆的车，我们就坐在钢筋上头，乘坐敞篷车从西安去往新疆，到武威又休息了两三天。我们跟那一批湘女是一起来的，总共两三辆车子，两三百人。我们一起的有六十三个人，五十三个是女的，十个是男的，当时我是队长。

邹：您这批赴新疆的人数不算多，可能绝大多数人都是家庭成分不好，比如被划为地主、小土地出租家庭……

刘：是的，成分好的人还是个别的。

邹：初到新疆时的感觉如何？

刘：当初宣传的时候说新疆地大物博，但是来了一看还是很荒凉的，因此有很多女同志一下车就开始哭鼻子，大家当时心里还是有点懵的，想着咋是这个样子呢？我们到迪化以后就被分派到农八师，师部在玛纳斯，（农八师）安排我们在呼图壁培训了一个多月，主要学习思想政治和新疆的历史地理，学习结束后就把我们分下去了。当时的条件十分艰苦，荒芜凄凉的戈壁滩上只有红柳和芨芨草，还有几间土房子。我们乘着马车去十六团，现在三个小时就能到的路程，当时我们走了一天多。

邹：培训之后就开始了“战天斗地”的生产劳动，您这一介书生是如何应对如此高强度的劳动的（笑）？

刘：1953 年，我们在玛纳斯河流域种植棉花，打破了北疆不能种植棉花的历史。这一年，七十八团二营五连在玛纳斯河西岸种植棉花，6 月正是棉苗长势最旺的时候，按照苏联专家的指示，我们要对棉苗进行“脱裤腿”行动，也就是打掉棉苗下部疯长的、不结棉桃的枝条。我给你讲个有意思的故事吧，有一天吴排长说：“今天我们到棉花地是来‘脱裤腿’的，一定要把裤腿脱好、脱干净。姑娘们头一回‘脱裤腿’，没有什么经验，要多请教男同志、老同志，老同志嘛，要积极帮助女同志，主动把裤腿脱得干干净净。可以自找对象，同时，我要随时检查，谁不脱光谁返工。”妇女同志们可不乐意了，有个女同志叫徐茂花（音），一听就不乐意了，拔腿就往回跑。刚巧遇见指导员和连长，连长问：“怎么了？”徐茂花说：“我就是要找你们领导理论理论，这到底是共产党，还是国民党？”领导当然说是共产党，徐茂花生气地说：“既然是共产党，还兴压迫、欺侮人吗？”领导更是一头雾水，定是要她说出来，看看到底谁欺负她了。徐茂花气哼哼地指着排长骂：“这个臭排长，让我们到棉花地里脱裤腿，还要脱光、脱干净，谁不会脱就让男同志帮忙。”领导一听，顿时明白了，女同志们听了连长的解释，也都不好意思地笑了。然后大家继续投入紧张的劳动。

邹：玛纳斯河两岸的地形比较复杂，劳动中遇到的最大困难是什么？

刘：那个地方是沼泽地带，芦苇非常多，有很多的野狼、野猪，当然最多的还是蚊子。那时候军垦战士向芦苇沼泽进军，挥刀砍芦苇，战士们一抡起坎土曼，蚊子就漫天飞舞向我们进攻，把人咬得又痛又痒，甚至头皮发麻，浑身起疙瘩，就算是连抹带打，也不起作用，蚊子成群结队地攻击，越打越多，我们无法还击，只好防范。那时候夏季的温度有三十到四十度，大伙干活的时候汗流浃背，还得把衣服裹严，不能给蚊子留下半点机会，即便这样，蚊子还是直往人眼睛里撞。傍晚是蚊子最多的时候，漫天的蚊子嗡嗡叫着，开饭的时候，炊事员一把饭菜搁在外头，就赶紧缩进屋子里去了，大家再用衣服包着头迅速打完饭冲回宿舍。一旦被叮咬，全身又痛又痒，很是难受。

邹：您后来又被分到石河子，具体做什么工作呢？

刘：当时也算个小干部，上面把我分到营部做宣教助理员，还在连队干了一年，当文教。1953 年，七十八团成立学校，我就去当校长了。

邹：您在湖南老家有过教学经验，到兵团从事文教工作，可谓人尽其才。能详细谈谈这段经历吗？

刘：那时候我在二十六师七十八团某连队当文教，每天十五六个小时的超强劳动，几乎整天在苇湖、沼泽、戈壁滩摸爬滚打，一套棉军装早就破烂得不成样子。1953 年秋天，我被调到团部刚刚筹办的学校当校长，当时就这么一件千疮百孔的破棉衣，既没有扣眼，也没有扣子，为了暖和一点，我只好在里面穿了一件破衬衣，这件衬衣破得连胸脯都遮不住。在零下三十度的低温里，我穿着这身衣服，去学校上任了。以后每次出去办事，路过学校外面的苗圃，我都顺手折根柳条扎住腰部，这样就能腾出手来甩着走路。（笑）有一回，我去政委办公室办事，政委见我这一身打扮惊呆了，他教育我说，为人师表，应该注意点形象，不能再像连队里那样穿得那么破烂了，我觉得非常尴尬，赶紧把腰上的柳条扒掉了。可是当时我有什么办法呢，在那个年代，王震将军提倡节约闹革命，每人省下一套衣服就可以办一个工业项目了，我们往往一件衣服都是“新三年，旧三年，缝缝补补又三年”，团里发下的衣服特别有限，一般都发给生产一线的军垦战士，我只好眼巴巴地盼着天能早点暖和起来。1954 年冬天，我正为过冬的衣服犯愁的时候，司务长给我送来了一套崭新的棉衣，说是政委特地安排的，这真是雪中送炭呀。那个冬天，政委带给我的温暖，将永远是我难忘的记忆。

邹：新疆生产建设兵团可以说是在“一清二白”的茫茫戈壁上创造奇迹，农业、工业、教育、文化建设等都需要从头开始，您当时到七十八团的一所学校工作，完全扮演了一个创业者、拓荒者的角色。

刘：兵团领导对创办学校的事情非常重视，盖的是土坯房，装的是玻璃窗，这在当时是非常好的条件了。连队其他地方都是木框屋子。教室的桌子也是木质的，个别不够的桌子才用土坯搭的。

邹：课程设置和教材是如何安排的？

刘：课程设置是按正规走的，但是由于刚刚建校，学生还比较少，所以整个学校只有四五十个学生，分一二三四五共五个年级。我们把一年级、三年级放在一起上课，因为老师也少，只有三四个。当时用的教材和课程设置都严格遵循国家的相关规定。师资方面除了我以外，有一个山东妇女，还有两个大约高中文化程度的教师，（我们）当初教过的学生现在都已经走向不同的工作岗位了。

邹：您一定像当年在湖南老家一样，深受学生欢迎。能举几个记忆犹新的例子吗？

刘：很多事情因为时间太长了，我也记不清楚了，但是学生都是对我很好的，当时三个团都有学校，我们去小李庄开会，其他两个团的校长去了，学生都没有什么特别的反应，但是我去了之后，我曾经教过的孩子们，都对我特别亲，他们那时候已经上初中了，我走的时候，他们把我送出去好远，有的都哭鼻子了。

邹：学生缘何如此信任和喜欢您？

刘：我对学生不打不骂，都是采用内心的说服教育，上课也很讲究方法，把学生当成自己的子女，因此和学生的感情非常好。特别有意思的是，当年兵团副政委也对我非常好，我下到哪个地方去劳动，他们都去看我。“文化大革命”之后，（他们）还给我平反。平反之后，还安排我去市机关工作，做区级干部。

邹：您在“文革”中受到的冲击大吗？

刘：不大。“大跃进”时期，我从团场调到石河子的南山红沟煤矿挖煤，每天在天山深处的煤窑里劳动，提着灯挖煤，煤灰滚滚飞扬，我们浑身黑黑的一层煤灰，吐出来的痰都像墨汁一样，在煤窑里吃饭，黑手黑嘴的，菜汤上飘着一层煤灰，黑手抓着馍就往嘴里送，全都咽到肚子里。一天工作十二个小时是常有的事，有时还会三天三夜不睡觉，一直待在煤窑中劳动。这样的工作对身体伤害非常大，但是也没有办法，大家心里时刻都在想着，为了能源，为了温暖光明的世界，只好牺牲自己。每天一到下班，（大家）都盼着走出这么灰暗的煤窑，去看看阳光，呼吸一下新鲜空气。我们当时浑身漆黑，大家都亲切地喊我们“黑哥”，有一回，几个女同志来看望自己的丈夫，远远地看见我们这几个黑乎乎的怪物，吓得左躲右藏，悄悄地观察我们，直到走到跟前了，听出我们说话的声音，才认出这就是要找的丈夫，我爱人眼里闪着泪光，对我说道：“挖煤咋挖成了这般模样？”接着和我一起到宿舍，打水为我清洗，我到现在还记得那时的温馨场景。

邹：那您还是非常幸运的，为什么这样说呢？您家里是小土地出租者出身，自己的职业又是教师……

刘：不仅如此，我还有海外关系，我有一个姑姑在台湾。这个在当时是很不得了的，但是领导对我很好，只要他察觉到政治运动的风吹草动，就赶紧让我回避了，领导有意保护我。1962 年，正是大家没有饭吃、饿肚皮的时候，我在当管理员，管理连队的伙食。其他单位都没有饭吃，只有我们单位有饭吃，为什么呢？1959 年，我观察到形式有些不对头，就赶紧去五连把三十吨洋芋买回来以备过冬。副业上的黄豆、蔬菜、副食品等，我全都买回来，储备够。1960 年开始的几个月，我们去五连拉面粉，有高粱面和苞谷面，很多人嫌高粱面不好吃，不要高粱面，我开车去，直接把库房里两百多袋高粱面拉回来了，到了五六月份，开始没有饭吃了，而我那里高粱面多得很，随便吃。我还买回了好几吨黄豆和十几个大缸，做起了豆瓣酱。由于各方面都准备充分，我们食堂被评为石河子唯一一个红旗食堂。

邹：看来您未雨绸缪，很有经商的天赋。“文革”期间，当食堂也不能让大家吃饱的时候，是如何解决饥饿问题的呢？

刘：那时候连续动乱，田地荒芜，石河子总场有三十万亩地，五万多人口的口粮竟无法解决，定量的一点杂粮也无法供应，只好将人们三十斤的口粮降到二十斤、十斤。在那么大的劳动强度下，人们生活的艰难可想而知，职工家属只好偷偷种上点菜，养上几只鸡，补贴生活，正是丰收在望的时候，领导在大会上说，要斗私批修①，坚决把资本主义尾巴割掉，小家喂猪、养鸡、搞副业，统统是资本主义尾巴。大家一下子傻眼了，眼看生活的一点点希望就这样化为泡影，几家一商量，决定将养鸡转为地下，从别的地方拔了几根鸡毛洒在门前。领导来检查的时候一看鸡圈空了，地上还有鸡毛，就走了，就这样躲过了一劫。从此以

① “斗私批修”语出《人民日报》社论，是“文革”运动的关键词之一，意思是号召大家用马列主义、毛泽东思想武装头脑，反对任何形式的“私心”，不遗余力打击党内一小撮“资本主义当权派”。

后，我每天偷偷给鸡喂吃的，虽说提心吊胆，但也带来了别样的乐趣和美味。

邹：常言道，智慧来自民间，您在特定时期斗智斗勇的这些经验，今天看来仍然有参考意义（笑）。您长期耕耘在文教宣传战线，当时兵团以热情包容的胸怀接纳了很多被错划为“右派”的文化名人，比如著名诗人艾青，您和他们交往过吗？

刘：我见过艾青，他和夫人高瑛在兵团待了很多年，王震将军重视人才，给他们的待遇很好，后来“文化大革命”的时候，艾青夫妇受到了一定的冲击。

邹：您具有高中学历，又是被新疆高等院校招聘团招来的，到了新疆之后有没有机会继续深造？

刘：当时有很多人去了，但是考虑到我的台湾关系，没有叫我去。我们同来的人，有两个进了八一农学院，有一个在“文化大革命”的时候自杀了，还有一个调到独立团自治区农机局，是区级干部。

邹：您一直都在教育战线？

刘：1956 年，我因为有台湾关系吃不开了，得下去劳动，不能担任领导工作，应该参加劳动，但（上面）也没让我劳动，挺照顾我，安排我做业务工作，我当过管理员，做过水管所的所长。我那时承担的劳动强度还可以，“文化大革命”刚开始的时候，我当技术员。我这个人各项工作都能干，砌墙也可以做到比一般人砌得快。特别是打火墙炉子，我算得上是第一人，我打的火墙炉子，做饭快、不冒烟、不费碳，所以一到冬天，团部、干部、医院、学校，都是我带上两三个人去打（火墙炉子）。

邹：您在来新疆之前就已经结婚了，您爱人是选择了做职工还是家属？

刘：我在口里就已经结婚了，我们是一起到新疆来的，我十八九岁就结婚了，是别人介绍的，老伴高小毕业，也算是参军来的。到了新疆，她跟我一起在学校里当老师。

邹：“拨乱反正”以后，您做什么工作？

刘：我因为笔杆子比较厉害，在兵团宣教领域有一定的知名度，平反以后呢，我去兵团副政委刘秉正（音）家里，他非常热情，留我吃饭，并且给市里组织部写了条子，安排我到市机关工作。凑巧的是，市委组织部的副部长和我是一个县的，互相比较熟悉。但是我去一四五团落实政策，却找不到我的档案了，这里找，那里翻，就是找不到我的档案，没有档案，一拖就是两三年。一四五团说让我去一中当个副校长，我不愿意，因为市里领导答应我了，让我去市机关工作。这样一来，我就临时在学校代课，一代就是一年多。我现在想啊，“文革”的时候我的档案里（记载）有特务嫌疑分子和海外关系，也有可能是（组织上）

为了保护我，把那个（档案）撕掉了。

邹：没有档案也就没有办法调到市委机关，那您后来在团场从事什么工作？

刘：相当于党办主任。但我不是党员，领导让我回去写入党申请，我那时已经五十四岁了，快退休了。

邹：您退休后的待遇怎么样？

刘：我是算作离休的，现在每月退休金能拿到近六千块钱。

邹：您如何理解兵团军垦精神？

刘：艰苦奋斗，那时候多么艰苦呀，住地窝子，吃也没有什么好吃的，肉都很少见到，非常大的劳动强度。在连队的时候，干到天黑了还不能收工，晚上回来吃了饭，还要去加班加点；还要以实际行动纪念“五一”“七一”“八一”“十一”，加班工作，有时候三天三夜不睡觉。那时候劳动太累，在地里吃饭的时候，有的职工吃着吃着，手里的包子就掉了，躺倒在地上就睡了。

邹：您总结得简单而深刻，估计兵团年轻一代对军垦精神的理解就没有这么深刻了。

刘：是的，已经有很深的代沟了，所以我们现在要宣传这些老军垦的精神。

【后记】

采访刘方针颇费了一番周折。2014 年冬天，我曾在石河子蹲点访谈、整理口述史，那段时间刚好碰上石城最寒冷的时候，满城冰封雪飘，北风刺骨。经人介绍，我了解到刘方针的一些事迹，尤其佩服他在兵团基础教育领域所做出的巨大努力和显著成绩，令人遗憾的是，老人当时正生病住院，实在不便打扰，访谈之事只好暂时作罢，但一直挂在心头。再次与老人成功取得联系，已近翌年暮春时节。老人阔别故乡半个多世纪了，“乡音无改鬓毛衰”，他操着一口浓重的湖南益阳口音，在宽大明亮的客厅中热情接受了专访。

同是湖南人，刘方针的人生轨迹与我们此前采访过的湖南女兵有些不同。他出身小土地出租家庭，家人笃信“万般皆下品，唯有读书高”，因此他在省城长沙接受了高中教育，学成后回乡做了小学教师，年方弱冠就已经娶妻成家，后来夫妻双双决定远赴新疆。一方面因为头上戴了顶“小土地出租者”的帽子，在那政治斗争极其惨烈的年代，个人根本无法把握自己的命运之舟，他不得不离开挚爱的讲台；另一方面则是由于赶上了新疆高等院校招聘团到长沙招聘，“有机会上大学甚至去苏联留学”的美好许诺也为身陷困境的他们带来了莫大希望。刘方针夫妇来到生产建设兵团，在农场棉花田里劳作过，在党政机关从事过宣教工作，生命中的大部分岁月则是奋战在兵团基础教育战线。如今，刘方针已经在新疆兵团度过了六十多个春秋，虽然遭遇了历史的荒谬与疯狂，未能步入高等学府实现自己的梦想，但他以宽厚真诚、才华横溢的人格魅力赢得了领导的信任、群众的爱戴，安然度过“反右”“文革”等政治运动。

光阴荏苒。老人离休后静享晚年，有时间会写写回忆录，“我从不后悔自己来新疆，如果当年没有选择来新疆兵团，我的人生将会完全不同!”刘方针一边向我们展示那些老照片，一边微笑着对我们说。是啊，时光无法倒流，历史注定不能重来，唯有那些珍贵的记忆，始终存留在脑海里，鲜活生动，绵延不绝。

剪不断的兵团情

口述│肖叶群

人物档案：肖叶群，女，1936 年出生，湖南宁乡人，1951 年进疆，除了姐姐以外，父母和其他兄弟姐妹先后定居台湾、美国。因热爱屯垦戍边事业，谢绝移民美国，但却因海外关系屡受牵连。曾长期在兵团机关及学校工作，将人生中最美好的年华奉献给了兵团文教事业。

访谈时间：2015 年 5 月 5 日上午。

访谈地点：石河子市二十三小区。

邹赞（以下简称“邹”）：您今年多大年纪？

肖叶群（以下简称“肖”）：今年 4 月 17 日满 79 岁啦！

邹：老家一般都是讲农历。

肖：农历是二月廿九。

邹：您是湖南宁乡人？

肖：嗯，我家是宁乡农村的。

邹：能不能简单回顾一下小时候的家庭情况？

肖：好。我爷爷曾经在旧社会的一个女中做过校长。我们家里说起来，那时候还是佃农，租种了地主陈寿平（音）的地。我爷爷生了六个儿子，有四个活着。我爸爸是老五，老三老四都死掉了。那时候湖南农民运动开展得如火如荼，我二伯伯肖学太（音）经常去农民运动讲习所，好像还是积极分子，后来国民党到处追捕共产党人，一帮人气势汹汹要抓肖学太，我二伯母当时正怀着他们的大女儿，挺着大肚子，跑不动，二伯父就背着她跑。后来肖学太（音）被国民党抓走了，地方上说要就地枪毙。但国民党的上层很震惊，他们根本没有料想到内部会出现共产党人，于是决定把我二伯父押送到南京去。这件事我没有亲历过，有一本书记载得很详细，书上说，地下党组织上千人赶来营救，最后把他给救出来了。1948 年，我爸爸在家种地，有一天国民党部队抓壮丁，跑到我们家来了。我爸爸在地里干活，我们家人赶紧从后面绕过去，给他送了几件衣服，一点零用钱，催他赶紧逃，就这样我爸爸没有被抓住，从此漂泊异乡。那时候我妈妈已经生了我和我姐姐，后来又生下十一妹，都是女娃娃……

邹：总共生了三个？

肖：不，到现在活着的还有五个！

邹：全是女孩？

肖：有一个弟弟，他定居在美国，现在已经去世了。

邹：四朵金花，再加一个弟弟。

肖：嗯，五个孩子。有三个出生在台湾。我和我姐姐是在老家生的。后来日本鬼子来了，无恶不作，我妈妈因为生了一堆女儿，在家里的日子越来越难熬，她再也不愿待在家里，从此跟着我爸爸浪迹天涯。

邹：还记得小时候父母是怎么教育你的吗？比方说，女孩子应该怎么样不应该怎么样？

肖：那个时候大家都很少教育孩子。我记得我在家里上了一个学期的学，后来跟着我妈妈到了桂林。过了一周，为了躲避日本鬼子，我们又一路逃到贵阳。

邹：哦，那个时候您多大？

肖：到贵阳，1945 年的话，就是九岁嘛。

邹：还记得逃难过程中发生的事情吗？

肖：有印象。日本鬼子动用飞机大轰炸，到处都是乱哄哄的，一片狼藉，有的小孩和父母走散了，就攀着那个桥锁，在上面哭喊。我还记得我妈妈说她要去给我买饭，叮嘱我站在那不要乱跑。我以为我妈妈也不要我了，我就“哇哇哇”地哭啊哭，哭得十分伤心，她又回来把我领上了。当时她没跟我爸爸在一块，爸爸已经先行来到贵阳，我们当时是坐那辆车子来的。

邹：您母亲一个人带着你们逃难？

肖：好像是部队上组织的，带着我们往贵州都匀方向撤离。

邹：兵荒马乱的岁月，一个女人带着孩子逃难，太艰难了。

肖：我爸爸听说了以后又回来找我们了。

邹：您有几个姊妹是在台湾生的，这又是怎么回事？

肖：有部电影叫《远征军》，你看过吗？讲的就是缅甸远征军的故事。当时有人动员我爸爸和他一个同学去参加远征军，他同学拖家带口，我妈妈他们还在老家，于是我爸爸就主动跟他同学说："你有家属，你不要去，我去。"结果那个地方路很不好走，也没去成，后来就到了成都、重庆了。我二伯伯被抓起来，后来放出来就在重庆工作技术委员会。我爸爸到那里以后，碰巧遇到一个同学叫他到上海去，我爸爸就去上海搞军需工作了。

邹：哦，那他后来怎么去的台湾？

肖：一直到解放前夕，1948 年的秋天，我二伯伯一家子，我妈妈带着我们，一起从上海坐火车回湖南了。我爸爸从上海去了台湾。

邹：您父亲当时是在国民党做军需工作？

肖：对，在空军后勤总部。我爸爸到了台湾以后，又把我妈妈和弟弟妹妹接走了。我跟我姐姐留在老家。

邹：您去过台湾吗？

肖：没有。后来就不通音讯了嘛，解放后两岸就隔绝了，一直到六几年的时候，我爸爸通过香港的一个朋友帮忙，想寻找我们，好不容易才联系上。我们 1951 年就到新疆来了，没办法，我爸爸通过这位朋友转来一封信，内容不多，就几个字。到了"文化大革命"这些事都成大事了。

邹：算是扯上海外关系了。

肖：嗯，有海外关系就算是大事。我们在家里头呢，我姐姐还上了个初中毕业。我有个堂妹在乌鲁木齐文工团，我们俩只念到小学毕业。

邹：您的父亲去台湾了，后来把妈妈和弟弟妹妹都接走了，这是 1949 年对吧？然后您是 1951 年来新疆的，那中间这几年您是怎么过来的？

肖：我们在家里劳动，割猪草啊，在地里干杂活啊，就是这样的。快解放的时候，我二伯伯家的大女儿到湘雅医院搞医务工作，她在长沙，消息比较灵通，有一天看到报纸上登的新疆军区招兵信息，她就赶紧通知我们。我和堂妹两个人背着这么小的布包包，到长沙报名参军去了。

邹：我还想追问一句：您父母去了台湾以后，你们还有机会见上面吗？

肖：1980 年去了，见了面了。不过他们那时候已经不在台湾，都到美国去了，七几年吧，肖叶诚（音），就是我下面的那个妹妹，在成都生的，她找了一个美国丈夫。所以她就把台湾的爸爸妈妈一家人全接过去了。然后那个时候就给我们来信，当时说开放也不是很开放。

邹：正是冷战年代。

肖： 对，好不容易去了一次，待了半年。

邹： 能简单讲讲去美国探亲的情况吗？

肖： 嗯。他们住在旧金山，我带着我女儿，还有我姐姐一起去的。我妹妹带着我们去旅游，到过纽约，还参观了尼亚加拉大瀑布，这个地方挨着加拿大。回到旧金山以后，我爸爸就劝我们不要再回去了，说要给我们办移民。父母给子女办（移民）属于第一优先。这时候我姐姐同意办移民，我就不同意。为什么不同意呢？我的三个孩子都是 1955（年）、1956（年）、1957（年）出生的。1980 年的时候才多大，都还没有工作嘛。再说呢，我姐姐还是比较厉害的，她初中毕业后到西安，在西北贸易干部学校学习，毕业后分配到青海了。因为这层海外关系，她饱受政治迫害，后来工作也没有了，所以她表示要去美国，孩子都给我们养。

邹： 她可能是心里有疙瘩，憋着气。后来办移民手续顺利吗？

肖： 她在美国就没有回来嘛！我没有办法，签证期是半年，又延长了几个月，我就和我女儿回来了。

邹： 您父母在那边过得怎么样？

肖： 他们过得可以，两个人都领养老金。弟弟妹妹也在那边结婚了。

邹： 我们再回到之前的话题。听到堂姐提供的新疆军区招兵信息，您当时是怎么想的？

肖： 高兴啊！既然不能继续念书了，总得找条出路吧！我们那时候小，我还没有满十五岁，我堂妹才满十四岁多一点。

邹： 报名的情况还记得吗？

肖： 记得啊，报纸上有地址，营盘街多少号，我们就跑去报名了。那时候检查身体，我四十公斤，我堂妹才三十八公斤，体重太轻了，我们就身上装些石头，哈哈！

邹： 您不但体重不够，年龄好像也不达标吧。

肖： 那个时候也没什么达标不达标，我们去了很痛快地就被收了。而且不许随便再走掉，再走掉就不行了，算是严重违反纪律。

邹： 你们这批湘女到了长沙，部队肯定是锣鼓喧天表示热烈欢迎，这当中有没有发生特别有趣的故事？

肖： 记得不是太清楚了，反正小孩就是高兴嘛。什么敲锣打鼓，我也没见到，哈哈！那时候坐火车，要过长江，武汉长江大桥还没有修建嘛，就用轮船把火车一节一节运过去，轮船过来，再坐火车走！到了西安我们学习了一个来月，住在旅馆里，部队安排得非常周到。从西安往新疆进发，就开始坐那个大篷汽车了。

邹：边地萧条，茫茫戈壁，黄沙漫漫，这种自然景色和湖南老家是完全不一样的，您当时心里面有没有一点恐惧或者担忧？

肖：那时候小，不太懂，无所谓的。我和我堂妹两个人高高兴兴就来了。当时这边基本上没有女的，只有少部分家属。

邹：您到新疆后分到什么地方了？

肖：最早在二十六师师部，职工科。那时候二十六师师部在玛纳斯。

邹：职工科，听起来和办公室文员的工作很相似。

肖：嗯，对。1952 年精兵简政，我们师部每个部门分了四五个女的，最后剩下的就不太多了，我就到组织科去了，主要负责建立档案。1953 年组织科就搬石河子去了。

邹：跟您坐同一辆车来新疆的那些女孩子都分到什么地方去了？

肖：我们先到景化，那是政治部的所在地。在那里学习了一两个月，就分到各个地方去了。有八十个（人）分到二十六师了，机关里面每一个科室都是三四个人。然后到了营里面的都跟教导员结婚了。那时候部队的情况基本如此：行政干部大多是国民党起义部队的，政治干部是王震进疆部队的。

邹：您是高小毕业，到了这边有没有接受过专业培训，比如说参加会训班、护训班？

肖：没有。我就是在兵团成立的工农速成中学进修过。按理说我也不够条件去，但是我想学，有一天我下楼梯的时候，碰到于政委了，他这个人特别和蔼，知道我想去学习，就说："小鬼啊，不高兴啦？想去就去吧！"就这样，我到工农速成中学学习了两年，那个时候好多进疆的解放军干部都在工农速成中学学习。后来王震过来作报告，他说你们大人就不要来上啦，叫你们的孩子来上学。速成中学就这样解散了。

邹：速成中学设在什么地方？

肖：在石河子，地点就是现在的档案馆。

邹：你们来新疆的时候，有没有听说招女兵过来是为了解决官兵的婚姻问题？

肖：那个不太讲。他做了他也不讲嘛！（笑）都是介绍的，那时候我记得我才十六岁，刚到组织科干部科没几天，政委的老婆过来跟我说："肖叶群你来一下，到那边的房子去。"坐下没一会儿，一个男战士进来了，他就是我后来的老伴，他好像说了一句"我没意见"。我们那时候还小，不懂事，吓得不行。

邹：您老伴的情况如何？

肖：他是山东人，当时在后勤部当指导员。政委老婆介绍的时候说他是二十二岁，这个年龄还可以，只大个四五岁嘛，后来他跟我说不是二十二岁，是二十五岁。这样就比我要大九岁！我就不愿意了，哭哭啼啼的！

邹：他是怎么来新疆的？

肖：他是1941年参加八路军，在回民支队（音），他的履历表上报的1942年，刚满十四岁，报的是十五岁。

邹：您爱人是汉族还是回族？

肖：是汉族。

邹：您对他的第一印象怎么样？

肖：那时候也没有啥印象，说不上喜欢还是不喜欢，毕竟年纪小嘛。反正后来我就哭个不停，不愿意了，于政委不厌其烦给我做工作。我和我对象一块去玛纳斯拾棉花，他就问我家里面的详细情况，我就给他说了，感觉他对我挺关心，瞅上了，他就去找领导帮忙说（笑）。我不是嫌他年龄有点大么，后来领导出面跟我说，男的大十岁不算大，这个小伙子会一辈子保护你，如果你将来生病了，他也会死心塌地对你好。父母亲不在，我自己又不懂事，那不是一切都靠组织嘛。

邹：在组织的开导下，您终于想通了？

肖：呵呵，反正就找的他，就这一个。1954年结婚，当时我刚十八岁吧，他在师部当协理员，我在干部科管统计档案。结婚的时候是四对儿，在二十六师师部的小礼堂搞了个集体婚礼。那时候食堂也按级别，大食堂是中灶，（小食堂是）小灶，我们结婚的话就是小灶。吃了一顿饭，这就算结婚了。我都不知道要点啥，啥都不知道。后来人家说，你不觉得冤吗？啥都没要？于是买了一床被面，三十多块钱，那就算是他买的。

邹：当时住在地窝子吗？

肖：不是地窝子，都是平房了。1953年过来就都是平房了，玛纳斯也是平房。

邹：您没住过地窝子？

肖：地窝子没住过。所以你说的吃这个苦那个苦，我说不上的原因就在这。

邹：您那时年龄小，结婚后肯定需要一段时间适应，两个人沟通起来容易吗？

肖：结婚以后，我连续生了三个孩子，每年一个。我还要上班。他山东人是不干家务的。我至今不能忘记一件事情：我说我又要带娃娃又要干啥的，你去伙房提桶水去，我要洗衣服。那时候没有自来水，伙房就在平房前边。我说了几遍以后，他干脆把那几件衣服塞到炉子里烧掉了，就是不肯去提水。他平时不怎么大声讲话，也不乱发脾气。其他的倒也没啥毛病，修修补补的活儿，该他干的他会干，你要叫他扫地、擦桌子、做饭这些，他都不会干，除了过年包饺子（笑）。

就是这样，家务是我干，娃娃也是我带。

邹：您又要带孩子，又要做家务，有没有想过放弃工作，转为家属？

肖：那个时候是这样的，娃娃一岁多一点就可以上托儿所，几个月的也可以上，（母亲）按点去喂奶就行了。师部都有托儿所，条件还行。1958 年我回了趟老家，那时候就没工作，叫停薪留职、勤俭持家。因为我有三个孩子，我爱人要带头嘛。我也刚好利用这段时间，到青海、湖南转了一圈。回来以后，我又上班了。

邹：您有了孩子以后还是在做统计工作吗？

肖：对。从速成中学学习回来，师部就没有我的位置了。我们老头也在速成中学学习，也没有他的工作了。我们就到三十团，现在的一四七团。他在机关当协理员，我就在审干室，审查干部的，呵呵。1958 年兵团号召大家开发莫索湾，我们老头就去了，在莫索湾一场当主任。

邹：您又当妈妈又当职工，肯定非常累，有怨言吗？

肖：也没有什么怨言。我觉得我要不是到新疆来，我也就没有前途啦！应该说这个前途是不错的。党和组织对我挺关照，我从心底充满感激。所以在美国的时候呢，我就不办移民，我一定要回来，这里才是我的家。

邹：兵团的各行各业都是一穷二白起家，您做统计工作，相当于兵团第一代统计员，有什么经验可以总结的吗？

肖：干部统计档案，就是那些事。每个月有月报，季有季报，年有年报，需要定时汇报总结。这个活很杂，也谈不上多么专业。1960 年冬天，我就离开机关，到学校去了。

邹：去当老师吗？

肖：嗯。去小学当老师，刚开始啥也不会，不会就学，边教边学呀！那时是在一四八团的二分场教书，我的工作积极性特别高，不到三年时间，我所带班级在全市统考中都是名列第一，我还应邀到师部去开首届优秀教师代表会。有意思的是，那时候小学上课不分科，我除了不教唱歌，语文、数学、体育都得带。

邹：那就相当于全科老师，基本上一个人包了一个班甚至好几个班。对了，您前面提到您在中国大陆只有一个亲姐姐，毕业后在青海工作，后来联系了吗？

肖：我姐姐来过新疆，她对我们这边的气候感兴趣，觉得比青海的气候好多了，她曾经想过来我们这个地方。我就给于政委写信，说我在中国大陆就这一个姐姐了，她想和我们住在一起。到了开会的时候，于政委经过莫索湾，拐到我们那个二分场，跟我说同意她来，可以安排当会计。结果呢，他后来激动了，他说他喜欢我，如果没有爱人没有孩子的话他要跟我结婚。我听了这话，吓了一跳，就没敢叫我姐姐来，不愿意欠人家人情。

邹：您算是很幸运了，事业发展不错，家庭也和美。我此前读过一些书，关于湘女、山东女兵进疆后的婚姻问题，自由恋爱的少，绝大多数都是服从组织上的安排，很多夫妻从年龄、性格、长相等方面看都不般配，这方面的情况能不能说一说？

肖：有一个叫王罗锅（音）的，资格倒是怪高的，1942 年就参加了八路军，他是伊犁牧场的协理员。有个山东来的女孩叫曲玉莲（音），身材高挑，组织上准备撮合她与王罗锅，说这个人好得很呐，就是长相差一点，个头矮，曲玉莲最初不愿意，瞅不上对方，后来组织上不断做工作，还是愿意了。那时候人的思想简单，家庭观念强，绝不是说你长得不好我就看不上。组织科还有一个叫李锐（音）的，人家给她介绍一个独立营的教导员，教导员叫赵树生（音）。赵树生人称"缺零件"，个子矮，耳朵在打仗的时候还打掉了一块。李锐一看照片，死活不愿意，后来翻开人家的档案看，哇，这人不简单，又是战斗英雄又是劳动模范，李锐反倒崇拜人家了，结果这一对自然成了嘛。

邹：您有海外关系，在"文化大革命"的时候有没有受过冲击？

肖：我跟你说吧，我们的二伯伯在我们当兵以前被抓起来了，我们到新疆几个月之后就被枪毙了。我二伯伯之死是当时著名的命案，我手头还有本书，就是反映这个案子的。我们家本来是中农，可是我那二伯伯枪毙以后呢，我们家就成了地主了。一粒租子没有收，我们家就成了地主！海外关系也是这样的。我在学校里面教学，后来都不够条件啦！就把我们弄到车间去劳动。反正是把几十个出身不好的，都弄到车间劳动去了。我之所以没有挨打、没有被整得头破血流，主要是因为我和我老头平素人缘不错，能帮人都会帮一把。

邹：您受到牵连，被调离了教师队伍？

肖：对，调离，几十个，不是一个。后来清理阶级队伍，我们家这种社会关系比较复杂的，都被调到一四六团去了。

邹：组织上清理阶级队伍，有没有硬性规定让您和您老伴划清界限？

肖：那倒没有。我老伴不是"极左"的那种，我们老家来了那么多人，他都能够善待，心地特别好。

邹：您在车间劳动了多长时间？

肖：好几年呢！1969 年去的，一直劳动到 1972 年。具体的活就是摆管子，防沙的那种管子，也不算很劳累。

邹：我还以为当时是作为阶级敌人对待的。

肖：还没到那种程度，人家车间对学校里出来的老师还算可以，没有说想打你就打，想骂就骂。

邹：老伴的仕途会不会受到牵连？

肖：就在那个《党史杂志》出来以后，我老头留在七二团了，我不愿意跟他在一个单位，就到第四机刷厂去了。此后我又到美国去了一趟，回来以后呢我就要回到七二团去。就这样我来到七二团人事科，我老伴又被调到八师医院。他是当了一辈子副官，没当过正官，因为一翻档案，我这边有海外关系，他也就没戏了。

邹：老伴还在吗？

肖：2002 年就去世了。

邹：您从事过教育工作，在对孩子的家庭教育方面有什么心得吗？

肖：我们的孩子非常守纪律、守规矩，没有胡来的。我认识的一个老八路，他在“文化大革命”中是极“左”派，这就影响到他的孩子了，一个一个被抓了起来，基本上都进劳改队了。我们的娃娃在学校里都是规规矩矩的，学习刻苦勤奋。我家老二小时候得过脑膜炎，学习一般，初中升高中的时候，我就不给他钱报名。我说你学习不好，不给钱报名。他缠了我好长时间，最后才给了钱去报名。没想到，他上了高中以后成绩好得很（笑）！

邹：孩子们都留在新疆工作吗？

肖：大儿子在乌鲁木齐电信局，二儿子在石河子检察院，还有个女儿，是药检所副所长，现在也退休了。我的几个孩子干活都没啥说的。说实话，你要说我吃苦，也没吃多少苦，但是我不管在哪个岗位上，干活都非常认真努力，这一点是可以肯定的。

邹：您能不能举个例子？

肖：统计工作倒没啥，在学校当老师，那就需要整个身心都扑着，三个孩子要带吧，要做饭、要洗衣吧，学生睡午觉时要陪着吧。我那时候参加公开课竞赛，小有名气，人家都来听课。记得有一次在石河子搭公交车，遇到一个男的，他说他也是莫索湾的，但是和我不是一个学校。后来他问我认不认识肖叶群，我说我就是肖叶群啊（笑）。那时候开优秀教师代表大会不是要介绍经验吗？我当时正在地里劳动，带着学生拾麦穗，领导非要把我叫回来写总结。我写了总结以后到石河子开会，会上让我做大会发言。发言完了以后，大家说像我这样的老师就不错。后来八师中学和一四五团都叫我去开讲座，介绍经验。

邹：您是哪年退休的？退休后生活待遇怎么样？

肖：我是 1991 年退的，刚刚五十五岁。我不是离休，是退休，退休金也不高，每月三千五六的样子。

邹：您对现在的生活状态满意吗？

肖：可以！现在娃娃也不用我管，我每天就是锻炼锻炼，自得其乐。

邹：回顾自己走过的路，您后悔来新疆吗？

肖：不后悔。我觉得来新疆参加屯垦戍边，是一件很光荣的事情，直到现在，好多来新疆的亲戚，他们就会给我过生日，我的娃娃都想不到。为什么？他们在最困难的时期，1958 年我回去的时候，看到家里可怜的那个劲儿。我回去住了一晚上，两天嘛！到了那个地方呀，我的叔伯哥哥在煤矿上挖煤，听到消息就赶来看我，恰好我们师的保卫科长正在那边招人咯。谁愿意来新疆就可以拿到公函，我的叔伯哥哥们就来了，现在都退休了，领着工资，过得很不错，他们都十分感谢我。我 1958 年回老家的途中，还转道去了趟青海。我姐姐生小孩，我姐夫是个老实巴交的工农干部，生孩子要请妇产科大夫咯，他找了个中医，结果羊水呛死了（小孩）。我到了那边，县里面一棵树都没有，我姐夫专门骑着马去买菜，买回来了几棵葱、一块豆腐。我对那地方印象不好，确实太穷了。他们住的房子倒是怪漂亮。没待多久我就带上我的小女儿回湖南了。我前脚走，我姐姐后面就跟来了，她月子里就跑出去了。结果就得病了，后来再也没有生小孩了。对比而言，咱们新疆挺不错的（笑）。

邹：您现在如何理解兵团军垦精神？

肖：军垦精神肯定是吃苦嘛！就是艰苦奋斗、默默奉献。

【后记】

肖叶群是一位非常优雅谦和的老人，一头银发，面色红润，聊起家常来思路清晰，声音极富感染力。“我没有作出什么突出贡献，也谈不上吃了多少苦，我就是个普普通通的兵团人”，肖阿姨快人快语，一再强调自己算不上“典型人物”，但是历史的丰功伟业不都是无数普通人默默书写出来的么？时代呼唤英雄，而人民群众才是推动历史发展的根本动力。重返历史深处，本身就是要颠覆长久以来的“英雄史观”，让那些边缘的、被遮蔽的声音重新发声。经过我的再三努力，肖阿姨终于敞开心扉，聊起了自己动荡的童年、传奇的家族、大洋彼岸的见闻以及在新疆兵团的人生命运……

肖叶群的经历让我想起张贤亮小说《灵与肉》中的许灵均：许灵均从小

孤苦无依，长大后被错划为“右派”，下放到西北牧场劳动，他在那里邂逅了善良勤劳的秀芝，秀芝用无私的信任和温情替他疗伤，突然有一天，许灵均的父亲以海外富商身份返回故土，并许诺以绿卡、美女、金钱、别墅、事业等诸般诱惑。许灵均饱受创伤的心灵深处经历了一场激烈的交锋，最终他还是选择回到牧场，回到他和秀芝用灵与肉搭建起来的温馨家园。肖叶群和姐姐来到大西北，她们的父母和兄弟姊妹都在美国过着舒适的中产阶级生活，20世纪末，肖叶群曾经赴美探亲，在家人的陪伴下游览美利坚，见识了流光溢彩的纽约，感受到旧金山的美丽迷人，也欣赏了五大湖区的壮丽景色。她盼望着全家人能够团聚，也向往美国的中产阶级生活，但最后她还是谢绝了父亲要帮她办移民的提议，义无反顾回到新疆兵团农场，从此将生命中最美好的时光都献给了兵团的文教事业。

肖叶群之所以选择回来，既有对丈夫和孩子的深深眷恋，也有对兵团这片热土的无限挚爱，更有对屯垦戍边事业的深刻认同，一如她自己所说：“我不后悔回到兵团，这里才是我的家!”

长烟落日戍边境

口述｜黄咏玲

人物档案：黄咏玲，女，湖南娄底人，1930年出生，初小文化程度。从小想离开地主家庭，后在堂兄的引导下接触进步思想，十八岁离开家乡到长沙做纺织工人。1951年报名参军，到新疆后分到南疆阿克苏地区，后来到连队参加生产劳动。1952年随部队迁往北疆伊犁地区剿匪，后到机关后勤处当宣传干事。1962年“伊塔事件”发生后，积极响应政府号召，到边境地区履行“三代”工作。退休后定居伊宁市。

访谈时间：2015年8月22日上午。

访谈地点：伊宁市华城社区。

邹赞（以下简称“邹”）：黄阿姨，您的全名叫什么？

黄咏玲（以下简称“黄”）：黄咏玲，“歌咏”的“咏”，“玲”字一个“王”，一个“令”。

邹：您哪年出生的？

黄：1930年。

邹：听老干局的小赵介绍，您老家是湖南娄底的。能简单回顾一下在湖南的那段经历吗？

黄：我出生在旧社会。小时候我们家里成分不好，当时湖南地方政府特别“左”，十几亩的土地并不多，就因为我们家请了几个童工，就被划成地主阶级了。其实我们自己也要干活，到地里挖红薯、拾棉花，反正顶个劳动力。我小的时候，我们姊妹八个，我排行第二，早晨凉快的时候就到地里干活，地里干完活以后回来再帮着妈妈做家务。别人听起来可能会不相信，“你是个地主小姐，你怎么会干这么多活呢?”说实话，按照我们家的实际情况，富农可以算，要说是地主（的话），吃也没有，穿也没有，我们家人口多，粮食都青黄不接。我父亲不怎么好好劳动，请人家来耕种自己的地。（叹气）我十几岁的时候开始帮助家里纺纱，在湖南，女孩子冬天纺棉花，这个你知不知道?

邹：知道。

黄：夏天纺麻，织麻纱蚊帐，因为我妈妈带着那么多娃娃，家里织布纺纱全靠我。北方织布自己织啊，南方织布请师傅到家里织，我们自己纺纱。到了十八岁，我就离开家了。

邹：地主小姐应该过的是“衣来伸手饭来张口”的生活，您这的确不像，可能算作富农都很勉强。但是没办法，当时搞政治运动讲究“上纲上线”，标准定得太死板。您背了个地主家庭的名声，但是生活上又如此艰辛，这对您当时的心态会不会产生负面影响?

黄：国家划定我们家是剥削地主，实际情况就马马虎虎算个富农样子。我呢，女娃娃不像个女娃娃，一天到晚在地里干活，放牛、割稻子、挖红薯、挖芋头，我老家在农村，一个山沟沟里头，什么活都干。

邹：小时候有没有进学堂?

黄：读了点书。村里办学校，学堂就设在我们家堂屋，我们有自己的房子嘛。（我）读了初小。

邹：学堂里都教些什么内容?

黄：那时候分初小和高小，现在没有高小了。学的常识、算术、语文，就这三本书。

邹：您十八岁离开家，是外出做工吗?

黄：我离开家的时候，还没有解放。我到了湖南裕湘纺织厂，这是当时湖南最大的纺织厂。我为啥到纺织厂呢?我一个堂兄是老地下党员，他鼓励我从山沟沟里走出来，介绍我到纺织厂当纺织工人。我在长沙待了两年多，到了1951年3月，新疆招兵团到湖南招兵，后来人们把我们这些招兵到新疆的女娃娃叫作“八千湘女”嘛，其实当初也没有说让我们来当兵，招的时候说“学技术、学俄文、学会计”，报名的人当中，学历比较高的是初中毕业，我只有初小文化程度。我们来新疆的目的就是当工人，学开拖拉机。

邹：您报名来新疆，父母愿不愿意?

黄：我那时在长沙，离家里远得很呐，我没有告诉家人。我还有一个表妹，是我姑姑的孩子，我们俩都在纺织厂做工，又一起报名来新疆，她后来定居南疆阿克苏市。我们俩自作主张，后来被父母发现了，他们极力反对我们来新疆，但是也没有办法，我们坐着火车走了，他们就算追也追不上。说实话，当时想离开家的念头特别强烈，我们的家庭成分不好，这是包袱嘛。那时交通不方便，火车只通到西安，从西安到新疆要坐敞篷车。到了哈密以后，上面告诉我们当兵了，听到这个消息我们特别高兴。1949 年解放，我们参军就算是当上了解放军，感觉到很有身份，很光荣。(笑)

邹：到了哈密，你们这一批女兵才知道自己当了兵？

黄：嗯。刚开始告诉我们是新疆招兵团，可是发的衣服是军装，军用棉袄。当时没给我们明讲，后来明讲了，我们大家都很高兴。我们来的时候，交通很不方便，敞篷车走走停停，沿途都是戈壁荒漠，人烟稀少，更不要说街道集市了。翻六盘山的时候，地势险恶，我们的车队翻了一辆车，死了个湘妹子。路上一会儿说土匪来了，我们乡里妹子啥也不懂，什么土匪不土匪的，在老家也没有见过。后来听说土匪来了要杀人，虽然每辆敞篷车前面都架着机枪，但我们还是害怕得很。我们三四月份来的，敞篷车上特别冷。我们来的时候每个人发了一件棉大衣、一双毡筒。那时候比现在冷，好多地方都还没有化冻。

邹：到了新疆以后，您第一站是去什么地方？

黄：南疆阿克苏，后来的农一师。

邹：当时是怎么分配的？

黄：有人带队啊，提前分好的，我们是第十三批，这一批都分到南疆了，有人带队把我们领到阿克苏地区。

邹：您是先到迪化再去南疆，还是到了哈密以后直接奔赴南疆？

黄：直接就把我们拉到南疆去了。

邹：从哈密到阿克苏，途中要翻越天山干沟段，还要穿过沙漠，那时候又没有现代化交通工具，甚至大路都没修好。这个过程能不能讲一讲？

黄：路上风沙很大，又缺水，我们带上干粮和水壶，吃了不少苦，不过总体上说还算顺利。我们到了南疆就分到二军五师了。二军五师通过培训，培训以后就分班了，一个师三个团，我们就分在三团，具体地点在库车。

邹：农一师当时叫二军五师①？

黄：对，后来名称改变了。

---

① 新疆生产建设兵团农一师的前身是中国人民解放军第一野战军第一兵团第二军步兵第五师。1949 年 11 月，王震率领步兵第五师进驻阿克苏、和田地区。1953 年，步兵第五师整编为中国人民解放军新疆军区农业建设第一师。1954 年 10 月，该师隶属新疆生产建设兵团建制，即兵团农一师，师部设在阿拉尔。2012 年 12 月 24 日，新疆生产建设兵团下属十三个农业师统一更名，“农字消隐”，“兵团农一师” 正式更名为“兵团第一师”。

邹：您在二军五师主要做些什么工作？

黄：在师部学习训练了两个月，之后就分配到团场去了。

邹：学习训练的项目和内容还记得吗？

黄：我们都搞军事训练，我们也是当兵的啊，白天要出操，要拿枪啊。指导员教育我们要热爱新疆、扎根边疆，讲的都是大道理。

邹：训练的过程当中，有没有发生让您感到难忘的事情？

黄：难忘的事情？哎呀，当时各种风言风语的，大家私下里流传着各种说法，比如说我们来到新疆就再也回不去了，说我们这些湘妹子来新疆就是陪老干部的，别的说法我都能想得通，就这个我死活也想不通。

邹：关于湖南女兵为什么进疆的谣言，您在来新疆的路上听到过吗？

黄：敞篷车上也有人议论，但我们搞不清究竟咋回事，也没多想。可是到了师部以后，慢慢就啥东西都知道了。我那个表妹就是例子，我俩年龄相当，在湖南一起长大，她学历比我稍微高一点点。当时我们约定：如果我俩都考上了，我们两个就一块来新疆；如果都没有考上，或者只考上一个，我们两个都不来。后来审查，就我没有（通过），那时候要高小以上，我只读了初小，原本没有被录取。后来招聘的名额太多，人不够了，就把条件放低了，我又被录取了，等于是补录。我们一起来新疆，但是没有分在一批，她那一批本来要在我前面走，后来排到我后面了。另外，她那一批带队的是位当过红军的老同志，团级干部，级别比较高。这个老同志看上我表妹了，但两个人的年龄相差太悬殊。我表妹那一批几百人全部留在焉耆，带队的老同志要回阿克苏原单位工作，他就想着把我表妹带过去，带一个丫头也不好啊，毕竟从焉耆到阿克苏那么远，孤男寡女难免招闲话，于是他又带了一个丫头，两个丫头配合好说话。我表妹就是不同意，她家庭条件很好，在家是个千金小姐。她家里给她介绍了一个，那时候都是表兄表妹结婚嘛。她到了阿克苏，我们不在一个院子，有一天她专门来看我，详详细细聊起事情的来龙去脉，我才真正意识到问题的复杂性。有些风言风语也不全是谣言。

邹：您表妹最后同意了吗？

黄：同意了啊，结婚了。那个老红军也是很有本事的人，曾经在延安开展大生产运动，现在一团还立着他的雕像呢。他在“文化大革命”中挨批受斗，吃尽了苦头。现在讲起来，我们的婚姻哪有自由啊。

邹：您在师部参加生产劳动了吗？

黄：没有参加生产，就是学习，学习以后分配工作，我被分到库车。我们参加播种、割麦子、种水稻，啥活都干。新疆的镰刀特别大，我们在湖南用的都是小小的、月牙形的镰刀，所以我刚开始用镰刀割麦子，特别不习惯，镰刀一钩就钩到手上了。那阵子南疆还没有拖拉机，开荒翻地都是坎土曼。不过，我们湘妹子争强好胜，干劲十足，在团里经常受到表彰。

邹：能说说在库车的生活情况吗？

黄：天不亮就干活，有的人动作慢些，人家都走了，一个人落在后面。我们都是住在老乡的院子里。库车那里的水不好，碱性大得很，当地老乡都是大脖子。

邹：你们跟当地少数民族老乡的关系处得如何？

黄：关系好得很。（笑）我们住的地方由老乡负责安排，我们要几间房子住，老乡就腾几间房子。那个时候啥也不懂，反正跟着带队的人走。

邹：有人带队？

黄：都有人带队，负责沟通联络。我们就跟着干活，大家抓紧时间搞生产，早上在地里吃饭，晚上天黑了才回来，第二天刚蒙蒙亮又下地干活。部队里有这么个习惯，如果住在团部，早晨还要上操，到了晚上还要开会，那时叫点名，会上把全天工作总结总结，然后布置明天的工作。我 1951 年还立过二等功呢（笑）。

邹：怎么立的二等功？

黄：劳动表现积极，成绩突出！那时候谁要是工作积极肯干一些，就可以获得"积极工作奖""积极劳动奖"，生产就是生产奖，工作就叫工作奖嘛。反正我那个时候比较老实。为了安全起见，我们平素都是一起下地，男同志还背着枪，几支枪留在地里，有啥情况马上拿枪。

邹：担心有土匪侵扰？

黄：土匪多得很呐。

邹：你们在南疆见过土匪吗？

黄：没有，其实北疆也没有亲眼见过，但是经常听到风声。

邹：您后来又从南疆调回北疆了？

黄：1952 年开春来的。当时北疆匪乱不断，乌斯曼的残部四处骚扰牧民，王震就决定把我们团从南疆搬到北疆，主要任务就是剿匪。我们团由副团长带队，抽调了一拨人，我老头当时是一个连队的负责人。土匪很快就剿灭完了，该枪毙的枪毙，该镇压的镇压，后来干脆把整个团都搬到这里来了。原来这里没有农四师，就只有我们一个团，后来成立了一个师，团部领导班子就成了师部领导班子。

我们就是这样来的。1952 年以后，又陆陆续续来了几批女兵，人数越来越多。我后来就下连队了。

邹：连队不在伊宁市，在伊犁哪个地区？

黄：巩留。当时到巩留的交通很不方便，我们都是从伊宁走路来的。

邹：你们来的时候看到巩留是个什么样子？

黄：感觉挺荒，空空荡荡的，都是些大土墙。现在我到巩留去玩，发现变化大得很，根本不认识了。我后来又从巩留调到新源，但不管走到哪里，都是开荒修渠，参加生产建设。团场种地，团部开荒，过去我们在南疆自耕自织，不需要国家提供粮食。我到了巩留以后，就留在机关后勤处当宣传干事了。

邹：能讲讲您和老伴认识的经历吗？

黄：我在后勤处做宣传员，后勤处的书记张罗着给我介绍对象，一连介绍了几个，我都不同意。为啥呢？因为他介绍的年龄都比较大。书记特别善于做思想工作，他跟我讲大道理，说这些老兵为中国革命和社会主义建设作出了巨大贡献，现在他们又驻守边疆、屯垦戍边，如果我们不帮他们解决婚姻问题，他们就安不下心，就建设不了国家。

书记后面又给我介绍了一个，他比我整整大十八岁，比我爸爸只小两岁，但是看起来比我爸爸还老。他是后勤基层的连长，经常来我们这里开会，他也是湖南人，老乡之间还是有交流话题的。我这个人思想太单纯，心里想着：老乡嘛，聊聊也行，怕啥？我走进了办公室，刚进去办公室就被外面的人锁上了。那个男的主动介绍他自己的情况，比方说他什么时候当兵，他家里有几口人，家庭成分如何。后来他扯出团里的组织科，那时候解决个人问题都是组织关心嘛，好像是一个组织科长给他讲的，让他和我培养感情，说白了就是组织上把我定向分配给他了。我听了以后当时就不乐意，心里感到憋屈，思想上的压力很大。我没有办法，只能想出各种理由推辞搪塞，组织上领导不停地找我谈话，谈着谈着不见效果，领导恼羞成怒，拍着桌子大骂。我那时候胆子也大，见识的东西也多了，我就跟领导说："婚姻要自由啊，咱们国家不是有《婚姻法》吗？你是共产党员，你也得遵守《婚姻法》。"我还说："我就是不喜欢他。"领导回答："你不喜欢他，可是他喜欢你啊！"不管组织上怎么做工作，我就一口认定不愿意。说实在的，有几个人能经得起组织上的狂轰滥炸呢？每次领导找我谈话，我就着急万分。我说这咋办呢，那个时候思想上有一点点波动了。但那段时间是在南疆，后来我们分到北疆剿匪来了，南疆还需要继续留守，因为有些重要东西要移交，那个追我的湖南老乡就暂时留在那里了。得知这个消息，我高兴极了。

邹：那个老乡后来回到北疆了吗？

黄：因为要移交的东西太多，他们在南疆留守了半年，移交完了，他也来到伊犁，留在师部工作。他找到我，说是要把我调到师机关去，他当时已经在师部当领导了。我说我不想去，我问他："你要调我去师部，是为了工作需要还是为了个人？"他说："不是工作需要，就是我们两个的关系。"我说："我们两个毫无关系。"我坚决不同意。他说："那就算了。"后面陆续来的女同志也多了，1952

年来了好多山东和湖南的，华东那边也来了一些。

就这样，上面介绍了好几个我都不同意，组织上批评我思想落后，要拉到连队去改造，后来就把我调离机关，拉到连队上去了。我这个人快人快语，敢当面质问领导："婚姻为啥不能自由呢？"领导教育我说："自由不是自流。你看看你现在的情况，就你一个人自流。"他们都说我自流，后来女同志多了，他们也就不搭理我了。

邹：您到连队改造，还是继续做宣传工作吗？

黄：在连队上改造，就是当宣传员，写个表扬稿子，拿个纸糊的喇叭喊一喊啊。有时候在劳动间隙给大家放放留声机。后来女同志多了，专门成立了一个班，由我当班长，这时候就不拿着喇叭喊，要下地干活了，到地里播种、摘苗，割了麦子打马草，农忙时节忙得白天黑夜不分。

邹：伊犁这边的土地盐碱含量高不高？

黄：不高，低得很。

邹：现在很多老军垦都在写回忆录，回忆当初垦荒劳动的艰辛。您能再讲讲生产劳动的事情吗？

黄：我在连队上待了一段时间，结婚后被调到团部去了，在团部也是参加劳动。那个时候，搞劳动就白天黑夜都不停，哪有多少休息时间呀。家里的娃娃都送到托儿所，托儿所相当便宜，一块多钱一个月嘛。那时候又没有机械，麻雀倒是随处可见，打麻雀还有任务，打得越多越好。农忙时节开展劳动竞赛，大家除了个人和个人比，有时候集体和集体之间也要比。为了取得好成绩，我们可以说是披星戴月，没人叫苦也没人喊累。有一天晚上月亮很圆，我们小组趁着有月亮跑到地里割麦子，那时候也没有手表，搞不清具体时间。我低着头拼命割，只想着把劳动成绩提上去，拉开差距，割了好远一段距离了，怎么发现还没有天亮呢？我晕晕乎乎的，待在地里纳闷，往常都是深夜里偷偷去加班，等到天亮了收工，回去吃早饭，吃完早饭再出来，天黑了再回去。可是碰到这么大的月亮，真让人感觉不出哪是白天哪是黑夜。

我们还要割马草，那时候马匹少，大多瘦弱瘦弱的，现在马也多，现在都是吃苜蓿啊。我老头子在团里当科长，我在连队劳动，后来有了娃娃，我就背着娃娃去干活。娃娃睡着了，就地铺上麦秸、玉米叶子、干草，然后垫件衣服，娃娃就躺在里面睡觉。中午收工的时候我去抱儿子，妈呀，一条细长细长的蛇趴在我儿子的胸口上（用手比画）。当时把我吓坏了，要是蛇咬了娃娃，那可怎么办（流泪）？后来我再也不敢把娃娃单独撂到地头睡觉了。

那时候喝水都是从小河或者渠坝里挑水，路途比较远，一般骑着马或者赶着驴车去拉水。我们挑的水都是绿水。

邹：绿水？这是怎么回事？

黄：就是绿颜色的水嘛。羊群在草地上和渠水边拉屎，等到开春了冰雪消融，雪水和着羊粪蛋流到沟渠里了。羊不是吃草么，拉出的羊粪蛋也是绿绿的，羊粪蛋就把渠水的颜色染绿了。

邹：您和老伴是怎么认识的？

黄：我在连队上劳动的时候，他是我们的书记，我们也是组织上介绍的。他是湖北人，工农干部出身，曾经跟随新四军部队打日本鬼子。我俩年龄相差不了多少，他比我只大四岁，因此组织上一介绍就成了。

邹：您生了孩子以后，是选择回家当家属还是继续当职工？

黄：1958年的时候，国家动员有两个孩子的女职工要“勤俭持家”。可是我当初在老家啥也不会干，没有一门手艺，有的人会做鞋子，做精细活，我是啥都不会干。我说我不是持家了，我是“吃家”（笑）。那时候我老头是团里的副政委了，副团级干部了嘛，他要我起带头作用。他觉得我如果不愿意响应号召勤俭持家，那他就没有办法开展工作。当时我的第二个孩子还没有生下来，老大送到托儿所了。我老伴说：“要是生了，就把老大从托儿所接回来，你就在家带两个娃娃。”领导干部的家属要起带头作用嘛，我也没有办法，但是心里十分不情愿，我还是选择继续工作。

邹：您要继续工作，老伴又是团领导，那孩子们谁带呢？

黄：开始都是我带，现在想想实在是太艰难了，哭过多少鼻子哟。我在连队上干统计工作，每天下午要把所有人当天的劳动成绩统计出来，晚上列榜公布。可是我这个娃娃身体不好，老咳嗽。我老伴工作忙碌，我也没空闲时间，有时候连里领导帮我带一会娃娃，每天就跟打仗一样。后来我老伴提出让我持家，我不愿意，我咋可能当家属呢？我咋可能放弃自己的事业呢？我是来当兵的，又不是来当家属的。我不干，他也不干，两个人斗气吵架。后来我们想办法把他妈妈接过来了，他妈妈在这里住了三十年。有了老人帮衬，这个大问题才解决了。

邹：您后来一直待在伊犁，没有离开过？

黄：我们老头子走到哪，就把哪个团场搞得红红火火。这个团场建设好了，组织上又把他调到另外的团场搞建设。我一直都在连队劳动，种棉花、割麦子，有时候割蒿子做饭，后来不打草了，就到连队烧开水、送水。连队上不是有很多工人在地里干活么，需要烧水、送水。你看过电视剧《戈壁母亲》吧？刘月季不就经常赶着驴车去驮水么？我是牵着马去驮水，有一次马病了，我刚灌好两桶水，把水架到马背上，突然马受惊了，撒开腿不顾一切乱跑。我赶紧去追，追也追不上，把我累苦了，那个水打的不容易，结果水也淌完了，人也吓坏了。幸亏碰到两个老乡，他们有丰富的骑马经验，帮我把马驯服牵了回来，我重新把水装满，牵上马返回驻地。那次真的太惊险了。

邹：伊犁地处边陲，这边的团场大多是边境农场。1962 年，边境一带发生了震惊中外的“伊塔事件”……

黄：“伊塔事件”发生那阵，我就在边境，当时好多群众受苏联间谍的诱惑，纷纷带着牲畜外逃。他们人跑了，房子还在，有些牲畜留下了，地里的庄稼也无人照看。边境空虚，上面立刻给兵团下指示，派我们火速到地方上“代耕、代牧、代管”，所谓“三代”政策嘛。

邹：当时兵团是怎么动员大家去“三代”的？

黄：不管名字怎么改，兵团始终是一个部队。我们平时不穿军装不拿军饷，但关键时刻我们服从命令、听党的指挥，说到哪就到哪。

邹：“三代”具体都做些什么工作？

黄：群众不是外逃了么？我们赶过去相当于临时补缺，帮他们把牲畜养起来，地里的庄稼该收割就收割、该播种就播种，另外帮他们把家里拾掇拾掇。

邹：“三代”当初说是临时补缺，最终持续了多长时间？

黄：一直到现在，外逃的群众也没有回来。打个比方，我帮你把房子管上，如果你回来了，我就发还给你，如果你不回来了，你的家产公家就接收了，私人拿不上一点。国家为了边防考虑，后来在伊犁设置了边境团场。

邹：自 1958 年中苏关系交恶开始，伊犁边境一带会经常发生小摩擦小冲突。您长期在边境团场，能不能谈谈这方面的情况？

黄：摩擦经常有。打个比方吧，双方人员也许可以遵纪守法，做到不越境，但是牲口不由你，国境线有时就是这么一条小水渠，那边是苏联，这边是中国，牛羊哪懂国家不国家，哪边草长得茂盛就往哪边跑，所以经常会有牲畜越过边境线。一旦发生这种情况，就算小小的外交事件。双方隔几天就联络一下，了解有啥动物走丢了，如果跑到你那里去，你们送过来，要是你们的东西到我们这里来，我们再送过去。

邹：就像定期会谈一样。

黄：嗯，就像会谈。有些事情比较棘手，还需要双方代表出面谈判协商。我记得七十六团发生过这样的事情：苏联军队在边境线上埋的是牢固的铁丝网，我们还用的木栅栏，人家国力强大，当时也没办法攀比。苏联军队狼子野心，经常在边境上做小动作，时不时把桩子移过来一些，我们发现了，又趁着夜色把桩子移回去。移来移去感到挺生气，我们干脆把桩子拔了，扔在他们那边。苏联发现我们这边架势不对，赶紧调集大批军队到边境示威。我们当时主要是防备。

邹：看来当年的老大哥已经变成了大灰狼。

黄：边界上经常有这些事情。又是牛羊啊，又是跑过来的人啊，我们跑过去的人呐，也不能全部拉回来，我们拉回来的还可以教育啊，他们跑到我们这里的，送回去就枪毙了。

邹：枪毙？

黄：枪毙！听见枪响，因为我们就隔着一条渠嘛。

邹：您后来回过湖南老家么？

黄：回去过好多次，我还有个孩子在湖南师范大学工作。

邹：您在新疆工作生活了六十多年，您心目中的兵团精神是什么？

黄：兵团精神就是艰苦奋斗。

【后记】

我特别喜欢盛唐诗人高适的《塞上听吹笛》：“雪净胡天牧马还，月明羌笛戍楼间。借问梅花何处落？风吹一夜满关山。”此诗意境辽阔，节奏明快，虽然主题旨在展现戍边战士强烈的思乡之情，但情调高昂，毫无儿女情长的绵软之气，将绮丽寥廓的塞外风光、行旅思乡的真切情意以及戍守边疆的豪侠之志交融在一起。我想，用这种诗意情调来描述戍守边境的军垦战士，真是再贴切不过了。

当年湖南媒体欢迎新疆生产建设兵团湖湘女兵回老家，黄咏玲作为伊犁地区的唯一代表应邀出席。黄咏玲人生经历的独特之处，不仅表现在她辗转天山南北，从塔里木盆地到伊犁河谷，见证了农一师初创时期的历史；还因为她在伊犁边境农场生活了大半辈子，亲身感受“伊塔事件”的前前后后，尤其对中苏边境冲突有着具体细微的个人体验。

在大众的常识性视野里，中苏关系自1958年交恶以来，苏联的霸权主义野心急剧高涨，冷战结构的一极——“社会主义阵营”内部充满着重重危机，有时甚至剑拔弩张。在这段硝烟弥漫的艰苦岁月里，黄咏玲和其他军垦战士服从组织安排，以军人姿态严格要求自己，不怕流血牺牲，用勇气和智慧在边境线上与敌方周旋，捍卫了中国西北边疆的领土主权和民族自尊心。当年参加“三代”，本以为只是短暂的“代耕、代牧、代管”，却没想到从此安心戍守边陲，成为边境农场的主人，成为“不穿军装、不拿军饷”却又承担保家卫国重任的兵团人。

冷战的“柏林墙”早已坍塌，当今世界的地缘政治格局正在经历着急遽重组，领土争端和边境冲突时有发生。虽然苏联已成过眼烟云，消失在历史深处，但伊犁地区各边境团场仍然担当着艰巨的历史使命，牢牢捍卫着中国通往中亚的边境要道。一如黄咏玲，这些驻守在边境团场的兵团人，用理想和信念抵御各种诱惑，践行着和平年代新疆兵团所承担的戍边重任！

万里悠悠西北望

口述｜刘功辉

人物档案：刘功辉，女，1933 年出生，湖南长沙人，1951 年参军来疆，曾先后从事过组织干事、拖拉机手、技术员等工作。1989 年退休。

访谈时间：2015 年 4 月 5 日下午。

访谈地点：丽景花园小区。

采访人：刘雪宁　郑豆豆　胡佳佳　程遥

定稿人：邹赞

2015 年 4 月 5 日下午，我们经过短暂的波折来到刘功辉老人家。老人的寓所非常整洁，阳光透过玻璃洒在客厅的盆栽上，一抹淡淡的翠绿，叶丛间隐藏着几点浓烈的酒红。老人热情地接待我们，脸上始终洋溢着笑容，她穿戴简朴，但看得出来是经过一番精心打扮，脖子上系着白底黑点的小丝巾。老人谦虚低调，认为自己并没有多少事情可以让大家采访，在我们的一再请求下，她开始讲述自己的故事。

问：您是湖南哪里人？

答：我是湖南宁乡的，和刘少奇是同乡。

问：当年您参军，是和大家一起报名还是发现有招兵的，然后您就去报名了？

答：新疆军区不是到湖南招兵么，我们就报名了，那是 1951 年。她（华淑媛）比我们来得晚一些，1950、1951、1952 年，（新疆军区）连续三年在湖南招收女兵，我是1951年3月份参军的。

问：在口里人看来，新疆这地方荒凉遥远，您为啥想着要来当兵呢？

答：我们1951年3月份从长沙出发，到新疆已经是5月份了。那阵子我也没想别的，就觉得当兵光荣，好多战士都奔赴朝鲜战场了嘛。

问：您来新疆的时候，家里还有些什么人？

答：我家里有父母亲，有姐妹。

问：就您一个人来了？姐妹们没想着报名当兵吗？

答：嗯。我的姐姐妹妹都在上学，弟弟也上学了。他们（后来）都是大学生。

问：父母都是做什么的？

答：种地的，都是老百姓。

问：您刚到新疆来的时候多大年龄？

答：十八岁。

问：父母支持您来新疆么？

答：我们出来父母都舍不得，当时（大家）都是一样的。我到了新疆，把参军的那个光荣证件寄回去，也经常给家里写信、发电报嘛，慢慢的家里也就放心了。说实话我也是很顾家的，家里被划为地主，出身不好，你们都不知道，家里的东西都被没收了，被分完了，一贫如洗……（流泪）

问：在迪化待了多长时间？

答：在迪化基本上没怎么停留，我们就直接到了二十二兵团。

问：二十二兵团当时在景化，也就是现在的呼图壁。你们在那里集中学习了多久？

答：我们在那里学习了两个月，就是学历史，学习中国共产党的历史、我们国家的历史。两个月以后我们就分到石河子了，你们看石河子现在绿树成荫，我们当初来的时候荒凉得要命，戈壁滩上稀稀疏疏的几棵树。我们就分到二十二兵团，编制在政治处。

问：在政治处当干事？

答：嗯。石河子那时候什么都没有，就一个政治处在那里，我就被分到那里了。

问：具体做些什么工作？

答：我在组织部嘛，搞人事工作。具体说来也比较杂，比如说管理家属啊，负责干部考核啊……我一直在政治处工作，我在那个石河子老街，当时有几百户人家吧，有几个做生意的。陶峙岳呢，他住的司令部就在政治处隔壁，陶峙岳你们知道吧?

问: 知道。新疆能够和平解放,多亏了陶司令深明大义举旗起义。我们前阵子采访过陶司令的侄孙女陶先运。

答: 陶峙岳是我们的邻居,他也是湖南的。他看我们(是)老乡,有一次,陶峙岳将他的孙子陶煦民(音)带到我们政治处,问我们是哪里的,我说我们是宁乡的,因为陶司令也是宁乡人,他高兴得不行,说:"哟,我也是宁乡的,我们是老乡。"隔壁,邻居嘛。1952 年要成立工厂,要搞那个拖拉机,陶司令就给我们讲,我们要发展生产,加快建设步伐,要像苏联一样,楼上楼下,电灯电话,要引进拖拉机,要搞机械化。他鼓励我们去学(开)拖拉机。

问: 您是哪一年去学开拖拉机的?

答: 1952 年 4 月份,兵团办了个拖拉机驾驶员训练班,培训地点在石河子。那一批招收了一百二十多名学员,只有三个女的。

问: 三个人当中就有您,不简单!

答: 三个女同志么,我是政治处的,另外一个是兵团宣传部的,还有一个是文工团的。学习了以后呢,给我们分拖拉机,三个女同志分的一个拖拉机。

问: 当时开什么型号的拖拉机?

答: 我们三个女同志分的那个拖拉机,带摇手,手摇的那种,也是从苏联进口的。那种拖拉机后来被淘汰了。我们算是兵团第一批女拖拉机手,兵团鼓励女同志开拖拉机,就是要让别人看到兵团人开发边疆、建设边疆的决心。

问: 也是特殊时期的一种宣传策略,树立军垦战士的典型。

答: 内地那些人看见我们新疆,可羡慕啦,看见我们驾驶拖拉机搞生产建设,就跟见了先进人物一样。那几个教我们实践操作的师傅常常鼓励我们,说我们不比男同志差,不要怕他们(笑)。

问: 能具体说说在拖拉机培训班的学习情况吗?

答: 我们学习很努力,舍得动脑筋、下功夫,我们学习两个月就掌握了理论知识,后面就是训练,实践操作。那时候拖拉机班刚成立,教练员叫刘守名(音),我们也没有什么教材,就是教练员凭借自己的经验给我们讲。我们除了吃饭睡觉,一天到晚拿着笔记本上记的资料认真学习,所以没有多长时间我们就掌握了。大概 1952 年七八月份的样子,山东来了一批女兵嘛,有些女同志分到我们这里了,人多了么,就成立了一个拖拉机(队),我那时就是队长。

问: 您负责的拖拉机队有多少女兵啊?

答: 一共十六个,分两个班,那时很忙的呢。你们知道我们一天要完成多少任务吗?我们一个连那时候挖地要挖一百亩。我们开拖拉机的起码要超过那个任务嘛，我们一个拖拉机（完成的任务）相当于一个连完成的工作量，要完成那么多。我们那时要犁地、种麦子，石河子这里都是戈壁滩，哪有房子和耕地啊，啥都没有。我们就在玛纳斯河那边开荒，那边有草地，这边都是戈壁石子，没有草地。

问：开了多久的荒？

答：我没有干多久，1954 年我就去学习了。

问：还是学习拖拉机技术吗？

答：1954 年去新疆军区参加一个拖拉机修理技术干部班，当时办了三个班，就是为了培养厂长、耕种技术员和修理工，培训班本来要放在八一农学院的，后来移到别的地方了。

问：您在那学习了多久？

答：我们学习了两年啊，我主要学的是耕种技术。耕种师就是技术干部，就是我们所讲的技术员，什么高工啊，反正就是管技术的。我学习完后，回到石河子了，一直是在搞技术工作。

问："文革"期间，您有没有受到什么影响？

答：我也没有受到什么影响，因为我这个人嘛是这样的，我呀，参军来的，我来新疆以后一直也是很积极的，不甘落后，从来不迟到，都是晚下班，下班了还要管技术工作，都是积极分子，不是落后分子。那时候不是分"左"和"右"么，我反正没有受到什么挫折。教导员讲话，我都自觉地跟上。

问：您和老伴是什么时候认识的？

答：他是转业来的。他是江浙那边的，1949 年参加革命，属于邓小平的部队，解放战争和抗美援朝都上前线打过仗。他算是 1949 年以前工作的，所以是离休干部，享受的待遇要高一些。我们都是解放以后才来的。

问：当时生活上压力大吗？

答：嗯。我老家兄弟姊妹五个，四个女娃娃一个男娃娃。我们家里成分不好，那时候叫地主啊。我来参军以后呢，工资低得很，实行供给制，班长是十块钱，战士是八块钱，我那个时候是班长，每月拿十块钱，十块钱有时候还不给你按时发。那十块钱呢，我都要节约下来，给弟弟妹妹上学。我弟弟上的是清华大学的石油系，我弟弟妹妹上学都是我给的钱，必须要上学呀，不上学肯定不行，没有出路。所以他们都有文化，现在过得很不错呢。那时候我到乌鲁木齐，不是学习两年么，那是按团级干部领取的待遇，三十块钱的伙食费，呵呵（笑）。

问：在当时是很好的待遇了，您可以好好改善一下咯？

答：我们享受这笔钱，但我不舍得吃，吃野菜，吃剩菜馍馍稀饭，我把这笔钱啊节约起来，支援我弟弟妹妹学习。那个时候学习辛苦，我的身体不太好，生病了，查出来是贫血，缺乏营养。

问：您和老伴结婚以后也过得很拮据，钱都寄回去了？

答：我们那时候什么都没有，没有房子，更不要想什么自来水啊电灯啊，我们要做饭，冬天都要去挖冰，等冰化了才有水喝，生活艰苦得很。

问：老伴当时在部队从事什么业务？

答：他在学校当过校长，也做过教练员，还在政治处当过干事（笑）。

问：您结婚后生孩子，有没有想过请假回家专门照顾娃娃？

答：除了国家规定的产假之外，我一天多余的假都没有休息过。不但不休假，还常常加班加点，因为我搞技术工作，有很多事情要处理，要管技术质量，要看耕种……

问：您那么忙，也没有空，谁照顾孩子呀？

答：这个简单嘛，有托儿所，但是娃娃不喜欢托儿所，所以就放在家属那，有的家属不干活的嘛。

问：您在兵团勤勤恳恳劳动了这么多年，能不能跟我们分享几件劳动中比较难忘的事情？

答：那个时候我们开拖拉机，没有房子，也没有什么家具，就一床蚊帐，开到哪里呢，就把蚊帐四个角拉起来，底下是蚊子，上面就垫一张报纸，开到哪里就睡到哪里。我们上晚班，我老伴上白班，晚上他睡觉的时候，有一条蛇往他被子里钻，那个就很吓人啊。秋天我们就在麦地里睡觉，像我们开拖拉机的就三个女同志，（其他）都是男同志。四周都是茫茫戈壁，一棵树也没有，女同志简直没有办法解手呢，要解手，我们要跑好远好远，跑到那个有水渠的地方去解手，你看多麻烦，多不方便。后来我们就递交了报告，申请修建一座厕所。哎呀，女同志好多时候不方便，但是我们也无所谓啊，一心一意干活，要把工作干好。那个上进心，那个吃苦耐劳的心哟，现在的人哪能体会得到。那时候根本不会去计较个人得失，大家都一心一意干工作，争创先进集体。现在想想，那时候干活是很辛苦的，夏天顶着烈日，冬天冒着风雪，但大家几乎都没有埋怨的。

我们开拖拉机，要完成任务的时候，（大家）都不回去吃饭，要人把饭送到地头，一旦停下，拖拉机不就完不成任务了嘛。吃饭都是换着吃。领导看我们辛苦，就把鸡蛋放到那里要我们去吃，结果没有一个人去吃，（领导）说今天中午怎么没有人去吃鸡蛋啊？为什么呢，因为大家太忙，没有人想着吃，顾不上。领导就拿着鸡蛋，到驾驶室里递给我们吃。我们就是害怕耽误工作，一分一秒，分秒必争，就是这样。

问：女同志如果身体上不舒服了呢，怎么应对？

答：那是不管的，比方说例假来了，肚子痛，从来不会请假回家躺着。有一次下班，我们从渠那里过，水把渠坝冲垮了，那天碰巧例假来了，我一样跳进渠里，把那个口子堵住。按理说，例假来了一般都不下水的，可是情况紧急，我也只能跳下去用身子堵住水。等他们上班来了，我们再（从渠里）上来，你想想看，那是4月份，渠水冰冷刺骨。不管遇到什么样的困难，都没有考虑自己的利益，国家的利益永远放在第一位，为了维护国家利益，（我们）可以牺牲自己的。

问：垦荒戍边是一场没有硝烟的战斗……这场战斗虽然没有枪林弹雨，但艰辛程度一点也不亚于万里长征。

答：最累还是开拖拉机的时候，开拖拉机的确（辛苦），现在（我）不行了，我都爬不上去。那时候真辛苦，既没有房子住，吃的喝的也不能按时。做着饭，上午在这里，下午就跑到那里，你送饭送到这里，他跑到那里，不能按时吃饭，不能按时睡觉，有时喝不上水。晚上露天睡觉，蚊子、蛇到处都是，一点也睡不安稳。

问：应当不至于露宿呀，不是有地窝子吗？

答：我们开拖拉机的成天都在地里，今天在这里干活，明天换到那里干活，跑来跑去的，哪有时间回去？到了冬天，11月份，下雪了，就回到地窝子了。

问：我们一般认为女孩子的动手能力比男孩子差一些，加上女孩子的性别特点，比方说力气比较小、情绪相对敏感，您当初学习开拖拉机的时候是怎样克服一些现实困难的？

答：我不相信其他的，就相信只要努力，一切问题都会迎刃而解。举个例子吧，有时打火打不起来，我就学着观察电火线，只能用手捏着，看有没有电，手上感觉一麻，就知道有电。我们都是一步步去摸索，在摸索中解决。哎哟，当时那上进心真是（饱满）。

问：华淑媛阿姨也是兵团第一代女拖拉机手，她在接受访谈时专门讲了狼的故事，您遇到过狼吗？

答：怎么没有遇到！那时候晚上开拖拉机的时候，隔三岔五就能遇见狼。狼的眼睛是蓝的，狼来了，我们不敢熄火，坐在拖拉机上该干啥干啥，假装没看见。熄火就没有灯了，就不行。

问：您刚才提到领导把鸡蛋送到地头慰劳大家，那时候的干群关系很融洽，值得现在的人学习。

答：大家劳动积极，怕耽误工作。领导很高兴，把鸡蛋煮上，大家也顾不上吃，领导就直接送到驾驶室。可以说，那时候的领导没有架子，关键时候亲力亲为，群众的积极性也感动了领导。不管是领导还是群众，大家都没有私心，一心一意就想把工作干好。

问：我们的部队特别擅长做思想政治工作，劳动之余，有什么集体娱乐活动么？

答：哦……有有有（老人的听力不太好，虽然佩戴了助听器，但有些问题还是需要重复多遍）！每天忙得很，要认真学习业务，你不学业务你就跟不上。劳动了一天，回到家里还要看书读报，每天晚上都要参加集体学习，就礼拜天晚上不学习。平素团部和连队也会组织一些文艺活动。我那时在搞设计，好多东西都要靠自学，有时半夜想起来……赶快爬起床，把灯点着跑去写上。嗯……好像我是比较忙的，我有点时间就会看书读报。

问：您后来不开拖拉机了，调到乌鲁木齐，具体做些什么工作呢？

答：我不是进修过一段时间嘛，学的是工厂管理，就分配到了工厂，主要负责质量监督检验。

问：这个活比开拖拉机轻松吧？

答：这就是动脑子的，那个（开拖拉机）既耗体力也动脑子。这个活都是些技术性工作，设计啊，图形啊，也比较辛苦。我这个人就是太认真，搞质量监督不认真不行，有时领导也讨厌太认真的人。我很怀念毛泽东时代，那时候人们干工作相当认真，一丝不苟，一就是一，二就是二，不撒谎，不骗人。那以后就不讲这个了，凑合、撒谎、骗人。我这个人也不会讲好听的话，不喜欢浮夸。

问：您后来回湖南老家探亲了吗？

答：去过了。湖南经济台前些年还专门做了节目，邀请湘女回家探亲，石河子去了四个，有我一个呢。

问：孩子们都留在新疆工作了？

答：我的两个孩子都在石河子，儿子在电厂，丫头自己干个体。孙子从新疆大学毕业后留在乌鲁木齐工作，外孙女还在吉林上大学。

问：您现在会给孩子们讲当年的军垦故事吗？

答：有时候也讲。这几年好多电视台采访过我们，这些故事电视上也可以看到。

问：作为第一代新疆军垦人，您认为兵团军垦精神是什么？

答：军垦精神嘛，依我看就是艰苦创业、艰苦奋斗！就是不怕苦不怕累，全心全意为人民服务。

问：您把这一生都奉献给新疆，奉献给兵团了，有没有后悔过？

答：我们从来没有后悔过。我们感觉到我们是做得不错的，我们对得起新疆，对得起祖国的边疆建设。我们当年千里迢迢来到新疆，就是为了响应党中央的号召，建设边疆，保卫边疆。我发自内心感谢党的政策……当年这么多人从祖国各地奔赴新疆，为屯垦戍边贡献力量……陶峙岳、王震、张仲瀚，这些都是了不起的大英雄。新疆和平解放后，王震问那些“就地转业、永不复员”的战士有什么心愿，战士们说想回家找老婆，想成家生孩子。要回家去……哈……这里哪有女同志嘛，于是王震将军就和内地一些省市取得联系，招收女兵来疆，这个（举措）确实起到了鼓舞人心、稳定边疆的作用。

问： 王震将军高瞻远瞩，要是没有这些实实在在的措施，也就不可能改变历史上屯垦事业一代而终的困局。当年这些女兵西上天山，不仅和男兵一样参加大生产劳动，还无怨无悔地承担起生儿育女的重任，这种牺牲精神和巨大贡献在任何时候都不应当被忽视。

答： 嗯，女兵和男兵干一样的活，女兵还得生孩子，还得照顾家里……这些女同志啊比男同志还辛苦，风里来雨里去，风霜雪雨的，就算来例假了也不休息，干完活还得回家洗衣服收拾家务。那时候根本没有周末，没有星期天这种概念，脑子里就知道有个劳动节、建军节。

问： 最后，您希望对我们这些年轻人说点什么呢？

答： 你们是我们的希望！希望你们好好学习，天天向上！

访谈结束时，老人坚持把我们送出门，一再嘱咐课题组几位年轻的大学生要好好学习，为人要谦虚礼貌。暮色苍茫，我们匆匆行走在石城的大街上，春天的气息扑鼻而来。此刻，我们仿佛听到了那从戈壁深处传来的激扬的劳动号子声。

此生何适不艰难

口述｜张美玲

人物档案：张美玲，女，1934 年出生，湖南长沙人，父母有文化，家教严格。后来因为日寇进犯长沙而失学，从此没有机会再上学，内心积郁不平。1952 年 3 月不顾父母反对，毅然选择来新疆当兵。先后在博乐、石河子等地参加劳动，1963 年因响应政府“勤俭持家”的号召离开工作岗位，成为家属，后来转为“五七工”，在“五七排”工作了 12 年，退休后待遇偏低，生活极端贫困。

访谈时间：2015 年 4 月 6 日上午。

访谈地点：农八师一四九团二营。

邹赞（以下简称“邹”）：张阿姨，您今年多大年龄？老家是湖南哪的？

张美玲（以下简称“张”）：我今年虚岁八十二。老家在湖南长沙。

邹：父母都是从事什么职业的？

张：我父亲是做鞋工人，妈妈是绣花工人。

邹：当时家里的条件怎么样？

张：我们家里的情况嘛，也不是很穷，不至于穷得没有饭吃，还算凑合吧，不是要饭那个样子的。

邹：您兄弟姐妹几个？

张：我们姊妹只有两个，我是老大，还有个妹妹。我妈妈生了好多（孩子），但是大部分都夭折了。

邹：您小时候家境不错，父母是怎么教育您的？

张：我爸爸妈妈都有文化，教育特别严格。

邹：比如说您要是犯了事，父母会怎样处理呢？

张：我感觉我一般都不犯什么错误（笑），我爸爸很疼爱我，就算偶尔犯个小错，也不至于被挨打。我小时候很听话。

邹：您出生在这样的家庭，应该说是比较幸运的。能说说您上学的情况吗？

张：是的，我有高小文化程度，我妹妹上过大学，我没有机会上。我最难忘的事情就是上学上不成了……

邹：妹妹上过大学，后来分配到哪工作了？

张：在湖南长沙呢。

邹：两姐妹来往得多吗？

张：经常来电话，我现在老家的亲戚朋友都没有了，姥爷、外公、外婆什么的都不在了，就剩我们姊妹两个了。

邹：您没有回长沙看一看？

张：九年前回了一次我妹妹家。

邹：您是在长沙市长大的吗？

张：我不是长沙市的，从我家到长沙市要走半天的路呢，我上学的时候，我们那来日本鬼子了，鬼子来了，学就上不成了。

邹：兵荒马乱的年代，日本鬼子侵略中国，多少人家破人亡，多少人的命运从此彻底改变……

张：唉，日本鬼子凶得很，就是日本鬼子把我弄坏了，本来我上学呢，日本鬼子来了，我们家就完蛋了。

邹：您是亲历者，当时日本鬼子在长沙都做了些啥？

张：烧杀抢掠，无恶不作。

邹：上不成学了，您就回家了？

张：日本鬼子来的那一年，我跑到城市去了，我爸爸在城市，我们家到城市还要走半天的路，后来就搬到城市去了。

邹：搬到城市，父母都做什么呢？还在厂子里面工作吗？

张：我爸爸就是做鞋，我妈妈就是绣花嘛。

邹：搬到长沙以后，就没有再上学了？

张：没有，我妹妹上学嘞。

邹：没有上学，那您当时做什么呢？

张：那时候正在抗美援朝，我们那边组织大家纳鞋底，支援前方的志愿军，我就报名到鞋厂纳鞋底，待了两年，后来抗美援朝胜利了，我们就报名到这里来了。

邹：您报名到新疆参军，这个消息是怎么得来的？

张：报纸上到处发布消息，王震到我们那动员来了，在长沙开动员大会。

邹：王震在动员大会上都说了些什么呢？

张：王震就说新疆怎么怎么好，这个好，那个好、电话电灯、楼上楼下，房子地面铺的都是毡，他就说了这些，我就来了。

邹：您报名的时候，父母同不同意啊？

张：咦，我父母才不同意咧，我爸爸都跟着我哭了。报名了以后，在那里住了九天，吃饭都是他们安排。不是报名了嘛，我父亲根本就不让我来，因为他有文化，知道新疆这个地方遥远偏僻，古时候是犯人流放的地方……

邹：估计您父亲明白当初招收这批女兵的主要意图。

张：他知道，但我不相信，死活都要来。

邹：后来父亲怎么又同意了呢？

张：咦，他哭了几天几夜，不让我来。我妹妹上学呢，我没上学，我心里难受。他犟不过我，我就来了嘛。

邹：您心里憋着一口气。如果家里送您继续上学，那可能就不会来？

张：肯定不会来，我就是憋了这口气来的。

邹：能回顾一下从长沙出发时的情况吗？

张：刚出发的时候，放了一天一夜的鞭炮送我们，我们到西安休整了一段时间，大概九天，期间我生了一场病。

邹：据说在西安要参加军事训练，具体都练些什么项目呢？

张：立正、跑步、稍息，都是比较简单的列队动作。到了西安就给我们发了军装。

邹：西安那边的人都吃馍馍，湖南人习惯吃米饭，生活习惯差别很明显。您能很快适应过来吗？

张：我的适应能力不行。我们心里想着家乡的米饭辣子，看着馍馍一点胃口也没有，大家好几天没吃饭。

邹：你们当时不吃饭，主要是因为吃不下吗？还是心里面不高兴？

张：不想吃干馍和咸菜，我们家乡的饭和那不一样，吃不习惯。我们从西安出发的时候，上面给我们发了这么大的干饼子（用手比画），每人背个水壶，这些就是坐在车上吃的东西。

邹：大家都不吃饭，部队领导，比如说政委啊，有没有过来劝一劝？

张：有，那时我们都不吃，又不是一个人不吃。

邹：我再追问一句，您是 1952 年几月份从长沙出发的？

张：3 月份出发。中间在西安休整了几天，在兰州又停留了四天。

邹：你们在兰州住了四天，这四天都做了些什么事情呢？

张：这里逛一下，那里逛一下，到处转转，吃的是小米糊糊。

邹：火车从长沙到兰州的旅途当中，有没有出现生病的？

张：有，很多。火车没有走到兰州，只走到西安。

邹：对，我差点忘了，那时候从西安到兰州只能坐汽车。

张：嗯，只有汽车，四十个人挤了一辆汽车。

邹：空间太挤了，难怪大家会有不适的反应。

张：哎呀，感觉就是想吐不想吃，精神状态很差。

邹：有没有开小差的叨咕“我不想去了，我要回家”？

张：不知道，武装部队都围了一个圈，看守很严，沿途有土匪，不安全。

邹：路上有没有遇上土匪？

张：土匪是没看到，就是翻六盘山的时候，看到土匪把那汽车整个给翻过来了，我们部队的防范措施做得很细致，每辆车的前面都站着两个战士，架着机枪。

邹：大篷车从兰州出发，越往前走越荒凉，到处都是戈壁滩，您当时心里面是什么感觉？

张：也没有感觉到不开心，只感觉冷，这咋办？那时候小嘛，十几岁，不知道想干啥咧。后来坐汽车走了十五天，才到了迪化。

邹：到了迪化以后，把你们分到什么地方了？

张：先分到石河子，去了那里，没有停，又把我分到精河。精河冬天冷得很，没有烤火的东西，就把我们调到博乐了。到了博乐也不能干活，为啥呢？那里有沙尘暴，沙尘暴很厉害，遮天蔽日的，我们去戈壁滩上背红柳柴，冻得全身发抖！哎呀，我们在家里又没干过活。

邹：您这一批分到博乐的有多少人？

张：去了可能有四五十人吧。

邹：您能不能回顾一下在戈壁滩背红柳柴的情况？

张：礼拜天到山上背红柳柴，不是礼拜天不能干活，那时一到冬天就要学习。太冷了，我们自己背了柴火在房子里烧，那个柴火烧得不结实，冻得要死，在厨房打的饭，出来就成冰棍了，那地方太苦了。

邹：一般早上几点出发去背红柳柴？

张：吃了早饭就出发。

邹：吃完饭也就是五六点钟吧。

张：嗯，一天只能背一趟。

邹：距离大概有多远？

张：哎呀，那说不上，都是那个沙漠地，穿了毡筒还得套毡袜，不然就过不了。

邹：以前在老家背过柴火吗？

张：我们老家哪有柴火背啊！

邹：据说红柳柴是用脚踩，不是用刀砍？

张：红柳柴特别好拔，一拔它就出来了，把它弄成一捆一捆的背回来。

邹：中午饭都是在外面吃？

张：背上柴火回来吃饭。

邹：礼拜天背柴火，平时都在学习？

张：嗯，都在学习。

邹：你们当时算是文化程度比较高的了，应该是给别人讲课吧？

张：哎，不是给别人讲课，我们那是集体学习，有专门的老师。

邹：老师具体教些什么内容呢？

张：学习两千四百个生字。

邹：有没有学一些政治方面的东西？

张：政治方面的没学过，就是光学文化，把这个 b、p、m、f……拼音学会了，两千四百个生词学会了，然后就从一年级学到六年级。

邹：感觉像是扫盲班，通过一段时间的学习，大家的文化程度有明显的提高吗？

张：学习以后就提高了。当时参加扫盲班的，除了咱们这一批湘女，还有国民党部队参加“九・二五”起义的官兵，还有维吾尔族老乡……

邹：你们当时跟维吾尔族连队来往多吗？

张：来往不太多，主要是大家吃东西的口味差别很大，他们吃羊肉，我们吃不习惯，我们刚从湖南来的那阵，闻到羊肉味就想吐，哎呀……

邹：这说明当时的生活水平还是蛮不错的，有肉吃，只是你们吃不习惯。

张：嗯，吃得确实不错。

邹：维吾尔族老乡主要参加哪方面的生产劳动呢？

张：大家干的活都一样，都是修水渠啊等一些体力活。

邹：扫盲班学完之后，您留在博乐劳动还是又去了别的地方？

张：我们从精河调到博乐以后，整整学习了一个冬天，中间就没有停，后来又到了石河子，记得去石河子的那天正是“三八妇女节”，途中听人说斯大林去世了。

邹： 到了石河子，具体从事什么工作？

张： 我们有三个连队，组织上把我分到了一队，一队就挨着石河子，近得很。我们必须严格遵守部队纪律，在连队主要也是参加生产劳动，每天拾苇秆，一天紧张得很，干活都有任务，你要是完不成，回来马上被点名批评。棉花种出来以后，那个棉花桃子不开，都冻死了，我们就拿棍子打在地上捡回来，零下四十多度呐，冻得很。你知道烧的煤是什么吗？碎煤渣，根本烧不着，房子里冻得呀，手、脚冻得肿这么高。哎呀，冬天除了剥棉桃，还有任务咧，剥那个苇子，苇子你知道吧，高得很，我们砍了苇子一捆一捆往回拉，存放在院子里头。我们又不能把一大捆一大捆的苇子拉到房子里，只能在院子里露天剥苇子，那个脚冻得呀，站在那里一天十五个小时。我们累得真是没办法，又不敢歇，纪律严得很，哎呀，我们那工作太苦、太累了！

邹： 劳动强度这么大，对女同志会有一些照顾吗？

张： 男的女的干一样的活，啥活都让女同志干，没办法，干不好还要受到批评，每个礼拜都要开生活检讨会。

邹： 据说生活检讨会上既要进行自我批评还要开展激烈的互相批评？

张： 我给你讲实话吧，我的工作好得很，我把精力都贡献给国家了，我现在身体不行了（张阿姨佝偻着身躯，捶着后背连声叹气，她说自己现在一身病痛，常常感到度日如年）。

邹： 这些都是当年劳动留下的后遗症？

张： 嗯，你过来看看（张阿姨走进里屋，拿出一个古旧的木盒，里面整整齐齐地放了一叠证书，有的已经泛黄），这是我的生产先进证，这是积极分子，这是先进工作者……我没受过批评，我一般评的都是生产先进者，经常立个功啥的。这是我的三等功证书。

邹： 您当时拿三等功是因为什么事情？

张： 我工作表现好嘛，我干活比人家多，比人家卖力。

邹： 您到了新疆以后，有没有人动员您，比如说让您嫁给谁？

张： 没有。

邹： 您是什么时候谈对象的？

张： 我给你讲啊，刚来的时候，我不想找对象，我想回家，我父亲急着要我回家。我找的对象也不是干部什么的，他就是开拖拉机的驾驶员。不过他的工作很好，又是党员，拿过一等功和特等功，他 1951 年就入党了，我看他工作表现好，比我只大了四岁嘛，年龄比我大得不多，我就找了他了。说实在的，我当时不想在新疆找对象。

邹：本来不想在新疆找对象，后来这个对象比较突出，比较优秀，你们就水到渠成了？

张：优秀的多了，我不要，因为实在没有办法，也嫁不出去了，就找个对象吧。

邹：能不能简单回顾一下谈对象的经过？

张：嗯，那时候都是男同志追女同志嘛。他那时在西边的机务组，我在东区，他经常到我们区里来，就这样谈上了。谈上了以后呢，大概有快一年时间吧，到了1956年，我就跟他在机务结了婚。跟他结了婚以后，我才调到机务上来。

邹：男方家是哪的？

张：安徽的。

邹：他是怎么来新疆的？

张：他是国民党抓壮丁抓来的，抓来之时，他还小，那时候他就十几岁，当时是抓了别人，然后人家跑掉了，用一块钱买了他，要他来顶替，就把他弄到新疆来了。我爱人命苦，也没有文化。

邹：您结婚后调到机务上，主要是做什么工作？

张：刚开始是去学习，学习开车，结业后分到摩托35上，就在现在的石河子一四五团一连那个地方。

邹：您当时会开车吗？

张：会。

邹：您在摩托35上当驾驶员？

张：没有，我还是农具员。

邹：农具员具体是做什么的？

张：就是搞农具啊，啥东西都搞，车也要开。

邹：您的意思是干杂活，只要需要你的话，就得去？

张：嗯，那时候可辛苦了，一天干12个小时。

邹：当农具员的过程中有没有印象特别深刻的事情？

张：反正感觉特别苦，每天早上大家都还在睡觉，我们就要爬起来烤车。在新疆开过拖拉机的都知道，晚上要是不干活，就必须把那个水都放了，不然车就冻住了。

邹：烤车？您的意思是拿柴火去烧吗？

张：嗯，烧，还要那个喷壶。

邹：一个车每天要烤多长时间才能恢复正常的运行？

张：反正要烤到你看到那个机油表上流湿了，指针到八十了，你就可以发动开走了。

邹：冬季每天都要烤吗？

张：嗯，每天都要烤。

邹：天寒地冻的，真是太不容易了。您是因为您爱人才到机务组工作的，您埋怨过他吗？

张：咋不埋怨！他偏要报名，跑到这儿来，条件那么艰苦，住的土房子都没有，都是一排排的帐篷。1958 年老头子调来了嘛，他是 80 号组长，他自己报名到这里来，哎呀，他不怕苦嘛……我带着孩子是 1959 年过来的。这边的劳动强度大，还危险得很，那个石子路这么大的石头，崎岖不平……我开车到石河子拉东西，要在那住一夜，然后把那些副食品拉回来给职工吃。

邹：一般多长时间去一趟？

张：一般就是两天到三天去一趟，路程远，路又不好走，每次去都要在那里住一夜，第二天早上起来要烤车，冻死了，我现在想想都冒寒气。

邹：您总共生了几个孩子？

张：我一共生了四个孩子，两儿子，两女儿。

邹：大儿子生下来以后，谁给带的呢？

张：保姆。我那时候的工资不低，在我们那里的女同志里面算是高的了，每月拿将近 70 块钱呢。所以，我挣的钱刚好够这个雇保姆费、医药费什么的。一个儿子我供得起，两个我就供不起了。

邹：机务组当时没有办托儿所吗？

张：这个地方没有托儿所。

邹：那时候兵团好像响应国家号召，动员生了娃娃的女职工回家当家属……

张：嗯，说是动员勤俭持家。

邹：具体是怎么动员的？

张：就是动员我们回来做家务活，勤俭持家，做好后勤保障。

邹：您是哪一年从机务上下来的？

张：我在机务上干了六年，直到 1963 年才下来，那时候我已经有两个娃娃。

邹：1963 年之前您有两个孩子，全是保姆带吗？

张：请了一个回族老婆婆，带了一段时间，她不带了。那时候没有托儿所，老头也不管，他只管他的工作，第一年是排长，第二年是机务连长，只顾自己一个劲地往上升，家务事一概不闻不问。

邹：您有两个孩子，自己还要工作，夫妻之间有没有因为带孩子的事情吵架？

张：他根本什么都不管，哪还谈得上吵不吵架的！我生我大儿子那阵，差点都死喽……生完孩子后，什么吃的都没有，没有白面，也没有苞谷面。我怀孕（妊娠反应）才叫厉害呢，什么都不能吃，呕吐不停，尤其是那个苞谷米糊糊，我吃了就吐。哎哟，我生娃娃没有一个人管我，没有东西吃。还是隔壁有位好心的老大娘，她给我弄了点玉米糊糊吃。我那老大是9月29日生的，我老头10月1日才回来，在家吃了一顿饭又跑掉了。

邹：双方的老人没有过来帮忙？

张：我妈妈才不来呢，他父母都不在了。

邹：您母亲不愿意来？

张：嗯，我妈妈不想来，也走不开，我家里还有个妹妹呢。我妈妈写信叫我回家去，我没有回。我妈妈身体很不好，她不愿意离开湖南。

邹：您是1963年就从机务站上下来，从此就再也没回到职工队伍了？

张：嗯，没有回了。我本来想回去重新干咧，老头什么也不操心，后来我就参加了五七排，现在想想，职工不当，干了十二年的“五七排”，真是后悔死了。

邹：这么说整个70年代您基本上都在“五七排”工作？

张：嗯，就是挖个地什么的。跟地方上的公社差不多。一个工分才八毛钱。

邹：参加“五七排”，不但待遇上比正式职工差，这段时间好像也不算工龄？

张：谁知道算不算工龄，咱们现在也搞不清楚了。

邹：“文化大革命”的时候，您家里面有没有受到什么影响？

张：哎呀，我们老头子劳动改造了。他不是工作好嘛，以前把职工管得很严，年年是五好连队，自己也是先进模范，“文化大革命”爆发了，那些人把他打成反革命什么的，差点没整死，劳改了两年，根本不允许回来。我一个人带着四个孩子……（流泪）

邹：按照当时的政策，您爱人接受劳动改造，工资还是照发吧？

张：嗯，工资还是发，不过发一点，但是绝对不允许他回来。

邹：您一个人带着四个娃娃，那段日子是怎么熬过来的？

张：哎呀，那时真可怜，经常受欺负，人家卖肉不是排队么，给我们卖的那个肉，全是人家不要的，我们也吃不成。娃娃吃不饱，饿的呀，我都睡不着。我们老头子管我管得特别严，一年到头都没有吃的，人家都出去偷红薯、苜蓿啥的充饥，他都不让我去搞，就是饿死，都不能去偷，一家人活活挨饿。

邹：孩子们都饿得受不了怎么办呢？

张：孩子们上学的继续上学，在学校里也被人斗，一帮人天天逼娃娃，要他们说他爸爸是反革命。娃娃知道他爸爸明明不是反革命，但偏要说成是反革命。

邹：这个后来对孩子的心理有没有什么影响？

张：怎能没有影响呢？几个娃娃都被叫成是反革命的后代，出去抬不起头，孩子内心自卑得很，我那小丫头后来出去打工，在南方成家了。小儿子智商有问题，生活上全靠我这把老骨头。我老头子心里憋屈，得了脑血栓，瘫痪了，在家里坐着也不能动，我伺候了他十年。老头子死的那一阵子还在骂咧，骂社会对他不公，你想想啊，他工作那么积极，一心为公，最后弄成这样……

邹：您老伴对社会有怨言，可能是因为生活的压力实在太大了。要是老人家今天还健在，想必你们的生活又会是另一番情形。四个孩子长大后都从事什么职业呢？

张：我大儿子 1957 年高中毕业，他差了六分，没有考上大学，团里点名要他当物理老师，他去学校当物理老师也有人欺负他，逼着他去干苦力盖房子，不让他当老师。我们老头子一声不吭，“文化大革命”把他整怕了。我特别愤怒，跑去找连长，请他把我儿子安排到教师岗位。大儿子后来转正了，当了正式的教师，现在都退休了。

邹：他家的条件应当还算可以。

张：他老婆也是老师，也退休了，他两个闺女，都上大学了，你想想啊，一个老师每月千把块钱工资，两个娃娃上学，还不够花咧。

邹：老二的情况如何？

张：老二是丫头，她在牛场干活呢，也退了。

邹：小儿子呢？

张：我那小儿子，我给你说我都是气，他包地干了十二年了，他脑子不好使，连长不叫他干了，不叫他当职工了，我一直养活他到现在，他老爹死了，一分钱也没有，老婆也没有，低保也没有，他有神经病，发起神经来，他就骂人……

邹：等于说是连队把他的职工身份自动给取消了？

张：嗯，现在买保险他又出不起，要五万多块钱买这个工龄，哪有钱呢，他老爹早死了十年，一分钱都没有。我给他找了份工作，在牛圈里干活，挣点钱。

邹：他在牛圈里打工，平时住在哪里？

张：他回来吃饭，刚才你们过来的时候看到马路边有个小小的自行车修理铺，他就住在那，车铺什么钱也没赚上。

邹：小儿子成家了吗？

张：成了一次，结果人家跑掉了。

邹：老四呢？

张：老四十几岁就出去了，到山东打工，之后又到无锡那找了个对象。

邹：她很少回家吗？

张：她老爹死了，她回来了一次，去年又回来看了我一次。

邹：小丫头在那边过得怎么样？

张：小丫头身体不好，她有乙肝，没有干活。在山东她还干活，曾经在饭店当过经理。

邹：您响应政策号召从正式职工里退出来，在家里待了一阵，后来又参加“五七排”，退休后的待遇怎么样？

张：我给你详细讲讲我的退休待遇啊，最开始我们响应“勤俭持家”号召退下来的那一批人每月一百块钱，后来国家下了文件，恢复“五七工”的一些待遇，这个比“勤俭持家”那一批要高一些，但是你只能拿其中一样，这样我把原先那一百块钱的待遇丢掉了，就拿“五七工”待遇，每月一百五十块钱，就这样不知道拿了多长时间。老头子死了以后，中央那个文件下来了，说“勤俭持家”的那一批人拿的退休待遇比“五七工”高了……我老头子死了以后呢，我每月领五百块钱，也不知拿了多长时间，后来又不行了。团里来动员大家，要我们参加养老保险，养老保险要交钱……（老人情绪很激动，数次落泪，以至于后面的讲述有些语无伦次）

邹：现在每个月大概能拿到多少？

张：一千四百来块钱吧。

邹：能不能维持基本的生活？

张：我还有一个儿啊，他啥都没有，我要照顾他的生活。

邹：您的大儿子和二女儿能不能给家里帮衬一点？

张：哎呀，不行不行，大儿子负担很重，丫头身体不好，小儿子脑子不好使，一阵一阵的，他神经病犯了还骂我，没有办法。

邹：这个房子是您的吗？

张：这是我儿子的，我住的那个破烂屋子，早就是危房了。大儿子出去了，我帮他看几天家。

邹：您现在想起来后不后悔当时转成家属了？

张：我怎能不后悔呢，我后悔得很，现在啥都没有，分房子没我的份，廉租房我住不上。我现在是啥都轮不上，连个安稳的住处都没有，陶先运知道，我去年到处流浪（流泪）。

邹：去年住在什么地方？

张：我直接拿着钱租了个房子，租了人家的房子之后，发现冬天也不烧暖气了，说要拔掉，冻得受不了，我又跑到别的地方去了。

邹：您后悔来兵团吗？

张：说实话，我个人的命运和别人不一样，这辈子遭受的苦难太多了，要说不后悔，那是假话。我从湖南来到兵团，也曾经为自己的选择自豪过，但有时候我会叹气，如果当初留在老家，可能我的命运全是另外的样子……

邹：您觉得兵团对这些老兵不够关心？

张：我不了解别人的情况，反正我是没感受到。

邹：您没有去上面反映吗？

张：没有用，没人管你。我找了好几次，又是这里登记，又是那里登记，我们单位打报告的，结果还是没有动静。

邹：像您这种情况的还多不多？

张：不多。

邹：您以后不在了，小儿子的生活会比较麻烦。

张：那我也管不了这么多了，我都八十二岁了。兄弟姐妹之间都是各顾各，他也没有养老保险，真不知道以后怎么过……

邹：您如何理解兵团军垦精神？

张：这个军垦精神，我现在都搞不清楚，还有这个“勤俭持家”，从来都没看到相关文件。还有这个离职证，“文化大革命”的时候，你离职了，给这么大一个纸片子，给了一百五十块钱，证明你离职了。

邹：离职还发证件？

张：发了张纸片片，一点点，还没一张纸条大呢。

邹：那个离职证还在不在？

张：离职证我气得都撕了，连毕业证我都撕掉了，我“文化大革命”后撕掉的。

邹：您现在最大的心愿是什么？

张：我的心愿就是吃好，有房住。

【后记】

有机缘采访张美玲，我要特别感谢陶先运。陶阿姨快人快语、耿直爽朗，她说：“你如果想全面了解新疆兵团的历史与现状，想了解当年八千湘女的当下处境，我强烈推荐你到团场去访谈张美玲。”是的，半个世纪以前满怀憧憬的湘女告别南国的山山水水，来到大西北的戈壁滩上开荒造田，她们用青春和热血浇灌出了天山南北的片片绿洲，写就了共和国历史上斑斓多姿的西部篇章。光阴如水，她们有的已经长眠在大漠深处，有的返回故乡安度晚年，有的仍然在兵团各条战线发挥余热……世事无常，人生百态，湘女张美玲的命运又是怎样的呢？

在陶先运的带领下，我们驱车前往农八师一四九团二营，大概一个半小时后抵达目的地。张美玲提前来到马路边迎接，满头银发见证了岁月的沧桑，老人步履蹒跚，生活的重担压弯了腰，她把我们领到一个简陋的农家小院。"这是她儿子的房子，她自己的房子早就成了危房，根本不能住人了"，陶先运介绍说。张美玲性格略显拘谨，话不多，基本上是问一句答一句，即便是回忆起生命中最难忘的事件，她也只是简单触及"是什么"，绝不做更多的细节描述和情感展露。张美玲的状态与我此前访问过的华淑媛、杜颂先等湘女迥然有别，她内心极为压抑，常常很难接受自己的生活现状，觉得命运弄人：当年，她曾经和男战士一样辛勤耕耘在军垦第一线，多次荣膺各级奖励，后来因为要照顾孩子，她响应了兵团"勤俭持家"的政策号召，一度转为家属。再后来，她重新参加生产劳动，成为特殊时期"五七排"的一员；晚年，她一度无法享受兵团职工的退休待遇，随着国家解决"五七工"历史遗留问题相关文件的出台，她终于可以每月领上一千四百块钱的退休金。然而由于小儿子智障，生活无法完全自理，老人至今承担着抚养残疾儿子的重任。访谈结束时，老人长舒一口气："现在总算好多了，一千四百块钱基本上能够解决我们母子俩的吃饭问题。"老人的最大心愿，则是能够有资格享受廉租房，拥有自己的"一间小屋"。

张美玲亲历过的现实困境，让我们看到了历史复杂多元的面向，任何一种新生社会制度在确立和发展的过程中，总难免遇到挫折、失误甚至短暂的政策性盲区，个人在大历史的洪流中或展翅云霄、或鱼翔浅底、或风轻云淡、或痛彻心扉、或柳暗花明……托尔斯泰说过："幸福的家庭都是相似的，不幸的家庭各有各的不幸。"固然，每个人都行走在特定的生命轨道上，个体难以为大历史负责，但大历史不应该遗忘那些生命的抗争与呐喊、拼搏与奉献，令人欣慰的是，"五七工"应有的退休待遇已经得到妥善解决。我们真诚期待兵团政府能够重新叩访当年老军垦的创业之路，更加关心那些为了新疆的军垦事业"献了青春献子孙"的"军垦第一代"，让他们老有所依、老有所养、老有所乐。

西出阳关有亲人

口述|郑佩兰

人物档案：郑佩兰，女，1937年出生，湖南衡阳人，出身书香门第，家教甚严。1952年，她与表姑、外甥女一门三代同时应征入伍，在八千湘女中传为佳话，曾先后在连队参加生产劳动、在团部学习轧花机修理，后调至加工厂从事统计、出纳、保管等业务工作。

访谈时间：2015年1月28日下午。

访谈地点：石河子市移动公司大楼。

邹赞（以下简称“邹”）：您是哪年出生的？老家具体在湖南什么地方？

郑佩兰（以下简称“郑”）：我于1937年农历三月初七出生，老家是湖南衡山县福田乡。

邹：您的湖南口音不太明显了，很难听出是衡阳人（笑）。您能简要回顾一下小时候的生活情况吗？

郑：我在县城里上的小学，那时候叫高小。我小学四年级毕业以后考了两所学校，一个是县里的实验小学，考了第一名；另一个是省里的小学，考了第二。1948年，我到县里上学。1949年解放，我那时上六年级第一学期，家庭成分被划成地主，全家搬到乡下去了，也没机会上学了，我就待在家里玩，和小朋友上山砍柴、下河捕鱼捞虾。

邹：家庭教育对您产生了怎样的影响？

郑：我们家可以说是书香门第，太公是衡山有名的文人，做过县令，祖父辈好几个都是当官的，我爷爷是教书先生，在北京教了十八年的书。我几个叔叔伯伯都是大学生。我家里的教育特别严格，尤其是父亲，我记得我挨过他一次打，为什么呢？因为有一次看到一只小鸟，一走一跳，我很好奇，就抓了它来。我哥哥的同学到我家玩耍，看到小鸟后说："哎哟，这不是我家的鸟嘛，怎么跑来你家了？"爸爸知道了，误以为我偷人家东西，狠狠打了我一顿。其实我根本没有偷，我是在马路上抓的。我哥哥欺负过别人一次，就是夏天乘凉的时候，他把别人掀到了竹床下面，自己睡在上面，我爸爸气得用竹条抽打，打得我哥哥肉都黏在腿上。妈妈是一个农村妇女，比爸爸大五岁，我奶奶去世后，爷爷招她到我们家干杂活。我爸爸没有上过大学，按现在来说算是初中毕业，我父母之间是包办婚姻。我们家总的来说是旧式教育，对女孩子的要求尤为严格。

邹：后来为什么想着要当兵？

郑：我在家里玩到1951年，那时候有部队到湖南招兵，我家里老革命多，表哥、表舅、表姨都是，1951年我就想去，但是年龄太小，介绍信都写好了，最后没有被录取。

邹：1951年那批应该是野战部队招文艺兵，他们对入伍年龄卡得很严，1952年新疆军区招兵的条件要宽松些。

郑：对，1951年来招兵的不是新疆军区，我记得是招人去海南当护士。等到1952年，我大一点了，当兵的愿望也越来越强烈。当时除了我，还有我的一个表姑，她比我大三岁，另一个是我外甥女（我大姐的女儿），比我大四岁。我们三个小姑娘看到《新湖南报》上登载的招兵消息，就商量着一起去报名，但是家里人特别反对，我妈妈坚决不同意，又哭又闹，她担心我年龄太小，新疆又天远地远，去了三年都不一定能回家。我们最后只好瞒着家里去报名，大家商量好哪天出发，我走的时候，爸爸下田去了，家里就一个八岁的妹妹抱着一个两岁的小妹妹在，后来我妈妈知道了，从邻居家借了十个鸡蛋煮好，用手帕包着送到城里来，到城里了鸡蛋还是热的，我在城里与妈妈匆匆见了一面，然后坐船离开了，就那以后再也没有见过妈妈（流泪）。

邹：一门三代巾帼，冲破重重阻力，西出阳关有亲人，堪称一段佳话呢。当时报纸上刊登招兵信息的内容还记得吗？

郑：内容有些记不太清了，但口号很鼓舞人心，都是欢迎热血青年"到边疆去""到祖国最需要的地方去"，招兵信息里说新疆需要人，具体要求一条条罗列得很清楚：十六岁以上、二十五岁以下，家庭没有负担……我们几个出身不好，都是地主家庭，我们23日看到了消息，24日就兴冲冲前去报名。考试时要求写一篇自传，其实就是把家里的情况详详细细写进去，然后体检。我和我外甥女考上了，我姑姑没考上，因为她是老大，有家庭负担，她又回家开了份证明，重新考了一次。25 日公布招录结果，我们仨都榜上有名。

邹：你们先到长沙集合，从长沙开赴西安，再从西安辗转到新疆，旅途当中都发生了什么样的故事？

郑：我们来的时候什么都不顾，全部家当只有一把小剪刀、一卷草纸、一套换洗衣服、一把雨伞。到了长沙，吃饭住宿都不要钱，临出发前我哥哥赶来了，他那时在长沙打工，送别时给了我三块钱。3 月 31 日火车到了西安，部队在西安待了十天，一边休整，一边等人。我们那一批一共是三千多人，分四个大队。

我们是 5 月份进疆的，大家一路上心情激动，兴奋极了，我从来没坐过敞篷车，第一天坐车晕得厉害，吐了一天，苦胆汁都吐出来了，车上也没座椅，大家坐在自己的背包上，车前面是架着机枪的解放军。坐了一天我就受不了了，因为年龄太小，就一直哭个不停，于是他们安排我坐驾驶室，对我十分照顾。部队到了酒泉，稍作休整后就要出发了，我把从老乡那里借来的水桶掉井里了，当时很慌张害怕，因为如果捞不上来是要赔偿的，最后费了很大劲，总算捞上来了。还有一件事情记忆犹新，我们上车的时候人和东西都多，我的衣服放在袋子里，结果全都不见了，路上大家捐衣服给我穿，你给一件汗衫，她给一条裤子……现在想来，我的心里都暖融融的。

旅途很艰辛，也不知道前头是啥样，但是大家义无反顾、情绪高昂，一路放歌，嘹亮的歌声响彻河西走廊。到了新环境，大家自觉发扬团结互助的精神，我当时只有一床垫被，别的老乡又借被子给我盖。车队西行，走到哪就在哪里宿营。湖南人爱洗澡，途中没有水洗不成澡，我长了一身虱子，但是精神特别好，我现在都记得当时唱《解放军进行曲》的情形。快到新疆的时候，气氛一下子紧张起来，纪律也很严明，因为星星峡一带有逃窜的土匪，而我们都是女孩子，部队就让我们全都把头发用毛巾扎起来，不准唱歌，担心土匪知道我们是女的。除了开车的司机和架枪保护的解放军是男的，其他都是新招的女兵，大家要上厕所了就围成一圈，不准跑远，如果擅自跑远出了事，就要枪毙，因为这关系到几千人的安危啊！也就进疆这一段比较严格，其余时间都很轻松热烈。

邹：当时部队的预备工作和应急机制都相当严谨，前后几批进疆女兵都安全抵达了。您现在想想后悔当初来新疆吗？

郑：部队的警惕性很高，各项保卫工作也十分到位。一路上虽说吃了一点苦，但是现在想想，觉得来得太对了，太值得了，那时候如果听妈妈的话在船上下去了，回去一辈子就当农民了，我又是地主家庭出身，肯定给别人当小老婆去了，哎呀，想想太可怕了。

邹：您那一批女兵在迪化休整了多长时间？

郑：在迪化待了十天，大家住在学校里等待分配。

邹：您当时是一家三代过来的，进疆后女兵需要重新编组，你们三个隔得远吗？

郑：我们到乌鲁木齐就分开了，她们两个比我大，都有初中学历，我是小学没毕业。姑姑后来到八一农学院学习，分配到兵团司令部农牧处，外甥女在天山电影制片厂。

邹：把您分到哪了？

郑：我被分到新疆军区二十二兵团二十五师七十四团，就是现在的农七师一二三团。5 月份到七十四团团部，在团部待了一个多月，后来下到连队，7 月份开始割麦子，我那时太小了，还没麦子高，一米四几，才七十多斤重，下地干活不行，就跟着一个老头磨面，师傅对我特别关照，老人家担心我会想家，把我当成宝贝一样。

邹：住在地窝子吗？

郑：我当时住的不是地窝子，是一种土房子，和干打垒差不多，两个板子夹一道墙，后面高前面低，斜的，地上铺着麦草。到后来拾棉花的时候，我被分派到三营迫击炮连。我们来新疆后可以领津贴了，前面三个月是八块钱一个月，以后是十二块钱一个月，十二块钱的时候给家里寄五块钱，八块钱的时候也给家里寄五块钱。

邹：咱们湖南不种棉花，您来新疆前没见过棉花，刚开始拾棉花会觉得苦吗？

郑：不觉得苦，因为大家都是一样参加劳动，根本不分谁是领导谁是战士。大家在棉花地里开展劳动竞赛，那场面热火朝天的。

邹：您在老家读了高小，算是比较有文化，到新疆以后还继续学习了吗？

郑：1952 年冬天我去炮台学习，回来给扫盲班当老师，那时十五岁，算是个小老师吧（笑）。当时王震将军的部队、陶峙岳司令员的起义部队南征北战，一直忙于战事，文化程度都很低。我在扫盲班当了五年老师，每个冬天教大家认将近三千个字。

邹：如您所说，第一代新疆军垦战士的来源比较复杂，有国民党起义部队的，有王震率领的进疆部队……他们之间会不会产生什么摩擦呢？

郑：没有摩擦，大家不分彼此。我现在还非常怀念那个年代，那时候的人特别团结，现在讲学雷锋，那时候讲团结友爱，一个星期开两次检讨会，大家要在会上说说自己有什么缺点，比方说不团结同志、对谁态度不好、劳动观念不强等。自己先检讨，大家再提意见。我现在还喜欢那样的风气，我常常庆幸自己能在这样的氛围里长大，我怀念那样的年代！

邹：您是乐天派，大生产劳动中肯定有很多让您现在想起来都觉得难忘的事情吧？

郑：那时候的劳动强度很大，有的劳动能手用镰刀割麦子一天能割三亩多地。我参加拾棉花，但是拾多少上面没有硬性规定，天蒙蒙亮就出发，天黑了才收工，吃饭都是送到地里，中午在地头稍稍休息一会。第二年春耕的时候要翻地，人拉爬犁子，地太硬爬犁的重量不够，就叫我坐上去……还有就是捡芦苇根、打土块疙瘩等，我因为年龄小，干的都是比较轻的活。转眼到了10月份，天变冷了，我那时候又调回团部学轧花机修理，学员里面只有两个女的，我就是其中一个。那些和我们一起进疆的、年龄大一些的丫头陆陆续续结婚了，等到生产建设兵团成立的时候，我又调到加工厂从事业务工作了，几十年都在干统计、保管、出纳工作。

邹：我们接下来聊一聊您的恋爱和婚姻经历。您和老伴是怎么认识的？

郑：我们是1955年认识的，他在师部的工业处，我在一二三团加工厂。由于生产建设兵团成立后大力发展经济建设，工业处主抓这一块，他们要到下面的厂子指导和督促生产，我老伴当时就分到我所在的加工厂蹲点，我们成了上下级关系，就这样彼此认识了。他比较敬业，工作表现特别好，厂里很多女孩都喜欢他。他住在我们办公室，办公室是里外间，他和一个男同事住里间，外面是办公场所。我那时候常常统计成绩到很晚，我们认识了但是没有单独讲过话。我记得他在我的日记本上抄了一首《康定情歌》的歌词，那时我十七岁，懵懵懂懂的，一个姑娘家也不好意思问，不知道写这首歌词代表什么意义，但是心里热乎乎的。1955年，他在我们单位的蹲点工作完成了，走之前我帮他洗了一个绒毯，还做了双袜底子。就做了这些事，但是互相没讲过话。之后他就回师部了。到了1956年11月份，他打电话问我好吗？后来他带人来厂里检查工作，找机会和我闲聊："郑佩兰，找对象了吗？"我说没有。他说："我要吃完你的喜糖再走。"我那时候扎了两条辫子，一听这话顿时羞红了脸。那天晚上开动员大会，厂长对我说："今天晚上你不要去了，就在厂里值班。"那个时候办公室离厂房很远，每个办公室我都要去看看。我完全不知道这是个圈套（笑），厂长把他安排在办公室，那时出差行李都要自己随身携带，他就住在厂长办公室，我一推门，前脚进门，他正在那刷牙呢，见了我连忙说："进来吧，进来吧。"他问我："厂长跟你讲什么了没有？"我说没有，他就开始自我介绍了。男同志到底还是要大方一些，他详细介绍他的家庭背景，聊了很多家常，我也没谈过恋爱也不知道说这些是什么意思。从此以后，大家都开始传郑佩兰在谈恋爱。当时他出差，穿的黄棉衣背上有一大块油，大家说背上有一块油的就是我对象，问我要喜糖吃。我觉得莫名其妙，因为自己压根不知道这是咋回事，不过心里还是有一点愿意。

邹：您爱人是起义部队的吗？

郑：是的，新疆和平起义的时候，他是搞无线电台的中尉。他出身贫苦，少年时在陕西汉中老家当学徒，国民党军队抓壮丁把他抓来了。我们两个的事情就这样成了，大家都问我们要喜糖，不买也不行。我心里就想，这算哪门子事，我也没点头家里人也不知道，从11月份到元月，他给我写了十一封信，后面来了个电话，叫我过去结婚，这时候我就不愿意了，找对象的事情都还没确定下来，结婚怎么能说结就结呢。我们那时候的婚姻是组织上说了算，不过我内心也愿意，结婚时他连件像样的衣服都没有，裤子上还有个洞，被子是旧的，还问驾驶员借了一床被子，找了个房子，大家送了些贴花、茶杯，买了几把喜糖，就这样在二十五师（现在的农七师）结的婚。这是个十对新人共同举办的集体婚礼，副师长做证婚人，宣传科长做的司仪。

邹：您的婚姻听起来颇具传奇色彩，结婚后彼此沟通没有问题吧？

郑：确实是传奇婚姻（笑），就是领导故意撮合的。结婚前我们都不了解对方，只记得他给我讲他当时二十七岁，家里有个哥哥。说来也怪，我们两个过得还挺好，互相尊重，而且他比较有修养。我俩都集中力量搞工作，从来没有因为家庭和孩子而耽误工作。我们有四个孩子，开始是找人带，长到八个月了就送托儿所，等到念学前班后就自己上学去了。往后就是大娃娃带小娃娃。

邹：您是地主家庭出身，您爱人是国民党起义部队的，你们在“文化大革命”中有没有受到冲击？

郑：我为什么三十七岁就戴眼镜了呢？就是哭得太多了。我老伴是搞电台的，“文革”中被诬蔑成“特务、现行反革命、国民党的残渣余孽”，他这个人为人正直，爱岗敬业，他的个性和我不一样，我有话就讲出来，他有话闷在心里不说，才过了一个星期他的头发就白了，他实在想不通自己头上咋会突然被扣上这么些帽子，他工作那么敬业，年年岗位精简都没精简过他，咋一夜就成了反革命？刚开始写大字报那阵，我老伴毛笔字写得可以，就被安排了任务，用旧报纸写大字报，他把红圈圈不小心画到毛主席这几个字上了，于是就被打成现行反革命。虽然后来搞清楚了确实是无意的，但还是过不了关，开始没有被抓，后来把他抓去，还抄家，把家里的东西都砸了，抄了三盒火柴、一个钢丝钳，就这些东西，孩子的布娃娃都被撕开，怀疑里面有电台，他们甚至说我老伴前面一排牙齿是假牙，里面藏有电台。很多人鼓动我离婚，说他是特务，逼问我他的电台是什么样的、放在哪里，我一头雾水，听都听不明白。但我这个人比较执着，坚决不离婚。他回到家里，也苦劝我离婚，我说："你不要害怕离婚，也不要害怕被枪毙，有啥讲啥，不要冤枉自己，实事求是、问心无愧就行了。"我鼓励他一定要挺过去，要相信以后什么都会变好的，我说："你放心好了，四个孩子我给你带大，我既然选择了你，我也是自愿的，就不可能变心。"后来历史证明了他的清白，又恢复了他副科长职务。他在里面关了几年，我也被下放到一三五团，那里过去是劳教充军的地方，一个人拉扯着四个孩子。毕竟我俩为人宽厚大度，在群众中的影响比较好，虽然在政治运动中受尽磨难，但最终还是挺过来了，守得云开见月明！

邹：当时支撑着您一定要挺下去的动力是什么？

郑：我内心想，我小小年纪就来到这里，从十四岁一直到现在，大家看着我在兵团长大的，我怎么可能是反革命？我自己都不相信，我总觉得事实不是这样的。再一个就是，我的四个孩子是我活下去的动力，我给老伴保证过一定要把四个孩子带大。

邹：您到新疆拓荒的这段历史，有没有讲给孙辈们听呢？

郑：有啊，他们听了就说："不要再讲你的光荣历史了。"（笑）

邹：这一代人生活的环境完全不一样了，他们与那段屯垦戍边的光辉岁月已经有了隔阂，现在我们常常说要重新认识生产建设兵团的重要性，其实干巴巴的说教并不见得有效果，真正可行的应当是用鲜活的文艺作品，把那段可歌可泣的屯垦历史记忆留存下来。

郑：你说得太对了，我们是应该留下一些精神遗产，让军垦子孙了解这段历史，为兵团的生产建设作出更大贡献。

【后记】

在我的印象中，郑佩兰干练果断，沉稳从容，聊起家常来思路清晰，语言简练而又不失幽默，虽然衡阳口音几乎难觅踪迹，但她的生活态度与处世原则又分明透露出湘妹子特有的顽强坚韧、率真耿直。郑阿姨给我展示了她正在撰写的回忆录以及一本厚厚的相册，那些承载着历史记忆的泛黄照片，将我们的思绪拉回到20世纪50年代……

郑阿姨当年怀着自己的理想，奋不顾身冲破重重阻力，与表姑、外甥女一起告别家人，远赴塞北荒原，从此在新疆安心扎根、生儿育女，成为名副其实的军垦母亲。郑阿姨心态乐观豁达，在讲述往事的时候语气平静，即便是回顾那段亲历过的艰难岁月，她也没有掉泪，“笑对风云，淡看流年”。她坚信自己当初来到新疆是一个明智的选择，这片亘古荒原为出身地主家庭的她提供了理想的庇护，劳动强度大、生产任务重，但她从不觉得苦，她挚爱这片土地，愿意为这片荒原流血流汗。“文革”期间，郑阿姨夫妇双双遭受迫害，但她坚持与命运抗争，不但拉扯大了四个孩子，还为丈夫提供坚实的精神后盾。郑阿姨的讲述满满都是正能量，几乎听不到诉苦与抱怨。

窗外雪花轻舞飞扬，郑阿姨坐在绿茵满屋的客厅里追忆童年往事、母女亲情、传奇婚姻与军垦日常生活……

“一门三代上天山”，抵达迪化以后，郑阿姨与表姑、外甥女分道扬镳，从此各自面对不同的人生征程。纵然如此，“西出阳关有亲人”，不但有在这片热土上并肩奋斗的血缘至亲，还有那戍守在天山南北、“不是亲人胜亲人”的千千万万的军垦战士！

风雨南疆显豪情

口述｜伦瑛

人物档案：伦瑛，女，壮族，1926年生于广西南宁。1946年入读南宁女子师范学校中师部并开始接受民主进步思想的影响。1949年考入中南军政大学，毕业后自愿分配到新疆。曾在位于南疆焉耆的二十七师八十一团从事宣教工作，参加过大生产运动。新疆生产建设兵团成立后调往农七师，长期在政法部门做后勤工作。退休后撰写回忆录多篇，散见于《跨世纪的报告》《丝路征尘》等。

访谈时间：2015年9月12日上午。

访谈地点：昌吉市江南小镇。

邹赞（以下简称“邹”）：伦阿姨，您的南方口音比较明显。您是哪里人？

伦瑛（以下简称“伦”）：我是广西南宁人，南宁市的。

老人听力不好，我需要大声提问并重复多次。

邹：您今年多大年纪？

伦：八十九了。

邹：能先回顾一下您在南宁老家的那段生活经历吗？

伦：我是1926年出生的，1932年上小学，后来抗日战争爆发了。1942年8月，我考进广西省立女子中学初中部就读，那时候讲究“男女授受不亲”嘛，上学都是分开的（笑）。1945年日本投降，我刚好初中毕业。

邹：您父母都是做什么的？

伦：我父亲在旧社会是广东讲武堂毕业的，讲武堂好像是黄埔军校的前身，我父亲毕业那阵，孙中山先生去世了，我父亲后来到部队当了连长。那时候军阀连年混战，民不聊生，我父亲厌倦这种战乱生活，同时为了照顾家人，他选择放弃官职，弃武从文，在家乡一所学校任教，所谓“万事孝为先”嘛。我们家在当地算得上书香门第，我爷爷是知识分子，在清朝当了个小官。解放初期，我们家被划为地主，所以后来填表，我都是地主家庭出身。

邹：您母亲的情况呢？

伦：我母亲不是家庭主妇，外公也是秀才，我母亲的家境比父亲家稍微差点。我父母的婚姻是包办婚姻，父亲比母亲整整大了十岁。我母亲勤俭贤惠、乐于助人，幼时念过师塾，《三国演义》《水浒传》这些书都读过。

邹：您出身书香门第，父亲见过大世面，母亲也是大家闺秀。您父母是怎么教育您的？

伦：我父亲教育孩子特别严格，他觉得女孩子不应该大声说话，重男轻女的思想很严重。我八岁那年，我父母差点离婚了。为什么呢？过去旧社会的风气不好，我父亲纳了小妾，我母亲本来觉得“嫁鸡随鸡，嫁狗随狗”，没有吭气。但是我父亲嫌我母亲生了个女儿，纳妾后就不理她了。我母亲很痛苦，但她考虑到自己有一个女儿，表现得很坚强，没有抛下我一走了之。爷爷奶奶也极力挽留我母亲，不让她走，毕竟我母亲非常能干，会记账会打算盘，各种杂事处理得井井有条。我们家虽然比较富裕，父亲后来对我也还不错，但我特别讨厌我父亲每次说女孩子是“赔钱货”。从那时开始，我就发誓一定要离开这个家。

邹：据资料显示，当年新疆军区好像没有去广西大规模招收女兵。您怎么会想着来新疆？

伦：1946 年我考进南宁女子师范学校中师部，期间思想上受到了进步同学的影响，参加了一系列“反内战、反饥饿、争取民主”的游行运动。1949 年 8 月，我从中师毕业后分到一所小学当老师。十月份广西解放了，这时恰好中国人民解放军中南军政大学到南宁招考，我从《广西日报》上看到报名通知，心情很激动，“当兵多好呀！”而且军政大学办学地点在桂林，桂林山水甲天下嘛。我毫不犹豫报了名，并且一下子就考上了。我当时心里想：我一定要好好学知识，努力工作，以后把我母亲接出来。

邹：您能详细谈谈来新疆的这段经历吗？

伦：我是军校毕业以后，自愿分配来新疆的。毕业那阵填报志愿，南宁正在搞土改，需要一批人参加土改运动。我说我不想留在南宁，我一定要离开自己的家庭，到哪里去都行。所以我报了西北和东北，结果西北这边先公布，把我录用了。我分在第五中队，当年国庆节开赴新疆，彭德怀还接见过我们呢。

邹：彭德怀和大家都说了些什么？

伦：他对我们说："你们这些知识分子来了，真是太好了！现在国防建设急需现代化，你们能到西北来，我很高兴。"我们在西安的军区招待所待了二十五天，主要培训西北的历史、地理知识。我记得当时国民党部队的散兵游勇四处游窜，他们见我们讲一口白话，上身穿军装，脚上穿凉鞋，就偷偷跑过来煽风点火，"哎哟，新疆真是太恐怖了，你得带根拐棍，不然小便时结冰了，人就会被冻住，走也走不动……"好多女孩子听了以后，哇啦哇啦大哭起来，思想上产生了动摇。但是我相信：新疆地广人稀，八月飞雪，大漠戈壁尘土飞扬，这些教材上都学过，但不可能有他们说的这般恶劣，更何况我当兵也就服务三年五年，我无所谓！我当时是班长，班上有些同志生活习惯很难改变，如果不吃米饭就跟吸了鸦片似的，一点精神都没有。我的适应能力强，吃馒头一点问题也没有。从西安往新疆进发，一路坐的都是卡车，好多同学在路上吐得一塌糊涂。

邹：南国风景秀丽，四季如春。您从桂林漓江边跑到大西北，两个地方的自然风光和风土人情都相差太远。您后悔自己做出的决定吗？

伦：不后悔！路上有好多同学哭了，我没有哭。我们走到河南的时候，有一天就跑了七个同学，都是十八九岁的男娃娃，女同学虽然有哭哭啼啼的，但是一个也没有跑。据说这七个男娃娃在街上遇到了国民党部队的散兵游勇，被挑拨离间了，觉得新疆太艰苦，于是半路上逃跑了。

邹：从西安到迪化的路上，有没有遇到过危险？

伦：据说新疆哈密一带有土匪，我们本来梳着辫子，快到星星峡的时候，部队上传来命令，要求所有女兵把头发盘起来，戴上帽子，不能让人看出来我们是女兵。路上差点出事，有一辆商车的司机被打死了，车上装的布匹散落得满地都是。我们都很诧异，中队长告诉我们：这里刚刚发生过一起抢劫事件，乌斯曼的土匪来过。

邹：你们这一批是先到迪化培训还是直接分到地州？

伦：我们在迪化停留了十五天，部队上派教员给大家讲新疆的历史、地理，教大家唱"新疆是个好地方"，鼓励我们要安下心、扎下根、长期建设新新疆。培训结束后，我被分配到二十二兵团二十七师八十一团政治处宣教股任干事兼团直文化教员。八十一团在南疆焉耆，少数民族很多。那时候南疆的政治形势很复杂，小规模的暴乱事件时有发生，虽然国民党的部队通电起义，绝大多数官兵都接受了重新整编，但一小撮顽固的反动分子逃窜到南疆，潜伏在各个单位，伺机兴风作浪。当时谣言疯传，什么“第三次世界大战即将爆发”“美国人不会袖手旁观”，甚至有人挑唆我们，“你们跑到新疆来当兵，都说‘好男不当兵’，你们还都是些女孩，是不是家里没有父母?”我说：“我们都有父母亲。我们是自愿来的!”他们又神秘兮兮地说：“共产党共产共妻，你没听说过吗?”我气得把他们骂了一顿，我说：“你们不要胡说八道！我相信我自己的判断!”哎呀，那时候的谣言真是太多了。

邹：请讲讲您在焉耆的生产、生活情况。

伦：团政委很关照我们，他也是军政大学毕业的，所以他经常跟我们开玩笑说：“我们都是同学，我是你们的老大哥。”政委是地主家庭出身，后来自己选择了革命道路，我们都很佩服他。

1951 年 2 月，有一天团政治处主任找我谈话，组织上打算派我担任家属队文教兼政治工作员，我听了以后有些不情愿，总觉得家属队都是女同志，每天要处理大量婆婆妈妈的事情，工作很难开展。你知道吗?那些家属当中有一部分是国民党部队里的官太太，养尊处优惯了，我一个大姑娘家，人情世故经历得少，担心应付不来。主任鼓励我说：“我看过你的档案，你的一些情况我们都了解。我相信你能做得很好。”我深受鼓舞，回答说：“我家里的条件不差，但我不想留在那样的家庭里。我母亲很贤惠，可是在家里一点地位也没有。我向往自由!”就这样，我服从组织安排，到家属队从事文教宣传工作。

邹：您当时还没有成家，经验方面可能也比不上很多家属。大家相处得怎么样?

伦：二月中旬我就到家属队报到了。队长姓历，人特别热情豪爽，她开门见山为我介绍家属队的基本情况：“这个单位不大，但人员复杂，思想比较混乱，大家参与政治学习的积极性不高，劳动觉悟也低，经常有背地里乱发牢骚、浪费粮食的不良习气。”我安慰历队长说：“做思想工作急不得，要慢慢来。这些家属大多出身贫寒，文化程度较低，在旧社会受尽压迫。当然也有一些过去是穿金戴银的官太太，思想上很落后。我们要充分调动她们的积极性，让她们认识到共产党政策的优越性，真心诚意跟着党走。”

我既然接下这个烫手山芋，就下定决心要把工作做好。该怎么教她们呢?我左思右想，最后决定采用“由浅及深、由易到难”的方法。记得那年三八妇女节，和静县妇联要组织一场文艺会演，我们家属队报名参加了。我教大家唱《三八妇女歌》，这首歌通俗易懂，很好掌握。我还给大家详细解释了歌词内容，希望借此提高她们的思想认识水平。记得三八妇女节那天，家属队站在舞台上，精神饱满，歌声嘹亮，赢得了妇联领导的高度评价。演出结束后，家属队的演员们欣喜不已，她们把我团团围住，“伦教员你真了不起，给我们教歌曲，为我们讲解歌词的思想内容，让我们明白了很多道理……”

这次文艺会演开展得太及时了！家属队的整体面貌有了根本性改观，我和历队长信心倍增。后来我们又把家属队分成缝军衣、喂猪种菜、托儿所等几个小组，让每一个家属都能在劳动中体现自己的价值。平时，我还自费订阅报纸杂志，比如《中国妇女》《赵一曼》《刘胡兰》《中国人民志愿军的战斗故事》，经常组织大家聚在一起讨论。当然，我们也经常帮助她们解决生活中的实际困难。

邹：看来您和历队长的苦心没有白费，这支娘子军算是彻底改造过来了。您后来还在宣传战线工作吗？

伦：嗯。1952 年 1 月，为了配合大生产运动宣传工作的需要，八十一团对原来的宣传队伍进行调整，宣传队以前是清一色的男战士，这次增加了十几名湖南女兵。团政委指示我说：“今年的任务比较重，你既要做好团政治处的宣传工作，还要兼任宣传队文化教员，协助宣传队长把工作开展好。”当时宣传队有二十名男战士，十四名湖南女兵，再加上我，总共三十五人，大部分都是十多岁，最大年龄二十岁，小学文化程度占大多数。但是这群年轻人活泼可爱，接受新生事物的能力强。我们一方面和全团指战员一起投入春播备耕工作，参加运粪、割芨芨草、编筐子和抬把子；另一方面积极搜集素材，提炼典型事迹，编排快板、诗歌、小品、顺口溜等节目，自制演出道具，忙得不亦乐乎。

那时候的劳动太艰苦了。三九隆冬时节，我们在零下三十多度的寒冷天气里把羊粪牛粪运到地里，大家穿着棉衣棉裤，戴皮手套皮帽子，野地里寒风刺骨，风一吹，雪花扬得满身都是。不一会儿，我们头上衣服上全都是厚厚的积雪，身上汗流浃背，脸上脖子上结满了冰霜。我是南方人，哪经历过这么严寒的天气啊？两只手冻得发麻、化脓，现在每到阴雨天气还隐隐作痛呢。

邹：军垦战士参加劳动大多是苦中作乐，这中间有没有特别有趣的故事？

伦：有呀。三月初的时候，全团指战员要开赴距司令部几十公里的一个大荒滩上搞生产。荒滩上缺水，我们每天早晨都要跑到半里地以外的水渠洗漱，顺便背回白天的饮用水。我们宣传队住的地方地势低洼，虽然铺着麦草，仍有癞蛤蟆、小虫子爬上来。有位姓高的女战士刚睡着，突然感觉到被窝里钻进个东西，以为是老鼠，结果摸出来一只癞蛤蟆。女战士们吓得哇啦哇啦喊叫，大家晚上都不敢睡觉，后来清理床铺，清理出了一大堆压扁了的癞蛤蟆（大笑）。

邹：那时候做宣传工作比现在更累，每天都要写材料，要到田间地头搜集先进模范的典型事迹。您觉得苦吗？

伦：苦中作乐，以苦为乐嘛（笑）。我们宣传队在劳动中收集素材，颂扬好人好事，真所谓“哪里有战斗，我们就到哪里演出，我们的歌声就在哪里飘荡”。

邹：当时开展“兵演兵、兵写兵、兵唱兵”的文艺活动，反响很好。您还记得唱些什么歌吗？

伦：我们唱《春耕歌》：“春天里暖洋洋，嗨！同志们播种忙，你开荒来我犁地，咱们大家喜洋洋……”还有《戈壁滩上盖花园》：“劳动的歌声漫山遍野，劳动的热情高又高。生产运动猛烈地展开，困难吓不倒咱们，啦啦啦啦啦啦……”

邹：部队里女兵较少，您是哪年结的婚？

伦：我老伴叫陈继高，我们 1953 年结婚。我先给你讲讲我老伴的故事吧（笑）！我老伴比我大六岁，从小就没有母亲，他父亲给地主烧烟锅（那时候有钱人都抽鸦片嘛），顾不上管孩子。我老伴有个哥哥，比他大三岁，十六岁的时候参军了，在四川巴中一带打土豪分田地。我老伴当时十三岁，也报名了，但是人家看他个子还没有枪杆子高，没有收。我老伴太可怜了，家里啥也没有，平时饭都吃不上，对面的王婆婆看他可怜，有剩饭啥的分些给他，勉强度日。我老伴给地主家割草放牛，有一次因为贪玩，割草的刀弄丢了，人家就不给他饭吃了。他走投无路，跑到外婆家住了几天，后来被舅母撵出来了，哎呀那时候太穷了，也不能怪他舅母……我老伴决心去当兵，他对王婆婆说：“我要像我哥哥一样去部队，共产党多好呀，把地主家的绸缎粮食都分给贫苦老百姓！”我老伴去巴中的部队找哥哥，部队上的人说他哥哥已经不在这边，去了遥远的南疆。南疆在哪儿呢？他也不知道。刚准备出门，一位姓蔡的营长走过来说：“小鬼不错，你们为啥不收？我收。”就这样，蔡营长把他留下了当通信员，送信扫地烧开水，干些杂活。当时就收留了他，但是不给穿军装，第二年才穿上军装。

邹：你们是怎么认识的？

伦：我们是 1950 年认识的。记得他给我写了封求爱信，满篇都是错别字，我心里想：这还当了处长呢？水平也太低了！我当时没看上他，但我是青年团员，也不敢直说。于是编了个理由，说自己暂时不想考虑个人婚姻，将来肯定要回老家，家里有个老娘，放心不下。组织上知道这个消息，赶紧派人找我谈话，以便打消我的顾虑，“你不要太担心，我们可以把你母亲接过来”。后来我又找了个搪塞的理由，“我要找也不找别人，我要找广西的”。但当时和我们一起来新疆的同学资格不够，上面规定要八年军龄、二十八岁左右并且要达到一定的级别才能申请结婚。我很反感部队的这个规定，我们好多女同学陆陆续续结婚了，嫁给了年龄比较大的领导。我还是一个人晃着，大家都觉得我这个人太骄傲。我们一直拖到 1953 年，我老伴 1950 年到西安进修，学习三年文化课程，他回来以后，我们政委经常到我耳边吹风，“你好好想想，他只不过大你六岁，可是人很好。虽然文化程度不高，但他给首长当过通信员”。我听得耳朵都快起茧了，就说：“咱们共产党要讲婚姻自由，怎么能强迫呢?”

说实在的，我老伴高高的个子，浓眉大眼，人又忠厚老实，虽然文化程度较低，但他出身贫寒，又参加过革命工作，我从内心深处佩服他，只是比较反感“组织安排”这种形式。1953 年元旦我们结的婚，婚后我又义务兼任了他的秘书工作，写总结、发通知、整理材料。

邹：部队有没有兑现诺言，将您的母亲接到新疆?

伦：兑现了。组织上发了一封公函，车票都寄过去了。我母亲不会讲普通话，从来没有出过远门，现在要横跨好几个省份千里迢迢来南疆，家里的叔伯妯娌都不放心，劝她不要来。我母亲坚决要来找女儿，她说：“我不会说普通话，可是我认字。我可以写到纸上。”就这样我母亲一个人从南宁到了南疆。

邹：老人过来以后，你们就可以安心工作了。从这一点上说，当时很多从内地来的家属为新疆的军垦事业作出了很大贡献。老人在生活上习惯吗?

伦：不习惯也没办法，久而久之就好了。团场生活艰苦，烧梭梭柴、红柳根，喝涝坝水，吃杂粮。我母亲承担了繁重的家务，帮我们解决了后顾之忧。1954 年成立了新疆生产建设兵团，农七师和二十五师合并，我们也跟着从南疆调到北疆。我在农七师军事法院做内勤，平时负责上传下达、民事调解，也管理户口和劳改资料。我老伴当时是军事法院院长。

邹：民事调解的工作不好做。您能不能举几个例子?

伦：农七师有个副师长原先是起义部队的，他有两个老婆，这两个老婆是亲姐妹，大姐比妹妹大十二岁。两个老婆之间闹架、闹纠纷，告到了法院，法院就我一个女同志，我老伴就把这个棘手的事情交给我来处理。我当时很头疼，俗话说“清官难断家务事”嘛，我先详细了解双方情况。小老婆有文化，小学毕业，大老婆大字不识，以前是国民党部队里的官太太，起义后被安排到派出所任职。我再三考虑，决定从阶级友爱出发，“动之以情，晓之以理”。最后小老婆同意离婚，我们为了解决她的生活问题，又专门为她在石河子安排了工作。那时候调解民事纠纷，我们一般都采取“团结改造”的方式，兵团在这方面做得很好。

邹：您是地主家庭出身，“文革”中有没有遭到批斗?

伦：“文革”时，他们说我是小资产阶级子弟，取消了我三年工作资格。“文革”结束后我又到人事劳动部门的工会工作。毕竟我老伴是老红军嘛。

邹：您老伴是部队领导，你们在家教方面有何心得?

伦：我们对孩子的要求特别严格，任何事情都不允许搞特殊化。我给你举个例子吧。我老伴曾经在农七师七十九团当团长，团里有个豫剧团，每逢周末或节假日演出，一方面丰富部队的文化生活，另一方面也搞点创收。剧院收门票的都是团司令部警卫班的战士们，他们认得我的几个孩子。有一次孩子们跑进剧院白看戏，我知道后很生气，把他们几个叫到一起训话："看戏一定要买门票，千万不能搞特殊。"兵团农场年年拾棉花，八岁以上的娃娃每年要参加四十至四十五天的摘棉劳动，吃住条件都很艰苦，我们的孩子积极参加，从不缺席。孩子们也很争气，两个是下乡知青，大儿子当兵进了部队，他们在各自的行业都做出了令人骄傲的成绩。

我的一点体会是：家庭教育一定要注重"言传身教"，父母是最好的榜样。我老伴自律意识特别强，尽管十分忙碌，但他始终坚持工作。他以前在战斗中落下了寒腿病和胃下垂，大生产运动期间常常发作，但他咬牙挺住，工作上从不怠慢疏忽，就连父亲病重也未及时回老家探视。

邹：您如何理解军垦精神？

伦：所谓兵团军垦精神，就是要继承老一辈的艰苦奋斗精神。我退休后开始写回忆录，每次发表文章，我都要准备一式四份，分给四个孩子，让儿孙们了解我们这一代曾经走过的道路。

【后记】

伦瑛是解放初期进疆的女兵，但她既非西上天山的"八千湘女"之一，也非西出阳关的齐鲁女兵，她是地地道道的壮族人，来自广西南宁市。虽然"少小离家"，但是"乡音难改"，她用一口夹杂着浓郁广西白话的普通话开始讲述自己的军垦生涯。

应当说，伦瑛算是一个相当特别的案例，她的人生命运始终关联着一种极为清晰的性别认知。她出生在显赫的地主家庭，非但没有享受过锦衣玉食的阔小姐生活，还从童年时代就为自己的"第二性"黯然神伤。在那个被男权话语绝对宰制的年代，女性毫无追求自我主体性的可能，或者被规训为传宗接代的生育工具，或者整天念叨着《孝女经》《列女传》所设定的繁缛礼节，或者作为家属联姻的某种筹码被无奈地送上婚姻的祭坛……她们难以找到属于自己的一间小屋，只能藏匿在屏风背后，成为男性口中被无端污名化的"赔钱货"！伦瑛无法接受叔伯和父亲的纳妾行为，她替自己勤劳贤惠的母亲鸣不平，也从小就开始憧憬自己的人生。她选择离开这个封建旧式家庭，向往做一只脱线的风筝，洒脱自由地飞翔。这位豪爽大气的壮乡女子毅然告别“相夫教子”的传统女性生活，念中师，考军政大学，积极吸收新思想，最终决定到遥远的南疆追寻自我价值。

伦瑛的巾帼之气，不仅表现在她敢于和旧式家庭决裂，大胆追求一种走出屏风的新生活，还在于她不畏权势和重压，坚持自己的婚姻理念，活得另类，却又别具女性的尊严和风采。正因为有伦瑛这样勇于追求个性的军垦女兵，当年军垦战士的婚恋故事才显得更加丰富多元……

“夕阳无限好，只是近黄昏。”伦瑛坐在阳光充沛的客厅里，用她抑扬顿挫的白话腔调，打破时空序列，追怀往事。那神采飞扬的表情，依旧如此朝气蓬勃……

边境风云四人谈

口述│赵守产、黄英博、蒋维福、何金良

背景：2015 年暑假快要结束的时候，我来到新疆生产建设兵团第四师，主要想寻访当年亲历过“伊塔事件”和“三代”的老军垦。兵团第四师地处伊犁河谷，多个团场分布在国境线上（比如六十一团位于霍城西北角，与哈萨克斯坦隔河相望），具有十分重要的地缘政治意义。

冷战年代，由于中苏关系的特殊性，苏联官方意识形态通过学校课本和普及读物等方式对新疆边地少数民族的国家认同产生了消极影响。随着中苏关系恶化，苏联的霸权主义甚嚣尘上，其在中苏边境频频制造事端。据史料记载：“1962 年 4 月，苏联通过其驻新疆各地领事，利用新疆复杂的民族关系，策动塔城、裕民、霍城等 9 县 1 市边境居民 6 万多人，赶着牲畜，带着财物进入苏联境内，同时，派出政府官员和大量汽车接运，将越境逃苏的中国边民送往苏联内地”，“5 月 29 日，伊宁市居民在苏联领事馆和潜藏特务的欺骗、煽动下，约有 2 000多人包围了州人委，夺走门卫枪支，占据了州人委办公大楼，捣毁门窗，殴打干部，抢走文件、公章，甚至抢走了十多年的外事档案材料”[①]。震惊中外的“伊塔事件”发生后，伊犁、阿勒泰地区人口锐减，边境空虚，形势十分危急。关键时刻，“周恩来总理亲自召见了张仲瀚，交代了兵团在边境斗争的方针、任务和策略，要求兵团承担维持治安，劝阻边民外逃，对边民外逃地区遗留下来的农牧业生产和基层工作实行代耕、代牧、代管，并要求兵团沿中苏边界建立国营

---

① 新疆生产建设兵团史志编纂委员会：《新疆生产建设兵团发展史》，乌鲁木齐：新疆生产建设兵团出版社 2011 年版，第 167 ~ 168 页。

农（牧、林、矿）场带”①。根据党中央的相关指示，新疆生产建设兵团抽调骨干力量，有序开展“三代”工作，为保障农牧业生产和边防安全做出了重要贡献。此后，兵团根据国家战略部署加紧了边境农场建设和武装部队建设，承担起新形势下的屯垦戍边历史使命。

2015 年 8 月 22 日下午，在兵团第四师老干局办公室，我如愿访谈了赵守产、黄英博、蒋维福、何金良四位老军垦，聆听他们讲述边境风云以及边境农场建设。

（一）赵守产口述

邹赞（以下简称“邹”）：您的姓名？

赵守产（以下简称“赵”）：赵钱孙李的“赵”，遵守纪律的“守”，生产的“产”。

邹：昨天组织部的白部长已经介绍了，他专门提到您在改造盐碱地方面做出了巨大贡献。您今年多大年龄？

赵：七十五岁生日已经过了，现在七十六啦！

邹：那就是 1940 年出生的。

赵：嗯，1940 年 6 月份的。

邹：您的祖籍在哪里？

赵：江苏徐州。

邹：怎么会想着从江苏来到新疆？

赵：我是 1964 年从北海舰队转业过来的，此前我在青岛 4109 部队服役。

邹：最初转业到新疆什么地方了？

赵：1964 年，海军转业到新疆的一共是 1 100 位官兵，其中我们 106 人分到兵团机运处。来了以后基本都在民兵武装连队，一个是二三零二连，另一个是二三零三连。

邹：都是在伊犁吗？

赵：嗯，东风农场，也就是现在的六十二团。

邹：您以前在部队，转业到兵团以后，具体做些什么工作？

赵：民兵嘛，就是枪不离身，一手拿枪，一手拿镐。既要作战训练，又要开展劳动生产，这就是我们的主要工作。

---

① 新疆生产建设兵团史志编纂委员会：《新疆生产建设兵团发展史》，乌鲁木齐：新疆生产建设兵团出版社 2011 年版，第 169 页。

邹：还要负责训练民兵吧？

赵：嗯，枪都在我们身上，出库了以后我每天都带回家，枪不离人，人不离枪。我们参加劳动生产的时候都把枪架在地头上，那时候的民兵绝对是有战斗力的。应该说是百分之六十的军训，百分之四十的劳动生产，粮食蔬菜基本达到自给。在后勤方面，吃饭、穿衣主要靠工资，当时的工资水平不高，团里还得给一部分补贴。我们参加劳动生产主要是贴补我们自己的值班连队，维持生存的需要嘛。

邹：六十二团就在边境线附近，当时有没有跟苏联方面发生冲突？

赵：我们和苏联的关系在50年代还可以，后来恶化了，苏联单方面撤走专家，毛主席不买赫鲁晓夫的账！苏联方面张扬霸权主义本质，想用高压强权主宰我们，那我们中国人是绝对不能成为人家的奴隶！就在这个大环境的基础上，我们采取的态度是不主动惹事，固守边防线，不越雷池半步。当时的政策就是这样要求的。但是人呢比较复杂，还有马、牛、羊，这些牲畜哪有国境线的概念，经常会越境。也有好多人因为现实物质生活的不如意，忍受不了暂时的贫困，主动逃过去。现在想想，有些人当初选择外逃，也不全是政治上的反动，有的就是纯粹受不了苏联方面的诱惑，为了自己的生活赌一把，这些人只看到眼前利益。当时经常有跑出去的，我们把他们叫做外逃人员。我们经常能在边境抓住一些叛逃的人。

邹：抓住了怎么处理？

赵：抓住了以后，一般是要定刑的，都是叛国分子，肯定不会轻饶的。当时这种情况就是这样。我们驻守在霍尔果斯口岸，管辖二十多公里的边防线，中国和苏联就是一河之隔。界河是一个小河沟，有时候长点草，一步就能跨过去，想出去的话也很容易。有个当地的老乡想外逃，我们把他抓起来了，后来判了刑，抓他的民兵立了功。那时候的政策貌似很严苛，但那终究是国际争端，外交无小事，只要一发生事情那就不是小事。

邹：还记得霍尔果斯口岸当时的情形吗？

赵：边防的哨楼你去过没？过去的国门就在那个地方。不通过批准，你要是越过国门半步就算犯法。那个地方是我们国家的大门，口岸有二三十公里路，再往里走就到了界碑的地方，双方都有哨楼。

邹：60年代是一个政治敏感时期，边境时不时会散布种种关于战争的谣言，是这样的吗？

赵：不光是谣言，（战争）也有一触即发的可能。中苏双方除了在军事上的对峙，还存在许许多多其他争端，比如说争水。霍尔果斯下面的那条河是位于中苏边境的界河，中苏两国会晤以后，商定两国各一半。河流是个自然事物，需要遵循自然规律，有时候会涨大水，有时候又会遭遇旱灾，这样一来，有时候我们这边的水量多些，有时候他们那边多些。由于我们这边的地势要高些，水特别容易跑到他们那边去，所以我们经常缺水。有了水才能有粮食，有了水才能有生存的基础。我们必须要去争水，这样的事情经常发生。苏联那时候的机械化程度远远超过我们，他们用挖掘机，我们这边全靠人力，搞人海战术。虽然没有发生大规模战争，但是小冲突小事件接连不断。两国经常会就这些事件开展外交协商，双方最简单的会晤方式就是互相派代表来到桥头，站在那个地方，两边的边防站长握个手，翻译给解释解释，如果一次能够达成协议的，双方之间就算暂时和解了，如果达不成协议，下回还得继续找时间会面。

邹：当时苏联那边用推土机等现代化机械，你们站在界河这边看得清清楚楚，想必内心挺羡慕。您亲眼见过苏联军队了么？

赵：嗯，见过！

邹：“伊塔事件”发生以后，兵团遵照国家战略部署，在边境地区建立边境团场，大力发展民兵连队，真正实现了“劳伍结合”。您能进一步介绍这方面的相关情况吗？

赵：我们当时成立了两个民兵连队，成员都是转业军人，一共来了三批，1964 年一批，1965 年一批，1966 年一批。我是第一批来到这里的，那时恰逢六十二团成立。我们的首要任务就是做好“三代”工作，边境上霍城县的人们几乎快逃光了。原来我们所在的六十二团就是老霍城县，现在的霍城县所在地以前叫绥定县。兵团这时候执行中央的命令，执行“三代”任务，后来由于时势所需，“三代”成了“长期驻扎”，兵团鼓励老老少少到边境安营扎寨，维护边境安定，保卫祖国的领土。我就是在这个大背景下转业来到这里的。我当时来的时候在 2302 连做文化教员，那会叫文教，文教现在看来相当于做秘书工作。

我印象最深的是 1965 年的 3 月份，我们烧荒，因为要开荒造田嘛。四顾茫茫都是荒原，除了有一些高达几百年树龄的大榆树，其他都是骆驼刺、红柳和芨芨草之类的。我们来的时候要维护那些又粗又大、具有几百年树龄的原始榆树林，还要维护芨芨草，另外的任务就是要改造盐碱滩了。耕地是极少极少的。就在这种情况下，我们一边拿起枪，把枪架在地头上，一边开荒造田。在开荒造田的时候，发生了一起事故。因为荒原上的杂草疯长了许多年，又厚又重，很难对付，于是就用火烧。那一次刚好碰上刮大风，火刚点燃，顺着风向一下子刮过去了，我前面不是说了嘛，中苏双方就隔着这么窄的小水渠，火势迅猛，一下子把苏联那边全烧起来了。那个地方的草啊，都是最原始的、没有人动过的，一旦烧起来，整个边防线顿时成了一片火海。这下子惊动了人家外交部，外交部又紧急交涉，人家说啥都不愿意，我们就紧急派出全连人员进行救火。火灾可不是说着玩的，就像之前天津滨海新区发生大爆炸一样，那家伙就是灭顶之灾啊。我们当时吓傻了，两条腿直发抖。这场火灾不是普普通通的事故，因为它已经引起外交争端了。在这种情况下，我们连续奋战了一天一夜，总算把火扑灭了。为了息事宁人，我们的连长被撤职了，调到现在的七零团，虽然这次事故纯属偶然，但总得有人承担责任。

还有一件事是割进口草。我们养了很多马匹，每年这个时候都要打马草。那时候的运输工具就是马车嘛！比方说，我们出去野营拉练，都是马车拉着去嘛。除了步兵以外，所有这些炮啊都是马匹拉着。马的作用实在太重要了。我们去打草的时候，也不是特别清楚，有些界标不是太清晰。咱们实话实说，那时我们的国界和人家苏联的不一样，人家那边拉了铁丝网以后，有20公里宽的地方全部是斯大林100号拖拉机压过去的，弄得平平整整，就算是一只鸟走过去他都能看得清清楚楚。我们的边界线既没有铁丝网，也没有明显的界桩，后来才逐渐有了。人家的哨兵比我们轻松，每天只需站到平整的土地前一看，哪个地方有人走过，哪个地方有牛羊走过，所有信息一目了然。现在我们的边境线上比原来的标志明显多了，牛羊也不容易过去了。

邹：您刚才说到了打马草。

赵：嗯，前面的铺垫就是为了说这个事。打马草的时候，因为没有明显的界线，我们的排长带着大家就打过去了。这样的话人家又发现了，这当然又是外交事故。所以说，我们在这边的一举一动都代表着一个国家，稍有不慎，就有可能出现外交上的问题。

我们再回到割进口草的故事吧。带领大家去割草的那位排长姓吕，那次割了一把进口草回来了，苏联那边发现了，事情一下子闹得很大，又是双方代表会晤又是外交协商，最后吕排长被撤了职。那时候真的是非常严格，双方经常因为边界上的小事不断发生摩擦。

再者，苏联那边派了不少特务潜藏到新疆，暗地里鼓动大家逃离祖国，当然也有一些我们这边的人早就跑到苏联，替他们卖命。我记得六七十年代伊犁边境搞过好几次战备，1969年一次战备，1979年还执行过一次战备，我那时已经不干文教，是副指导员了。我们连队有个老同志原先是河南商丘市二中的校长，1958年被打成“右派”以后他自己就偷着跑到新疆来了。当时除了转业支边的人以外，还有自动支边的，那会儿叫自流人员。他跑到这边来以后，在我们连队安顿下来。他当时有五十岁的样子，我那时候像你一样，还是小伙子（笑）。这位老同志一门心思想到苏联去，有一天晚上越境到国外，后来就算是华侨啦（笑）！据说他到苏联那边申请政治避难，诉说我们如何如何迫害他，因为他家庭成分不好，大家都欺负他，如此等等。他专门订阅了《新疆日报》，每天坚持翻阅各种各样的消息，收集了很长时间的资料，他把简报都收集完了以后，晚上就跑到那边去了。这个故事过去了很多年，但这是我亲自处理、亲自遇见过的事情，这个人的名字至今还在外交部挂着呢。

随着国际国内形势的不断变化，我们屯垦戍边的任务也在不断发生调整，新疆生产建设兵团成了劳武结合的特殊组织。以前我们参加生产劳动，纯粹是为了满足部队的后勤需要，1965 年，民兵一连与农业二连合并成为新四连，现在统称为六十二团四连，我们要一手拿枪，一手拿镐，自负盈亏。我在四连干了好几年，1969 年的时候，当时中国和苏联的关系变得非常紧张嘛，我们昼夜都在值班，生产劳动被迫暂时停下，所有人都在夜以继日地挖地道。

邹：看来是高级别的战备！

赵：那时候叫战备第一，要保卫祖国的边防嘛，只要人在，边防就得在，那是绝对不能含糊的。那年冬天天气特别冷，我们连过年都是在战壕里过的。我们四连党支部专门组织排以上的党员对着毛主席像宣誓，“誓死保卫祖国，誓死保卫党中央！”当时的形势就是这样要求的。不这样做不行。

英塔尔边防站位于边境线的最前沿，有一天晚上，我们突然接到那边打来的紧急电话，让我们去接管边防站。我们一听，头就大了。大家心里直纳闷：解放军在第一线守卫边境，怎么到了关键的时候，他们要向后撤退了？

邹：不像是解放军的作风。当时解放军是不是有临时的紧急任务？

赵：后来才知道这是林彪的一号命令①。他们都撤退了我们也想不通啊，正规军向后撤，土八路倒是向前冲了。我们就感觉这个不对。但是当时人们的理想都是“四有”理想，现在人们都慢慢失去信仰了。没有信仰是不行的。那段时间是战备最紧张的时候。我们在战壕里面蹲了三天三夜，大家只能轮换着就地休息。那阵势，真是要与阵地共存亡了。最后等到他们回来，我们又把边防站移交给他们了。

邹：林彪的一号命令究竟是什么？

---

① 关于林彪的一号命令，相关历史背景梳理与阐释，可参阅舒云：《林彪“第一个号令”的台前幕后》，载《党史博览》2004 年第 9 期；《〈毛泽东传〉（1949—1976）选载：林彪事件（下）》，《党的文献》2004 年第 1 期；严可复：《“林彪一号命令”辨疑》，《党史纵横》2014 年第 8 期。

赵：就是“四人帮”嘛。林彪时任国家军委副主席，他要试试“571 工程”[①]灵不灵，能不能打仗，能不能统治，他本人具不具备毛主席的那等威望。我们当时不懂，现在看来就是林彪要试试自己能不能玩得转。林彪集团野心勃勃，想要全面夺权，这些事情我们当时一点也不知道，我们在基层就只有一种信念，那就是要固守边防。我是第一代兵团人，我们家在这里已经三代了，我是献了青春献子孙，我的子孙都在这个地方，我还能上哪去呢？应当说，1969 年这一次惊动老百姓的事件还不算太厉害，至少大家都坚守自己的家园，没有出现大规模的人心惶惶。

1979 年又发生了一次。这次和苏联大军压境有关联，苏联在中苏边境屯兵百万，战争仿佛一触即发。这次惊动了我们 62 团的男女老少，大家连夜撤退到六十二公里以外，因为在这个地方不安全了，对方拥有尖端武器，我们必须撤退到清水河以外，现在来说就是在霍城县的大溪沟，七零农场一带。有的老百姓是投亲靠友，凡有不能投亲靠友的，由部队统一安排。那场面就像南征北战一样。我是 1976 年从四连调出来到医院当书记的。那天正好赶上老百姓大转移，有战斗力的民兵留下待命，其他老百姓遵照指示向后方撤退。我们医院要配合前方工作，准备了大量的救护担架和药品。我坐在救护车上往清水河运送部分病号和药品。我亲眼看到老百姓拉着爬犁，牵着牛和羊，娃娃跟在大人后边，大的哭，小的叫，让人听了感到特别揪心。那时候是夜晚，不是白天，雪水和着泥水，到处都是。我坐在车上，看到的就是这番景象。

邹：老百姓奉命撤退，在外边待了多长时间？

赵：待了一个半月，有的待了三个月，直到 1980 年上半年才陆陆续续跑回来。当时边境团场的老百姓几乎都跑光了，电影院里面看电影的才十来个人。你看，那一次是扰民最厉害的一次。从那以后，就再也没有发生这样的事情了。改革开放以来，我们国家对边境线的投入也比过去大，我们国家的国力越来越强大了嘛。不管怎样，我觉得今天的边防军还得多向那个时候的老兵学习，我们那时候有三句话：“召之即来，来之即战，战之即胜。”不管春夏秋冬，我们都是枪不离手，勤于训练，吃苦耐劳。

邹：接下来，您可否谈一谈关于盐碱地改造方面的情况？

---

① 1971 年 3 月 22 日，林彪指使林立果等人在上海制订了革命武装政变计划，取名为《“571 工程”纪要》，妄想在“军事上先发制人”，强调“不管准备或没有准备好，也要破釜沉舟”，尽力利用“上层集会一网打尽”或利用轰炸、车祸、暗杀、绑架、城市游击等小分队等“特殊手段”，发动革命政变，刺杀国贼，“夺取全国政权”。所谓“571 工程”，充分揭露了林彪集团的反革命野心。可参阅刊登于 1972 年《人民日报》上的《“571 工程”纪要》全文。

赵： 盐碱地改造主要在四连和九连开展。四连有将近一万八千亩地，其中一万亩地都是垦荒开垦出来的。可耕土地是一万五千亩，有效能种的只有八千亩。为什么呢？因为百分之六十都是盐碱地，那时候水位特别高，现在都干涸了。原来霍城城南基本都是湿地，现在的水位下降了。以前盐碱含量大，地里什么都不长。我举个例子吧：1967 年，我们种植一亩地棉花，收获的棉花只够做一床网套，全部加起来四公斤左右，收成可谓微乎其微，现在平均每亩地都能收获一两百公斤棉花。为了提高农作物产量，我们必须改造盐碱地，如果要改造盐碱地，第一个任务就是挖排碱渠。那时候挖渠全靠人工，排碱渠最深的开口是二十五米，深度大约两米五，一比一的坡。在你挖到最深的时候，要“三节跑”，所谓“三节跑”，就是我把土甩到岸边上，岸边的人再铲起来甩到更上面，最上边是一个女同志，她负责把挖上来的土再甩过去。那一条一条的排碱渠，都是人工日夜不停地工作才挖出来的。小伙子们手都磨出了血泡，患上了严重的关节炎，很多症状到了老年都反映出来了。你想想看，大家挖渠都是站在水里，一站就是一天，当时水位高嘛！一边挖渠还要一边排水，那黄黄的盐碱水对皮肤的腐蚀特别厉害。

那时候生活条件也不好。由于生产力水平低下，每次磨面都在麦子里掺杂苦豆子，这样才能凑合着保证口粮的正常供应。至于苞谷面，过冬以后，晾晒要是来不及的话，苞谷大多会发霉变质，我们也只能吃这些，剩下的白面留给老人和娃娃吃。但是劳动不能含糊，每天都要出工挖排碱渠。就是在这样艰苦的条件下，我们每个人都参加挖排碱渠，有的挖十几方，也有的人挖二十方。年复一年日复一日，1978 年之后才初具规模。

邹： 当时排碱可以说最大限度地综合了人工劳动与科学方法，效果相当不错。

赵： 效果可以啊（笑）！当初的四连已经变成我们兵团的国家级开发区了嘛！四连已经没有了，现在你再去找四连就找不到了，只剩几间小房子啦！

（二）黄英博口述

邹赞（以下简称“邹”）： 您的姓名？

黄英博（以下简称“黄”）： 黄英博。我出生于 1937 年，今年七十八岁。

邹： 您的籍贯是？

黄： 河北，原来叫冀县，现在叫冀州市。

邹： 请您简单回顾一下您小时候的家庭背景。

黄：1937 年，河北抗日战争开始，我出生的时候，日本鬼子还没有到我们那个地方。我出生几个月后，日本鬼子就到我们村了。我后来听我爸爸妈妈讲，日本鬼子来的时候，我妈妈就抱着我往南跑，大伙把吃水的井盖起来，据说日本鬼子要往井里面投毒。所以在我小时候的记忆里，我们家没有吃过一顿安生饭，常常吃着吃着日本鬼子就来扫荡了，大伙撂下饭碗赶紧往南边跑。那时候不知道南边有什么，现在想可能那边有抗日游击队，我最近看了电视剧《太行山上》，对那段历史也有了更多了解。

我给你讲讲我印象最深的一件事情，具体是哪一年记不得了，那天早上起来，天还不亮，日本鬼子和伪军就上到我们家房顶上来，上了房顶以后把我们吵醒了。就在那次扫荡中，日本鬼子把我父亲抓走了，关了四个多月。我父亲被抓走以后，我母亲每天坐在大门口苦苦等候，嘴巴喃喃自语，眼睛都快哭瞎了。这个场景一直定格在我的记忆里，有时做梦也会常常想起。我后来看电影《地道战》和《抗日游击队》，其中有个这样的镜头：老太太的老伴和儿子被鬼子抓走了，老太太坐在门口一直哭，每当看到这个画面，我就会想起我的母亲，我的眼泪情不自禁地流……

因此在我的记忆里，一提到“日本”两个字，我就恨得咬牙切齿。鬼子那次捉走了我的父亲，还抓了同村其他三个壮劳力。我父亲后来是怎么出来的呢？我听我妈说，鬼子要把他们四个带到煤矿挖煤，但我父亲没有去，好像是托了个人把他保出来了。

邹：那是一段烽火狼烟的岁月，您有没有去正规的学堂上过学？

黄：我上学是在日本投降以后，大概 1947、1948 年的样子。那时候我们那个地方叫冀南边区人民政府，我们那地方国民党没有去过，日本投降以后，就叫边区人民政府。我记得我上小学那阵，没有纸可以写，就用毛草纸，双页的，两边叠起来写，一面写要透。我记得第一课学的是“走走走”，第二堂课老师教的是“排队走”，第三课教“一二三四”。等我念到四年级的时候，书本质量开始有所改善，纸可以正反面写了。我的第一任老师姓李，叫李志明（音），他教学特别有耐心，循循善诱，我们都很喜欢他。忽然有一天李老师参军入伍了，换了第二任老师，叫张正明（音）。李老师去了部队，从战场上给我们写了一封信，信中表达了对学校和同学们的深切思念。李老师才华横溢，特别喜欢编歌曲，他信中写的那首歌我现在还记得，“亲爱的各位同学，泪别你们三年整，希望你们学习强，回忆过去在一起，真叫为师泪沾裳……”

1949 年，解放军从我们学校路过，我们站在村边高喊口号，“欢迎各位解放军叔叔”，解放军所到之处老百姓自发贴上标语“打到南京去”，没过多久南京解放了。1950 年，我转到邻村读完小①，我是我们村里第一个小学毕业生。1952 年我考上了县里的初中，我也是我们县里第一届初中毕业生。我初中毕业以后，考到石家庄工农速成学校，该校原来都是招工农兵干部，从我们那一届开始招收普通工农学员。我在工农速成学校待了一年，第二年就转到石家庄第六中学，从这个意义上说，我还是我们那里的第一届高中毕业生（笑）。1958 年，我从石家庄第六中学毕业以后，考到青海畜牧兽医学院，又是该校第一届毕业生。青海畜牧兽医学院后来和农学院合并，改名叫农工学院，现在叫青海大学。所以说我的个人成长经历见证了新中国的成长过程，从小学到中学再到大学，我都是第一届毕业生，我为此感到很自豪。

邹：您是大学毕业以后分配到这边来的？

黄：我是 1962 年毕业以后，全国统一分配，先分到新疆维吾尔自治区，又从自治区分到兵团，后来又分到了六十二团，那时候叫"三代联合办公室"。因为 1962 年"五·二九"事件发生以后，中央紧急调派兵团职工到边境来搞"三代"，履行"代耕、代管、代牧"三项主要任务。我到六十二团报到的时候，介绍信上写的就是"三代联合办公室"。

邹：您从自治区转调兵团，直接分到"三代联合办公室"了？

黄：嗯。那是政治任务嘛，我到"三代联合办公室"报到以后，人事部把我分到生产技术部，后来叫农工部。

邹：您当时在大学里学的什么专业？

黄：我学的兽医专业。我待的农场当时叫"三代联合办公室"，后来改成东风农场。

邹："三代"具体都做些什么工作？

黄："五·二九"事件发生以后，大批边民受苏联蛊惑外逃。他们跑了，留下大片土地无人耕种，地里的庄稼无人收割，我们就代耕。他们留下的房子，还有来不及赶走的牛羊，我们就代管、代牧。当时政府考虑到很多边民都是受蒙蔽和欺骗跑到苏联去的，如果他们愿意回来，我们代耕、代牧、代管的东西还原封不动交还给他们。

邹：如果外逃的边民不回来了，这些代耕、代牧、代管的东西怎么处理？

黄：政府当时考虑到很多外逃的边民都是受蒙骗过去的，所以希望他们好好

---

① "完小"即"完全小学"。由于行政区划和教育资源分配不均衡等原因，一些小学只开设几个年级的课程，只有那些可以完备开设一至六年级（曾经有段时间是一至五年级）课程的学校才能称为"完小"。

反省后能够回来，但他们没有回来，所以这些代耕、代牧、代管的东西全部移交霍城人民政府了。

邹：既然你们都知道是帮别人代耕、代管、代牧，那当时有没有偷懒耍滑的现象？反正是帮别人干，万一人家回来，还会要回去，大家的工作热情怎么样？

黄：大家的工作热情特别高。兵团当时选派“三代”工作人员，也不是随随便便找人凑数，挑的都是思想觉悟高、劳动观念强的骨干力量。大部分参加“三代”工作的都是从农八师、艾维尔沟钢铁总厂、跃进钢铁厂、通用机械厂等单位挑来的精兵强将。当时文件上说的是临时代管，也就是三四个月吧，任务完了大家再回到原单位，所以大家什么怨言也没有，挺积极的。后来突然变成农场了，成立了东风农场，大家也没有想别的，继续努力工作。

邹：后来成立了边境农场，这些“三代”工作人员需要长期驻扎在边境线上。由三四个月的临时代管变成长期驻扎，大家心里肯定会有一些波动，毕竟生活环境和人际关系都打乱了。

黄：当时也没有想太多，因为这个地方虽然比较艰苦，但是气候条件比较好，塞外江南嘛。应当说，和其他农场相比，这里好得多。这里有个老霍城县，起码有土房子，只有很少的人住地窝子。大家很长一段时间相安无事，按部就班过日子。直到后来改革开放，大批支边青年回城，一些人的心理波动和怨言才出现。

邹：也难怪。很多人从湖北、上海等地到新疆支边，他们为新疆的繁荣稳定贡献了最美好的年华。改革开放以后，经济搞活了，人们的生活水平提高了，国家的政策也越来越宽松，支边青年可以自由选择回城，“少小离家老大回，乡音无改鬓毛衰”，恋乡是咱们中国人固有的情结，当年的支青想回归故土，我觉得这是情有可原的。

黄：嗯。好多支青想回城了，但办理审批手续也是有条件的，有的等得不耐烦，闹了一段时间。“老三代”变成了“闹三代”。

邹：为什么是“闹三代”？

黄：他们闹着要回去，闹得很厉害。他们组织了一大批人，跑到兵团司令部请愿去，强烈要求回城，正好赶上春节，就在兵团司令部过春节，兵团做工作，思想工作怎么做也做不通，后来他们被兵团的武警押送回来。回来以后，问题实际上还是没有解决，他们又游行示威，伊犁警方逮捕了三个领头的，判了刑，政府赶紧发了公告，这样才平复下来的。这件事对六十二团影响很大。大家为什么要闹着回城呢？主要是因为1979年，我们在进行对越反击自卫战战备的时候，六十二团的气氛搞得相当紧张，大家觉得这个地方不安全，要打仗了，不是久留之地，纷纷闹着要回城。后来自治区同意临时疏散，所以六十二团的大部分职工都回到老家了，我家属带了三个娃娃回到湖南去了。当然，后来战争的危险被解除，边境团场的生产日新月异，当初回老家的人又纷纷回来了。现在六十二团的年轻人干劲十足，有的不愿继续留在团场当职工，就去霍尔果斯口岸做边贸，好多都发大财了。

邹：您在六十二团主要负责畜牧业，能详细讲讲这方面的情况吗？

黄：那个时候条件很艰苦，让我难忘的事情很多。但最让我难忘的是我工作以后第一次去连队检查，我不会骑马，也从来没有接受过培训，新疆地大物博，连队和连队之间相隔遥远，光靠步行根本不可能，那时也没有班车，只能骑马。我第一次骑马的时候，我们农场的王副政委亲自把我扶到马背上，我当时心里感觉暖洋洋的，觉得咱们兵团的领导真好，一点也不摆架子。这件事我一辈子都忘不掉。还有一件事，因为我是学兽医的，连队的羊群下崽以后就要赶到山里面放牧，突然有一天一只羊要下羔，它是一级母羊，特别珍贵，母羊卧着起不来了，嘴里咕噜咕噜吐白沫。母羊实在走不动了，那个牧工对工作很负责，不敢把母羊杀掉，也不敢把它扔下不管，他扛着母羊下山。我作为羊群的医护人员，路上也帮他又抬又扛，抬回家以后，母羊情况好转了，能够站起来了。有人说是我治疗的手艺好，我打心眼里认为是牧工的服务好。这个牧工姓赵，叫赵文清（音）。

邹：大家特别爱护母羊，母羊是公家的财产啊。

黄：嗯。那时候人们的思想觉悟普遍比较高，公家的财产比什么都重要。还有一件事情，1965、1966 年来了两批支边青年到六十二团，这些支边青年响应党的号召，扎根边疆，表现十分突出。十个女青年放一批羊，她们和男娃娃一样，上山到野外去放羊，每天起早贪黑、翻山越岭，从不喊苦叫累。

邹：您后来还做了些什么工作？

黄：1964 年，我从农牧股调到畜牧连当兽医，因为牲畜都集中在畜牧连了。1952 年，从畜牧连调回团部，六十二团领导叫我组建兽医畜牧工作站，兽医站组建起来了，我就在这里工作，全盘负责团里的畜牧兽医工作，一直到“文化大革命”。“文化大革命”快结束的时候，兽医站被撤销了，我被分到副业队，主要负责养猪。过了一段时间重新恢复兽医站，我又回到原先的工作岗位。改革开放后，团里成立畜牧公司，任命我为支部书记兼经理。当了几年经理，后来又当了副团长，退休前还当了一年多的团长。我都是在六十二团转圈圈，没有离开过。

邹：您在“文化大革命”中有没有受到迫害？

黄：我这个人虽然是搞专业的，搞兽医的，但我习惯关注国家大事，有时候我对当时的政策可以说是“乱讲评”，所以在“文化大革命”期间受到的冲击比较大。六十二团在“文化大革命”期间发生了两件大事情：一次是1967年8月发生的“八·一七”事件，还有一次叫“九·一七”事件，两次事件正好相差一个月。“九·一七”事件爆发的那天晚上，有伙人到家里来抓我，但是我溜掉了，我们三个人藏在一起，其中一人先跑到新大躲起来，后来回老家去了。我媳妇怀着娃娃，马上就要生了，我们就没有走。我在家里藏了一阵，还在少数民族老乡家里躲了几天，他们没有抓住我。平静一些后，他们接管了我负责的兽医站，我们的兽医站还有一个同志，我跟他说他们要接管就接管吧，我就把钥匙给他们了。后来接管兽医站的人还强行骑走了我的自行车，我当时气坏了，大声说：“你为什么不执行毛主席的革命路线？”我本来要说“毛主席的革命路线”，但太着急，出现了口误，将“革命”说成了“反动”两个字，一下子成了“毛主席的反动路线”，哎呀，我马上意识到自己说错了，立刻纠正。这下可坏了，让他逮住了话柄，他说：“你当时不是这样说的！”他就抓住了这句话。实际上我当时坚决不承认也可以，但我这个人太实在，不愿意撒谎，我连忙说我刚才口误了，我对毛主席他老人家是非常尊敬的。就因为这件事，他们派人抓我整我，连打了我三个嘴巴，让我给毛主席请罪，我在毛主席像前毕恭毕敬鞠了三个躬。第二天清晨，他们写了大字报，用了个很夸张的副标题叫“打倒国民党的孝子贤婿”，因为我岳父是国民党起义部队的嘛。我自己也曾对“大跃进”、人民公社以及统供统销提出过意见，可能提得比较尖锐，他们抓住这个时机，决定旧账新账一起清算。

邹：您在六十二团当过副团长和团长，主要做了哪些贡献？

黄：我当副团长的时候，主要是协助团长做一些具体的工作，我分管农业、畜牧业和水利建设，也谈不上有多大贡献（谦虚地笑）。

邹：比方说，有没有改造盐碱地？有没有开发一些新的畜牧产品？

黄：那个时候盐碱地已经改造好了，况且我们六十二团基本上也没有大面积盐碱地，只有九连和十一连这两个地方比较靠下游，地势比较低，水位比较高，所以主要是挖排渠，把水排下去，盐碱度也就降低了。

（三）蒋维福口述

邹赞（以下简称“邹”）：您的姓名是？

蒋维福（以下简称“蒋”）：蒋维福。

邹：您今年多大年龄？

蒋：八十岁过了四个月。

邹：那就是1935年出生。

蒋：嗯，1935年4月4日。

邹：您祖籍是哪?

蒋：祖籍四川安岳县。

邹：能简单介绍一下老家的情况吗?

蒋：解放后，我的家庭出身被划为小土地出租（家庭）。我们家地比较多，人也多，但是我们家种不了，就把土地当给人家，不收租。我们家有爸爸妈妈，还有老人，年纪最大的老人活到九十多岁去世，我是家里唯一的儿子，此外还有两个妹妹。我读小学的时候寄住在舅舅家，他们家在安岳县，读初中也在他们家，一直到初中毕业。

邹：在那个年代，您的文化程度算是比较高了。

蒋：我1951年进的初中，1954年秋季初中毕业。

邹：您是怎么来的新疆?

蒋：我初中毕业后考上农业中专，中专毕业后被保送读大学。

邹：具体是哪所院校?

蒋：四川农学院，该校原来是四川大学里面的一个农学院，1956年农学院整体搬迁到西康，现在是四川农业大学。那都是50年代的事。

邹：毕业以后直接来新疆了?

蒋：毕业的时候国家包分配，我一开始就直接被分到新疆生产建设兵团机运处。后来又调动了好几次，在霍城总场、东风农场、六十二团都待过，仔细算算，我在兵团待了五十多年了。

邹：刚分配到这边来的时候是什么感觉?

蒋：我觉得好得很，就是工作嘛，有个工作就好了。

邹：有点理想主义啊（笑）。

蒋：没有。说老实话，其他地方我们也没有想过，分到哪我们就去哪了。

邹：您是家里唯一的儿子，念书也很优秀，最后来到这么偏远的地方工作，父母当时是什么态度?

蒋：父母不在乎，他们说你愿意去就去呗，我就跑来了。

邹：您在霍城总场具体做什么工作?

蒋：霍城当时有好几个农场：一个是幸福农场，现在叫六十三团；一个是东风农场，现在叫六十二团。我当时分在农牧部。

邹：当时您来这里的时候，一切都在建设当中，生活条件很艰苦，您心里面有没有什么落差？

蒋：霍城这个地方不算太荒，就是人跑掉了，1962 年人跑掉了，这些地方还有房子，虽然有点破烂。县政府还在那个地方，县政府周围有许多店铺。我也有同学分到这里，他是 1962 年过来的，做机务工作，我是 1963 年来的，我们当初还见过面。

邹：请继续谈谈您在农牧部的工作情况。

蒋：我是学农业的，就是搞农业生产种植，比方说去田里调查、播种、插秧，反正就这些工作。修渠的时候我也去，当施工员，什么都干过。我在兵团的前几年，也就是 60 年代，每天在连队负责农作物的栽培和管理，播种的时候都是打线，那个时候人也多了。

邹：当时土地的性质怎么样？盐碱成分高不高？

蒋：有几个连队盐碱程度高些，我们所在的连队情况比较好，只有一块条田盐碱比较高。

邹：如果盐碱含量比较高，一般采取什么措施去降低盐碱度、改良土壤？

蒋：有的时候压沙，有的时候用水灌，就是压碱。

邹：不管是压沙还是水灌，都具有一定的技术含量。

蒋：我们参加劳动主要就是修渠，在五连修排水渠，又宽又深。像我们两个人的话，一个人在底下把泥巴倒平地，然后把泥巴倒到上面，用铁锹将一大块一大块的泥巴捣弄起来，泥巴死沉死沉的，有时候需要三个人才能弄到上面。这就是搞大渠，热闹得很呐。大伙的劳动热情很高，中间几乎不休息，专门有人把饭送过来。

邹：那时候的集体劳动讲究气氛。你们都是怎么调节气氛的？

蒋：唱歌，很热闹的。

邹：一般唱些什么歌？

蒋：一般唱干活的号子歌，喊号子。

邹：您是专家级人物，又是正规大学毕业的，当时在团场有没有在技术方面进行革新？

蒋：有。主要做种子改良，搞实验，就是品种试验。

邹：种子改良主要是棉花吧？

蒋：棉花玉米都有，还有小麦。

邹：当时有没有申请专利的说法？

蒋：我们的任务是技术普及，不像农科所那样的专门机构，他们可能专注于做某一方面的技术改良，那样的话可以申请专利。我们建设兵团的主要使命是生产建设，一般都是搞普及或者推广，比方说做肥料推广。我们先找个试点试验肥料的功效，等到可以说明问题了，就推广到大田。

邹：您是技术专家，需要经常下地干活吗？

蒋：各种生产劳动我们都参加，像掰苞谷、摘棉花、割麦子。我还会开拖拉机，收麦子的时候我是主要劳力（笑）。

邹：开拖拉机是自学的吗？

蒋：嗯，自学成才。

邹：您在农学院学的是什么专业？

蒋：就是大农学专业，分得没有那么细。

邹：你们这些知识分子来到兵团以后感觉受不受重视？

蒋：刚开始还可以，给你分配床啊被褥啊。平素吃饭也好办，都是吃公家食堂，大锅饭嘛，生活还是不错的。

邹：你们当时拿的工资，和普通职工相比如何？

蒋：高一些。我们来的时候，实习期都是五十四块六，人家职工一般才拿二三十块，最多也就四十多块，我们转正以后每月拿六十六块一毛。

邹：您来新疆那阵，内地刚刚经历了三年困难时期，好多地方闹灾荒。

黄：嗯。我们在农学院念书的时候生活很困难，一个大小伙每顿饭只有这么一点点（用手比画），根本就吃不饱，有时候只有米汤，菜也少，就买点酱油，兑点开水。

邹：毕业分配的时候，有没有听说新疆能吃饱饭？

蒋：那时候说过，但是我们刚来的时候粗粮多、细粮少，基本上是百分之九十的粗粮搭配百分之十的细粮。

邹：主要吃苞谷面？

蒋：都是苞谷面，种的苞谷多得很，我们不够吃的时候，还到六十二团、六十四团去拿苞谷吃。

邹：不管怎样，肚子能填饱？

蒋：新疆瓜果飘香，夏天吃瓜和粗粮，填饱肚子没有问题。

邹：您和老伴是怎么认识的？

蒋：我在新疆工作了四年，然后回老家找的对象，通过别人介绍的（笑）。

邹：据说兵团为了鼓励大家在新疆安心扎根，特别支持年轻人回老家找对象，路费都由公家报销？

蒋：嗯，来回的路费都报销。我老伴也是四川人，我们两家挨得很近。

邹：老伴到了兵团以后，是当职工还是当家属？

蒋：职工。我们运气不错，当年八月份算是最后一次解决家属工作，我们刚好赶上，她是二月份到的嘛，5 月 1 日就参加工作了。

邹：老伴到新疆来以后安排的什么工作？

蒋：也是在大田里面，农工嘛。

邹：您是知识分子，在“文化大革命”之中有没有受到批斗①？

蒋：我没有受到批斗，为什么呢？站队站对了（笑），站在“一三司”。

邹：“一三司”什么意思？

蒋：那时候分派系，有保皇派和造反派，都用什么什么司来命名……

邹：看来您对政治比较敏感。70 年代中期，新疆生产建设兵团被撤销建制，原先兵团的相关机构都移交地方了。您当时是怎么安排的？

蒋：还跟以前一样，技术工作没有什么变动。

邹：划归地方上的农垦局吗？

蒋：一样的，没有什么变动。工资没有动，什么都没有动。

邹：能再讲讲生产劳动过程中发生的故事吗？

蒋：工作方面，我主要是在大田里面跑得比较多，播种的时候打线，我要扛着好多标杆子，大概有一米五六高，有时要扛十来个，还拿尺子在地里面量，量了以后要负责计算统计。这个工作比较辛苦，我们本来有一个专门的统计员，但是工作干得不行，所以一直由我兼着。新疆的大条田你肯定见过，从这边田埂到那边田埂有一千多米，你从这头量到那头，这头量了，插个标杆，再跑一千多米到那头去插个标杆。插了标杆以后，这些标杆还要一条线对齐……事实上，我每年都要在地里待半年多，因为我们是在搞农业，苗出得怎么样，田间管理你管得怎么样，这些都是我负责。

邹：有没有专门教当地的少数民族老乡农业技术？

蒋：教了，办培训班啊。

邹：培训班是怎么运作的？

蒋：培训班我办得多，基本上每年都要办，把知识传授给大田的农工，给他们讲课，课程一般安排在冬天，有时候春天还要授课，每年都办好多期。

---

① 据史料记载：受极“左”思潮影响，农四师成为兵团“文革”运动中的重灾区之一，“农四师有 7 596 名无辜群众被关被打，其中打伤 1 352 人，致残 261 人，死 162 人，孕妇被打流产 35 人，被打致疯 19 人。农四师建工团还按‘老子反动儿混蛋’的荒谬理论，将 43 名学生、儿童组成‘小牛班’（其中男生 28 人，女生 15 人），这个‘小牛班’平均年龄 14 岁半，白天被强迫进行繁重的体力劳动，晚上批斗毒打”。参见新疆生产建设兵团史志编纂委员会：《新疆生产建设兵团发展史》，乌鲁木齐：新疆生产建设兵团出版社 2011 年版，第 218 页。

邹：主要讲些什么内容？

蒋：介绍比较先进的栽培技术，棉花、水稻、玉米、甜菜什么的，人家外单位的先进技术都给他们传授，每年基本上都在两个月以上。团里面集中各个连队的技术员和生产能手，在团里面培训，之后到连队去，一个连队一个连队地巡讲，所以说，要忙几个月的时间。不过冬天比较闲，把那些职工集中到俱乐部里面上课。

邹：科技领域很注重知识更新，除了培训团场职工，您自己有没有去进修过？

蒋：我去石河子农学院进修了一个多月。还到伊犁党校参加过短期培训。

邹：您后面还做了些什么工作？

蒋：我长期在生产科任职，一直做到总农艺师。1989 年拿的高级职称。

邹：您来新疆五十多年了，现在回想起来，感觉后不后悔？

蒋：不后悔，还是可以的。

邹：您的孩子都去内地了吗，还是留在新疆工作？

蒋：基本上都在新疆，最小的孩子去了内地，他在黑龙江念的博士，现在在辽宁锦州工作，在大学教书。其他的几个孩子呢，种业公司有一个，一个在团场，还有当会计和卫生员的。

邹：您现在会不会给孙辈们讲一讲您当时来新疆的故事？

蒋：讲。

邹：他们感不感兴趣？

蒋：他们不感兴趣，现在的娃娃不行，你给他们讲他们不听你的。

邹：这就是我们共同的担忧所在。现在很有必要大力弘扬兵团精神，按照您的理解，“兵团精神”到底指的是什么？

蒋：“兵团精神”就是大家都要富起来，要把日子过得红红火火。为什么呢？兵团原来还是比较困难的，最后兵团职工共同努力，再加上党中央的政策扶持，才慢慢富起来。

邹：作为专业技术人才，您觉得兵团在引进人才方面应该注意什么？

蒋：应该大力引进农业高科技人才。兵团已经有很多年不招收一般化的新职工了，但是对有真才实学的大学生则是敞开胸怀。如今伊犁这边的条件好起来了，团场建设日新月异，我们更应该“情感留人”“事业留人”和“待遇留人”并举，打造一个尖端的具有兵团特色的人才资源库。

（四）何金良口述

邹赞（以下简称“邹”）：您退休前是伊犁州文联主席？

何金良（以下简称“何”）：嗯。我是在文联退休的。

邹：您今年多大年纪？

何：六十七。

邹：祖籍是？

何：四川三台。

邹：您是哪年来的新疆？

何：我是1959年跟着我父亲过来的，我父亲1955年就来新疆了，他觉得新疆不错，就留在这里并且把我们接来了。我那时候刚上小学三年级。我最初在乌鲁木齐头屯河，1961年搬迁到伊犁霍城县。

邹：也就是说，您到新疆后和父母在乌鲁木齐待了两三年。

何：嗯。我是1961年三四月份到这边来的，那时刚刚经历三年自然灾害。

邹：您当时习不习惯？

何：那时候无所谓，年龄还小，这里有饭吃，老家的情况糟糕得多。1958年，老家基本上没有吃的了，我父亲他们拖家带口，都跑到新疆来了。我记得我们在四川老家的时候住在老房子里面，后面搞伙食团、合作社，最后就喝稀汤了，每天打一盆儿稀汤回来，根本吃不饱饭。我来新疆以后，这边还有基本的粮食供应，一个学生几十斤粮，娃娃嘛，无所谓，有吃的就啥都不想。

邹：能讲讲您到霍城县以后的求学经历吗？

何：来了霍城县之后，我在霍城县三小上学，后来到霍城一中上学。高中的时候回内地了，1966年回三台县上高中，1968年11月份回到新疆兵团农四师六十二团。我们存在分配问题，我想回到霍城县去，因为我是霍城一中的人，找了一些老领导、老同学。我父亲最后说：“你还是留在老兵团吧！”（我们）一家人都在兵团，从此就再也没有出去。

邹：分过去是做什么工作？

何：分过去就是干农活嘛，这段历史都写在我的《兵团情结》里面，全部有详细介绍。

邹：您自己出了一本书？

何：我没有出书，我就是写写小说，小小说，写身边的人和事，好多情节都是自己编的。最近连载的是我的回忆录，这都是实实在在的事。

邹：是在哪家媒体？

何：《伊犁垦区报》，现在已经载到第十七期了。原来写了十几万字，他们说报纸连载要压缩，最后压缩到六万多字，三十多段，一段也就两千来字吧。

邹：您父亲到新疆是在地方上工作，不是在生产建设兵团？

何：嗯，在乌鲁木齐头屯河。

邹：看来您的身份比较特殊，相当于说有个从地方到兵团的身份转变问题。

何：嗯。这个身份转变得从“伊塔事件”说起，“伊塔事件”发生后，大量边民外逃，没有外逃的也人心惶惶，东风公社也就剩了百十号人吧。就在这个紧要关头，上面把东风公社这十几户人交给兵团管理了。政治审查没有问题的就直接移交给兵团了，有问题的人，比如说家庭成分高的、过去历史上有什么问题的，都后迁了。

邹：当时移交兵团以后，您是怎么想的？

何：想什么？都是过日子嘛，我们都是自流来的。1955 年我父亲送我一个姨姨到这来结婚，她找了个对象，把她送来以后，我父亲一看新疆比内地好，自己就留下来了。后来，头屯河给他安排工作，就成了新疆人了（笑）。

邹：您在六十二团四连待了一阵，后来又调动了么？

何：后来就调到值班连了，当时叫武装连，当时我们排行老一，后面成立了个二连，每个连队都有个民兵排，这样加起来大概有六七个连呢。六十二团形势比较紧张，每年的 5 月 29 日，都有人谣传说还乡团要回来了，年年搞战备。1969 年的时候就更厉害了，那时候中苏关系陷入最低谷，珍宝岛事件[①]发生了，边境两侧硝烟弥漫，六十二团成立了民兵连，把十七八岁、二十来岁的青壮年全部都弄到民兵连去了。

邹：能说说您在值班连的经历吗？

何：六十二团成立以后，上面要求修东风干渠，就是负责六十一、六十二、六十三、六十四这四个团场的用水。我们这边地势高，苏联那边地势低，每年四月份的时候，我们都要组织人去修龙口，把拦河坝加高，挖一挖，水就流到这边来了。霍尔果斯口岸那边有一个集体农庄，龙口就在距离集体农庄大概五百米的地方，过去是不让进的，那是个禁区。但是 1969 年的时候，中苏关系异常紧张，苏联方面不怀好意，他们用推土机推河道，那边本来地势就低，再一推就更低

① “珍宝岛事件”史称“珍宝岛自卫反击战”。1969 年 3 月，苏联军队公然挑衅，多次对位于中国黑龙江境内的珍宝岛实施武装入侵，中国边防部队被迫展开反击，成功挫败了苏联的霸权主义野心。

了。我们这边就组织了六十一团、六十二团、六十三团，好像还有六十四团的一些民兵，都上去了，跑过去赶修龙口。苏联那边有一个用钢铁修建的瞭望哨，我们这边是木头搭的，他们距离我们有四五米。我们一些女战士在河道里捡石头，苏联哨兵就在那边吹口哨、起哄，刚开始把这些女战士吓得往回跑，后来我们有一个女指导员性格泼辣，她鼓励大家不要跑，“我们自己捡石头，不理他们”。四月份的河水冰冷刺骨，本应由三四个人抬的石头我们两个人抬，很艰苦，但是大家内心火热。我们出发的时候写了请战书、火线入党申请书，大家随时准备把生命交给祖国。

邹：您刚才讲的这段历史很重要。我记得 1969 年还发生过“孙龙珍事件”，支边女青年孙龙珍主动要求到边境执行“三代”任务，后来在反击苏联军队入侵巴尔鲁克山的战斗中英勇牺牲，被追认为“革命烈士”。可以说，边境团场的兵团职工不但要垦荒生产，还要随时准备应对突如其来的边境冲突。

何：那时候战备很紧张，我们开始挖地道，一旦苏联打过来，我们就从地道撤走，从团部一直挖到八连，再从八连一直撤到山里面去。六十二团山里面的防御设备都建好了，储备了大量粮食和日用品。等到战备稍微松一点的时候，我们开始挖大渠，就是挖排碱渠，九连、四连、五连我都去挖过，七十二团也挖过。

邹：您后来转到文化战线上工作了，伊犁这边的屯垦文学创作情况如何？

何：（笑）文学创作是我的业余爱好。1971 年 11 月，我从一连调到学校当老师，1978 年，团里把我调到机关里去了，当了广播站长、新闻干事。这时候偶然有个机会，我参加了州上的作家讲习班，大概半个月时间，后来我就开始写小说了。农四师写小说的人很少，我算是比较早的一个。就农四师而言，文学创作取得了一些成绩，青年女作家曾秀华、诗人单守银、散文作家蒋晓华等比较有潜力，但整体影响不大。

值得一提的是，农四师为了庆祝建党九十周年，专门组织出版了一套文学丛书，算是比较全面地反映了农四师的文学创作现状，入选文丛的有维吾尔族作家毛拉也夫的《神秘的眼泪》、蒋晓华的《在惠远脚下》、王复耀的《河谷吟雪》等，我本人的《握紧你的手》也入选了。

戎马倥偬守边土

口述 | 武来银

人物档案：武来银，男，山西吕梁人，1927 年出生，曾跟随三五九旅，参加过保卫延安和陕甘宁边区的系列战斗，解放战争期间多次成功组织爆破。后来随部队进疆，率领工兵连修建玛纳斯河大桥、七一棉纺厂等。1952 年调往伊犁，参加过伊犁剿匪、特克斯开荒，也是“伊塔事件”的亲历者。离休后定居伊宁市。

访谈时间：2015 年 8 月 22 日上午。

访谈地点：伊宁市兵团第四师医院老干病房。

邹赞（以下简称“邹”）：您老家是哪儿的？

武来银（以下简称“武”）：山西。

邹：人人都说山西好风光（笑）。

武：我十一周岁那年，日本鬼子占领了我们这个县，原来是离石县，现在改成吕梁市了，吕梁市管辖十四个县。我去年十月份还回去了一趟。我出来得早嘛！十六岁就出来了。

邹：您是跟随部队来新疆的吗？

武：嗯，三五九旅嘛！

邹：您能否简单谈谈在三五九旅当兵的经历？

武：我在三五九旅时间比较长，我是 1946 年秋天转到三五九旅的。原来我们是吕梁部队，到 1946 年的时候就改编成三五九旅了。

邹：您当时在部队主要负责什么工作？

武：当战士。1946年就当班长了，到了1947年3月份，保卫延安嘛，就在王震的警卫营里边当班长，所以我对王震比较熟悉。王震的警卫营包括四个连队，一个警卫连，一个通信连，一个侦查连，我呢在工兵连。我会搞爆破，曾在解放战争期间成功组织过三次大爆破。我当工兵嘛，我胆量大！

邹：我看过有些报纸对您的采访，其中提到很多惊心动魄的战斗故事。您能不能简单举几件打仗过程中最难忘的事情？

武：难忘的事情有四五件，每次都和死神擦肩而过。第一次是在1947年的6月份，我们部队奉命攻打甘肃的庆阳专区。有一个县叫合水县，国民党进攻延安以后呢，就命令马鸿逵的部队向陕甘宁边区进攻，合水县靠近陕甘宁边区嘛。马鸿逵的部队占领了庆阳专区，那儿原来是我们的区！国民党部队进攻延安，一个月之内打了三仗，国民党占了延安以后，中央机关都撤出来了。当时的中央机关就是毛泽东、周恩来还有任弼时，就他们三个人。从3月21日到5月份，我们在彭德怀的指挥下连续攻打羊马河、蟠龙镇，三战三捷，消灭了国民党的三十一旅，活捉旅长李纪云。

记得部队在攻打合水的时候，我率领了一个班，我们的任务是攻城，我用了五百斤炸药，把城门爆破了。最危险的是我们要用轻重机枪炮打城门，敌人站在城墙上激烈开火，我们要从城门底下进去。我们推着五百斤炸药的炮弹，在枪林弹雨的掩护下向城楼逼近，结果炮稍微打低了，打在城门洞一米高的地方……

邹：三五九旅立下了赫赫战功，后来中央派你们到新疆，接到命令的时候您是怎么想的？

武：服从命令呗。我来的时候是连级干部，解放以后我就当副连长了。解放西安的时候我是排长，五月份西安解放，七月份宝鸡解放，就差了两个月。新疆当时的局势比较复杂。陶峙岳主张和平起义，但是国民党内部的派系多，有一个叫马呈祥的，他是青海“土皇帝”马步芳的外甥，担任骑兵师师长，这个人飞扬跋扈，他不要起义，他要抵抗，把部队调到乡下去。另一个叫叶成，以前给蒋介石当过警卫员，他也不干，他也要打。还有一个叫罗恕人，好像当过国民党第七十八师一七九旅旅长，他也不愿意起义，坚持要打。陶峙岳没有办法，费尽口舌，“动之以情，晓之以理”，这些顽固分子想兴风作浪，可是回天乏力，只能选择外逃。陶峙岳答应让他们带着家眷和金银财宝安全撤离新疆。据说这三个人用大车拉着黄金首饰和家眷，从乌鲁木齐跑到和田，远得很呐，他们到了和田以后，下了汽车骑牦牛，把这些东西拿上，翻过喜马拉雅山跑印度去了。

邹：您到新疆以后最先是在什么地方？

武：我们那个团是独立团，我们三五九旅隶属二军五师嘛。二军有十二个团，四师三个团，五师三个团，六师三个团，当时六师的师长就是张仲瀚嘛！张仲瀚跟我谈过两次话，他要搞爆破嘛。我一直当工兵，从工兵连到工兵团，从战士当到连长。

邹：工兵团是在迪化吗？

武：我们工兵团当时是在二军。新疆不是有三区革命嘛，就是伊犁、塔城、阿勒泰地区的民族军闹革命，反抗国民党政府，当时苏联在支持他们。民族军的部队骑兵多，在阿勒泰、精河等地连续出击，国民党部队全线溃败，节节后退。玛纳斯县那边有条河叫玛纳斯河，当时那河里水很大，河上有座木桥。国民党撤过去以后，把木头桥都烧掉了。这样一来河水很大，民族军又过不去，他们就暂时占领了伊犁、塔城、阿勒泰三区。

这时候苏联又来援助了，斯大林派飞机来哈密保护老部队。但是飞机来了没有油啊！斯大林从阿拉木图派了一个汽车团，将近三百辆汽车，拉着飞机油从阿拉木图送到哈密。我们工兵团熟悉路桥技术，王震就把我们工兵团带到乌鲁木齐。在乌鲁木齐停留了一个礼拜，到了十月下旬，我们就直接进发玛纳斯了。工兵团部设在乌苏。团长把我们一营带到玛纳斯，当时河水湍急，修桥也来不及啊，就架个便桥。我当时在一营二连，这个连的战斗力比较强，爆破、架桥、起地雷、埋地雷就搞这些。

架便桥有些困难，那时候天气冷得早，我们下到冰冷的河水里开始作业。国民党当时在河两边修了碉堡，就是大土堆，搞得跟秦始皇的坟墓一样，摆的土都有七八米高。我们就在碉堡上面架便桥，当时还牺牲了一个战士。便桥架了一天一夜，因为河水很大，天气又冷，我们穿着棉袄、棉裤、毡筒、皮大衣，下到水里半个小时左右就得上来烤火，大家轮换着下去。上来的时候那个冰啊就把棉裤冻在毡筒上面，黏到一块了，脱不下来，最后只能拿棒子敲毡筒。便桥修好了，大概十来米长，但是可以过车了。其实我们从酒泉到哈密的路上，坐的都是国民党起义部队的汽车，他们动用了三个汽车团，装备都很破烂。

邹：也就是说你们到酒泉的时候，陶峙岳的部队在迪化已经宣布起义了？

武：嗯。陶峙岳从迪化坐车到酒泉去了，彭德怀和习仲勋等中共领导在酒泉接应。当时新疆政局危在旦夕，陶峙岳担心事情有变，催促解放军尽快进疆。过了十来天，我们就做好了进疆的准备。我们是第一批坐着国民党部队的汽车进疆的，从酒泉到哈密整整走了四天。

邹：您是什么时候来的伊犁？

武：1952 年来的。我再补充几点信息：当时要修玛纳斯大桥，我们连是主力，完成了好几个连的工作量。便桥架好以后要在下面修固定桥，就把我们那个营里的一个连发配到石河子南山伐木料，伐了四十天的木料，大概伐了四千棵松树。后来雇沙湾县的老百姓往山外运木料，我们自己的部队拉小木头，大的木头有九米长，直径达四十公分。玛纳斯大桥从备料到完工一共建了四十五天。到了1950年的2月25日，桥就架完了。通车的时候，当时的新疆省主席包尔汉出席剪彩活动。玛纳斯大桥修完后，部队又把我们调回迪化了。那时候新疆要建三个厂，七一纺织厂、八一面粉厂、十一汽车修造厂。我们连被派到水磨沟修七一纺织厂。刚开始也是备料嘛！挖石头，打砖坯，烧窑。冬天下大雪，就用爬犁子拉石头。到了1951年的6月底，组织上把我从工兵团调出来了，说是要带兵到朝鲜战场参加抗美援朝。新疆调出了一个营的干部，大家先到酒泉，酒泉那里有个新疆军区办事处。我负责带领一百二十多个兵，训练了个把月，新兵都是从农村来的，等到训练成熟后就往先遣部队输送，大家一点点往朝鲜那边转移。后来收到前方发来的电报，说朝鲜战场转移了，不要兵了。这样一来，我又把训练好的这些兵带到新疆，走了二十多天才到现在的七十一、七十二团。

邹：你们到了七十二团以后主要的任务是干什么？

武：刚开始主要的任务是剿匪。乌斯曼手下的三百多土匪到处抢老百姓的牛羊，扰乱社会秩序，上面接到老百姓的报告，就把原来十三团一营从南疆调过来了。副团长带着一营过来，进驻深山剿匪。

邹：您带领的连队参加剿匪了么？

武：我们参加了。

邹：剿匪之后，您就留在伊犁了？

武：嗯。后来就把我留在二营炮兵连当连长了。

邹：能讲讲当时的生产情况吗？

武：我们的任务是要在特克斯开荒四千亩地。劳动非常艰苦，我那时二十五岁，你看看我们用的工具，一部分是骡子，十几匹骡子，又买了一些马，加起来就是接近三十匹牲口。啥现代化的工具也没有。

邹：特克斯那边的土地怎么样？

武：荒地嘛！我们从霍尔果斯进口的马，用马拉犁，三匹马拉一个犁。一个人牵马，一个人扶犁。剩下的每人一把坎土曼，挖地。

邹：土地是盐碱地吗？

武：有些是，有些不是。

邹：您是1952年到伊犁来的嘛，中间这段生产劳动的经历我们先跳过去。“伊塔事件”发生的时候，您在伊犁吗？

武：嗯。就是1962年的“五·二九”事件嘛！我都参加了。那时候我当教导员啦！1959 年从干校学习回来我就当教导员了。

邹：作为亲历者，请您把当时的情况详细回顾一下，现在这方面的资料比较少。

武：那个时候中苏关系都不行了，很多边民赶着牛羊往外逃。霍尔果斯口岸也不行了，就在霍尔果斯以南一公里的地方，原来的边境线没有个东西，苏联用铁丝网拉的围墙，铁丝网过去就是一片松土。苏联方面用拖拉机把地弄得平平整整的，只要有人过去就会留下脚印，他们就会知道。平时哨兵都在瞭望台站着！这个时候呢，苏联那边把铁丝网拉开了。老百姓赶着牛羊就往那边跑。据估算，伊犁跑了三万五，塔城跑了两万五，加起来跑了近六万人，都到苏联去了，现在叫哈萨克斯坦。

哎呀，老百姓闹得不行，问政府要苏侨证，要运输车，现在大世界那个地方就是运输站。州长赶过来给大家解释，劝说大家不要冲动，他戴着顶花帽子，叫巴郎子把花帽子也拿跑了。人太多了，局面很难控制，公安机关就赶紧派人把州长转移走了。大概闹了六七天。

邹：部队没有出动么？

武：那个时候伊犁没有部队，当时我们农四师的排、连、营三级干部正在集中学习。60 年代初国家不是特别困难么，中央审时度势，提出“调整、巩固、充实、提高”八字方针。我们就在一起集中学习讨论“八字方针”。头一天动员，第二天还没有开课，“五・二九”事件就爆发了。那边打来电话，说你们赶快来，这边不行了。上面马上把我们召集起来，给我们发枪。那时候都是平房，办公室的走廊里堆了好多枪。一个人发一把 7627 步枪。我们把枪刚拿上，外面两三辆汽车就已经准备着了。枪在箱子里要保护嘛，都上的是黄油，枪栓都拉不开，我是打仗出身，我就加了点汽油。大家赶紧上车，去保护区党委。我们到了区党委的办公地点，原来公安和警卫已经在那里严阵以待，我们来了以后他们就撤了。我们站岗放哨了整整一晚上，没打起来，局势得到了控制。

邹：虽然这些边民是叛逃行为，但我们的政府并没有采取过激行为，还是以说服教育为主。

武：刚开始也是追那一部分人，在霍城那边劝堵。你劝堵也是人为的，哪能挡得住嘛！这些人就是觉得苏联好，想跑过去过好日子。

邹：当时苏联是怎么宣传的呢？

武：那时候中苏关系已经紧张得不行了，大量边民聚集在苏联领事馆，苏联领事馆非法发了一万多张苏侨证。所以咱们就把苏联领事馆给包围了。

邹：当时苏联有没有发一些传单啊，说他们那边很好，吃得好住得好。

武：传单没有，倒是有一些特务到处游说。当时国内经济形势就是紧张嘛！买一双布鞋都要用票。粮票、肉票、布票，啥东西都要票。

邹：这些边民外逃后，日子过得也不如意。苏联当初很多许诺都没有实现。后来苏联解体，他们又想回来，聚在霍尔果斯口岸那边，宣称要返回祖国。真是笑话呀，祖国贫穷困难的时候，你们弃之不顾，想走就走，祖国如今强大了，你们又想回来坐享其成……世界上没有后悔药。

武：对，现在我有时候跟边境团场的职工开玩笑说："现在就算赶大家走，大家也绝对不会走！"

邹："伊塔事件"发生后，您参加"三代"工作了吗？

武：我没有参加"三代"。

【后记】

武来银是兵团第四师远近闻名的战斗英雄。兵团第四师老干局的白部长向我隆重推荐了这位战功显赫的老英雄，"他有故事，而且愿意讲，讲得也很清楚"！白部长古道热肠、快人快语，赶紧拿起电话帮我联系。不巧的是，老人因身体不适正在住院治疗，我感到非常遗憾，正当惆怅之际，老人得知我是从乌鲁木齐专程过来采访老军垦的，热情邀请我到病房聊聊。在老干局宣传干事小齐的带领下，我如愿来到农四师医院老干部病房，聆听了老人的传奇经历。

武来银曾是三五九旅的一名战士，在王震警卫部队工作过，他擅长爆破技术，在解放战争期间屡建奇功。解放后他跟随部队进疆，又积极发挥自身的技术优势，为新疆的生产建设修路搭桥、兴建厂房，在这些没有硝烟的劳动战场上挥汗流血、贡献力量。

"青海长云暗雪山，孤城遥望玉门关。黄沙百战穿金甲，不破楼兰终不还。"老人回忆起当年的戎马生涯，兴致颇高，谈兴甚浓，全然忘了正在打点滴。作为"伊塔事件"的亲历者，老人详细讲述了那次事件的始末，最大限度还原了当时的社会形势，尤其是中国政府的怀柔策略。在国家最艰难的时候，有的人受苏联特务蛊惑，揣着锦衣玉食的黄粱美梦，不惜背叛祖国远逃他乡。中国有句古训："儿不嫌母丑，狗不嫌家贫。"所谓爱国，既要爱她的强盛富强，也要爱她的贫穷羸弱！爱国是一个现代公民必须恪守的基本准则，任何时候都不能背弃。数万边民外逃，伊犁边境空虚，这时候兵团职工勇挑历史重担，到边境履行“三代”任务。纵有频繁战备导致的人心惶惶，纵有苏联陈兵百万的战争威胁，纵有沿海内地经济腾飞的巨大诱惑，兵团人也毫无怨言、默默驻守在边境线上，为祖国西北边疆修筑起一道坚不可摧的铜墙铁壁。

鉴于老人的身体问题，许多话题尚未来得及展开，只能匆匆告别。但我相信还有重访的机会，我也真诚期待再一次的重访。

后　记

很喜欢王勃的诗句："闲云潭影日悠悠，物换星移几度秋？阁中帝子今何在，槛外长江空自流。"常常感叹光阴飞逝，转眼间我在新疆学习、工作和生活已有十八个年头，与我在故乡湖南度过的岁月刚好持平。我真切地感觉到自己已经完全融入了新疆这片绚烂多姿的土地。我曾经冥思苦想要为新疆的文学批评和文化发展贡献一点微薄的力量，也曾雄心勃勃设置诸如"百年新疆形象流变史""新疆本土电影研究""新疆当代文学批评史"等宏大的研究课题。然而限于语言障碍，尤其是限于我对新疆历史文化的了解太过匮乏，大多数课题只能忍痛割爱，或者无限期延宕。

近几年来，我一直游走在英国马克思主义文学批评与文化研究、比较文学、当代中国大众文化研究三个领域，颇有点像个疲于奔命的"游击战士"，偶尔在某一领域亮剑发声，却很难找到一个"固定的组织"。这种来自现实的焦虑感迫使我重新定位自己的学术坐标。我开始主动为自己"减负"，凝练压缩科研方向：一方面继续关注以英国伯明翰学派为中心的西方文化理论，另一方面尝试介入新疆区域文化实践。同时，我暂时停止了高强度的理论文章写作，而是投入更多精力对中外文化理论经典著作展开大规模的谱系细读。我选择新疆生产建设兵团作为本土文化研究的个案目标，从田野工作做起，这样就有了"新疆军垦第一代口述史"系列计划。

2015 年 7 月，我有幸参加由重庆大学人文社会科学高等研究院主办的"第二届中国公众（公共）史学高校师资培训班"，在此要特别感谢负责人李娜研究员不设学科壁垒，热情招收了我这名非历史专业科班出身的学员。这次研修班被喻为中国"公众（公共）史学"的"黄埔二期"，主办方聘请了 Philip Scarpino、Theodore J. Karamanski、王希、陈新等中外名师联袂授课，同时还邀请了何蜀、唐建光、何智亚、赵冬梅等“公众（公共）史学”实践者分享成功经验，采取专家讲座、主题研讨及实地参访相结合的形式，介绍公众史学的基本理论、个案实践、教学方法及课程设计，内容涉及公众史学与城市环境、口述史的理论与实践、文化遗产与城市景观、博物馆研究、纪录片、大数据等板块。著名口述史学者 Philip Scarpino 教授的系列讲座尤其让我受益匪浅，帮助我认识到“何为口述史”“如何做口述史”“口述史的道德伦理”等核心命题。何蜀先生长期从事“文革亲历者”口述史整理与研究，他结合自己在口述史实践中遭遇到的难题和学员分享经验教训，极具示范效应。何蜀先生的执着精神尤其令人钦佩。

最后，我真诚感谢中国博士后科学基金会和新疆维吾尔自治区优秀博士后基金为本书提供的经费资助。感谢我的导师刘志友教授、戴锦华教授、汪晖教授引领我走进学术的殿堂。感谢新疆大学人文学院各位领导的帮助和鼓励。感谢新疆兵团军垦博物馆、艾青诗歌馆等相关机构负责人提供的无私帮助。感谢同门师弟、《兵团日报》记者罗全在我一筹莫展之际多次雪中送炭。新疆大学 2015 年度本科生创新训练项目“新疆军垦口述史”的四位课题组成员（郑豆豆、刘雪宁、胡佳佳、程遥）参与了部分实地采访，并且承担了一些口述史初稿整理工作，再次感谢她们的辛勤付出。本书责编曹军先生曾是拙著《文化的显影：英国文化主义研究》的责任编辑，这是我们的第二次合作，曹军先生高效细致、睿智专业的工作给本书增色不少。我的家人总是在关键时刻提供各种帮助，没有他们的关心与支持，我将一事无成。我还要向那些驻守在天山南北的军垦老人（无论他们的故事是否收入本书）表达一份深深的敬意。我也将永远铭记访谈过程中那些感人的细节：陶先运阿姨多次热心帮忙联系访谈对象，并且不顾酷暑亲自带领课题组赴偏远的军垦农场实地采访；华淑媛、金茂芳、戴庆媛等真诚关注我们这个项目的具体进程，无私提供大量珍贵老照片，并允许我们在本书封面及插页使用这些图片，这无疑将为本书增色不少……

本书定稿时，我所暂时客居的这座位于东天山脚下的边陲小城已秋意阑珊，巴里坤草原降下了今秋的首场大雪，传来丝丝寒意……我们的“口述兵团”计划才刚刚开始，让我们尽情期待本书的姊妹篇吧！

邹　赞

2015 年国庆节草于哈密